徳 間 文 庫

# クロノス・ジョウンターの伝説

梶 尾 真 治

徳 間 書 店

# contents

design：岩郷重力＋S.K

吹原和彦の軌跡

## 二〇五八年・科幻（かげん）博物館にて

私が初めて彼と対面したのは、館長室でだった。

たまたま、著作のために資料を収集、構成する作業で、いつの間にか深夜を迎えていたのだ。これは私の性格からなのかもしれない。ひとたび物事（ものごと）に熱中すると、時間の経過がまったくわからなくなるのだ。

この博物館の館長職を拝命（はいめい）してから、三年になる。私の専門は博物学ではない。一介（いっかい）の趣味人にすぎない。私が、異端（いたん）博物学に若い頃（ころ）から興味を持ち、素人（しろうと）なりに数冊の異端科学の解説本などを著していたことが、科幻博物館のオーナーの目にとまり、この職に就（つ）くことができたということなのだ。

科幻博物館は私設の博物館だ。オーナーである機敷埜老が、一生独身を通し、自分に与えられた生涯の使命として世界中から集めた、機敷埜コレクションの展示場、と言えばわかりやすいだろう。そう、ここに展示されているさまざまな装置、機関、機械、器具の類は、他所の博物館では絶対に陳列されたりはしない性質のものばかりだ。

オーナーである機敷埜風天は、自分で発明したいくつかの特許で得る収入を資金に、一般社会で認知されないままに消えていった、異端科学の生み出したガジェット類を狂ったように収集してきた。そのコレクションは系統だって集めたものではなく、行き当たりばったりに得た情報にしたがって、まったく衝動的に揃えてしまったという印象すら与える。

私は、代理人を通じて一度だけ、短時間ではあるが老衰した機敷埜老と面会できたことがある。私に館長職の話を持ち込んできたのも、その後、館の運営に関して機敷埜老の判断をあおがなくてはならないときも、代理人が窓口だったのだ。二言、三言の会話しかできなかった老人との会見には、それほど強烈な印象はない。短時間の会見とそのときの外観だけでは、その人物の本質を見抜くことは、とてもできないことだとわかってはいた。ただ、その展示物の内容を初めて知ったとき、激しく感動したことを憶えている。まさにここは、私設運営ならではの理念にあふれた博物館なのだ。

展示物の例をあげてみよう。

古代の跳ね板式飛行装置。鳥を模した巨大な羽。錬金術用の装置群と坩堝。さまざまなタイプの永久機関。情報捏造機。空間転送機。次元掘削機。フリーエネルギー抽出機。人体磁気調整装置。エトセトラ、エトセトラ。

これらすべての展示物が、正統な科学史の陰に隠れ、普及することもなく、たとえ表舞台に現れたとしても、糾弾の波に押し流され、忘れ去られたものばかりなのだ。

そう、ここは、科学史の闇に生まれた奇形児たちとも言える装置群の鎮魂の場なのだ。機敷埜老は、事実、そのような不遇な創造物の安寧の場としてここを造ったのだと言っていた。光あれば必ず影がある。公共的な施設であれば、絶対に紹介されないものばかりだ。それらの装置や機械群がなぜ普及しなかったかは、それぞれに異なる理由を持っている。目的とする機能をはなから発揮できなかった失敗作は当然だが、中には、充分にその効力を発揮した機械もあるのだから。

また、その機械が生み出された時代の環境といったものもある。あまりにも危ない機械……そう、それは人間が踏み入れてはいけない領域のものであったりする。また単純に、コスト的な問題で受け入れられなかった機械。同じ目的ながら、システムの異なる他の機械との競合で淘汰されたもの。目的の効果を得るには副作用が大きすぎるもの。

その時代、コスト的に無料同然だった水を、分子レベルで分解してエネルギー化する装置も展示されているが、これも一般には知られないままに終わっている。しかも、この発明者は抹殺されている。なぜかといえば、その時代、エネルギー供給は石油資本に支配されていたのだが、支配者たちが、より安価なエネルギー源が出現することを恐れたということだ。ここに展示されたその装置も、よくぞこの場に存在しているものだと思う。殺し屋たちが証拠品として持ち帰ったものが、何らかの経緯で骨董品として場末に流れ、それを手に入れたといったところだろうか。

だが、そのような品が展示されているこの科幻博物館の見学者は、極端に少ない。このような博物館の存在をあまり広報していないし、営利が目的ではないためだ。それが機敷埜老の望みでもある。興味本位や好奇心半分の来館者なぞ、展示品に対する冒瀆だと考えているのだから。そのような品々に愛着を抱いている私のような人間を館長に据えたというのは、ひょっとして私も、機敷埜老には、展示品の一つとして考えられているのではないかと思うことすらある。

科幻博物館に勤務する人間は、ほんの一握りの数だ。私。入館者に対する受付担当員。無給の研究員が二人。住み込みの警備員兼営繕員。それがこの博物館の人員構成だ。開館時間は午前十時から午後四時半まで。

だが、私も含めて、勤務者たちは自由に館内に居続ける。ここの仕事は、熱中すると本当に時間の経過がわからなくなる。

その日、警備員の中林から館長室に連絡をもらったのは、午前零時をすでに回った頃だった。

侵入者がいるというのだ。電撃棒で痺れさせてあるので、警察に届けようかと言う。

私は、それはやらないようにと中林に釘を刺した。館長職を受けるときに、代理人を通じて念を押されていた。理由はシンプルなものである。もし、警察の事情聴取で話の矛先が展示品の入手経路などに及ぶようなことになれば、その影響が機敷埜老個人に及ばないとも限らない。機敷埜老は、展示品に正当な対価を払ってはいるが、その支払い先の素性は必ずしもそうというわけではない。

「しかし……」

訝る警備員の中林の言葉を遮り、侵入者の男性を館長室へ運び込ませた。

電撃棒のショックから、まだ完全には回復していないようだ。普通の人で、回復するのに三十分から一時間はかかる。

もう冬も近いというのに、ズボンとその上に着たワイシャツだけという軽装だった。それも、かつては清潔な白ワイシャツであったろうと想像できるだけで、現実には、長い間洗われることもなく着古されてしまったような汚れ方だった。中林が、その男をソファに寝かせるのをためらわせたほどだ。

「正体はわかったのか？　何者なんだ」

私は中林に尋ねたが、彼は否定的に首を振っただけだった。

「わかりません。〝カード〟も持ってないようなんです」

私には信じられなかった。この時代に、命よりも大事な〝カード〟を持っていない人間が、生存できるものなのだろうか。今では、生まれたときから個人のカードを持つことになる。そのカードは、当人と切っても切れない存在になるのだ。生涯の履歴書にもなる。資産内容がすべてデータ化される。生計費の受け取りも、支払いもカードに入る。体質も病歴も……味覚の傾向も、パーティーへ行って話し相手を選ぶときの性格の傾向も……。そう、その個人に関するすべてが収められることになる。どんな偏屈な人間であろうと持たないわけにはいかない。

〝カード〟を持たないと、すべての情報機器に拒否されることになる。それは、即、この時代で餓死することを意味しているのだ。〝カード〟を持っていないという信じられない状況を前提として、ソファの上で失神している男を見ると、その服装がちぐはぐである理由が初めてわかった。

この時代からかけ離れている。

　ワイシャツにもズボンにも、時の流れが微妙に現れている。私は流行に敏感なほうではないのだが、男の衣服は、私が普段見慣れているものとは、どこかちがうということはわかる。

「閉館前から館内に潜んでいたようなんです」

　中林が言った。

「何かを盗もうとしていたのかね」

　私の問いに、中林は少し首をひねった。

「いえ、そういうわけでなく……発見したときは、一階D室の機械の前にいたんです」

「一階D室……。あそこの機械といえば一台しかないだろう。機関車なみの……」

　一階D室は他の部屋より二回りも大きい。天井も高く設計されていた。そこに鎮座しているのは……クロノス・ジョウンターだ。

「何をやっていたんだ」

「はい」中林は、ごくりと生唾を呑むように答えた。「機械を作動させようとしていたんです」

　私と中林は、ソファの上の男を同時に見た。

　男は呻き声を上げた。意識を取り戻そうとしていた。

そのときまで、侵入した男の顔をはっきりとは見ていなかった。

男は初めて顔を上げた。

顔中が黒く短い髭で覆われている。彫りの深い顔立ちだ。電撃棒のショックからだけではない。頬のこけ具合から、焦躁の極みにいたのだろうとわかる。

知性の高い人間なのだろう。意識を取り戻していなくても、その端正な顔立ちから男の本質を垣間見ることができた。どのように薄汚れていても、それはわかる。

深い理由があるはずだと、私は直観した。

この男は真の悪人ではない。やむにやまれぬ事情があって、博物館に侵入したのだ。

男はもう一度かすかに呻き、やがてゆっくりと瞼を開いた。

中林が再び電撃棒を構えようとするのを、私はあわてて制した。

「中林さん。あとは私にまかせてくれないか。彼と少し話してみたいのだが」

中林は不安そうに、「しかし」と返した。だが私の偏屈と頑固さに充分すぎるほど予備知識を持っているらしく、それ以上の反論はなかった。

私がうなずくと、仕方なさそうに肩をすくめ、部屋を出ていった。

館長室は私とその侵入者の二人だけになった。

冬も近いというのに遠雷が聞こえてくる。一陣の風が室内へ吹き込んできた。それが合図ででもあったかのように、屋外で何かが激しく落ちてくる音が響いた。霰か雹が屋根を叩いているのだ。

　突然近くで落雷があった。

　稲妻に照らされ、ソファの上の男は跳ねるように身を起こした。

　そのとき、何か金属製の小さなものが、彼の右掌からこぼれ落ちた。私はそれを拾い、彼の右手に返した。

　室内の灯火が消えた。よほど、今の落雷は近いものだったらしい。

　今、彼が手に握っているものは……。

　闇の中で男があたりを見回すのがわかる。意識を回復したのだ。やがて光が蘇った。停電のときには、展示品の一つである永久エネルギー機関が自家発電を始めるようになっている。

　男が夢から醒めたような声で言った。

「今の光は……クロノス・ジョウンターではなかったんだ」

　私は、本棚の裏から、秘蔵のブランデーを取り出し、グラス二つに注ぎ分け、その一つを男に差し出した。

「けっこう私の好みの味なんだよ。気を落ちつかせる効果もありますよ。遠慮しないでやってもらいたい。私はここの責任者なんだ」

私は男の正面のソファに腰を下ろし、まず自分のほうからブランデーを呑み干してみせた。男もならうように呑み、周囲の状況を初めて理解したように大きく溜息(ためいき)をついた。

「なぜ、この博物館に忍び込んだのですか。いや、心配しなくていい。私も不思議でならない。この博物館には、金銭的に価値のありそうなものが展示されているわけじゃない。なのになぜあなたが忍び込んだか……別にあなたが盗みに入ったとも思っていない。驚いた警備員が過剰(かじょう)防衛をやったことは申し訳ないと思っている。

理由を知りたいんだ。

あなたは、クロノス・ジョウンターのことを口にした。あの機械とどのような関わりがあるんですか」

男は私の問いに答えるかわりに、もう一口、ブランデーを口に含んだ。

「話したら……協力してくれますか。いや、協力してくれなくてもいい。見逃してもらえますか」

男は、突然、堰(せき)を切ったように言った。

「それは……話を聞いてみないとわからない。今の私には判断する材料は何もないのだからね」

男はがっくりと肩を落とし、しばらく頭を抱え込んだ。

遠雷はまだ続いている。地の底に響くように。

私は辛抱強く男の反応を待ち続けた。

「わかりました」観念したように男は言った。

「クロノス・ジョウンターについてどの程度ご存知か知りませんが……。この機械をどれほど捜し回ったことか。

あなたが信じようと信じまいと……いや、話しても、とても……私の口から言うのはおかしいのですが、信じていただけないような気がするのです」

私は男の次の言葉を待った。

そして男は、ぽつりぽつりと語り始めた。

# 一九九五年・秋

## 1

もう冬も近い十一月。

一足早い北風が、交差点に立つ吹原和彦(すいはらかずひこ)の肩を吹き抜けていった。

社名の縫(ぬ)いつけられたブルゾンの肩をすぼめ、和彦は横断歩道をゆっくりと渡る。

次の交差点まで八十メートルほどの距離がある。

いつもの時間帯だ。

脇(わき)の国道は、爆音ともいえる凄(すさ)まじい排気音をたてて、化学薬品を満載した大型トラックや、「可燃物」と表示したタンクローリーが間断なく通り過ぎていく。ブレーキ音やクラクションとともに。

これもいつもの朝の光景だ。

右手の雑居ビルの五階に設置された電照時計を見て、時刻を確認した。

和彦は、親会社である住島（すみしま）重工の開発部門だけを請け負（う）うP・フレック株式会社に向かっている。そこが勤務先である。

駅から二キロメートルほどの距離を、月曜から金曜までの毎朝、歩いて通勤する。約二千歩の運動だ。いつもの日課だ。

だが、それは一日で一番輝いている時間に当たる。

この日課は、就職して以来、七年間律儀（りちぎ）に守り続けてきた。だが、それが輝く時間帯に変わったのは二年半前からだ。

駅から職場まで、五つの交差点がある。その三番目の交差点の左角に一軒のフラワーショップがある。

そこで和彦は、二年半前に彼女と初めて出会ったのだ。

いや、フラワーショップ〝シック・ブーケ〟の店内で出会ったのではなく、ウインドウの外に置かれた小鉢の花に水をやっている彼女を見かけたのだ。

赤やピンクや青や紫の、名も知らぬ小さな花に囲まれた彼女は、ジーンズをはき、緑色のエプロンを着けていた。

その横を通り過ぎる寸前まで、和彦は何も気づかなかった。そして、突然、天から啓示（けいじ）を受けたように、彼女の存在に気がついたのだ。

彼女は、プラスチックのじょうろを右手に持ったまま、額の髪をはらうように通りのほうを向いた。

そのとき、和彦の瞳は彼女に吸い寄せられた。視線が釘づけになった。一瞬、立ち止まりさえした。

再び歩き始めた。なぜか、かなりの早足になっていた。

その女性の表情が脳裏に焼きついていた。さらりとした長い髪が心の中で風になびいていた。切れ長の目はやさしさにあふれていた。はっきりとした鼻筋と薄めの唇。すべてが絶妙なバランスの上になりたっている。その目鼻立ちが、子供時代の面影を残した輪郭の中にある。

その表情が、その日、和彦の裡で幾度となく蘇った。自分がインプリンティングされてしまったのかも知れないとさえ感じていた。あの時、あの街角で、何かの拍子に。

だが、いてもたってもいられないほどのその衝動を、何と呼ぶのかわからなかった。初めての体験だった。

その日の夕刻、注意深く観察して、フラワーショップの前を通った。だが、彼女の姿を見ることはできなかった。すでに勤務時間は終わったようだ。店には、オーナーらしい、小肥りの人の好さそうな中年女性が一人いるだけだった。

それが、〝彼女〟を知った最初の日のことだ。

和彦は確信していた。今日、彼女に魅かれたのは偶然のできごとではないのだ。日々、通勤を続け、この街角で必ず彼女を見かけていて、魅かれていたにちがいないのだと。

次に彼女を見たのは、翌朝の同時刻だった。

和彦はしばらく花屋の手前で立ち止まっていた。そして期待は報われた。前日と同時刻、午前八時四十分に彼女はじょうろを手に持って店から現れた。

和彦は再び歩き始めた。

そんな、瞬間だけの一方的なデートが、しばらくの間、続いた。


和彦の仕事はチームで行われる。

P・フレックは、約五十名の技術畑の人間で構成されている。親会社から開発の要請を受けて、四つの開発部門のうちの一つがそれにたずさわることになる。親会社である住島重工から具体的な要請がないときは、自主的なアイデアによる研究と開発が進められることになる。

和彦は住島重工からの出向という扱いだが、これは、P・フレックのほとんどの社員が同様だ。社長は住島重工の技術開発部長が兼任しており、ほとんど不在の状態だ。実質的な指揮は、二年ごとに人事異動で入れ替わる、やはり出向者である常務が執っている。

和彦は住島重工入社と同時にＰ・フレックへ出向したため、近いうちに、本社へ呼び戻されるだろうという予感を抱いていた。

だが、そんな、組織の力学的なことにはあまり興味は持てなかった。Ｐ・フレックにおける開発研究の仕事を充分に楽しんでいたからだ。

そんなとき、出向してきたばかりの常務が社内の試験室でけがをした。骨折であった。試験装置の爆発といった重大なものではなく、現場を巡回視察していたとき、床に少量垂れていた機械油に足をすべらせ、その転倒のタイミングが最悪だったということだ。

その事故の現場に、たまたま和彦は居合わせた。もちろん和彦にその責任はない。だが、数カ月の入院ということになり、部門ごとに代表の数人が見舞いに行くことになった。

和彦の開発チームでも見舞い金が集められた。何を見舞いの品に持っていくかという段になって、和彦は思わず提案していた。

「見舞い金だけじゃあ、味けないような気がします。花束を一緒に持っていったらどうでしょうか……知り合いの花屋がいますから」

そう提案した自分に驚いていた。それは同僚たちも同じだった。とても〝花束〟という発想を和彦がするとは思えなかった。

和彦には、あの街角の花屋〝ジック・ブーケ〟の女性のイメージがあった。それほどに、彼女の印象が頭から離れなかったのだ。

見舞いに花を持っていくということに、反対する者は誰もいなかった。和彦の「知り合いの花屋」から花を買うことについても、異論は出なかった。

和彦が花を買いにいくことになった。それが決定した瞬間から、胸が動悸(どうき)を打ち始めたのがわかった。

昼休みに、〝ジック・ブーケ〟へ走った。店の前で立ち止まり、ハンカチを取り出して汗を拭(ふ)いた。汗が吹き出しているのだ。緊張している。

店内に確かにいた。まだ名も知らぬ彼女が。

大きく息を吸い込み、店へ入った。髪の長いあの女性が、どこかの注文の品だろうか、籠(かご)を前に、大ぶりのアレンジメントを作っていた。右手には、白い大きな花弁の百合(ゆり)……カサブランカというのだろうか……を持っていた。

店内のチャイムが鳴り、彼女が振り返って言った。

「いらっしゃいませ」

微笑を浮かべていた。その顔を見たとき、和彦は絶句した。それまでの人生で一番素晴らしい笑顔だったからだ。その笑みに吸い込まれそうになるのを感じていた。そして、一瞬、なぜ自分がこの場所にいるのかということさえ忘れてしまったのだ。

彼女は立ち尽くしたままの客を不思議そうに見た。「あ、ああ」と、やっとのことで和彦はそれだけを言った。

和彦は作業着のブルゾン姿だった。

「こんにちは。初めまして」

思わずそう言っていた。

「え?」

彼女はそう問い返した。店に入ってきて初めましてと言われるのは、けっこう珍しいことなのだ。和彦は、自分の言ったことにやっと気がつき、「あ、どうも」とあわてまくった。

「花です。花を用意してください。お見舞い用の花をお願いできますか」

すさまじい形相(ぎょうそう)で、そう叫んでしまったのだった。

再び彼女に笑顔が蘇った。

「承知しました」

彼女は予算と花の好みを尋ねた。予算はすぐに言えたが、和彦は花の種類についてはほとんど知識がないのだ。

「おまかせします」

とだけ、ようよう言った。

「お好みの花を組み合わせてもよろしいんですよ。入院しておられるんでしょう。ご年輩の方ですか。お若い方ですか。男性？　女性？」

筒形の容器に入ったさまざまな色の花を見つくろいながら、彼女はまるで歌うように言った。

透明な声。それがそのときの印象だった。

彼女は少し考え、和彦の知らない花を次々と選んでいった。

今のうちに何かを話さなければと思うのだが、何も思いつかない。元来、女性と話すのには縁がなかった。

テーブルの上に目がいった。英語の辞書と原書が置いてある。それにノート。一番下に置かれたそのノートには、Kumiko Fuki と書いてある。

「へェ。すごい本を読むんですね」

和彦は、原書の厚さに驚いて、そう言った。と同時に、フキ・クミコとはどういう漢字を当てるのだろうかと考えていた。

彼女は少し恥ずかしそうに唇を噛んだ。

「夜、学校に通ってるんです。試験が近いんで、職場にまでテキスト持ち込んじゃって。泥縄なんですよ」

「偉いんですねぇ」

それは本心から出た言葉だった。

「ありがとうございます」と、クミコは照れたように答えた。そのとき、エプロンの腰の脇に留められているプレートが見えた。

「蕗」とフェルトペンで記されていた。そしてそのネームプレートの右隅に小さく「来美子」。それから、手描きで花の絵がそえられていた。

「できました。こんな感じでよろしいですか」

来美子は、心底嬉しそうに笑顔を浮かべて、包み始めた。

もうすぐ包み終える。それまでに何か言わなくては。誘わなくては。いや、デートに誘うなんてとても無理だ。でも、もっと何か話をしなくては……。

「お待たせいたしました」

「あ」

すでにラッピングを終えた花束が差し出されていた。和彦は会話の糸口を探すことを諦め、代金を支払っていた。もう、この場にこれ以上とどまる理由は何もない。残念なことに。

　来美子は、「ありがとうございました。またご利用ください」と笑顔で言った。

「また……利用します」和彦は言い、店を出ようとした。それから立ち止まり、振り返って言った。

「いつも……毎朝、この前を通ってたんです。それで……きれいな、あぁ、きれいな……花屋さんだなあって思っていたんですよ」

　すると来美子は、クスッと笑いを漏らした。和彦はなぜかいたたまれない気持ちに襲われて、〝シック・ブーケ〟を飛び出した。

2

　翌朝、通勤途上の和彦は、来美子の花屋の前を通ることをためらっていた。

　たぶん今朝も、来美子は〝シック・ブーケ〟の店頭で花の手入れをしているはずだ。だが、前日に訪ねてからというもの、帰宅しても、何かまずいことをしでかしたのではないかという強迫観念に捉われていた。会いたくないというわけではない。いや、むしろ一刻も早く一時でもいいから会いたい。だが、ためらってしまう。そんな矛盾した、相反する感情が同居しているのだ。

たぶん、昨日の客のことなど、来美子という名の美女は忘れ去っているにちがいないのだ。すました顔で〝シック・ブーケ〟の前を通り過ぎてしまえばよいのだ。

そう意を決して、足早に花屋のほうに歩き始めた。とても店内の様子を窺う余裕はなかった。今日は、来美子という女性は表には出ていない。ほっとした気持ちと残念な気持ちが入り混じった。

通り過ぎたときだった。

「おはようございます」

和彦の背中に声がかかった。

和彦は振り返った。

ジーンズをはいた来美子が立っていた。

「あ！」と和彦は絶句した。臨機応変に言葉が出てこない。

来美子はぺこりと頭を下げた。「昨日はどうもありがとうございました」そして、あの素晴らしい笑顔を浮かべた。

「お、おはようございます」

和彦はぽりぽりと頭を掻きながら下げた。それから、「がんばってください」と言い、くるりと踵を返した。

なぜ「がんばってください」なのか、言った本人にもよくわからない。なぜそんなことを言ってしまったのか。歩き始めた和彦に「がんばります」と来美子の声が返ってきた。

来美子が手を振った。和彦にもやっと笑みが出た。右手を軽く振って、職場をめざした。

それから、和彦と来美子は、毎朝、挨拶をかわすようになったのだ。

一年余の間。

それ以上、交際が深まることもなく、疎遠になることもなく。

そこが和彦の和彦らしいところだろう。来美子ともっと話をしたい、一緒の時間を過ごしたいという願望を持ちながらも、積極的に進展させる働きかけをしなかったというのが。

一年余の間、さまざまな想いが心の中で交錯したのだが、結果的にはそうなった。デートを一度も申し込むこともなく、律儀に毎朝の出会いだけを楽しみにしていた。

そう、この時が、和彦の毎日の生活の中で、一番輝く時間なのだった。

フラワーショップが近づく。だが、今日はこれまでの日々と少々異なった意味を持つ。

和彦の右手には小箱が握られている。

来美子が立っていた。

「おはようございます」

透き通るような声で言って、小首をかしげた。

「おはよう」和彦はそう返し、彼女の立つ場所へ近づいていった。来美子は少し驚いたようだった。

「昨日、会社で創立記念のパーティーがあったんです。そこでビンゴゲームをやったんだけど、ぼくに賞品が当たっちゃって」

それから、小箱を差し出した。彼女は、どういう意味なのだろうというように、目を丸くした。和彦は、来美子の言葉を待たずに、息もつかずに話し続けた。

「帰って中を開けてみたら、ぼくには無用の物だった。それに、これを使うような知り合いも他にはいないし、蕗さんに使ってもらえたら一番いいんじゃないかと思って」

来美子はいつもネームプレートを付けていた。だから、和彦はすぐに蕗さんと口に出せた。それより、彼女がどのような反応を示すのかが心配だった。

来美子は包装紙のない小箱を素直に受け取って、ふたを開いた。

「まあ、すてき！」

思わず声を上げた。中に入っていたのは、アマガエルの銀製のブローチだった。片足を伸ばして、銀の葉の上によじ登ろうとしている。

入手経路は和彦の話したとおりで嘘はない。それに、そのブローチが一番似合う人は、彼女より他に思い当たらなかった。

ブローチを胸に当てた来美子は、心底嬉しそうな表情になった。

「ねぇ、似合います？」

「もちろんです。すごく似合う」

だが、来美子は少し表情を曇らせた。「でも、これ、純銀製で、とても高そう」

「そんなことはない」あわてて和彦は首を振った。「そんなことはない。棚どころか、天からぼた餅が降ってきたみたいにして手に入れたんだから。ただ、ぼくが持っていても、このカエルがかわいそうなんですよ。一番似合う人の胸にいるべきなんだ。高いかどうかなんて関係ない。来美子さんが一番似合うと思うから……」

来美子は少しびっくりしたようだった。

「私の名前を、ご存知なんですか」

和彦はしまったと唇を嚙む。

「前に一度、花を買ったとき、ノートの表に名前が書いてあったし、ネームプレートにも小さく書いてある……」

「あっ、そうなんですよね。でも、くみこ……ってちゃんと読んでくれる人が少ないんですよね」

　そう深く気にはしなかったようだ。

「ありがとうございます。じゃ、遠慮なくいただきます。でも……私はお名前を知らないんですが、お客さまの」

「吹原（すいはら）……和彦っていいます」

「じゃあ」来美子は胸のシャツにカエルのブローチを付けた。「吹原さん、ありがとうございます。大事にします」

　そのときの喜びは、和彦のそれまでの生涯で最高のものだった。

「でも……もらいっぱなしでは、すごく気がとがめるんです」

　来美子は心配そうな表情に戻った。

「気にしないでください。すごくお似合いだし」

　来美子は思いきったように言った。「今月の末、お給料日なんです。豪華なものは無理だけど、吹原さんに……お礼にご馳走（ちそう）できると思います。せめてものお返しに」

　和彦は耳を疑った。信じられなかった。来美子から食事に誘われているのだ。

「ありがとう。でも、ご馳走なんて……来美子さんに負担をかけなくても、ぼくでも食事くらい招待できる」あわててそう言った。

「でも、それじゃあ、気がすみません」

　来美子はけっこう頑固だった。結局、和彦は申し出を受けることにした。もちろん、和彦にとっては歓喜の極みにかけのぼるようなできごとだ。

　時間と場所は明朝、知らせると来美子は言った。これから適当な所を考えてくれるつもりなのだろう。三十日といえばわずか三日後なのだ。予定は大丈夫なのですかと心配してくれたが、どのような予定もすべてキャンセルし、自分の都合に合わせるつもりでいた。

　こうして、朝の出会いは終わった。

「ほんとに、すごく似合うよ」和彦は再び来美子の胸のカエルブローチを見て、そう言い残した。来美子は少しおどけて、エヘンと胸をそらせてみせる仕草をした。

　それから和彦は、Ｐ・フレックへの道を急いだ。


　その日は和彦の所属する開発三課にとっても特別な日になっていた。そこに来美子との約束も加わり、さらに心が弾んでしまう。

　始業と同時に試験室へ向かった。

　開発装置の最終の微調整を行うのだ。

　試験室といっても狭い部屋ではない。ちょっとした体育館ほどのスペースがある。そこには、多数の試験装置や、試作した機器などが設置されていた。開発各課の共同試験室になっている。

しかし、現在、試験室のかなりのスペースを占領しているのは、開発三課と四課の合同プロジェクトによる装置だった。

装置と言えばよいのか設備と言えばよいのか。試験室の天井はかなりの高さがあるが、それでさえも不足している印象がある。

黒光りする巨大な砲台。そして砲筒の代わりに大昔の蒸気機関車(SL)が搭載(とうさい)されているような印象を受ける。

クロノス・ジョウンターだ。

命名者は、開発三、四課を受け持つチーフの野方耕市(のがたこういち)だ。この名前が、この機械の用途(ようと)を的確(てきかく)に表している。

クロノスとは時を司(つかさど)る神を意味する。そして、野方は古き良き時代のサイエンス・フィクションの愛好家だった。

「ジョウントするってどういう意味かわかるか? クイムと同じ意味だ。空間から空間へと跳(と)んでしまう状態を言うんだ。クイムはブラウンの『火星人ゴーホーム』で使ってるし、ジョウントはベスターの『虎よ虎よ』に出てくる。この機械にもそんな機能があるから、クロノス・ジョウンターと名づけた。なかなかいい響きだと思わないか」ということで決まった。

　正式には「物質過去射出機」という名称である。時間軸圧縮理論の応用による画期的な装置だ。設計者の名は知らされていない。P・フレック株式会社が担当するのは、設計図どおりの試作品の完成と実験だ。

「クロノス・ジョウンターの実験は、第二次世界大戦中のフィラデルフィア計画に匹敵するほど常軌を逸したものだぞ。まあ……この種の機械は、マッドサイエンティストの分野だと思うんだがな」といみじくも野方は言った。

　試作品の製作が始まる段階で、和彦はチームの一員として説明を受けた。

「これがどんな機械か、こう連想してもらうのが一番いいだろう。有名なSF映画がある。ロボットと人間が戦争をやっている未来があると思ってくれ。ロボット側は、人間側の指導者の母親を抹殺するために、殺し屋のアンドロイドを過去に送り込んでくる。指導者の母親を殺せば、指導者は生まれない。歴史を変えることができるという理由で。そんな映画だ。

　その映画では、どのようにして殺し屋ロボットを過去に送り込んだのかという方法は、描かれていない。だが、もし、過去に送り込むのに機械が使われるとすれば、それはこのクロノス・ジョウンターと同じものということになる」

つまり、過去の目的の時点へ対象物をほうり込むことができる装置ということだった。現在までの時間軸を圧縮し、過去の時点をたぐり寄せる。たぐり寄せた時点の中に対象物をほうり込むと、圧縮した時間軸が復元する。そして、理論上は、三分前へ射出するのも、十年前に射出するのも、クロノス・ジョウンターを稼働させるエネルギーの量に変わりはないということだった。

前日に、物質を使った過去射出の実験はすでに成功していた。

チーフの野方が持っていたシャープペンが、その対象物になった。ＳＬ型の大筒の底の部分にある「射出室」の中央部に、五十センチ四方の台を設け、そこにシャープペンを置いたのだ。

実験は大過なく終了した。いくつかの謎の部分を残しはしたが、それは、「時間」という捉えどころのない存在の性質に関わるもので、実験を積み重ねる上で解答が浮かび上がってくるものと思われた。

たとえば、シャープペンの過去への射出と、現在への帰還の問題である。

大筒の底部分に収納され、射出された対象物は、大筒の先端部分の下の、ドーム状の透明なフードに覆われた皿状の台に出現する。

シャープペンは十分前の過去に向かって射出された。この点について、実験前にいくつかの逆説の検討が行われた。十分前に射出するのであれば、実験する十分前の時点で、シャープペンはすでに出現していなくてはならないのではないかという考え方だ。出現しないのは実験が十分後の未来で失敗しているからではないのか。

だが、これは歴史及び時の流れは不可変だという考え方に基づいている。もし、実験後に本当にシャープペンが過去に跳んだとしたら、それはシャープペンが跳んでこなかった過去を跳んできた過去に書き変えたことになる。つまり、歴史上のできごとが変わったということだ。

もちろん、実験をやってみるまでは、いずれも空論の域にあった。

しかし現実に、クロノス・ジョウンターに納められた野方チーフのシャープペンは、過去に向かって射出された。

十分前の過去に。

円筒底部の射出室からシャープペンは完全に消失していた。

だが、フード内の台の上には、シャープペンの姿はなかった。そんなはずはない。十分前に跳んだシャープペンは、動かさない限り、十分前から皿状の台の上に存在し続けているはずなのだ。

だが、現実にはシャープペンはなくなっていた。

射出十二分後に、台の上にシャープペンは突然出現した。

十二分間の空白が生じたことになる。

その原因は謎として残った。

過去ではなく、クロノス・ジョウンターはシャープペンを十二分後の未来へ射出したのではないのか……現象だけで判断すれば、そうともとれる。

シャープペンの性能にも外観にも、変化らしいものは何もなかった。実験前と何も変わらない。

射出という点では、クロノス・ジョウンターは一応機能したという結論になった。生体で実験した場合、影響がまったくないとは考えられないが。

だが、今日の和彦にとって、そのような問題はどうでもいいことだった。今、頭の中を占めているのは、花屋で、花に囲まれて笑顔を浮かべている来美子の姿だけだ。

きっとそうだ。きっと自分の気持ちが通じたのだ。自分はなんという果報者なのだろうと思う。今朝は大変な勇気を必要とした。来美子にブローチを渡すときの心臓の鼓動は一生忘れない。まるで太鼓の乱れ打ちだった。

明朝、会食の場所を教えてくれると約束した。どこだっていい。どんなにまずい所でもかまわない。彼女と一緒に過ごすことができさえすれば。

　それから、来美子と自分が夕食を共にする姿を想像した。頭を振った。昨日まではそんなことはとても想像できなかった。

　今は、素晴らしい気分だ。こんな場所にじっとしていないで、飛び跳ねたいほどだ。自分には似つかわしくないけれど、大声で歌いたい気分だ。

「えらく楽しそうだね」

　声をかけられて、和彦は我に返った。

　同僚の藤川(ふじかわ)がニヤニヤしながら和彦の顔を覗(のぞ)き込んでいた。同期入社だが、すでに所帯を持っている。何事につけソツがなく、技術畑で働く人間というより営業畑のタイプのように見える。

「いや、別に……。どうもしてないけど」

　あわてて和彦は頭を振った。

「そうかぁ。何かよほど、いいことがあったような顔をしてたがなあ」

「歴史的実験に立ち会ってるからじゃないのかなあ」

　そうごまかした。

「そうだろうな。それにしては、マニュアルに目の焦点が合ってなくて、にやついていたけどなあ」

「あ、ああ」

和彦はマニュアルのプリントをあわててめくり、クロノス・ジョウンターの外部にある表示盤の数値チェックを再開した。

## 3

前日は数値の微調整に時間をとられたが、今日は、そう手間のかかる部分はない。

藤川は、顎(あご)をしゃくって、部屋の隅(すみ)に置かれたガラス容器の中のカエルを示した。

そのカエルが過去へ跳ぶことになる。

ビンゴの賞品にカエルの銀ブローチが選ばれたというのは、洒落(しゃれ)のつもりなのだろう。

午前九時半に実験は開始される。

九時十分を過ぎた頃から、わらわらと人が集まり始めた。三、四課の人間だけでなく、一、二課の連中の顔もまじっていた。それだけではない。住島重工本社の幹部の姿も見える。

それだけこの実験が重要な意味を持っていることの証(あかし)だろう。

生物が、史上初めて時間の流れに逆らって過去へ跳ぶ。

小さな部分を考えれば、いろんな矛盾点が生じるのはわかっている。たとえば、このカエルも十分前の過去へ跳ばされるのだが、そのカエルは十分前にも存在しているため、その時間には同じカエルが二匹存在することになる。さらに、その時間の同じ二匹のカエルをそのとき、また十分前に送れば……送られた時間帯ごとに、カエルは無限に増殖していくことになる。

そんなことは起こりえるのか。

たとえば、過去に送られたカエルが十分前の自分を嚙み殺すとどうなるのか。嚙み殺されて存在しなくなるわけだから、カエルは過去に行けなくなるのではないのか。過去へ行って殺せないわけだから、カエルは無事なのではないか。それが、タイム・パラドックスだ。ＳＦの中で何度も論じられてきた。そんな問題が、クロノス・ジョウンターの実験で解決することになる。

微調整の終了を、和彦はチーフに報告した。他の技術者も次々に担当の機器についた。これら周辺の機器は、直接にクロノス・ジョウンターの機能を補助するものではない。クロノス・ジョウンターそのもののシステムは本体だけで完結している。周辺の機器類は、クロノス・ジョウンターの作動に関連して発現する現象を観測するものということになる。

九時十五分に、カエルを入れた容器は射出室に納められた。すでに関係者全員が試験室に集合していた。クロノス・ジョウンターを遠巻きにして、しわぶきひとつたてず、固唾を呑んで見守っていた。

微調整を終えた和彦は、あとは、実験中はとりあえず何もやることはない。実験の経過を見学するだけだ。

自分ではやったことはないが、操作は誰にでもできる簡単なものだ。射出目標時点と現時点をセットすればいい。射出室に乗り込んで、内部で空間座標を設定すれば、希望する位置への射出も可能だが、設定しなければ大筒の先端部分下のフード内に行くだけのことだ。

今回のカエルも、特に位置を指定しなければ、そのフード内に出現するはずだった。

他の技術者たちとともに実験を見守りながら、和彦は考えた。このような機械を完成させて、どんな利用の方法があるというのか。チーフの野方は、さまざまな用途が生まれるはずだと言った。いずれ、過去へジャンプできる範囲は無制限になるだろうとも言った。千年前でも一日前でも……何百万年前の過去でも、原理はまったく変わらないからと。必要なエネルギーの量も操作方法も。

この機械を利用してできることは……過去を、歴史を変えること。それは可能だろうか。

ヒトラーを殺せば、ケネディを暗殺から救えば……世界の歴史は変わっただろうか。しかし、今は、そんなことに興味はない。過去への観光旅行。あまり意欲は湧かない。

藤川が和彦の隣へ来て肩を突ついた。

「吹原は、このジョウンターで行ってみたい時代ってあるか」

「別に……思いつかない」

「そうか」夢がないやつだなという表情で、藤川は溜息をついた。「おれは、三十分でいいから、恐竜が生息していた白亜紀かジュラ紀に行ってみたい。この目で本物の恐竜を見てみたいよ」

本気だぜ……という目だった。和彦は肩をすくめた。

「時間だ」

測定器の時計が九時三十分を示し、もう一つの表示が000になった。

クロノス・ジョウンターの筒状の部分に螺旋状の青い電光が走り、全体が激しく振動し始めた。目に見えないものが叩きつけられるような衝撃音が、幾度も腹に響いた。

その状態が数秒間続き、唐突に静寂が戻った。クロノス・ジョウンターは自動的にスイッチが切れた状態になっている。

カエルを射出室へ入れた担当者が、クロノス・ジョウンターに近づき、扉を開いた。それから内部を確認し、皆に向かって叫んだ。

「成功のようです。カエルは射出室から消失しています」

試験室に拍手が湧いた。和彦もつられて拍手したのだが、どうしても実感が伴わない。実験は成功したと言われても、カエルが消え去っただけのことだ。それが時間の壁を越えて行ってしまったといっても、それを確認する方法は何もない。確実にそれを証明するには、自分で実際に過去へ跳んでみるしかないのかもしれない。

誰もその場から動こうとしない。経過を見守っているのだ。

前日にシャープペンが射出の十二分後に出現したことを覚えているからだ。何かが起こるはずだった。

時計が九時四十分を示したとき、カエルを入れた容器が、先端部分下のフード内に出現した。一瞬だけ、フード内の空間自体が歪みを見せ、それから無から有が生じるように、カエルの容器は「現在」へ帰還したのだ。

試験室内に歓声とどよめきが起こった。

フードが開かれ、カエルが取り出されて床の上に置かれた。カエルは二度、跳躍してみせた。再び拍手。

拍手が鎮まり、担当者はカエルを容器に戻した。そして、容器の中にあった、もう一つのものを取り出した。それについては、和彦はまったく知らされていなかった。

担当者がそれのボタンを押した。それに目を近づけ、大きくうなずいてから、頭上に高くかざした。

それはストップ・ウォッチだった。

「九時二十分にボタンを押し、九時四十五分に止めました。つまり二十五分間です。しかし、ストップ・ウォッチは三十三分間を示しています。八分間の誤差が生じています。これが、アマガエル〝フロッギー〟の時間旅行の証明になります」

その担当者はそう言った。これで時間旅行が証明されたことになるのだろうか……と和彦は訝ったが、そう言われると、そうなのかと納得するしかない。

再び微調整するために、午前の実験は一応終了ということになり、数名を残して散会した。

「素晴らしい成果だな」

藤川は和彦にそう言った。

「ああ」

和彦は生返事をした。どうも、ぴんと来ない。藤川はやや興奮していた。

「三十三分間を示していたということは、どんな意味なのだろう。九時二十分にストップ・ウォッチを動かす。射出まで十分の待機時間があり、過去へ遡る。九時半からだ。で、十分前へ行く。九時二十分だ。その状況は、われわれには見えない。九時四十分にストップ・ウォッチは現在へ帰還する。九時四十五分に止める。全部で三十三分間だから、つまり、二十分間のはずが、十八分間しか時間旅行をしていないということになる。ということは、九時二十分に跳んで、九時三十八分までストップ・ウォッチは過去にいて、突然九時四十分へ引き戻されたということなのだろうなあ。なぜ、そのまま現在まで居続けずに、突然に出現するのだろう。そこがよくわからない」

藤川は和彦の意見を求めたがっているようだった。

「さあ、よくわからない」

和彦がそう答えると、藤川は本当に情けない顔をした。そして、思い直したように言う。

「そうだよな。こればかりは、人間が実際に跳んでみないと解明できないかもしれないな」

「いつ、人間を跳ばすんだろう」

和彦は、とりあえずそう言って相槌を打った。

「まだ、かなり先だ。安全性が完全に証明されたわけじゃないからな。午後は、ビデオ・カメラを過去へ送り込むらしい。まだ何やかにやガラクタをいろいろと送ってみるんじゃないのかなあ。これでよし……と安全性が完全に確認できることはまずないだろうけれど、これ以上の方法は見当たらないという目処がついたら、実行ということになるだろうな、今のところスケジュールには入ってないが」

「わざわざ過去に行きたがるやつがいるのかなあ」

和彦は不思議そうに言った。

「おまえ……吹原は本当に夢がないやつだな」

藤川は溜息をついた。夢がないわけではない。今朝、夢を摑んだばかりなのだ。来美子との新しい展開が訪れようとしているときなのだ。「過去」にはあまり興味が湧いてこない。

すぐに来美子の笑顔が心の中に蘇ってくる。

「何をニコニコしてるんだ。変なやつだな」

藤川は呆れ顔で言った。

そのときだった。

廊下にいた二人の耳に鈍い爆発音がはっきりと聞こえた。それから、ガラスの割れる音が続いた。

和彦と藤川は顔を見合わせた。本能的に身を躍らせて試験室へ走った。

クロノス・ジョウンターの事故と直感したのだ。

二人は試験室へ飛び込んだ。

異常はなかった。数人残っていた技術者たちも、ぽかんとしていた。

爆発音の正体は、こちらでもわかっていないらしい。

ただ、試験室の南側の窓ガラスには、すべてヒビが入っていた。普通のガラスであれば、完全に吹き飛んでいたはずだ。今の爆発が原因だ。

「ここじゃないですよ。社内でもない。別の場所だと思いますよ」

技術者の一人が間の抜けた声を上げた。

藤川が比較的低い位置の窓を開いた。ヒビで遮（さえぎ）られていた視界が広がった。

「あれだ！」

藤川が指で示した。

黒い煙が広範囲に昇っていた。まるで空襲を受けたような街の光景だった。黒煙の底でときおりトカゲの赤い舌のような炎がチロチロと見える。この距離から炎が見えるのだ。現場ではすさまじい火災が生じているのだろう。

和彦は胃から下腹部にかけて鉛の塊（かたまり）を呑んだような気分に襲われた。凶々（まがまが）しい連想だ。

「ありゃあ、駅の方角だぜ」

背後で無神経な声が響いた。

和彦もそう思っていた。最悪のできごとであって欲しくない。

何があったのかはわからない。

ただ、何度も首を振った。こうしてはいられない。和彦は膝(ひざ)ががたがた震えているのを自覚した。

これだけはわかった。こうしていても、事態について何もわからないと。

「吹原、どうしたんだ」

藤川が背後から叫ぶ声が聞こえた。その声を無視して、和彦は疾走(しっそう)を開始した。

廊下では数人の同僚たちとぶつかった。会社の門を飛び出し、駅への道を走り始めた。

4

サイレンが幾重(いくえ)にも鳴り響いている。

そこからは、遠方にはっきりと炎が見えた。

道路も燃えている。

ふだん、全力疾走などしたこともない。だから、すぐに息が切れる。足ももつれ始める。だが、立ち止まらなかった。ひたすら走り続けた。蕗来美子のいるはずの〝シック・ブーケ〟めざして。

通勤のときも、こんなに距離があったのだろうか。人だかりが見える。黒煙が上がっている。悲鳴も響いてくる。絶叫して避難を促す声。混沌とした状態で止められた消防車、パトカー、一般の車。続々と近づいてくるいくつものサイレン。

そんな風景は非日常のものだ。その非日常の風景が、走る和彦の視界で波うっていた。人込みは、近所から集まった野次馬だ。その人込みをかきわけるとき、さまざまな情報が切れ切れに飛び込んできた。

「タンクローリーみたいなのが横転してね、爆発したらしい」

「何を積んでたんだ。ガソリンか?」

「いや、ちがう。酸化剤とか言ってなかったか」

「あれだけの爆発だったんだ。ガスか何かを積んでたんじゃないのか」

「猛スピードで直進してきて、カーブで他のローリーと激突したってさ」

「火だるまで泣き叫んでる女の人を見たぜ」

「交差点の所はほとんど吹き飛んじまってるってさ」

その会話がどれだけ正確なものかはわからない。噂が増幅している段階なのだろう。警察官が数名、立入規制をしている。炎を背にして。

あまり見かけないタイプの車が液体を放射していた。化学消防車だ。

和彦は横道へ入り、白い消火剤に足を滑らせながら、交差点の〝シック・ブーケ〟がある位置へ進んだ。大通りでは規制が行われているが、横町の細い道にまでは人員が到着していないらしく、スムーズに通ることができた。

和彦は恐れていたものを見た。

嗚咽に似た呻きを漏らした。

「あああああ」

花屋〝シック・ブーケ〟はすでに跡形もなかった。そこにあるのは、ただ、かつて道路であった場所に穿たれた巨大な穴。そして恐竜の骨を思わせる、巨大な乗り物の黒焦げの存在。そして、散乱した化学消火剤の白い飛沫。家屋の骨組みらしきものの痕跡。

かつて、そこに人の生活があったことを連想させるものは、何もない。

来美子はどうなったのだろう……と思った。もし、その時間にどこかへ配達に行っているという奇跡でもあれば……。ここには、来美子が存在したと想像できるようなものさえ、見当たらない。何も……。

和彦は、そのとき、光る小さなものを見つけた。それは〝シック・ブーケ〟から十数メートルも離れた場所に落ちていた。

和彦の呻(うめ)きが絶叫(ぜっきょう)に変わった。そのポーズは偶然にもムンクの「叫び」とまったく同じものだった。

その銀色に光る小さなものは、数時間前に自分の手から来美子の胸へと贈られた銀のカエルブローチが、半(なか)ば溶融(ようゆう)したものだったのだ。

なぜだ。こんなことは嘘(うそ)だ。

和彦は絶叫したまま、へなへなと腰を落とした。

絶叫は収まったが、しばらく立ち直れずにいた。

他のことはいい。どうでもいい。わがままな言い方になるかもしれないが、どうでもいい。だが、これだけは許せない。蕗来美子が災害に遭遇したなんて。なぜこんなことが起こったのだ。いったい誰のせいなのだ。

それから、やり場のない怒りが襲ってきた。

他のことなら許せる。他人が自分に仕掛けた冗談や悪戯(いたずら)はたいてい許してきた。しかし、これだけは許せない。来美子を自分から奪うなんて。

なぜなら。

なぜなら来美子は、自分の中で、一番大切な部分だから。自分は来美子を……愛しているから。

もし、代わりがきくのなら……自分が死んだほうがましだった。


和彦は顔を上げた。

そうだ。さっきまで、自分は過去のできごとなどとは関係のない人間だと思っていた。しかし今はちがう。過去を変えることを、これほど切実に考える状況が来るとは。

そして自分は、その状況にうまく対応できる立場にいるかもしれないのだ。

クロノス・ジョウンターだ。

クロノス・ジョウンターで事故発生前の時間帯へ跳ぶ。そして来美子を災害から救う。

希望の光が差した思いだった。

体内に力が蘇るのを感じた。そうだ。それしか方法はない。

融けかけのカエルのブローチを握りしめ、立ち上がった。

P・フレックへ帰る。操作方法はわかる。そして、自分でクロノス・ジョウンターで過去へ跳ぶ。

頭の中で、行動の段取りだけが閃光のように次々と浮かび上がった。

もちろん、そのプロセスでどのようなトラブルが発生するかまでは、思いを巡らせてはいない。

方法を決めたら、行動するしかなかった。

P・フレックへ足を向けた。途中の道筋で、電器屋の店頭に並んだテレビの前で足を止めた。

臨時ニュースのテロップが、ドラマの画面の下を流れていく。

横嶋市長月町交差点でタンクローリー同士の衝突により爆発事故発生。被害状況は不明。付近は大火災が発生している模様。

他のテレビの画面に切り換わり、ニュース・キャスターが現れた。

キャスターは、テロップによる臨時ニュースでは漏れていた情報を次々に伝え始めた。

事故発生は午前十時十五分頃であったこと。タンクローリー同士の衝突で、高圧可燃性ガスと特殊酸化剤がそれぞれ漏出し、そこに引火した可能性が高いこと。死者、行方不明者が百数十名にのぼるおそれがあることなど。

百数十という数字は驚くべきものだ。だが、交差点でたまたまあの範囲に居合わせた車両だけでも数十台ではきかないだろう。それに、付近のオフィスビルも、数棟は壁を激しくえぐられ、焦げていた。あのビルの中ではどれほどの数の人間が勤務していたことか。

とにかく必要な情報は得ることができた。事故発生は午前十時十五分頃であることだ。クロノス・ジョウンターの射出目標時点をその一時間ぐらい前に設定すればいい。来美子に説明する。現場からできるだけ離れた場所まで避難させる。

再び社へ向けて歩きだしながら思った。

だが、あれだけの重要性を持つ実験機を私的に使うことなどできるだろうか。許可は下りないに決まっている。

無断で使用するしかない……。だが、機械の始動そのものが可能だろうか。もし可能だったとしても、もし過去に跳べたとしても、その責任は取らねばならないだろう。

だが、責任を取るとは、どの程度のことだろうか。自分の生命で償うというような責任の取り方は、この現代に存在しない。たかだかＰ・フレックから解雇されるのが最悪のケースではないのか。それくらいは覚悟の上だ。自分の人生の中で一番大切にしたいもの、守りたいものを見つけたところなのだ。それを守ることができるのなら、どのような仕打ちを受けてもかまわないではないか。

そう考えながら歩いた。来美子を救うためであればどんなことでもやる、そう呟いた。

Ｐ・フレックの門をくぐると、守衛が和彦に声をかけようとした。

災害を見に行ったのだろう、あちらは、どんな状況だ。

そんなことを尋ねようとしたのだろう。だが、声をかけることはできなかった。和彦が見やると守衛は立ちすくんでいた。

それほど自分の表情は変わっているのだろうか。鬼気迫る顔というやつになっているのだろうか。

和彦はかまわず、館内に直進した。

そのとき、正午のチャイムが流れるのを聞いた。正午から午後一時まで、P・フレックは業務を停止する。

すぐに試験室へ行き、クロノス・ジョウンターを作動させるつもりでいた。そのためには、昼休みで人気が少なくなっていることは幸いだった。

社員たちはこの時間、皆、別棟のカフェテリアに移り、食事や休憩をとっているはずだ。

和彦は試験室へ向かう。数人の技術者たちとすれちがったが、あえて和彦に注意を向ける者は誰もいない。

試験室に入った。人気はない。

まっすぐクロノス・ジョウンターへ近づいた。

「吹原、何をするんだ」

背後で声がした。振り返ると、口をもぐつかせながら、藤川が目を丸くして立ち上がっていた。

「藤川。昼休みに試験室で何をしてるんだ」

和彦が言った。藤川のほうが首をかしげた。

「おれはいつも愛妻弁当だよ。午後の実験の準備でやらなくちゃならんことがあるし、ここで食うのが効率がいい。吹原こそ、何のつもりだ」

和彦はそれには答えず、クロノス・ジョウンターのメイン・スイッチを入れ、目標時点を午前九時三十分にセットした。

それから、呆れて立ち尽くす藤川のほうへ向いて「すまん、見逃してくれ」と叫んだ。射出室へ入り、内部からロックした。

座席に腰を下ろした。目の前には映像パネルと操作盤がある。それで射出位置の座標を設定するのだ。

P・フレック周辺の地図が映る。赤い十字の標的マークが画面の中央にある。すべてコンピューター画像で、正確な地図になっている。座標設定のスイッチに触れると、P・フレックの周辺が縮小し、町全体の地図になった。

標的マークを移動させる。P・フレック前の道路をまっすぐに滑らせていく。長月町の交差点で固定した。

これで設定は終了だ。あとは……あとは……。

そうだ。自動射出にするのを忘れていた。

和彦は唇を噛んだ。射出室からだけでは、射出できないシステムになっている。いったん外に出てオートに切り換えるか、あるいは……。

射出室のドアを叩く音が聞こえた。

楕円形の特殊強化ガラスの窓の外に、藤川の顔が見えた。

「馬鹿野郎。吹原、頭でもおかしくなっちまったのか。何をやろうというんだ。まだ、人体実験には早すぎる。すぐ、そこから出てくるんだ」

和彦は首を振った。

「見逃してくれ。助けに行かなくてはならない人がいる。さっきの交差点の爆発事故に巻き込まれたんだ」

「そういうわけにはいかないだろう。おれも立場上、見逃すわけにはいかない」

藤川は呆れかえっていた。だが、その言葉に従うわけにはいかない。射出室から出れば、過去へ跳ぶ機会が失われてしまうことは、明らかだった。

一つの賭けに出るしか、方法は残されていなかった。

「藤川。一生のお願いだ。自分にとって誰よりも大切な人が事故に巻き込まれた。助けに行かなくてはならない。方法は、自分自身で事故が発生する前の過去に跳ぶしかないんだ。藤川。きみにも、自分の生命より、社会的立場より、そのすべてをなげうってでも守るべき人がいるはずだ。藤川。奥さんがいるだろう。弁当を作ってくれる奥さんが。もし、その奥さんが事故に遭ったらどうするんだ。きっと同じ方法をとるはずだ。クロノス・ジョウンターを使うはずだ。きっと奥さんを救いに過去に戻るはずだ」

一気にそうまくしたてて、反応を見た。藤川は戸惑った表情のままだ。だが、迷いが出ている。和彦はそう読んだ。

「しかし、やっていることは明らかに違法だ。せっぱつまっていることは、よくわかった。何とかしてやりたいと思う。だが、おれの立場も考えてくれ。おれもP・フレックの社員だ。おまえの行動を目撃した以上、見逃すわけにはいかない。おれにも、食うに困らないよう家族を守る義務がある。それには組織のルールから外れるわけにはいかない」

「じゃあ」和彦はズボンの右足に差していたプラスのドライバーを、藤川の目の前にかざしてみせた。「これからここで、クロノス・ジョウンターを復元不能になるまで破壊する」

藤川は仰天(ぎょうてん)して後ずさった。「まさか」という顔をしていた。射出室の中からでも、ドライバー一本あれば、完膚(かんぷ)なきまでに破壊作業を終えることが可能だとわかっているのだ。

和彦は無理に笑顔を作ってみせた。

「これは本気で言っている。脅迫(きょうはく)さ。これでP・フレックは膨大(ぼうだい)な損失(そんしつ)をこうむる。その損失を防(ふせ)ぐには、狂人の言うとおりにしなくちゃならない」

「わかった。見逃すしかないな。しかし、おまえがここまで大胆なことをやるとは、思ってもみなかったよ」

藤川は呆れた表情のまま、首を振り続けた。和彦は続けた。

「まだだ、まだ終わっていない。その自動(オート)の射出スイッチを入れるんだ」

「おい、おれに、そこまでやらせるのか」

「ああ。しかし会社はそれで、一足飛びにクロノス・ジョウンターの人体への影響までデータを手に入れることができるんだ。まどろっこしいさまざまな実験をカットしてな。無事帰還したら、自由にぼくの身体をテストしてかまわない」

「そこまでして、誰を救おうというんだ」

「……花屋の女性だ。ぼくの生活の中で、一番大切な存在だ。事故現場近くの職場に勤務していて災害に遭(あ)ったんだ。ぼくは彼女を何とかして救いたい」

「わかった」藤川は大きくうなずいた。「おれは脅迫されたんだからな」

情けなさそうに舌打ちしたが、心からいやがっているふうではなく、悪戯(いたずら)小僧には困ったもんだ、というような表情を浮かべていた。

決断した藤川の行動は早かった。すぐに操作盤に駆け寄り、自動射出スイッチを入れた。激しい振動が始まった。外部からクロノス・ジョウンターの作動を観察していたときに予想した以上の、激しい揺れを体感していた。

射出室内を青く光る粒子が無数に跳ね飛んでいた。白い輝きが明滅（めいめつ）した。

肉体にも変調を感じていた。無数の小針が全身をチクチクと刺し回る感覚があった。肉体の内部からグググッと押し上げてくる衝撃。そのとき初めて、和彦は後悔らしきものを感じていた。

突然に、何の前触れもなくショックがやって来た。すさまじい白光で瞼（まぶた）の裏まで真っ白になった。同時に全身を突き抜けるような音の感覚。

意識までもが、まったくの白と化した。

## 5

仮死状態から投げ出される感覚で目が醒（さ）めた。

ぐふっ……そう息を漏らして、歩道の上でバウンドしたのだ。

薄目を開こうとして和彦がまず気づいたのは、人の気配だ。

いくつもの靴音が通り過ぎ、近づいてくる。

ここは雑踏の中なのだ。

自分が歩道に寝ていることに気がついた瞬間、和彦は飛び起きた。

数名が立ち止まり、和彦を見下ろして好奇心を剝き出しにしたが、和彦が正常であることがわかると急速に興味を失ったらしく、それぞれが群衆の中に紛れ込んでいった。

和彦は周囲を見回した。

駅前広場にいる。広場のモニュメントに埋め込まれた時計を見た。

九時三十一分。

事故前の時間帯に戻ったのだ。だが、少し位置がずれている。

長月町の交差点から百メートルほどの誤差だ。

あれこれ考える余裕はない。いまやるべきことは一つしかない。とにかく、〝シックブーケ〟へ駆けつけることだ。

和彦は走り始めた。

来美子のいる花屋めざして……。あと四十四分でそこは大惨事の現場になるのだ。

走った。ひたすら走った。

先ほどの災害現場への疾走と異なり、希望があった。見慣れた通勤風景。いつもと何も変わっていない。

長月町の交差点に出た。

赤の信号がまどろこしかった。ほとんど足踏みをしたまま、信号が変わるのを待った。

花屋が見える。蕗来美子がいるはずの〝シック・ブーケ〟だ。この通りのどちらから、タンクローリーはやって来るのだろう。

信号が青に変わった。

和彦は、もどかしさにいらだちながら横断歩道を走った。

店の前に来美子の姿はなかった。

店内に見える。

来美子は花籠（はなかご）を作っている。朱色の百合や、マーガレットで飾られた籠だ。

和彦は息せき切って店内に飛び込んだ。九時三十八分を、店の時計が指していた。

あと三十七分しかない。

顔を上げた来美子は驚いたようだった。それから笑顔を浮かべた。

「あ、吹原さん。先ほどはどうも……。どうかなさいましたか」

和彦は涙を流したい衝動に駆られていた。

この世界では、来美子は無事にいる。しかし、それも長い時間じゃない。

無意識に和彦は来美子の胸を見た。

あった。今朝、和彦が贈った銀のカエルのブローチが。

和彦は言葉につまった。胸がいっぱいで思いが言葉にならずにいる。

「会社には……行かれなかったのですか。お休みですか」

和彦は、ちがいます、ちがうんですというように、感情の高まりを鎮めながら首を振った。

やっと言葉が出た。

「あ、あ、あの、ここから一刻も早く離れてください。もうすぐ、大災害がここで起こります。すぐに……ここから逃げてください」

蕗来美子は、信じられないといった表情で和彦を見た。いったい何を言いだすのだろう……真意をはかりかねている様子だ。

来美子は愛想笑いを作った。

「でも、吹原さん。急にそんなことを言われても困ってしまいます。私、ここを離れるわけにはいかないんです。ここを……お店のことをまかされているんですから。今は営業中だし、店を空けるわけにはいかないんです」

和彦は思った。

……わかっていないんだ。

当然のことだ。これから大災害が発生するということをどうやって説明すればいいのだ。実は、自分は三時間後の未来から跳んできたんだ……そう説明すれば、普通の人間なら、どのような反応を示してくれるだろうか。

「ぼくの言うことを信じてください。いいですか……ぼくは会社の仕事で……未来をかなりの確率で予測する研究をやっているんです。それで、ここで今日十時過ぎに、大爆発が起きることがわかったんです。だから、来美子さんを救いに来た。もう、あまり時間がない。ぼくが安全な場所まで連れていきます」

来美子はじっと和彦の顔を見つめた。何が真実なのか、和彦の表情から読み取ろうとでもいうように。だが、まだ結論を出しかねている。映画では、ヒーローはヒロインに、このようなとき「トラスト・ミー」と叫ぶ。すると、ヒロインはヒーローの言葉に従う。

「ぼくを信じて！」そう叫びたかった。だが和彦と来美子の間には好意は存在しても、それ以上、おたがいのことをまだ何も知らない。信頼し合うための基盤が存在しないのだ。

そのとき、和彦は変調を感じた。

自分の体内だ。何かが起こっている。

身体が自分の意志に反してどこかへ引っ張られようとしている。皮膚が肉が血が……身体の奥の深みまで、肉体のすべてが……。

「来美子さん」

来美子は戸惑っていた。和彦は通りの向こうの時計を見た。

午前九時四十分を過ぎようとしている。

あと三十五分ない。

なのに、どうしたんだ。ぼくの身体は……。身体は……。

突然、視界が真っ白になった。

和彦は絶叫した。重力の束縛がまったくなくなった。上下左右の感覚が消失した。虚無の空間を舞っているのだ。

ただ、正体のわからないパワーに、全身が吸い寄せられていく感覚だけがある。

だが、それも瞬間のことだった。

視界が蘇った。

クロノス・ジョウンターの黒い巨体が見える。

試験室だ。P・フレック株式会社のあの試験室だ。身体を起こした。部屋は静まりかえっている。

一時十五分前。

「藤川！」

和彦は思わず叫んだ。

目的を果たせなかった。来美子を避難させることができなかった。助ける前に、現在へ引き戻されてしまった。

その焦りが「藤川！」の叫びになった。

だが、その姿はない。

おかしい……そんな直観がした。

自分が藤川の制止を振り切って過去へ跳んでから、彼はどのような行動をとったのだろうか。

たぶん、チーフの野方や社の責任者、幹部たちにこのことを連絡したはずだ。幹部たちはどのような反応をしただろう。とりあえず、和彦の過去からの帰還を待って、試験室に集結しているはずではないのか。

なのに人の気配がない。大騒動になっていても不思議ではないはずだ。

藤川は人を呼ばなかったのだろうか。そんなはずはない。彼の性格であれば、保身のための行動を必死でとったはずだ。

暑い。異様に汗が出る。

和彦は試験室を出て開発三課へと向かった。

正面から開発四課の林田と滝川が歩いてきたが、和彦を見て立ちすくんだ。和彦はそれを無視して、開発三課へ歩いた。

三課には藤川だけがいた。藤川は仰天し、和彦の姿をまるで幽霊でも見るかのように凝視した。

「吹原！……信じられない」

和彦は頭を振った。

「助けることができなかった。もう一度、過去へ跳びたいんだ」

「吹原……いつ、戻ってきたんだ」

「たった今だ。過去には十分程度しか存在できなかった。それから急激に引き戻され、現在に帰ってきたんだ。あの程度の時間ではどうしようもない」

藤川は首を振り続けていた。

「吹原……今がいつかわかってるのか。あれから一年と八カ月経ってる」

巨大なハンマーで脳天をなぐられたような思いがした。そのまま絶句した。

どうりで暑いはずだ。今は夏の季節なのだ。しかし……あれから二十カ月も経過しているなんて。

「吹原……。おまえが跳んでから、しばらくは大騒ぎになっていたんだ。しかも、おまえは帰ってこない。おれもさんざん絞られたんだぞ。おれはてっきり……助けに行ってあの事故に巻き込まれちまったのかと思ってたんだ」

「いや、巻き込まれる前に引き戻されちまったからな」

藤川は机の中からスクラップ・ブックを取り出した。

「今、課の連中が帰ってきて、おまえの姿を見たら、大騒ぎになるな。しばらく人目につかない場所で話をしよう」

それから二人は、辺りを見回すようにして部屋を出た。まだ休憩時間が終わっていないから、人の気配はあまりない。

試験室の並びにある控室へ二人は足を運んだ。

「とにかく、読めよ」

藤川が渡したスクラップ・ブックを広げて、和彦は目を走らせた。

藤川は二つのジャンルに手際よく資料をまとめていた。

一つは長月町交差点の事故に関する新聞の切り抜き。

もう一つのほうは、クロノス・ジョウンターの実験経過。

あれからも、さまざまな実験が繰り返されていた。過去遡行の実験が。

そして、和彦の件も実験データの一つとして入っているのだ。

「ぼくは失踪したことになっているのか？」

和彦は顔を上げて、藤川に尋ねた。

「どっちで？　社内的にか？　社会的にか？」

「どっちでもかまわない」

「社会的にはどうかわからない。だが、クロノス・ジョウンターのことは、社外秘だ。ある日から突然、出社していないことになっている。だから、行方不明といったところかな」

和彦は唇を尖らせて何か言いかけたが、それが無駄だということはすぐにわかった。

「ぼくの後に、人体実験は？」

「ああ……四人がやったよ。おまえのあとに一時間以内の過去に跳んだやつがいる。こいつはすぐ帰ってきた。もう一人は六カ月前に跳んでいる。その後にもう一人、栗塚というやつが一年よりちょっと前に。この二人はまだ帰っていない。最近は去年の十二月だったか……。一課の志願者の布川という男だがね」

「その男は？」

「こいつも、まだ帰ってきていない」

　布川という男は、特殊な過去滞在固定装置を付けて五年前に跳ばされた。藤川はその具体的な目的を聞かされていなかったが、彼の場合は射出したきりになっているということだ。和彦の場合は、事故直前の現場に跳んで事故に巻き込まれ、帰還不能になった可能性があるとして、また別のケースと考えられたらしい。

　他に無機物や小動物を対象に何回か実験が行われた。

　時間流はその被験体の性質によって異なった反応を示すらしい。無機物や小動物は、比較的近い未来に戻ってきている。

「人間に関しては、なぜ、ちがった結果が出るんだ」

　和彦は不思議だった。だが、藤川もその答えを得ていなかった。

「時間流を遡るという行為自体が、自然の法則に逆らう許されないことなのかもしれない。だから……何と言えばいいのか……時の神（クロノス）、時の法則を管理する神の……摂理（せつり）といったものが、万物の調和を果たすために、過去へ遡った存在をその性質に応じて未来へ押し戻すんじゃないのかな」

　和彦は藤川の言うことにも一理あるような気がした。過去へ跳ぶ状態というのは、ちょうど、腰にコイル状のバネを装着して遠くへジャンプするようなものではないかと連想した。一端を固定したバネが伸び切った状態で着地する。そのバネは徐々に引く力を強めていく。その力が跳んだ人のとどまる力を超えたときに、後方へ身体を引き戻す。そんなものではないか。なぜ、人間だけがより未来へと引き戻されるのか……無機物や小動物との差が出てくるのか……それは人間の精神力からではないだろうか。過去にとどまろうとしいう力と時間流がせめぎ合い、そして均衡が破れる瞬間が訪れる。そして、人間だけがその精神力でより長く過去にとどまろうとし、たぶんその帳尻が、より未来で合わせられてしまう。

和彦はうなずいて、事故関連の記事に目を走らせた。

十一月二十七日午前十時十五分。

その時刻を頭に刻み込んだ。

死者百二十七名。

丸く切られて並ぶ死亡者の顔写真。その中に、蕗来美子のぼんやりと拡大された顔があった。

やはり、歴史は変わっていない。

あれから、来美子は逃げなかったらしい。あれだけの説得では彼女の行動を変えることはできなかった。

　記事に目を走らせる和彦に藤川が言った。

「もう悔いはないだろう。過去に跳んでも、歴史を変えられないことがわかったんだからな。クロノス・ジョウンターも、ここでの実験はほぼ終了してしまっている。

　来週中にも、住島重工の立野倉庫に移送されることになっているんだ。どうも、実用面で問題がありすぎるという結論らしい。早い話が、お蔵入りということだな」

「お蔵入り！」

「ああ、クロノス・ジョウンターの設計者が誰だか知ってるか。住島重工の人間らしいんだが、そいつは、噂では、自殺してしまったという話だ。天才的な人間だったらしいんだが、狂気じみてもいたらしい。

　狂気じみた機械は狂気じみた人間にしか動かせない……ってね。何とかの法則にでもありそうな話でね。残りの連中には扱いかねる代物らしくてね。データが揃っても、設計の改善つまり開発をやれる人間がいないらしい。そう聞いている」

　だいたいわかったかというように、藤川は和彦の顔を見た。

「とりあえず、おれがついて行ってやるから、課長に報告に行こう。それが順序だな」

　和彦は首を振った。

「だめだ。まだだめだ」

「だめだ？　何がまだだめなんだ、吹原」

藤川は目を剝いた。

「まだ、やりかけたままだ。もう一度、行く」

「もう、やったじゃないか。まだ懲りないのか？」

「彼女を助けていない。あの人を救わなければ意味がない」

和彦はスクラップ・ブックを持って立ち上がった。藤川は呆れかえって、座ったままで肩をすくめている。

「また、過去へ跳ぶつもりか？」

「ああ、来美子さんを救うまで、何度でも跳ぶ」

藤川は唇を尖らせた。

「もう、今度は手伝えないぞ」

「かまわない。ぼくを見なかったことにしてくれればいい。今度は、射出室へ入る前に、射出スイッチを自動に切り換えてから乗るよ。ところで、さっき布川という男が過去滞在固定装置を付けて跳んだと言ったな？　それを貸してもらうわけにはいかないか」

「まだ布川も帰ってきたわけではないんだ。装置の効果には疑問がある。それにそいつは野方課長が管理している」

固定装置については、諦めざるをえないようだった。

しばらく藤川は覗き込むように和彦の目を見た。

それから、どのような説得も効果がないことがわかったようだった。藤川は人さし指を上げて言った。

「たぶん、おれが止めても無駄だろうから、言っておく。クロノス・ジョウンターの過去射出実験でわかったことはほとんどない。しかし、いくつかの法則は実験の中に表れている。

そのうちの一つ。シャープペンの実験でわかったことだ。一度、過去へ送ったシャープペンは、その滞在時刻より過去へ送り直すことはできない。それ以前の過去へ射出しようとしてもクロノス・ジョウンターが機能しない。つまり、吹原が再度過去へ跳ぼうとしても、こちらへ引き戻された時刻より過去には行けないだろうということだ。

もう一つ。これも、シャープペンの二度目の実験でわかっている。二度目に過去へ送ったとき、帰還までの時間が一度目の四倍以上かかっている。

それがどういうことなのかはよくわかっていない。もう一度、このシャープペンは過去へ送られた。三度目の時間旅行から、まだ帰ってきていない」

それは実験経過のデータに目を通した和彦にもわかっていた。シャープペンが最初、十分前に送られ、実験の十二分後に帰還している。二回目は九分前に送られているが、帰還したのは、五十分後だった。三回目は八分前に送った。……まだ、帰還していない。

藤川は立ち上がらなかった。

「いろいろとすまない」

そう言い残して、和彦は控室を出た。藤川が出てくる気配はなかった。和彦の行動を手伝わないし、一切邪魔もしない。つまり関知しないつもりらしい。

和彦は廊下を駆けて試験室へ向かった。

# 6

あのクロノス・ジョウンターだけが、黒く冷たい光沢を放ちながら鎮座していた。

作動ロックを何とか解くことができた。

メイン・スイッチを入れ、射出スイッチをマニュアルからオートに切り換える。

時計は午後一時を指している。午後の実験が予定されていれば、要員はほぼこの部屋に集合しているはずだ。まだ人の気配がないということは、そうあわてて操作しなくてもよいということだ。

射出室へ入った。内部からロックした。

オート操作にした場合、内部から目標時点の座標設定も可能になる。

一九九五年　十一月二十七日　午前九時三十分。

射出位置の座標設定。

前回の射出の際は駅前に着地した。百メートル以上の誤差ということになる。

コンピューター画像の地図で、目的の長月町の交差点よりも五十メートルほど南に、今回の赤い十字形の照準を合わせた。そうすることによって、前回よりは近い位置に射出されるはずと踏んだのだ。

射出を三分後にセットした。あとは、オート機能が過去に送り出してくれるはずだ。

その三分間を、ひたすら待った。

三分を待たずにクロノス・ジョウンターの振動が始まった。白い輝きも始まった。

それから、ストンと振動が止まった。

赤い点滅が射出室内で起こった。

和彦はごくりと生唾(なまつば)を呑んだ。

故障なのか？　クロノス・ジョウンターが支障をきたしたのか？

画面で文字が点滅していた。

「射出できない時点に設定されています」

そして設定時点の点滅。「一九九五年　十一月二十七日　午前九時三十分」

そうだ。藤川が言っていたデータのことだ。和彦は思った。やはり、引き戻された午前九時四十分以降にしか、自分は戻れないのだ。

キーを叩き、設定時点を変更した。

「一九九五年　十一月二十七日　午前九時四十二分」

同じく射出を三分後にセットする。

再び、和彦にとって長い長い三分間が始まる。百八十秒、百七十九秒、百七十八秒……。

外部で、数人の足音がばたばたと響いてきた。

「やはりそうだ。誰かがクロノス・ジョウンターをいじってるらしいぞ」

「射出室に人影が見えた。中にいる」

先刻の振動で、近くにいた連中が駆けつけてきたらしい。

これまでの人生のうちで、祈るという行為を信じてはいなかった。だが、このとき初めて、和彦はその必要性を感じていた。もう数十秒、邪魔しないで欲しい。

「誰だ！　ここを開けろ」

「吹原か？　帰っていたのか」

てんでな声が聞こえる。

その声がいっせいに遠ざかった。

クロノス・ジョウンターの振動が始まったのだ。青い微粒子が見える。白い光が見える。

もう大丈夫だ。誰にも邪魔はできない。和彦は胸を撫(な)で下ろし、感謝した。時の神(クロノス)よ、もし祈りを聞き届けてくれたのであれば、本当にありがとうございます。

身体中を小針が刺す感覚さえ心地よかった。

「来るぞ」そう思った。

ずん！　と来た。あの、時を超える感覚があった。

過去へ出現する瞬間を自分の目で見ることができた。

前回の射出のときは、仮死状態になったような自分を感じていた。だが、今回はちがう。

一度でも過去遡行(そこう)を体験したという安心感も手伝っていたのかもしれない。

九時四十二分という道路際の時計の表示が、出現の瞬間に見えた。

視界がすさまじく広がる。

それが、今回の過去出現の瞬間における和彦の印象だった。

出現したのは、歩道数センチ上の空中だった。前回のとき、激しく地表に叩きつけられた感じがあったのは、身体の平衡感覚を失調させていたためだったにちがいない。

今回は、右足でバランスを取りながら、なんなく着地することができた。

〝シック・ブーケ〟の前。ぴったりだ。

これで時間を無駄に費やすこともない。

店内に突進した。

飛び込んだとき、来美子はうずくまるように座り込んでいた。

「来美子さん」

和彦は背後からそう呼びかけた。来美子は、うずくまったままゆっくりと振り返り、和彦の顔を見て口を大きく開いた。

何度も何度も首を振った。

「なぜ……？　今、あなたは、確かに消えたわ。いなくなったのよ。いつの間に後ろに回ったの」

幽霊を見る目だった。来美子にとっては、信じられないできごとが起こったばかりなのだ。それまでそう親しかったわけでもない男性が突然現れ、どこかへ逃げろ、災害が起きるぞと言う。迷っているうちに、男はまるで霧がかかったように目の前から消えてしまう。

それだけではない。消え去ったはずの男がまたしても現れたのだから。

「そんなことより、逃げるんだ」そう和彦は言いかけた。だが、それでは前回と同じように来美子を戸惑わせるだけに終わってしまうと思い、それは言葉にはしなかった。

「長い時をかけて、来美子さんの後ろに回ったんだ」

代わりにそう言った。そう言って、しまったと思った。そんな話をしたところで、来美子の混乱を増幅させてしまうだけではないか。

「吹原さん……あなたは人間ですか」

来美子はよりによって、そう尋ねた。

宇宙人ですか、モンスターですか、そんな質問と同義だった。

「もちろん。人間です」

やや呆れつつ和彦は答えた。だがそれから……来美子は押し黙ってしまった。来美子の内部でさまざまな思いが交錯し、検討されているのだ。

和彦を信じるべきなのだろうか。ひょっとしたら、和彦という人間は、異常者ではないのか。

壁の掛け時計の針が、九時四十八分まで回っている。すでに六分が経過している。

もう、あまり時間がない。

来美子の視線が自分の右手に注がれていることに、和彦は気がついた。

そうだ、これを見せればいい。

未来の自分が藤川から借りたスクラップ・ブックを右手に握りしめていたのだ。前回の射出のときは持っていなかった。

「これは事故後の新聞のスクラップだ。来美子さんのこれからの運命が載っている」

スクラップ・ブックの事故のページを開いた。

早く。早く目を通してくれ。和彦は祈るような気持ちだった。

「でも、こんな新聞記事がなぜあるんですか。たしかに吹原さんは、さっき、未来を予測する研究をしていると言われたばかりですけれど、それにしても」

和彦は頭を抱えたくなった。

そんなことを言ったのだろうか。言ったかもしれない。しかし、そうでも言わなければ、とても信じてもらえないと思ってのことではないか。

自分が演じているのは、途方もなく滑稽なピエロの役どころではないのかとさえ思い始めた。必死に演じるほど笑いを誘うピエロ。

和彦は、声を荒らげそうになっている自分に気がついていた。

「とにかく、それに目を通してみてください」

あと、どのくらい時間がある？

早く。早く。目を通して欲しい。

来美子は和彦の瞳を凝視した。それから、大きくうなずいてスクラップ・ブックを手に取り、目を走らせた。

急いで読んで！　そう叫びたくなるのを必死で抑えた。

壁の時計に幾度も目をやった。

九時四十九分。

少しずつ、来美子の反応が変わっていくのがわかった。

来美子は右手でページをめくる、左手は徐々に拳に変わり、固く握りしめられていく。拳の中では、もう汗が生じているはずだった。

やっと顔を上げた。

「この新聞記事は何かのトリックですか」

和彦は全身から力が抜け去るのを感じていた。頰だけが強ばってしまう。

何という……これでは本当に喜劇だ。

来美子の顔を見てわかった。ふざけてそう言っているのではない。ただ、他にどういう反応を返せばいいのか、わからずにいるのだ。

「この新聞は本物です。ぼくは何度も未来から来ている。その記事にある災害から、あなたを救うつもりなんです。未来を予測する会社に勤めてるなんて嘘なんです。うちの会社では時間を跳ぶ機械を造っている」

「時間を跳ぶ機械……」

来美子は呟くように繰り返した。

信じかけているのだ。もうすぐだ。もうすぐ彼女は信じてくれる。

身体が引っ張られる、あの予兆があった。タイム・リミットだ。

和彦は壁の時計を見た。九時五十三分だ。

今回も間に合わない。

「さあ、ぼくの言うことを信じてくれたら、ここから逃げて！」そう言いたかった。だが言えなかった。

時間流が、自然の法則に従って、またしても和彦を未来へと跳ね飛ばそうとしている。

その力に抗(あらが)うのが精いっぱいで、言葉など出ようがない。

その変調には、来美子も気がついた様子だった。

「和彦さん、どうしたの？」

時間流の重圧に和彦は必死で耐えていた。

た。

「また……来る。必ず……戻る」

それだけを、絞り出すようにやっとのことで言った。

それだけが、一九九五年十一月二十七日午前九時五十三分直前までの和彦の成果となった。

和彦はあの時間流の渦に肉体を捉えられたのだ。転移の感覚が訪れた。

P・フレックの試験室であることは、すぐわかった。

早朝の時刻だ。

まだ薄暗い。

和彦は未来へ跳ね飛ばされたことに対して虚脱感だけを味わっていた。

二度目の過去跳躍でも、来美子を救い出すには至らなかった。

試験室の床の上にヘナヘナと腰を下ろし、しばらく放心した状態が続いた。

呆然としたまま室内を見回した。以前と何かがちがう。

気がついた。

ない。

クロノス・ジョウンターが試験室から消えている。

和彦はあわてて立ち上がって、まだ朝日が差さない薄暗い試験室を再び見回す。まちがいない。

同じタイプの小型の装置が三台並んでいる。クロノス・ジョウンターとは似ても似つかないものだ。

その機械には「波動発電機」と記されていた。時間を移動する機械とは、まったく別種のものだ。

クロノス・ジョウンターはどこかへ移送されてしまったのだ。

和彦は開発三課の部屋へと歩き始めた。

開発三課の机のレイアウトが変わっていた。和彦が見覚えのある配置ではない。壁の図面もスケジュール表も別種のものだ。

その理由がすぐにわかった。カレンダー上部の年号で。

二〇〇二年、四月三十日。

以前に、未来へ引き戻されたときに、二年もの時間が経過していることを知ったときよりも驚きだった。

あれから、五年も経(た)っている。

最初は二年。

今回は七年後。

過去から跳ね飛ばされる時間距離が、だんだん増大している。

しかし、もう一度、あの〝時間〟へ戻らなくてはならない。

来美子を助けなくてはならない。

その思いが和彦の内部で渦巻いている。まだ目的を達成したわけではないのだから。

棚にもクロノス・ジョウンターに関する資料はまったく見当たらない。

藤川の席はどこなのだ。

わからない。

いったん開発三課を出た。入り口横の壁を見る。パネルに座席表が張り出されていた。

だが、藤川の名前はそこには載っていなかった。

今、P・フレック株式会社の開発三課に、藤川という人間は存在しないのだ。

異動で職場が変わったのか。

五年の歳月が経過したのであれば、そのようなこともあり得るのではないか。

藤川だけではない。自分がこの職場で働いていたという痕跡(こんせき)さえもない。

和彦は電話を取った。

藤川の自宅の電話を局に問い合わせた。名が出てこなかったが、うろ覚えながらも、住所で番号を知ることができた。

「藤川さんのお宅ですか。私は、かつてＰ・フレックに勤めていた吹原という者ですが」

電話に出たのは藤川本人だった。

今、帰ってきたこと。Ｐ・フレックで藤川を捜したことを告げた。

藤川は電話口でしばらく絶句していた。

「おれぁ、もうＰ・フレックを辞めてるんだ。独立してここでソフトの設計をやっている。もう、会社のことは忘れてしまってるんだ」

いかにも迷惑（めいわく）そうな声だった。しかし、自宅と仕事場が同じなのは和彦にとっては意外だった。

「自宅と事務所を兼ねているのか……」

「ああ、家族もいないしな。気楽なものさ」

和彦は何か言いかけたが、やめた。五年前と人格も変わっているように思える。それだけの長さを持っているのだ、五年間という時は。

「ぼくは、今度も彼女を救うことができなかったようだ。だが、未来へ跳ね飛ばされてきたうえ、クロノス・ジョウンターは試験室から消え去っている。

あの機械はどうなったんだ。教えてくれ。こんな七年も後の世界では、ぼくは藤川以上に頼れる人を知らない。もう一度、過去へ跳べば、必ず彼女を救えるんだ。教えてくれないか」

電話の向こうで、藤川の沈黙が続いた。考え込んでいるのか、記憶を探っているのか。

「吹原！　おまえは前におれに言ったことがあるよな。自分の生命より、社会的立場より、すべてをなげうってでも守りたい人がいる。誰にでもいるはずだ。その気持ちがわかるなら見逃せ……と」

藤川は急にそう言った。

「ああ、覚えている」

「おれにはもうそんなものはないんだ。妻子も四年前からいない。離婚したんだ。今、一人でやってる。こんなときはどうなんだ。クロノス・ジョウンターは過去を変えられないぞ。クロノス・ジョウンターでもおれたちの家族を守れないことは、おれが一番わかっている。

そんなおれが、何で協力しなくっちゃならんのだ」

和彦は藤川が試験室で愛妻弁当を食べていた姿を思い出した。

「吹原。愚痴を言っちまったな。

おれは寝起きが悪いだけだ。悪気があって言ったわけじゃない。

おれが知っているのは、おまえが二回目に過去に跳んだ翌日に、あれが住島重工の立野倉庫へ送られたことまでだ。それ以上のことはわからない」

そうだ。跳ぶ前にも、藤川はそう教えてくれたではないか。和彦は思い出していた。立野倉庫は同じ横嶋市内のはずれにある。

「吹原。これで、おたがい話をするのは最後だと思ってくれ。おれはP・フレックのことは完全に忘れて生活しているんだ。今から以降、おれのことはそっとしておくと約束してくれ。いいか」

「わかった」と和彦は答えた。

「悪気はないんだ。幸運を祈ってるよ」

藤川はそう言って電話を切った。

時刻は午前八時を回ったが、まだ誰も出勤してくる様子はなかった。今日は祝日ではないが、休日になっているらしい。

立野倉庫のどこにクロノス・ジョウンターはあるのだろうか。

それは、行ってみないとわからないことだ。空いている椅子(いす)の一つに腰を下ろした。疲労が頂点に達している。

しばらく休もう。

机の上で仮眠をとった。何の夢も見ず、一時間ほど泥のように眠った。眠ろうとしたわけではなしに、しばらく休もうと思っただけのことだ。しかし、それよりも疲労のほうが勝っていたことになる。

七年間、不眠不休だったわけだしな……そう考えると和彦は、自分でもあまり面白くもないユーモアだと顔をしかめた。

目覚め寸前の、数秒のレム睡眠のときにだけ、蕗来美子が現れた。

彼女は夢で「私、大丈夫だと思います。そんなことにならないと思います」と笑いながら言った。

「それより、食事にお誘いするお店を決めたんです」そうつけ加えた。

起き上がって、早足に部屋を出た。

低いフェンスを乗り越えて、P・フレックの外へ出て、住島重工の立野倉庫をめざして歩き始めた。

ロッカーの位置も変わっていたから、自分の財布も探せない。立野倉庫まで七キロほどの道のりだが歩いていくしかないのだ。

工場街も休日らしく、人通りはあまりなかった。車両の通行も少ない。

モデルチェンジが進んでいて、見慣れない形の自動車が滑っていく。

一番大きな特徴は、楕円(だえん)を基調とした流線形の車体だ。

最初は奇妙に見えた形も、数分見慣れるとあたりまえのような光景に変化する。今では、違和感を感じなくなってしまった。自分の感覚のそんな順応性（じゅんのうせい）に驚いたりする。

それから一時間強、和彦はひたすら歩いた。住島重工立野倉庫へ向かって。すがすがしい春の陽気の中を。

もう一度、試（ため）す。もう一度、来美子を災害から救う。

歩きながら唇を嚙みしめる。

自分の過去のあやまちを振り返って、あのときこうしておけば……と悔やむことが、人にはよくある。だが、悔やんで道が拓（ひら）けることは、まずない。和彦の場合、もしクロノス・ジョウンターが今回も使用可能であれば、悔やむことはない。もう一度、過去にチャレンジすれば、それですむことなのだから。

だが、すでに時間遡行を二回体験している。それより過去へ戻ることはできないのだ。

二回も試みて……。

二回も試みて、来美子を救えないままに跳ね飛ばされている。未来へ……。

もっと何とかできなかったのか。もっとうまく立ち回ることによって、彼女を救うことはできなかったのか。

そんな悔いが残る。

来美子を助けられる可能性を持っているのは、自分だけなのだから。

彼女の笑顔が、ひたすら歩く和彦の脳裏に何度も蘇った。

夢の中の来美子だったり、あの日の朝、カエルのブローチを喜んだ来美子だったり、スクラップ・ブックを真剣に読んでいる来美子だったり。

今度こそ失敗は許されない。

時間が……彼女にはもう時間が残されていないのだから。

## 7

和彦は住島重工の立野倉庫の前に立った。

倉庫は広い敷地内に十六棟見える。

愕然とした。

悪い予感のようなものは、うっすらとあった。悪い可能性ばかりを考えていると、その方向に進むという。それが現実となった。

倉庫はすべてシャッターが下りている。おのおのの棟は二階建てのビルほどの大きさだ。そのどこにクロノス・ジョウンターが収納されているのか、まったく見当がつかない。

しかも、門には事務所がある。守衛らしき人の姿も見えた。

倉庫を一つ一つこじ開けていくわけにもいかない。どうすればいい。

とりあえず、塀(へい)を乗り越えて敷地内に入った。休日のため、管理事務所に人の気配はない。

事務所の戸は開いていた。机がいくつか並んでいる。

引き出しの一つを開けてみた。

名刺入れがあった。名刺には机の主らしい人の名前と、住島重工立野倉庫の電話番号が印刷してある。未使用のテレホンカードもあった。それを失敬した。

再び塀を乗り越えて道へ出た。守衛の目には触れなかったようだ。

周りの雑音の入らない公衆電話を探した。近くの〝アサヒ第一ビジネスホテル〟という名前のホテルのロビーに入った。

和彦があまりに乱れた格好だったらしく、フロントの男が驚いたように目を剝(む)いた。

そのフロント・カウンターの上に、場違いな、古い旅館の写真が飾ってある。どうやらこのホテルの前身らしい。〝朝日楼(あさひろう)旅館〟とあった。

電話を見つけ、もう一度、フロントの男を横目でにらみながら、立野倉庫のナンバーを押す。

しばらく呼び出し音がした後、守衛らしき初老の声が聞こえた。和彦はごくりと喉を鳴らして言った。声が震えないように気をつけながら。

「立野倉庫さんですか。P・フレックの吹原と申します。休日のところ申し訳ございません」

幸いに、守衛は住島重工の子会社であるP・フレックの名を知っていた。

和彦は緊急の用件であることをたたみかけるような口調で告げた。そちらにP・フレックで製作したクロノス・ジョウンターという機械が保管されているはずだ。住島重工から依頼されて一昨日から他の機械の実験を継続しているのだが、急にクロノス・ジョウンターの運転時のデータが必要になった。そのデータは、そちらに搬入したときに機械とともに置いてあるはずだ。緊急を要するので、すぐに取りにやらせる。倉庫を開けてもらいたい、と。

守衛は、戸惑いながらも、P・フレック関係の倉庫が三つあり、目的の機械がどこに収納されているかはわからないと答えた。

その三つの倉庫をチェックすれば、すぐにわかる。何も持ち出すわけではなく、そのデータから数字をいくつか記録すればいいことだからと、和彦は守衛を納得させた。

十五分ほどで使いの者が行くと伝え、一方的に電話を切った。

十五分間待ち、髪と服を整え、立野倉庫の門前に立ち、ブザーを鳴らした。

眼鏡をかけ、太った初老の守衛があわてて飛び出してきて、和彦を中へ入れた。

「P・フレックに確認の電話を入れたんですが、誰も出ませんでしたが」

守衛は和彦にそう言った。

「クロノス・ジョウンターというのは、五年前からの保管の分ですよね」

「そうです」和彦は答えた。「今日は、カレンダーでは休みになっているので、電話は切り換えられて誰も出ないんです。それに休日出勤の連中は試験室に集まっていて、とても電話に出るどころじゃない」

和彦はすらすらと嘘を並べたてた。守衛がご苦労さまですと答えてくれたときには、安堵の息をつきそうになった。

「電話して何の確認をしたかったのですか」

「いや、保管時期の確認です。それでしたら十五番倉庫とわかりましたから、ご案内します」

「お願いします」

守衛は多弁だった。職業柄、人恋しくなることもあるのだろう。和彦の仕事の内容も聞きたがった。和彦は自分の仕事についてはありのままに語って聞かせた。初老の守衛は、人と話ができる嬉しさに、しきりと相槌を打ってくれた。

だが、守衛と歩きながら、他の不安が生じていることに和彦は気がついていた。

クロノス・ジョウンターは以前のままの状態で保管されているのだろうか。いくつかに分解されているのではないか。エネルギー源はどうだろう。引かれていないのではないか。

そうなれば万事休す……だ。

とてもあれだけの重量の装置を自分一人の力で復元することは不可能だろう。どうやってエネルギーを確保すればいいのだ。

「どうかしたんですか」

守衛が不思議そうに和彦の顔を覗き込んだ。

「いや、別に」あわてて和彦は作り笑いを浮かべてみせた。

一つの倉庫の前に二人は立った。

守衛は、ショルダー・ケースからセキュリティ・カードを取り出し、胸のポケットの老眼鏡とメモをまさぐった。カードを通し、ちまちまと太めの指を動かして、コード・ナンバーを叩いた。

倉庫のシャッターが、きしみ音をたてながら、ゆっくりと上がっていく。

陽の光の中にいくつかのパレット台が見える。自分の中で、不安感が増していくのがわかった。埃とカビの臭い。いずれも時の流れの産物だ。

守衛が先に入り、ライトを点けた。

「どうぞ、中のほうへ」と守衛。

動悸が激しくなる。頼む。お願いだ。クロノス・ジョウンター！　作動可能の状態であってくれ。

和彦は拳を握っていた。その拳の中で汗が生じていた。ぬるぬるするほどに。

中に入った。

あった。

白い巨大なシートに覆われているが、その輪郭だけですぐにわかる。

クロノス・ジョウンターが、そのままの形で置かれている。

「おわかりですか」

心配そうに守衛は言った。

和彦は、嬉しさをひた隠しにしながら、何度も大きくうなずいた。

「じゃあ、ここで待っています」と守衛。

「いや、データを探すのに十分ほどかかりますので、事務所のほうでお待ちいただいて結構です。ライトのスイッチの下のが、シャッターを下ろすスイッチなんでしょう」

あわてた和彦は、叫びそうになりながら言った。

「終わったら、守衛所のほうへまた顔を出しますから」

守衛は深々と「ご苦労さまです」とお辞儀をして、「じゃあ、お言葉に甘えさせてもらいましょう」と立ち去ってくれた。

ついてる。ついてる。ついてる。

何度もそう呟き、小躍りしたくなるのを抑えながら和彦はクロノス・ジョウンターに駆け寄った。

シートの下にもぐりこんだ。スイッチの位置はわかる。メイン・スイッチを入れ、段取りよく、必要な調整を次々に行った。

もう彼女もわかってくれたはずだ。これ以上の説明は何も必要ないはずだ。調整を行いながら、今度は、何がなんでも力ずくででも来美子をあの花屋から引きずり出すつもりでいた。自分が行ける過去は、あの日の午前九時五十三分以降だ。災害時刻まで、二十二分しかないのだから。

だが……自分が滞在できる何分かの時を今回経験すると、今度はどのくらいの未来へ跳ばされることになるのだ。

最初は、二年後。

二回目は、七年後。

そして……。

見当もつかない。法則性というものが存在しているのだろうか。

和彦はその考えを頭から振り払った。そんなことをくよくよ考えてどうなるというのだ。

それよりも、現在のクロノス・ジョウンターの操作に集中すべきではないか。

もう心配ない。エネルギーは内部に残された分だけで充分だ。これは、大変な幸運と考えるべきではないだろうか。

クロノス・ジョウンターに乗り込む前に、ふと、あの守衛のことが頭に浮かんだ。

欺(だま)したことになるのだ。あの人の好さそうな守衛に迷惑をかけることになるのだろう。

それが気にかかった。

近くにあった紙片に走り書きをした。


嘘をついてすみません。私は、何も悪気はないのです。ただ、一つの人命を救いたいがために嘘をついたのです。誰にも迷惑をかけることはありませんので、ここでは何も起きなかったし、誰も来なかったし、何も見なかったことにしてください。そのほうがいいと思います。

守衛の方へ

K・S

メモを白いシートの上に置き、外をもう一度見た。人影は、ない。

三たび、和彦はクロノス・ジョウンターに乗り込んだ。

時間と位置の座標を設定し、過去への旅へ。

一九九五年十一月二十七日午前九時五十三分へ。

あの白い光が再び和彦を包んだ。

ただ、今回は異様な振動があった。微調整が完璧(かんぺき)ではなかったのか。身体のバランスが崩れ、左手が位置座標を設定するスイッチに触れた。

赤い十字のマークが、画面の中で微妙に揺れた。

照準が……。

肌を刺す感覚が、次の瞬間、和彦を過去へとバウンドさせた。

和彦は、足を滑らせて、地面に尻餅(しりもち)をつく形になった。

過去へ到着したのだ。

ここはどこだ。

和彦は仰天した。見覚えのない風景が広がっている。駅前でもない。長月町交差点でもない。

ただ、まちがいないのは、朝であること。どこかの街角であること。

タバコ屋が見える。中年の女性が口をぽかんと開けて和彦を見ている。今の、未来からの和彦の出現を目撃したのだ。

尋ねるしかない。和彦はタバコ屋の店先に駆け寄った。

「今は、何年の何月何日ですか?」

中年女性は、口を開いたまま、日めくりのカレンダーを指さしてみせた。

一九九五年、十一月……。当日だ。まちがいない。

「ここは、どこなんですか」

「や、や、弥生町(やよいちょう)……」やっと、それだけ言った。

「長月町へは、どう行くんですか」

やっと女性は口を閉じた。

「そこのバス停から乗れば、二つ先。この道をまっすぐ行ったとこ」

中年女は指で示してみせた。

どういうことだ。一瞬、この結末をはかりかねた。

だが、すぐに和彦は理解した。

あの異様に振動したときに、位置座標の照準をぶれさせてしまった。その状態のまま、過去射出をしてしまったのだ。

「南無三（なむさん）」

気がついた瞬間、駆け出していた。走りながら、歯ぎしりした。

九時五十四分。

通りに時刻が表示されている。何というドジをしでかしたのだ。貴重な過去の数分間なのに何という無駄をしてしまったことか。

何分で着ける。長月町交差点まで。

駅前の百メートルほどの誤差じゃない。バス停二つであれば、一キロ近い誤差ではないか。

和彦は走る。ひたすら走る。

時間よ待ってくれ。来美子のいる場所にたどり着くまで、未来へ跳ね飛ばさないでくれ。

前からは、波のように人が歩いてくる。その間を縫いながら走る。全速力で走る。

和彦は視野が極端に狭くなっていることがわかった。

これまでの自分の人生で、これほど一生懸命になって行動したことはなかったような気がする。これほど必死で走り続けたという記憶はない。

だが、来美子が災害に遭遇したことを知ってからはどうだ。いつも全力疾走だ。

息が切れてきた。荒い息が、ひゅうひゅうと笛の音のように聞こえている。

国道をすさまじいスピードで爆走していくタンクローリーの姿が横に見える。地響きが伝わってくる。

揺れる視界の中で、和彦は遠ざかるタンクローリーを見送る。まだ、あの車両ではないはずだ。後部に黒地に白く「危」の字が読めた。一台だけではない。次々と「危」や「可燃物」と表示したタンクローリーが去っていく。この道路の延長上に、来美子のいる〝シック・ブーケ〟があるのだ。

立ち止まって大きく息をつきたい衝動と戦った。止まるわけにはいかない。

足が泳いでいるような感覚がある。まっすぐに踏み出そうとするのだが、弧を描いてしまう。身体が前のめりになり顎が出てしまう。

むきになって、交互に足を突き出して、前進することに専念した。

来美子のことだけを頭に思い描いた。彼女を助けるためだ。彼女の生命を救うためだ。

来美子の笑顔だけが見える。苦痛が少々やわらいできた。顔の筋肉がゆるんでくるのがわかる。和彦は思った。これがいわゆるランナーズ・ハイといった状態に当たるのだろう。

もう長いこと走り続けているような気がした。すでに最初のバス停は通過していた。すさまじいクラクションの洗礼も気にならない状態だった。交差点で信号を無視して飛び出した和彦に、急停車した数台の車がクラクションと罵声（ばせい）を浴びせたのだ。

見えた。長月町交差点が見えた。

あのデジタル表示の街頭時計が見える。十時二分。

時間がない。あとどのくらい自分はこの世界にいることができるのか。

三分間か。四分間か。

走る速度が増した。

交差点横の〝シック・ブーケ〟が見える。

和彦は、疾走状態のまま、来美子のいる店内へ飛び込んだ。

「来美子さん！」

和彦は叫んだ。

来美子は立ち尽くしていた。

和彦は不安に襲われた。まだ迷っているのだろうか。来美子の胸にあるカエルのシルバーブローチに目が行った。

そうだ。

胸のポケットから、半ば融けかけたカエルのブローチを出し、見せた。

「これ。災害現場の遺品です。来美子さんの胸にあるもの……」

来美子は大きくうなずいた。

「信じるわ」

そう来美子は和彦に言った。「和彦さんの言うこと信じるわ。あの新聞記事も……私の手の中で消えちゃった。さっきの和彦さんみたいに。和彦さんの言うこと、完全に理解できたわけじゃないけど、私……信じる」

和彦は胸がつまった。言葉より先に、来美子の腕を摑んだ。

「逃げよう。ぼくが安全な場所へ連れていく」

和彦は、もう有無を言わせず、来美子を店から連れ出すつもりだった。

十時四分。

壁の時計を見て、和彦は頰を引き攣らせた。災害時刻まであと十一分。

「待って」

来美子が言った。腕を引く力を和彦はゆるめた。

「一つだけ、聞かせて」

「何を？」

「どうして、そこまで私のことを心配してくれるの。よくわからないけど、和彦さんは大変な障害をくぐり抜けて私を助けようとしてくれている。それはわかるわ。でも……」

「でも？」和彦は、虚を突かれたようになった。「でも、何だい」

「でも、そんなことまでして、なぜ、私を救おうとしてるんですか」

和彦は、なぜこんなときにと思う。

「話は、後で」

もう一度、腕を引いた。

「今、聞かせて」

和彦は来美子に向き直った。

「ぼくにとって、一番大事なものを守りたいから。好きな人を守りたいから。愛している人を……すごく単純な表現だけど……守りたいから」

言えた。そう言えたことに自分でも驚いた。

来美子は和彦の手を強く握り返してきた。

「わかったわ」と来美子は言った。

そのとき、あの感覚がやって来た。未来へ引き戻される、あの感覚だ。

動けない。

必死にその感覚に抗（あらが）いながら、和彦は言った。叫んだ。

「だめだ。引き戻される。時間がない。来美子さん、一人で逃げてくれ」絞り出すように叫んだ。

だが、来美子は大きく首を振った。

「一人じゃ逃げられない。私、和彦さんを信じる。和彦さんを待ってる。私を救ってくれる和彦さんを」

「そんな……」

和彦は理解できなかった。

そんなものだろうか。なぜ、一人で逃げてくれないのか。

時間流が和彦を襲い、その抗う力を超えた瞬間、三たび和彦は未来へと跳ね飛ばされた。

## 二〇五八年・再び科幻博物館

男はそこまで語り終えて、大きく溜息をつき、ブランデーを口に含んだ。

「今回跳ばされたのが、この時代ですよ。約半年も前のことになる。クロノス・ジョウンターの所在を捜して、方々をさすらうことになりましたよ。

住島重工には記録は残っていない。P・フレックという会社も、現在は存在しない。まるで雲を摑むような話だ。

だが、ぼくには使命がある。もう一度、一九九五年に戻らなくてはならない。そのためには、クロノス・ジョウンターを必ず捜し出す必要がある。

思いつく限りの情報収集を試みましたよ。この、身寄り一人いない世界でね。想像を絶する世界ですよ、この世界は。カードがなければ、働くことはおろか生きることさえむずかしい。まさにサバイバルでした」

もしこの若者が、本当に二十世紀末の人間であれば、そのとおりだろう。この時代、全生涯を通じて使用される。パーソナル・カードがなければ、飢え死にの可能性もあるのだから。

「しかし、来美子さんという女性は、あなたの言葉を信じて、一人で避難したという可能性はないのだろうか。

信じます……そうはっきりと言ったのではないかな」

私はそう尋ねてみた。だが、男は大きく首を横に振っただけだった。

「そう思って、図書館に出かけたこともありました。新聞のマイクロフィルムを閲覧してみたんです。

歴史は、変わっちゃいなかった。彼女は、まだ、あの時点でぼくの救いを待ち続けているんです」

若者のその表現をどのように捉えたらいいものか。歴史は、絶対に変えられないものではないというのか。これからでも歴史の改変が可能だと、この男は信じているというのか。

「しかし、話を聞いていて思ったけれど、これはあなたにとって何の報(むく)いもない行為ではないか……とね。

第一回目は二年後。第二回目は七年後。そして第三回目は、今。六十三年も先に跳ばされてしまった。つまり、もう一度、クロノス・ジョウンターで一九九五年へ戻れたとしても、今回は、どれほどの未来へ跳ばされるかわからない……」

男はうなずいた。

「三回跳ばされて、だいたいの法則は摑めました。次に跳ばされるのは、西暦六〇九〇年です。次には今からの遡行年に、さらに遡行年を二乗した時間が今からプラスされます」

　そう平然と私に言い放った。私には、その時間感覚が理解できなかった。目的を果たし、愛する女性を救ったとしても、自分はこれから四千年以上の未来に跳ね飛ばされてしまう。それを本人は承知しているのだ。その時代がどのようなものか……私には想像もつかない。もちろん、知人など一人もいるはずはない。知人どころではない。この文明も存続しているかどうか怪しいところだ。人類そのものが、四千年後にどうなっているかもわからない。たとえ過去を思っても、クロノス・ジョウンターという機械が存在するかどうかさえわからないのだ。

「六〇九〇年……。そのような、わけのわからない未来に跳ばされても、救いに行くべきだと思うのかね。救いに行く価値があると思うのかね」

　男はうなずいた。

「救いに行きます。ぼくは来美子さんを愛している。来美子さんはぼくを信頼し、ぼくの救いを待っていてくれる。だったら、ぼくは彼女の信頼に報いなければならない。たとえ、目的が果たせてどのような未来に跳ばされようと、絶対に後悔はしない。

　それに、彼女を救出するために残された時間はあと十分間しかないのです。今回がぼくに残された最後のチャンスなのです。

この機会を逃したら、ぼくに彼女を救うチャンスは永遠に巡ってこないことになる。そのことのほうが、ぼくにとっては悔いになってしまう」

私は男の目を見た。

この時代にあって、これほどまでに、自分が信じるもの、守るべきもののためにひたむきになれる人間がいるだろうか。

だが、それは事実だった。男の目には、自分が信じるもののためにはすべてをなげうつ、ひたむきな炎が燃えていた。

そのような瞳を持つ者の言葉なら、私は信じるしかない。

「お願いします。見逃していただけませんか。さっき、無断でクロノス・ジョウンターをチェックしました。微調整をすませたところだったんです。

もう一度、チャンスをください。クロノス・ジョウンターを使わせてください」

閃光(せんこう)と雷鳴(らいめい)が起こった。かなり近い距離らしい。

「わかった」と私は答えた。「機械の所へ一緒に行こう。中林に悪気があったわけではない。だが、私が一緒にいたほうが、何かと問題が起きないだろう。機械がうまく作動するかどうかはわからないが」

私の言葉に、初めて男の表情に明るさが浮かんだ。私も作動するクロノス・ジョウンターをまだ見たことはない。もう、六十年以上も昔の機械なのだから。私たちは立ち上がり、階下へ下り、D室へと向かった。

男は手慣れた様子で機械を調整した。私は、近くの椅子に腰を下ろし、黙したまま、その作業を見守っていた。

しばらくの後、男はクロノス・ジョウンターの前で私に向かって立ち、片手を上げてみせた。

感謝の気持ちを私に伝えたがっているのだ。

私も、椅子に座ったまま男に片手を上げてみせ、それに応えた。

男はクロノス・ジョウンターの下方にあるボックス状の空間に姿を消した。

彼は四度目の時間旅行を経験しようとしている。しかし、その代償はあまりに大きい。

これからの十分間に、彼のその人生のすべてを賭けようというのだから。

しかし、四千年後の世界に跳ばされることになっても、彼はあえて立ち向かうのだ。愛するもののために、信じるもののために。

機械は激しく振動を開始した。

そして男が言っていたあの衝撃音。蒸気機関車のようにも見える筒状部分で、青い螺旋状の光がめまぐるしく走っている。

クロノス・ジョウンターは立派に機能しているのだ。

中林が部屋へ駆け込んできた。彼は警備の仕事をまっとうするために、あわてて駆けつけたのだ。

私はそんな中林を制止した。

「もうしばらく、ほうっておいてやろうじゃないか」

「しかし……」

だが、中林は私の言葉に従った。機械が静止したからだ。そこにはすでに人の気配は消えていた。

私は、中林を部屋から出すと、クロノス・ジョウンターに近づき、感慨をもって全体を眺め回した。

このような無機的な機械に、こんなドラマが隠されていようとは……。

しかし、あの男は、無事に彼女を救うことができたのだろうか。またしても、機械の誤作動を招くようなことはなかったのだろうか。

機械のかたわらにキラリと光るものを見つけたのは、そのときだった。

小さなものが床の上に転がっている。

私は、その小さく光るものを手に取り、眺めた。

あの男のものだ。館長室で、彼が右手から落とした……金属製の……。

銀製のブローチのようなものだった。しかし、半ば融けかけて、元はどのような形であったかは判然としない。

これが、男の話の中で繰り返し出てきた、あのブローチなのだ。

男はカエルのブローチを落としたことにまだ気がついていないのだろうか。あれほど、話していたというのに……。

男の心は、ブローチよりも、もう一度、過去へ戻れる喜びに跳んでしまっていたのかもしれない。

おや……。

私は信じられないものを見ていた。半ば融けかかっていた銀のブローチが、カエルの形に復元していく。ゆっくりと。

これは……どういうことなのか。

そして思い当たった。男は女を救出したのだ。完全な形に復元を終えていた。女は男によって……信じる者によって救い出された。

愛は歴史さえも変えることができる。

だが、その愛の代償(だいしょう)はあまりにも大きい。しかし、男には悔いは残らないはずだ……。そのはずだ……。そう考えなくては……。

私は、クロノス・ジョウンターの巨体に向かって、いつまでも賞讃(しょうさん)の拍手をおくり続けた。

栗塚哲矢の軌跡

# 1

栗塚哲矢（くりづかてつや）が母危篤（きとく）の知らせを手にしたとき、P・フレックの開発三課に勤務する彼は、与えられた課題をクリアするために、食事時間さえ削（けず）り続けていた。自宅のアパートに帰ることもままならなかった。五カ月後には、彼が関わっている極秘の「クロノス・ジョウンター計画」がスタートすることになるのだ。正確には「物質過去射出計画（ぶっしつかこしゃしゅつけいかく）」というのだが、社外に情報が漏（も）れたときのことを考慮して、「クロノス・ジョウンター」という、正体のわからなそうな計画名で呼ばれている。名付けたのは開発三課、四課を受け持つ、チーフの野方耕市（のがたこういち）だった。

過去へ物体を射（う）ち出す装置の開発計画だが、タイム・マシンと呼ぶには、あまりにも機能が制限されている。だが、コミックに登場するようなタイム・マシンにたどり着くには、必ず通過しなければならない里程標の役割を果たすはずだった。

哲矢は、射出先の空間座標を定めるジャイロスコープの誤差を修正する部分を受け持っていた。その装置におけるその機能の重要性は肝に銘じていた。

射出した物体が過去に滞在できる時間は極端に短い。だから、効率的に過去へ送るためにはできるだけ正確な空間位置を設定することが必要になる。人を射出した場合、場所の設定を間違えて、地中や建築物の壁の中だったりすれば、生命に関わってくることになるのだ。そんなパーツの試作品の微調整に追われる日々だった。調整を繰り返すたびに、新たな問題が発生してくるのだから。

電報はチーフの野方の手から哲矢に直接渡された。差出人は叔母だった。

——ハハ、キトク

文面にはそうあった。野方は心配そうに、文面を見つめる哲矢に言った。

「いいのか？　すぐ帰ってやらなくて」

「かまいません。故郷は離れていますから。一度帰ると、数日ロスしてしまいます。今の状況では、一刻でも惜しいんです」

「しかし……。たしか、母一人子一人と言っていたよなぁ。いいのか」

「ええ。母もわかっているはずですから」

野方はそれ以上は言わなかった。哲矢の背中をしばらく見ていたが、仕事に集中する哲矢からは電報に関する意識は完全に消えているようだった。野方は諦めて、その場を去った。

十分後、手を休めた哲矢は、その電報をもう一度眺め、それから机の横のゴミ入れに投げ落とした。表情ひとつ変えずに。

哲矢は、母親とは縁を切ったと考えていた。母も納得しているはずだ。

あの人は、子供のことなど考えてもいないのだから、飛んでいっても仕方のないことではないか。

翌日、次の電報が届いた。

――ハハ、シス
電報を受け取った瞬間、表情に起伏のない母親のおもかげが浮かんだが、それ以上の感傷はなかった。

とりあえず、電報をくれた母の妹である叔母に電話を入れた。そして、仕事の都合で、どうしても葬儀に出られない旨を告げた。

「たぶん、そんなことになるだろうと思っていたよ。亜貴子姉さんもそんなことを漏らしていたしね」

亜貴子というのが、哲矢の母の名前だ。叔母の口調は、はなから諦めていたようで、哲矢をとがめるものではなかった。

叔母は母親の最期の様子を伝えた。

「臨終のときは、一人ぼっちだったんだよ。私も、避けられない用事があって、家に帰っていて」

「他には、誰もそばにいなかったんですか?」

「ああ、あの人のことね。けっこうついて見ていたようだけど。最期のときは部屋にいなかった」

あの人……。

叔母は、病院から告げられた母の死亡推定時刻を哲矢に言った。

「こちらの仕事が一段落したら、帰りますから。すみません」

声が事務的になっているのが、哲矢自身にもわかった。

電話を切る前に叔母が皮肉のように言った。

「実の母子でも、相性があるんだねぇ。よほどに悪かったんだねぇ」

それには、哲矢も応えようがなかった。

母親が死病にかかって入院したという知らせをもらってから、一度も見舞いに帰らなかった。哲矢のそんな薄情さを思っての科白であったのだろう。

電話を置きながら思う。これは相性という言葉ですまされるほど生やさしいものではない。これは、確執に近いものではないか。

それは、生まれてから母のもとを去るまで、積み重なってきた結果ではないのか。母一人子一人の家庭で育った。しかし、なにごともなしに母親を憎む子供など、存在しないだろう。あくまでも自分は特殊なのだ。

幼い頃から面倒を見てくれたのは、保育園の保母と次々に入れ替わるやといのベビーシッターたちだった。

母はまったく家庭を顧みず、自分の仕事に没頭していた。場末で小さな呑み屋を一人で切り盛りしていたはずだ。けっこう繁盛していたのかもしれない。だから、哲矢の面倒をベビーシッターたちに任せっきりにできる経済的余裕があったのだろう。

そのベビーシッターの入れ替わりも、あまりに激しかった。どんな女性が自分の面倒を見てくれたのか、よく憶えていないほどだ。

父親の話は、母はまったくしなかった。一度、結婚したらしいが、数週間で別れたらしい。その後一切音信はないから、哲矢にとっては、父親は存在しないのと同じことである。

幼い頃の母親の記憶は〝朝起きると、自分を保育園に連れていく女の人〟である。いつの間にか帰宅した母親が自分の隣で寝ている。

母親を起こそうとすると烈火のごとく怒りだすため、母親が自分で起きてくるまで、テレビを観て過ごす。やっと起きてきた母親は、そのまま哲矢を保育園に送り届けた。

哲矢は母親に抱き締められた記憶がない。保育園に行く準備が遅れると、哲矢を激しくなじり、叱った。子供心に、「こんな人とは、一緒にいなくていい」と思っていた。

哲矢はそのまま成長した。

小学校に入ると、ベビーシッターたちが来ることはなくなった。だから、夕食は母親が用意してくれたものを電子レンジで温めて食べる、そんな日々が続くことになった。朝も、母は起きてくることはなくなり、朝食抜きのまま登校した。

だから、まったく母親と顔を合わせないまま過ごす日も多かった。たまたま夜遅くまで起きていて、帰宅した母親と顔を合わせると、「なぜ、こんな遅い時間まで起きているの」と怒るのだった。

母親の仕事が休みの日曜日に顔を合わせても、つらそうに顔をしかめており、声をかけることも憚られた。母も、自分から声をかけることなく、テーブルの上の帳簿を睨みながら電卓を叩いていた。

それでも、日曜の夕食は楽しみだった。近くのファミリーレストランに連れていかれ食事をさせてくれる。しかし、ほとんど話らしい話はなしで、哲矢が記憶しているのは、窓の外を眺め、溜息をついている姿だけだった。

それでも、哲矢にとっては母親と二人っきりで過ごすことのできる、嬉しい、何よりも楽しみな時間だったのだ。

母親に激しく叩かれたことがある。

愛情に飢えていたせいか、哲矢は、小学校で、粗暴な部分が表に出ていた。クラスの子供と、何度も殴り合いの喧嘩をした。悪いのは哲矢のほうで、些細なことで級友に因縁をつけ、それが喧嘩に発展した。その結果、ある日、担任が母親を呼び出したのだ。

家に帰ってくるなり、母は哲矢の頰を理由も訊かずに何度も叩いた。その理不尽さに、子供心に母親に憎しみを抱いた。

また、こんなこともあった。「母の日」が近づいたとき、授業で母親の絵を描くという課題が出た。

担任の教師は、「大好きなお母さんに感謝の気持ちを込めて描いてください」と注文をつけた。哲矢は母の顔を画用紙に描こうと思った。しかし、頭の中に浮かぶのは、哲矢を睨む、目の吊り上がった顔だった。それを絵にしようとは思わなかった。

隣の席の女の子が描いたのは、母親の肩に小鳥がとまり、まわりに花が咲き乱れているという絵柄だった。哲矢は——小鳥は人の肩にとまったりしないだろう、と言いかけて気づいた。女の子は、自分の大好きな母親に対して抱いているイメージを描こうとしているのだ。それで、ふんぎりがついた。

そのとき哲矢が描いた母の絵は、自分にこのような母親がいてくれたらよいのにという理想の姿だった。顔の輪郭と髪型は、とりあえず、母親のものを借りた。目は、優しげに細めた。唇は、端を上げて小さめに描くと、哲矢に笑いかけているようになった。実際の母の顔を思い出すと、口はいつもへの字に曲がっていた。それを逆方向に描いただけで、これほど印象が変わるのかと、クレパスを走らせながら驚いてしまったほどだ。

画用紙の左上には、皆と同じに、「お母さん、ありがとう」と記さねばならなかった。その文字を哲矢はいやいや書き、提出した。

徹底的に母親を憎むようになったのは、小学校の高学年の頃からだ。

下校の途中で、哲矢は繁華街に足を向けた。欲しい本を買いたかったからだ。商店街のアーケードを歩いていて、母親の姿を見つけ、あわてて物陰に隠れた。

母親は一人ではなかった。年齢が同じくらいの男と親密な様子で歩いていた。哲矢は見てはいけないものを見てしまったような気がした。

母は哲矢に気がついていなかっただろう。家では見せたこともない笑顔を浮かべ、オーバーな仕草で楽し気に笑い声をあげていた。

あの男はいったい何者なのだろう、と哲矢はアーケードの柱の陰から盗み見た。目玉が大きく、痩せていた。格好悪い男だと哲矢は思った。

誰かはわからない。しかし、自分の母親とはただならぬ関係であるということを直観で悟った。

母と男が過ぎ去った後も、しばらくはその場から動けないでいた。ショックから立ち直れないのだ。母親の隠されていた本当の姿を見たような気がした。

家へ帰る道すがら、母親が自分に厳しくつらく当たる理由が、わかった気がした。母にとって、自分は必要ない人間なのだ。自分さえいなければ、母は新しい生活を選ぶことができる。もっと楽しくおもしろい人生を過ごすことができる。

それを母もわかっている。だから、自分を見るたびに、この子さえいなければという思いに駆られる。それが表に出てしまうのだ。

だから、あのように自分のいないところで男と会っているのか。なんと身勝手なのだろう。

以後、哲矢は、まったく母と言葉を交わさなくなった。母も、その状態をなんとかしようという考えは、まったくないように思えた。

それから何度となく、母がその男といるところを目撃することになった。男は母の店の客でもあるらしいと哲矢にもうっすらとわかるようになる。しかし、対話が断絶した状態だから、その真相が母の口から語られることはない。

中学時代になると、母親は日曜日もほとんど不在というパターンになった。ゴルフを始めたことは、道具を見てわかる。得意先と行くのか、あの男と行くのかはわからないが、いないほうが気が楽だった。予定が何もない日曜日など、母親がいても、顔を合わせたくないばかりに、一歩も自分の部屋から出ることはなかったほどだ。

高校は、家を出て、全寮制の学校を選んだ。身勝手な母親といっしょの生活をこれ以上送りたくなかったのだ。

授業料と寮費は、母親が振り込んでくれた。そのことにだけは感謝した。以後、母のもとには帰らないと心に決めていた。母は母で自分なりの人生を選択したらいいと思っていた。誰と一緒になろうが自分には関係ない。長い休みも帰省することなく、寮で過ごした。

顔も見たくなかった。自分がいなければ母は男の世話に専念できると信じていた。

大学に入ると、奨学金制度を利用することによって、母からの援助を断ることができた。住島重工という企業が創設した住島基金奨学制度に応募し、無事合格できたからだ。

母に手紙を出した。奨学金を得ることができたから、以後、学費も生活費も心配しないでくれと、用件のみを書き綴った。

それに対して、母は何の返事も寄越さなかったが、以後一切、母からの仕送りは途絶えた。

これで母親との縁は切れたのだと、哲矢は理解した。家に近づかなければ、母との関わりはまったくなくなる。もちろん、奨学金だけでは、生活費に足りるはずはない。不足分は、夜間のアルバイトでしのいだ。プライドを捨てて母に泣きつくことを考えたら、苦しい生活にも耐えることができた。依怙地なのかもしれないが、それが自分に与えられた道なのだと信じた。

卒業と同時に、奨学金の恩典を与えてくれた住島重工に入社した。そこへ勤めることが、自分なりの恩返しだと思えたからだ。

住島重工に勤務して二年目に、住島重工が百パーセント出資する子会社、P・フレック株式会社に出向することになった。そこでは、哲矢が好きな製品の開発に没頭できるというのだ。

創造性が求められるP・フレックの職務は哲矢に向いていた。長時間の残業も過酷な労働条件も気にならなかった。ひたすら仕事に没頭して、五年目を迎えようとしている。

まだ恋人はいない。今は何よりも仕事が楽しいのだ。自分に求められる技術に、きちんと答えを出していく。それが、生きがいだった。

## 2

そんな哲矢が、秘密プロジェクトの一員として加わっている「クロノス・ジョウンター計画」は、もうすぐ節目(ふしめ)を迎えようとしていた。

計画実行予定の一カ月前に、哲矢は自分の受け持つパーツの完成を見ていた。しかし、それに接続する射出軸部分の完成は、数日間の遅れが生じていた。

それが完成し、据えつけられなければ、空間座標を設定するパーツを接続して微調整に入ることもかなわない。

哲矢は、接続のときまで、時間を持て余すことになった。

「栗塚。まったく休みをとっていないだろう、この半年間。数日、骨休めをしたらどうだ」

野方課長が哲矢にそう声をかけた。

「しかし、自分の性分(しょうぶん)として、ただ骨休めはできないのです」

　すると、野方はこう提案した。

「お母さんのお墓にでも参ってきたらどうだ。死に目にもあえてないんだろう。栗塚とお母さんの間に何があったのかは訊かないが、そのくらいやっても罰は当たらんだろう。故郷には、ずいぶんと帰っていないんだろう？」

　それには返す言葉がなかった。

　叔母から、母親のマンションの部屋を処分しては、という相談もあったのだが、「おまかせします」という、あやふやで無責任な返事しかしておらず、呆れられたままでいた。務めを果たすべき時期は、とうに過ぎている。遅ればせではあるのだが、重い腰を上げ、哲矢は故郷の九州へと向かった。とんぼ帰りのスケジュールではあるが。

　懐かしい街並みを歩き、まず叔母の家を訪ねた。これまでもほとんど叔母とは会ったことがない。母親も、ぎりぎりの時期まで交流を断っていたようだ。

　それでも母の最期にあっては、叔母はよく面倒を見てくれたらしい。

　病状の経過や最期の様子を詳細に話してくれた。

「私が、哲矢さんに、帰ってくるように連絡してみると言ったら、息子の仕事の邪魔をしないでって、真剣に怒りだしてしまってね」

　叔母はそう言った。母も顔を合わせたがっていなかったのかと哲矢はあらためて思った。

最期の日まで母の意識ははっきりしていたと、叔母は言った。

「私の用事で、半日ほど病室をどうしても出なきゃならない日があってね。気になりつつだったのだけれど、私が病室へ戻ったときは、逝った後だったんだよ。後で知ったんだけど、私が部屋を出た、たった五分後だったらしい。すぐに看護婦さんが見つけてくれたけれど」

それが叔母にとっては心残りなのだろう。たった一人で旅立たせてしまったと悔やみ、涙を流した。

哲矢はそんな叔母に心から礼を述べた。息子として果たすべき世話を叔母一人に頼ってしまったのだから。

「誰か他についてやってた人がいたとか……」

そう訊ねた。小学生のとき目撃した男の存在が心に引っ掛かっていたのだ。ひょっとしたら、もう別れていたのだろうか。

「ああ。守山さんのことだね」

叔母は隠すことなく、そう言った。

「男の人ですね?」

「そう。よく病室に来られていたんだけれど、最期のときは、守山さんも間に合わなかったよ。姉さんは、本当に人の運がなかったんだねぇ」

「守山さんって方……つき合いが長かったんですか？」

「亜貴子姉さんの呑み屋のオーナーだった人。ほとんど店には顔を出さなかったらしいけど。でも、姉さんのおかげで店は繁盛していたんだからね」

まだ続いていたのか、と哲矢は思った。小学校の帰り道に街で出会った母と男の記憶が蘇った。虫酸が走った。

「とにかく、姉さん、哲矢さんに会いたがっていたよ」

「そんなこと言っていたのですか」

少し驚いたように、叔母は哲矢を見た。それから首を横に振った。

「口に出さなくとも、近くにいればわかることってあるんだよ。会いたがっていたはずだ」

それは叔母としての思い込みだろうと、哲矢は思った。

叔母に、母の遺したものの整理を委任した。マンションの部屋以外、資産らしいものは何もないという。金も病院代と葬儀費用に使って、ほとんど残っていないらしい。香典の残りを叔母が差し出したが、母の遺品を処分するとき使ってくださいと、哲矢は受け取らなかった。

マンションは明け渡す手筈になっていた。それも数日後のことらしい。二、三日うちには、家具類を業者が処分するという。それは哲矢も納得ずくのことだった。

だが、叔母は無理やり哲矢にマンションのキーを渡した。処分される前に、哲矢にもう一度だけその部屋を見ておけというのだった。それから、昔よく歩いた街を抜けて、マンションへ向かった。

もう十年以上遠ざかっていた故郷は、驚くほど顔を変えていた。新しいビルが建ち並び、道幅も広がっていた。この街には、いい思い出は何もない。

かつて住んだ場所へとたどり着いた。周囲にはより大きなビルが建ち、住んでいたマンションがちっぽけに見える。

部屋に入った。驚いたことに、哲矢が家を出たときと、ほとんど変わっていない。家具も何も増えていない。あのときから、時間が凍結したままのようだ。ただ、家具に埃が積もっているだけ。その埃の量が、母親の入院期間の長さということになるのか。

どの部屋にも、新たな住人の気配はまったくなかった。ここに母親は一人で住み続けたらしい。守山という男は、ここへ来なかったのだろうか。

中学卒業まで過ごした自分の部屋を開けた。窓のカーテンは閉じられ、埃は積もっていたものの、哲矢は一瞬タイム・スリップしたかのような錯覚に見舞われた。

　自分が最後にこの部屋を出たときから、部屋の調度は何一つ変わっていなかった。本棚のコミックも、壁に貼ったアイドル歌手やテレビゲームのポスターも、あの時のままだ。机も、いつ哲矢が使いはじめてもいいように、あの日のままにしてある。

　埃は十年以上のものではない。母親が入院してから積もった、他の部屋と変わらないくらいの量にすぎない。

　ということは、母親は、入院する日まで哲矢の部屋を出ていったときの状態で保存していたということなのだ。意外だった。物置き代わりになっているとばかり思っていたのに。

　なぜ？

　理由は思いあたらなかった。

　自分がいつ家に戻ってきても、使えるように保っていたのだ。

　母は自分が帰ってくると信じていたのだろうか。それとも……。

　それは哲矢にはわからなかった。もうその真意を知ることはないだろう。

　部屋から持ち出したい物は、特になかった。マンションを出るときに、もう一度振り返っただけのことだった。

# 3

Ｐ・フレックへ戻ると、再び過酷な業務が待っていた。クロノス・ジョウンターの射出軸が据えつけられたのだ。他の計測器類とともに、空間座標を設定するパーツを微調整する仕事が待っていた。チーム全員のテンションは最高値にまで上がり、職場は戦場の様相を呈していた。

それがほぼ一カ月連続した後に、自分の業務は終了し、哲矢は他のパーツ担当チームの加勢に回った。

その時期の訪問者だった。

それ以前のタイミングであれば、とても面会はかなわなかったはずだ。

守衛室から哲矢に連絡があった。面会者が来たというのだ。誰だかわからず問い返すと、名前の代わりに故郷の地名を告げられた。

機密事項が多いため、部外者は開発棟には入ることができない。守衛に管理棟で待ってもらうように頼み、哲矢は現場を抜けた。

管理棟へ向かう途中、誰が会いに来たのか考えたが、心あたりはなかった。

守衛に部屋を教えられて入った。

応接室には五十代後半の男がいた。目の大きな白髪まじりの痩せた男だった。見覚えはなかった。

男は立ち上がり、「栗塚哲矢さんですね」と言った。口調は柔らかだった。

「はい。栗塚です」

哲矢が答えると、男は「守山と申します。初めまして。亜貴子さんの……お母さまの友人です」と告げ、深々と頭を下げた。

守山という名前を聞いた瞬間、哲矢は身が硬くなる思いがした。ひと月ほど前、叔母からその名前を聞かされていた。頭の中に刻まれて、忘れるはずもない。

目の前にいるのが、母親の彼氏だった男なのか。では、小学生の頃、街で母と一緒にいたときに見ているはずだ。母はこの男と相当に親密だったのではなかったか。

だが、そのできごとがあれほど哲矢の心に刻まれたのに、男の顔立ちについては、ぼんやりとしているのはなぜだろう。

守山は哲矢に会うために九州から出てきたという。何かのついでに、P・フレックがある横嶋市に寄ったようではない。

その物腰は、母親の男という、自分が抱き続けてきたイメージとはずいぶんちがっていた。それだけ年月が経過したということなのだろうか。

「叔母さまから、お仕事先をうかがいました。お住まいの方にも何度か電話をしたのですが、まったく連絡つかなくて、こうして突然うかがいました」

「すみません。このところ仕事が大詰めを迎えていまして、自宅に帰っている余裕がなかったのです」

「そうでしょう。だからこそ、亜貴子さんの告別式にもお姿を見せられなかった、と。そのように理解しています」

守山は母の告別式に参列したらしい。

そこで、しばらく会話が途絶えた。

「どうぞ」と哲矢は椅子をすすめた。遠路はるばる訪ねてきたのだ。立ち話で終わらせるつもりはないだろうと思ったのだ。

「おそれいります」

守山はソファに腰を下ろす。その正面に、哲矢は座った。

「私はお母さまのお店の出資者という立場の者です。そしてお母さまにお店を切り盛りしていただいていました。おかげで、店のほうは繁盛していました」そう守山は説明した。

哲矢は黙って聞く。

「哲矢さんが幼い頃に亜貴子さんと知り合いました。彼女に商才があるとわかったので、お任せしたのですよ。もう、店は人に譲りました。亜貴子さんあっての店でしたからね」

懐かしむ様子で、守山は話し続けた。だが、なぜ哲矢を訪ねてきたかという本題には入ってくれない。

話が途切れたのを幸いに、哲矢はそれを訊ねた。

「私に何か用があるのではありませんか?」

「あ、話が前後してしまいました」

守山は恐縮し、持っていたクラッチバッグから、大きめの茶封筒を取り出し、机の上に置いた。封筒は中央が少し膨れていた。

「まず、これをお渡ししなければならなかった」

「なんでしょうか?」

「亜貴子さんが、亡くなる一週間ほど前に私に託された。哲矢さんに渡して欲しいと。もう会えない気がするから、と。

哲矢さん、大学に入るときに仕送りを断られたでしょう。亜貴子さんは言っていた。あの子は私と同じ頑固者で、一度言い出したら、絶対に後には引かないのだって。

哲矢さん名儀の預金通帳です。哲矢さんが仕送りを断られた翌月から、亜貴子さんは、毎月、息子さんに仕送りするつもりで相当額を預金していた。これは、哲矢さんが卒業するまで続いていました。息子が必要になる時期が必ず来るから、渡して欲しい、と」

茶封筒が膨れていたのは、同封されていた〈栗塚〉の印鑑のためだった。通帳を開く気にはなれなかった。金額などどうでもよかった。

なぜ、母はそんなことをしていたのだろうという疑問が、ふとよぎった。

子に対する親としての義務感からだったのだろうか。

「通帳はごらんにならないんですか？」守山が訊ねた。

「ええ」と哲矢は答え、「わざわざここまで、ありがとうございました」そう、礼を述べた。

「素晴らしい方でした。亜貴子さんは」

ぽつりと守山は漏らした。彼が母を愛していたことが、その一言でひしひしと伝わってきた。しかし……素晴らしい方とは……。

訊ねもしないのに、守山はまた語りだした。

「私は亜貴子さんを愛していた。何度、結婚を申し込んだことか。

いつも断られましたよ。人の妻となる前に、自分は哲矢の母親なのですから、と。亜貴子さんも、私を頼ってくれた。しかし、最後まで、亜貴子さんは私の妻になるよりも哲矢さんの母親である道を選んだ。確かに頑固者だった。しかし、亜貴子さんの信念は正しかったわけだ。子供さんは、こんなに立派に育ったのだから。私は、哲矢さんが社会に出て一人立ちしたら、一緒になってくれるのではないかと儚く望んでいたのだが。おかげで、私はこの年齢まで独身ですよ」

守山を見送った後も、哲矢は知らなかった母の顔をいくつも見たような気がしていた。知らなかった。そして信じられなかった。守山と母がどのような関係であったか、真実はわからない。しかし、守山の求婚を母が拒み続けていたとは。そして、その理由。哲矢の母であるために結婚を断っていたとは。

こんなに立派に育った、と守山に言われた。それも不思議だった。あれほど母を憎み嫌った挙句、成長したというのに。

そして、独身を通したという守山の人間性も予想外だった。街で見かけたときの猥雑な印象が百八十度変わっていた。思いを遂げられなかった女の、会ったこともない息子に、託された預金通帳をここまで渡しに来てくれるなんて。

自分は何か大きな誤解をし続けていたのではないのだろうか。

開発棟に戻ろうと、机の上の預金通帳を茶封筒に戻そうとしたときだった。

一枚の写真が通帳の間から床に落ちた。それを拾う。

守山が言っていたことが裏づけられた。

その写真のことはまったく記憶になかった。

若き日の母親と、五、六歳の哲矢が写真に収まっている。遊園地のようだ。誰が撮ったかはわからない。近くにいた人に頼んでシャッターを押してもらったのか。

驚いたことに、哲矢の横に座っている母は笑顔だった。哲矢の記憶にはない。

すると、守山が別れしなに言ったことが、またしても蘇ってきた。

「亜貴子さんは、哲矢さんに会いたがっていたと思います。もちろんそんなことは、一言も私には言わなかった。かたくななんだから。でも、わかるんです。訊ねはしませんでしたが。病室を見ただけで、わかった」

本当だろうか。本当に母は自分に会いたかったのだろうか。そう哲矢は何度も自分に問いかけた。

「亜貴子さんは、よく哲矢さんの話をしてましたよ。哲矢の成績が上がった。一人でよくやっているって……歩きながら、本当に嬉しそうに笑って。

でも、哲矢さんには厳しかったでしょう。ひとり親だから、甘やかしちゃいけないとも言ってましたが、自分がいつか死んじゃったら、あの子はひとりぼっちになる、そのときに自分のいない悲しみを引きずらせたくないって」

歩きながら、本当に嬉しそうに……。それは哲矢があのとき見た光景だったのだろうか。

写真を通帳に挟もうとしたとき、数字の末尾が目に飛び込んできた。

七二八万四六八二円。

その金額の価値を、とっさには摑むことができなかった。さらに見ると、大学四年間は毎月定額が振り込まれていた。例外だったのは、それ以前と大学卒業後は、毎年一月十七日に十万円が預金されていることだ。

その日が何を意味するのか、哲矢にはわかる。

哲矢の誕生日なのだ。

毎年、決して忘れることなく預金されている。一度も下ろされることなく。

通帳の金額よりも、そのことが驚きだった。

## 4

数日後、クロノス・ジョウンターは実験をスタートした。

最初の日は、野方チーフ愛用のシャープペンを射出に使用した。

その翌日は、カエルを使った実験となった。近過去へ射出。そして近未来への帰還だったが、予測していた生体への悪影響は、幸いなことにまったく見当たらなかった。負荷で裏返しになったり、生体反応がなくなって帰還する可能性も考えられていたのだ。

そのアマガエル〝フロッギー〟と同時に送られたストップ・ウォッチを調べ、物質過去射出の法則性も、ぼんやりとわかった。

しばらくは、計測機器や小動物での実験を繰り返す予定になっていた。段階を踏んで実験は進められる。

射出先は試験室内だったから、哲矢が受け持った空間座標を設定する機能の有効性を知るのは、まだ先のようだった。

だが、その確定機能は意外な形で時機尚早に利用された。

誰にとってもありがたい形ではない。開発三課の同僚が、自ら勝手にクロノス・ジョウンターに乗り込み、過去へ跳んだのだ。その吹原和彦という男の顔を哲矢は思い浮かべたが、生真面目そうで、とてもそんな大胆なことをやる人物には見えなかった。会社からの説明もなく、彼がなぜ、クロノス・ジョウンターに乗り込んだのか、見当がつかなかった。しかし彼こそが、過去射出に際して初めて空間座標設定機能を使用していたことがわかった。そして、残されたデータを解析して、その機能が正常に発揮されていたことを知った。

以後、Ｐ・フレック内では、吹原和彦の話題はタブーとなり、誰も無謀な時間密航者のことは口にしなくなった。吹原という男が在籍したことさえ、抹消された形になり、クロノス・ジョウンターの実験は当初のスケジュールどおり粛々と進められていった。

その頃になると、実験開始間際のような殺人的スケジュールからは、解放されるようになった。一時間前、そして六カ月前に人を跳ばせた実験に立ち会い、受け持ち部分のデータを繰り返し分析することとなった。

朝出勤して、夕方に帰宅する。それまでの生活パターンと比べて、気が抜けたような日々となった。

余分な時間が増えると、これまで頭に浮かびもしなかったことが、思考に加わってくるようになった。

母親のことだ。

最期を看取ることができずに逝ってしまった。

会いたくなかった。愛されてもいなかったはずだ。憎しみさえ感じていた。

だが、今は以前とは少しちがう。

守山という男の最後の言葉が心に引っ掛かっている。

「亜貴子さんは、哲矢さんに会いたがっていたと思います。もちろんそんなことは、一言も私には言わなかった。かたくななんだから。でも、わかるんです……」

母親はまったく何のメッセージも寄越さなかった。しかし、守山が言うとおりだったのか。

疑問だけが残った。


初実験から一年近くが経ったある日、哲矢が属している「空間遷移チーム」のミーティングが開かれた。それまでの実験結果から、各自の受け持ち部分を分析して、情報交換がなされた。七名ほどの小グループの討議だ。会議が終了に近づいたとき、オブザーバーで参加していた、計画全体のチーフである野方の発言があった。その内容に、皆、耳を疑った。

「今、さらなる過去へ射出する志願者を募集している。実験データによれば、過去滞在時間は十五分が限界だと思うが、このチーム内で志願してくれる者はいないか？」

「それは、クロノス・ジョウンターの実験台になるということですか？」

「そう。これまでの経過からわかるとおり、帰還はかなり未来になってしまう。だから、一年半以内くらいの近過去へ射出したい。それに協力してもらえたらありがたいのだが」

「他に志願者はいたのですか？」と誰かが訊いた。

「打診したのは、ここが二チーム目だ。最初の射出軸担当チームには、残念なことに志願者はいなかった。今のところ志願者は一人で充分だ。志願者があった時点で募集は打ち切る」

野方はチームの全員を見渡した。挙手する者も発言する者もいない。予想どおりだ、というように野方は肩をすくめた。

「仕方がないな。まさしくクロノス・ジョウンターはまだ試作段階だからな。海のものとも山のものともわからないのに、自分の人生を賭けるというのは無理なことだと思う。ましてや、滞在できたとして最長十五分間だ。何かやりとげようというのであれば、あまりに短すぎる時間だしな」

そのとき哲矢は、自分でも信じられなかったが、野方に言ったのだ。

「誰もいなければ……私が志願しようと思うのですが」

発言しながらも、実はまだ迷っていた。

「母親のいまわの際に行ってこようと思います。一年と四カ月前です。あのときはクロノス・ジョウンターの完成まで突貫工事の状況でしたので、会いに行きませんでした。顔だけ見せて、すぐ帰ってくるだけで充分です」

野方は少し意外そうな表情を浮かべた。

「あれほど帰るのを渋っていたというのにな。だが、その過去に姿を現して矛盾は起きないのか？」

「それは大丈夫だと思います。母は誰もいない病室で一人ぼっちで息を引き取ったと聞いていますので」

「九州だったな。横嶋市からはかなりの距離だが」

「空間座標の設定は、私の受け持ち分野です。問題ないと思います」

野方は、哲矢が遡行する時間を聞いて、素早く電卓を叩いた。

「一・三年前か。あちらから弾き跳ばされて帰ってくるのは、三年後ということになるが」

「その間、こちらでは私は不在になります。業務に差しつかえるようであれば辞退しますが」

野方は哲矢の言葉を聞いて、しばらく腕組みをすることになった。

結果的に、野方は哲矢を希望の時間に送り込むことを決断した。空間座標の設定については、ほぼ完璧といえる段階に至っていること、そして、人体実験にはP・フレック以外の人材を使うわけにはいかないからだ。

三日後に、哲矢がクロノス・ジョウンターに乗り込むことが決まった。

その三日間、哲矢はまだ迷いに迷っていた。自分は正しい決断をしたのだろうか。母親が自分に会いたがっていたというのは守山の思い込みではなかったのか。

会ってどう声をかけたらいいというのだ。それだけで、子供としての義理を果たせるというのか。

そして実行当日、特に荷物を持つこともなく、試験室に入った。これから三年間、哲矢のアパートは住島重工の総務部が管理してくれることになった。何も心配することはない。胸のポケットには住島重工総務部次長、長里幸夫（ながさとゆきお）の名刺が入っている。帰還したら、そこへ連絡をとればいいだけのことだ。

すでに、クロノス・ジョウンターは過去射出できる状態になっていた。周囲の視線が哲矢に集まった。

野方が何度目かの注意を哲矢に繰り返した。もう、耳にタコができるほどの。

それよりも……。

母親と会って、どのような態度を自分はとってしまうのだろう。それが自分でも不安だった。

空間座標は自分で設定し、最後に野方が「無事にお母さんと会えることを祈ります」と告げ、時間座標を設定した。一九九五年六月二十七日十一時二十五分。

「はい」と哲矢はうなずき、皆の声援を背中で受け、クロノス・ジョウンターに乗り込んだ。

シリンダー状の射出室に入ると座席に腰を下ろす。

何も聞こえない。さまざまな装置。そして映像パネル。

もう逃げられないという思いで胃部が締めつけられるようだった。

唐突に思う。

なぜ、自分はここにいるんだ。

映像パネルが数字表示に変わる。数値が小さくなっていき、0を示した。

同時に哲矢は叫んだ。座席が揺れる、揺れる、光る、光る。思わず目を閉じた。

全身を何かが覆い、激しく肌を刺し始めた。薄目を開けた。真っ白だ。何も見えない。

皮膚の痛みと、吐き気におそわれ、座席が突然消失した。


くるくると身体(からだ)が空間を回り続けるのがわかる。

足に何かが当たる。そのまましゃがみ込む。目を開いた。芝生の上だった。

目の前は白いビルだった。

そこが故郷の国立病院であることは、すぐにわかった。クロノス・ジョウンターは空間座標については哲矢を正確に目的地に運んでくれたのだ。

まだ痺れが抜けない全身を、必死で動かす。病院に入り、カレンダーで年月日を確認してから、受付で訊ねた。

「入院患者の栗塚亜貴子の部屋はどちらでしょうか」

受付の女性はフロアと病室番号を教えてくれた。そのフロアへ通じるエレベーターの場所も。そこで、はっと気づく。叔母はもう病室を出たのだろうか。

足を引きずるように廊下を進んだ。エレベーターのボタンを押す頃に、やっと痺れが取れた。だが代わりに、母親と顔を合わせることの不安が、どっと押し寄せてくる。身体が痺れたままであれば、そんな心配をしなくてもよかったのにという考えが走った。

エレベーターに乗っていた看護婦に時刻を訊ねた。

「十一時三十分です」

叔母から聞いていた母親の死亡推定時刻は十一時三十五分だった。

もう、すでに意識はないかもしれない。しかし、それでも、自責の念は晴れるはずだと言いきかせた。

エレベーターを降りて、表示に従って病室を探す。ナースステーションで訊ねるわけにはいかない。子供が訊ねてきたという記録はないはずなのだから。

廊下の向こうに人影が見えた。エレベーターに向かって歩いている。

それが叔母だと気づき、反射的に顔をそむけた。

叔母は哲矢に気づくことはなかった。

ようやく、哲矢は奥の個室にたどり着いた。〈栗塚亜貴子〉とあった。名前の上に赤色のマーク。そして「面会謝絶」の札。

ドアノブに手を伸ばしたが、たじろぐ。

このまま母親に会って……もし、まだ意識があったら……何と声をかけるべきなのか。

「母さん。帰ってきた」

そう言えばいいのか。それが一番あたりさわりがない。

しかし、素直にそう言えるだろうか。

母親の冷たい視線を浴びたら、一瞬にして声も出なくなるのではないか。そのときは、どう接したらいい。きっと口ごもってしまい、中学生時代の自分に戻ってしまうかもしれない。

突然、身体が引っ張られる感覚がしてきた。

時間がない。

自分の気持ちを奮(ふる)いたたせた。

そして、思い切る。考えても仕方がない。哲矢は病室のドアを押して中へ入った。

医療機器が無機質な音を発している。

窓際にベッドが見えた。そこに母親がいるはずだ。

ゆっくりと近づく。室内には他に誰もいない。

母親だ。目を閉じている。

そして、哲矢は一瞬にして悟った。

叔母が言っていた。哲矢に会いたがっていたはずだと。

守山は言った。病室を見ただけでわかると。

その理由が、今、はっきりとわかった。

その絵を見て、哲矢は立ちつくした。

母親のベッドの横に貼られた一枚の絵。

哲矢が小学生時代に描いた、母の日の絵。稚拙（ちせつ）な文字で「お母さん、ありがとう」と書かれていた。いやいやながら描いた、自分が理想とする母の絵。心に思う母とはまったくちがう母を描いたはずなのに。それを壁に貼ってくれているなんて。

母は、今まで、ずっと大事に保管していたにちがいない。

哲矢は頭の中が真っ白になった。

すると素直に言葉が出た。

「母さん。母さん」

母親が目を開いた。哲矢をじっと見た。

哲矢の目から涙があふれ出た。それから、喉を詰まらせながら言葉が出てきた。

「母さん、ごめんよ。母さん、ごめんよ。おれは……」

母親は唇を動かした。何かを言いたそうだが、声にならなかった。

指先がチクチクと痛む。

来た！　と哲矢は思った。

身体が強く引かれる。だが、まだ行くわけにはいかない。哲矢は必死で耐えた。

思わず母親の冷たい手を握っていた。母の言葉は出てこない。

「母さん、ほんとにごめん」

母親がそのとき笑った。あの写真と同じように、嬉しそうに。その笑顔は本当に幸福そうに見えた。

母親は小さくうなずき、ゆっくりと目を閉じた。哲矢は涙で何も見ることができなかった。

母さん、もっと会いたかった。そう呟（つぶや）いたとき、時間流が哲矢を一瞬にして呑み込んだ。

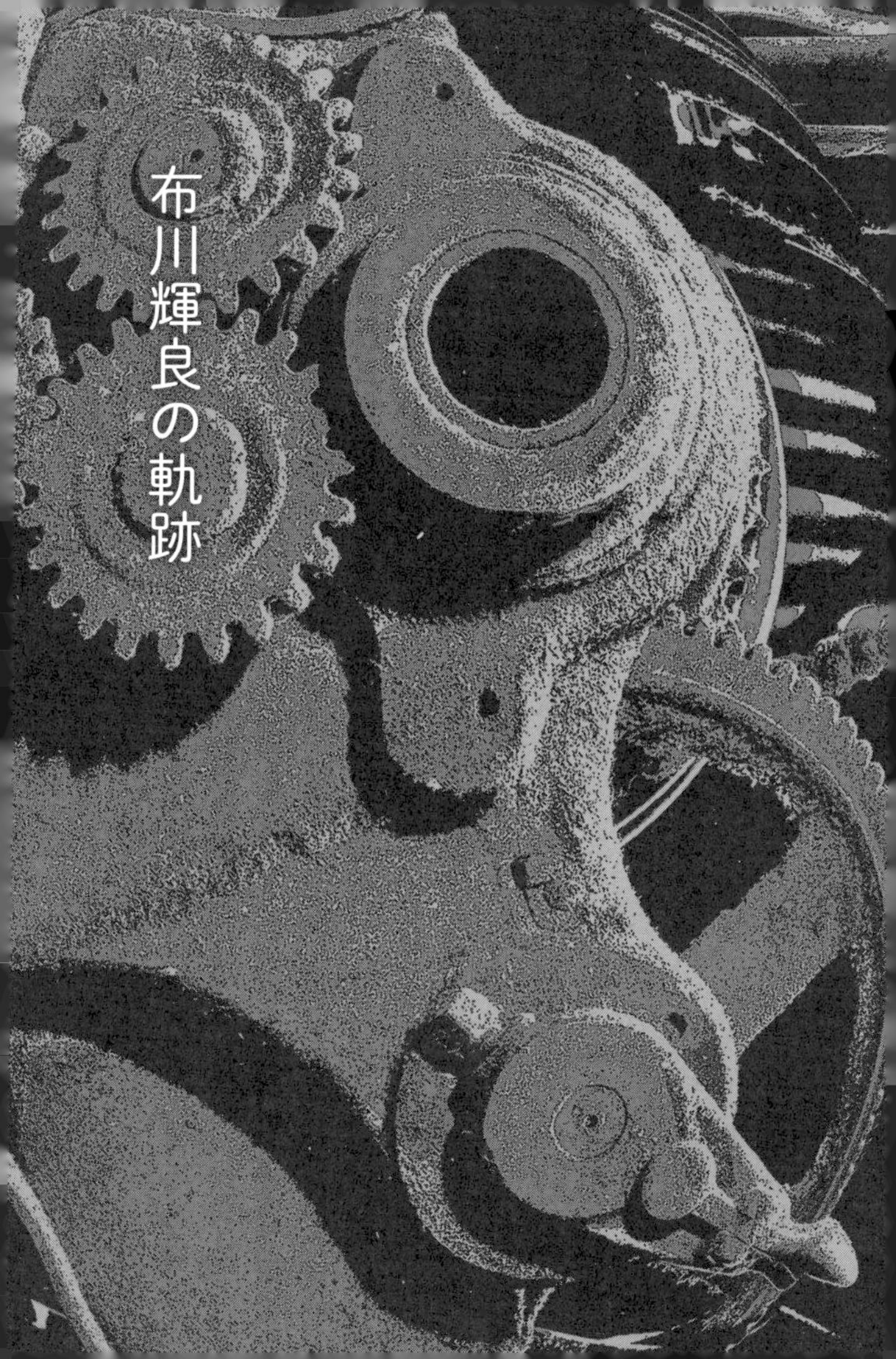
布川輝良の軌跡

1

枢月圭が布川輝良を初めて見たのは、一九九一年十二月二十三日の朝のことだ。輝良は黒いゴミ袋の山の頂に倒れていた。

これほどロマンチックさが欠如した出会いも珍しいのではないだろうか。ゴミ収集所に、圭はゴミを出しに来ていたのだ。

見知らぬ若い男は、スーツ姿で、ゴミ袋の間に顔を埋め、長くて細い足を突き出していた。

その朝は冷えていた。零下だったはずだ。圭は白く大きな息を吐きながら、その場に立ち尽くした。黒いビニール袋に入った〝燃えるゴミ〟を両手にぶら下げたまま。

酔っぱらいだろうか。

それにしては、衣服が乱れた様子はない。何かの拍子に転んで、ゴミ袋の山に突っ伏したように見えた。

黒いビニール袋の数は相当なものだ。公園のジャングル・ジムほどに集まっている。その頂上に突っ伏すなどという不自然な倒れ方をする酔っぱらいなど、いるものだろうか。おまけに、倒れた男の周囲は、円形にビニール袋がひしゃげている。ミステリーサークルの痕跡のように。

ガサッと音がした。それが合図になったかのように、ゴミ袋の山が崩れ、男が転がり落ちてきた。

圭は思わず小さな悲鳴を漏らした。そのとき初めて、圭は若い男の顔を見ることができた。

寒さのためか、唇が紫色になっていた。転げ落ちたときについたのだろう、右の頬に軽い擦り傷があった。だが圭は、それ以上に、その若い男の顔に、吸い寄せられてしまうような不思議な衝動を感じていた。それは理屈を超えたものだった。

あとで考えれば、たとえ誰が倒れていようと、関わり合いになるよりも、まずは一瞬でも早くその場を離れただろう。

だが、圭はそのときその選択をしなかった。

若い男は低く苦しげに一つ呻いた。大丈夫だ。生きている。そう圭は思った。眉をひそめながらも、その顔を覗き込んだ。酒臭さはまったくなかった。

端正な顔立ちだと思った。とても、ゴミ捨て場に倒れているような人間とは思えない。何かはかりしれない理由があるにちがいないと思った。

どうしよう。警察に連絡しようか。まず、救急車を呼ぶべきだろうか。

迷ったとき、若い男が唇を震わせているのがわかった。そして、もう一つ呻き声。

圭は思わず身を縮めた。

男がゆっくりと薄く目を開いたのだ。だが、まだ焦点は合っていない。

「大丈夫ですか」

思わずそう言っていた。

若い男は何か言いたそうに口を少し開き、二度ほどうなずいてみせた。それから、つらそうに身を起こした。立ち上がろうとするが、思うように身体の自由が利かないらしい。

立ち上がりかけながら、泳ぐように右手を宙に振った。

反射的に圭の身体が反応した。若い男のその右手を支えた。ずしりと男の重みがかかってきた。

「あ、ありがとう。すまない」

はっきりと男はそう言った。

「どうしたんです。気分が悪いんですか」

男はゆっくりと首を振った。

「い…や。一時的なもの……だ。すぐ、治ると思う。とにかく……全身が……まるで小さな針で刺されたみたいに……痺(しび)れたようになってしまった」

そう答えた。そのとき圭が連想したのは「この人、麻薬をやってるんじゃないかしら」ということだった。

男は、圭に負担をかけないようにと、自力(じりき)で歩こうと試みたが、うまくはいかなかった。足腰にまだ充分に力が入らないようだ。やはり一人では歩行できないということを思い知ったらしく、男は圭の善意に甘えるしかないと思ったようだ。

「体質……なんだ。ごめんよ」

圭に支えられてふらふらと歩きながら、男は何度もそう言った。

「どこですか、お宅は。送ってあげましょうか」

単純に善意からそう言ったのだ。この若い男をほったらかしにはできない。何か頼りなさげなところがある。自分が守ってやらなくてはならない、そんな気がしてならなかった。

それに加え、もっとこの若い男と一緒にいてみたい、そんな隠しようのない気持ちも生まれていた。

「いや、いい」

男は反射的に驚いたような声を上げた。あまりに激しすぎる反応に、圭は驚いた。

「ありがとう。実は、旅行中なんで……家からは離れてるんです。一時的なものなので……すぐ治るはずですから、どこか、腰を下ろして休める場所まで連れていっていただけるといいんですが」

圭は男の言うそんなことを聞きながら、庇うように歩いた。

歩きながら、言っていることがなんとなくつじつまが合わないという気がした。

「じゃあ、ホテルにでも泊まってるんですか。送りましょうか」

「ホテル……」

男は言葉につまった。

まだ、七時前という早朝なのだ。旅行者であれば旅行用の品を入れたバッグなりを携行しているはずだ。そのようなものは何も持っていない。だから、圭はホテルに泊まっていると考えたのだ。

「いや……ホテルには泊まっていない」

野宿していたというのだろうか。こんな寒い日に、凍死してしまうではないか。近くのバス停の横にベンチがあった。圭のアパートのすぐ斜め前だ。

男は言った。

「ここで、しばらく座っていれば大丈夫です。本当にありがとうございました」

弾かれたように圭から身体を離して、二、三歩よろめきながらベンチに腰を下ろした。それから男は肩を上下させ、何度か荒い息をついた。

「本当に大丈夫ですか。救急車を呼びましょうか」

「いえ、大丈夫です」

男はしっかりと顔を上げて圭を見据え、そして笑った。「知らない土地で、このような親切を受けて、何のお返しもしてあげられない。申し訳ありません」

苦しげなしゃべり方とは裏腹に、大きな目が細くなり、温和に圭を包み込むような優しさが、男から放射された。圭はわけもなく身体が硬直して、頰が紅潮するのを感じた。

そのとき、先刻からずっと続いているわけのわからない自分の感情の高ぶりの原因を知った。自分はこの正体のわからない男に好意を抱いている。それどころではない、恋しくさえ思っている。

「そんな……気にしないでください。ただ、倒れておられて、心配だったから」

男は二度ほどうなずいた。それから、もう大丈夫だというように両手を開いてみせた。笑顔を浮かべたまま。

「あと五分もすれば、回復するはずです。ここまで本当にありがとう」

そう言われては、引き下がるしかなかった。それが当然なのだ。まったくの、見ず知らずなのだから。

「じゃあ、行きます。お気をつけて」

圭がそう言うと、男は手を振った。そのまま圭は、アパートへと帰っていった。

部屋に入ると炬燵にぺたりと座り込んだ。突っ込んだ手に暖気を受け、感覚が蘇ってくるのがわかった。気にならなかったが、外はそれほどに寒気がひどかったのだ。

あの人は〝旅行者〟などじゃない。もちろんホームレスなどでもない。なぜ、私に嘘をついたんだろう。

そんなことを考えながら、洗濯バサミで一枚のイラストを挟み、完全に乾いたのを確認して、洗濯用の物干しロープに吊るした。これで一応、年内に頼まれていた仕事はすべてやり終えたことになる。

枢月圭は、デザイン専門学校を出てから一年だけ小さな広告代理店に勤め、それからはフリーのイラストレーターとして暮らしている。あまりアクのない画風だし、さまざまな分野のイラストを器用に描き分けられるので、注文に応じるには不自由していない。いくつかの広告代理店から頼まれる仕事をこなしていくだけで、多忙を極めていた。新聞広告用のカットやミニコミ紙のイメージイラスト、企業PR誌のイラスト。イラストであれば何でも引き受けた。

特にこの数日間は地獄だった。年末年始で印刷所が動かなくなるというので、早い締め切りが集中してしまったのだ。それでも、前年の暮れより仕事は楽になったと思っている。新聞に載るような経済の動向について、くわしく覚えているわけではないが、株価が暴落したという記事を見たあたりから、少しずつ仕事が減ってきたような気がする。カラーイラストの依頼が少なくなってきたようだし。

とにかく、年内の仕事はすべてやり終えた。頭上に吊るしたイラストをふと見上げて、そう思う。

そのとき、そのイラストが吊るしてある空間に若い男の顔が浮かんだような気がした。ベンチに座らせたまま別れた、名前も知らない男の顔だ。

「何いつまでも考えてんだ」

そう自分に言い聞かせて、圭は立ち上がった。

そのとき気がついた。電話機の下方の円いところ、〝留守〟と書かれた部分が明滅しているのだ。留守番電話が入っている。

ボタンを押した。

聞きなれた調子のいい男の声が響いた。

「やあ、おはよう、圭。仕事は順調に進んでいますか。朝のあいさつとモーニングコールも兼ねたんだけど、まだ寝てるんだね。あとで、電話ください」

声の主は香山耕二だった。圭の婚約者である。しかし、その声を聞いても別に胸がときめくといったこともない。こんなに朝っぱらから電話かけてきて、非常識なやつね、という感想しか出てこなかった。

それがきっかけとなって、通りにいるはずの若い男の顔が再び脳裏に浮かんできた。

テレビのスイッチを入れた。気をまぎらわすためだ。師走の街頭でニュース・キャスターが天気予報や来年の占いを伝えている。

しばらく炬燵の中でボオッとしていた。画面右上の時刻表示が、テレビを点けてから十分が経過したことを知らせていた。

――あれから、二十分以上経過している。

そう思った。

もう、あの人は行ってしまった。そう……それが当然だ。あと五分もすれば、回復すると言っていたもの。

それでも、急に胸が締めつけられるような気持ちになって、圭は立ち上がった。

もう一度、バス停へ行ってみよう。

部屋のドアを開いた。そこから、わずかにバス停の位置を見ることができる。

若い男はまだベンチに座っていた。うなだれたままだ。まだ回復していないのだ。

圭は無意識のうちに走りだし、ベンチの若い男に駆け寄った。

先刻と同じ言葉を再び口にした。

「大丈夫ですか」

返事がなかった。男はうなだれていた。顔を見ると、唇はさっきより青く変わっていた。

生気が失せつつある表情なのだ。だが、まだ息をしている。額に手を当てた。

熱がある。すごい熱だ。

圭はもう迷わなかった。男の手を取り、自分の肩にかけた。

「ここじゃ、身体によくありません。一緒に行きましょう」

今度は圭の言葉に逆らわなかった。自分の体調に自信がなくなったらしい。素直に従い
「ああ…すみません」と呟くように答えた。

そのとき、だらりと垂らした左腕に、男が奇妙な形の金属製の装置をはめているのに、

圭は気がついた。

絶対に腕時計とはちがう。大きすぎるし、わけのわからない表示が多い。

## 2

布川輝良は「クロノス・ジョウンター」という装置のことは聞いていた。正式には「物質過去射出機」という名称らしい。

親会社である住島重工から、輝良の勤務するP・フレック株式会社が開発を委託されたらしい。完成後は、さまざまな実験を繰り返している。思わぬアクシデントが起きたという噂もあるが、詳細は知らない。とにかく、過去へ人や物をジャンプさせる装置らしいという認識しかない。

輝良は開発一課に属している。クロノス・ジョウンターの開発には関与していない。担当は三、四課なのだ。

ただ、クロノス・ジョウンターで過去に跳べるということを聞いたとき、漠然とした憧れのようなものは感じた。

過去と聞いてまず輝良が連想するのは、廣妻隆一郎の建築物だ。一九一五年に生まれ、七九年に没していた。輝良は、その狂気じみた作品が、すでにどこにも存在しないことを知っている。もはや伝説の人であり、作品集の写真によってしか彼の業績に触れることができない。

輝良は、小学生の頃、その廣妻隆一郎の作品の写真集に出会った。学校の図書室でだった。そして、その奇妙な造形に心を奪われた。

木造の怪物たちだった。

廣妻隆一郎は、一九三〇年代の半ばから、建築家をめざして渡欧している。イタリアからスペイン、そしてバルセロナではアントニオ・ガウディの作品に心酔し、数年を過ごした。第二次世界大戦中に帰国し、それから数年間は活動を停止している。

戦後の復興期より、彼は独特の感性による設計を精力的に開始した。だが、あまりにも日本の建築物の概念とかけ離れたものが多すぎたため、実際に建築に移されたものは数点しかないという。

アンバランスな螺旋を描く楼閣。放射状に木材が突き出してドームを形作っている某市の体育館。直線である材木を組み合わせ、曲線だけのイメージの家屋に仕上げた住宅。瓦も、当時としては異様にカラフルな陶器を使って、モザイクのきらめきを放っていた。

子供心にも、その異様な建築に圧倒的な印象を感じた。そして輝良は知った。自分が通う小学校の講堂も廣妻隆一郎の建築であることを。三つの円塔にドームが載った、まるでモスクを連想させる建物だった。ドームの頂上部分は幾重にもモザイクで飾られ、内部では、三角形を描く小さな梁が天井に近い部分に無数に渡されていた。また窓ガラスも、超現実的なものが描かれたステンドグラスになっていて、宗教に関係ありそうな造形だと感じていた。美しさとは違う。荘厳だというのでもない。だが、なぜか、その建築物に魅かれたのだった。

そして、そんな建築物の写真集が、なぜ自分の通う小学校に置かれていたのかも知った。本人から送られてきて、図書室の蔵書となっていたのだ。それ以外の、廣妻隆一郎と母校の小学校とのつながりは知らない。しかし、他の古い木造校舎と奇妙な形の講堂はすさまじくアンバランスではあったが、深く輝良の心に焼きついている。

その小学校は、一九八〇年代の半ばに、すべて新築の鉄筋に建て直されたと人伝に聞いた。その事実を知ったとき、輝良は、自分の心の中の大事な何かがぽっかりと欠落してしまったような思いを抱いたのだ。

それと同時に、廣妻隆一郎の他の作品もぜひ見ておきたいという衝動にかられた。

そのときは、すでにP・フレックの社員だった。仕事とは畑ちがいの分野だが、余暇を利用して彼の作品の行方を調べた。

輝良にとっては忘れられない特別な人物なのだが、廣妻隆一郎は一般ではほとんど無名に近かった。その作品の所在を調べることは困難を極めた。

母校である小学校を訪れると、奇跡的にも、彼の作品集は図書室にまだ保管されていた。譲ってもらうことはできなかったが、全ページをコピーして持ち帰った。そのコピーを自室で何度も眺めた。その作品は一九四七年から一九五一年の五年間に集中していた。それ以降はほとんど作品を残していない。

写真集は地方の印刷屋で自費出版されたものらしく、出版元の記載もなかった。ただ、廣妻隆一郎の自宅の住所が記されていた。

この時点では、彼が没したことを知らなかったために、輝良は本人宛てに手紙を出した。返事は彼の長男から届いた。

それで知ったことは、すでに廣妻隆一郎はこの世の人ではないこと、その作品はほとんどが木造であり、この数年にすべて解体されてしまったことだった。一九九一年十二月二十五日に解体された、横嶋市立野町にあった朝日楼旅館が、彼の最大の建築物であり、最後に残っていた作品であることも知った。

その手紙を受け取って一週間後、輝良は立野町に出かけた。そこには、彼の作品のおもかげは一つしか残っていなかった。

アサヒ第一ビジネスホテルというビルがあった。輝良はロビーに足を踏み入れた。そして、フロントの後ろの壁に掛けられた朝日楼旅館の写真を見つけた。その建物は、初めて目にするものだった。作品集にも載っていなかった。

フロントの前に立つと、その写真に目を奪われた。これまで見た建築物の中でも、一等奇妙な形をしたものだ。街の中に木造の巻き貝が立っている。貝の口のあたりが旅館の出入り口で、その上に大きな看板が掛かっていて、朝日楼であることがわかる。巻き貝の仲間に骨貝(ほねがい)という種類がある。廣妻建築の特徴の一つに、その骨貝のように、巻き貝から唐突に幾本もトゲが突き出しているような様式がある。すぐに廣妻の手になるものだとわかった。惜しむらくは、それがモノクロの写真であること。それから旅館の全景が写(うつ)っていないこと。二階部分の下方で写真は切れていた。入り口には、昭和二十年代の服装をした旅館の従業員たちが数人並んでいた。

フロント係にここに来た理由を話したが、ホテルには、これ以外の写真は残っていないことがわかっただけだった。

それ以来、廣妻隆一郎の建築物に対する輝良の憧憬(しょうけい)は一段と強くなった。ときおり、朝日楼旅館の全体像が色彩を伴(ともな)って夢に出現さえした。

輝良は思った。こんな話を人にしても、誰にも理解してもらえないだろうな。馬鹿馬鹿しい、と一笑に付されるのがオチだろう。客観的に考えてみればよくわかる。

しかし、一度でいいから、本物の朝日楼旅館の全景を見てみたいという願望は、現実とは裏腹に募っていくばかりだった。

そんな輝良に、「過去へ跳んでみたいと思わないか」と上司から話があったとき、まず頭に浮かんだのが、朝日楼旅館のモノクロの写真だった。

昼休み前だった。

「布川くん。ちょっと」

開発一課長の吉本次郎が声をかけた。

「はい。何でしょう」

吉本課長は愛想笑いを浮かべて輝良の後ろに立っていた。

「ミーティング室に行こうか」

どんなに優しい言葉で誘われたところで、上司の指示に変わりはない。従わないわけにはいかない。輝良は「はい」と席を立った。

ミーティング室には先客がいた。三課と四課を束ねている野方耕一チーフだった。

吉本が「ま、座って」と椅子を勧めた。野方が「休み時間に、すまんね」とぴょこんと頭を下げた。心底すまない……という表情はしていなかったが。

「もし、今からする話に興味がなければ、はっきりとそう言ってもらってかまいません」

　野方は言った。

「彼のほうで、今、ある志願者を募っているそうだ。こちらにも適任者がいないかと、打診を受けたんでね」吉本がつけ足した。「独身で、家族がいない者となれば、布川くんをすぐに思いついたんでね」

「はあ」

　輝良が腰を下ろすと、すぐに野方が本題に入った。

「三課と四課で今、開発しているクロノス・ジョウンターのことは知ってますね」

「いえ、去年、カエルの過去射出実験を見た程度です」

　そう輝良は答えたが、それは嘘だった。「クロノス・ジョウンター」という名称の物質過去射出機のことは、P・フレックの全員が知っているはずだ。だが、開発中の装置については、社外での守秘義務が要求されている。そのような前提があるから、無難に「くわしくは知りません」と答えたのだ。

「そうですか」と野方は言い、途中の説明を省き、結論から言った。「布川くんは過去へタイム・トラベルしてみる気はありませんか」

「は」と、輝良は一瞬の時間を稼いだ。

「文字どおりの意味です。言葉どおりのことです。クロノス・ジョウンターで過去へ行ってみる気はないかということです。だが、機械の今の性能上、大昔に戻るというわけにはいかない。せいぜい、マックス・マイナス丸五年といったところですが」

そのとき輝良が連想したのは、過去すなわち廣妻隆一郎の建築物ということだ。まず、閃光のようにその発想が浮かんだ。マイナス五年といえば一九九一年の十二月だ。

「なぜ、開発一課の私に？」

まだ結論を出すに足る情報が少ない。

「今、志願者を募っている段階でね。ただ、独身なら誰でもいいというわけではない。過去へ時間流を遡った後に必ず反作用が発生する。未来へ自動的に引き戻されるが、現時点へ戻るわけじゃない。人間の場合、射出時点から遡行年プラス遡行年の二乗の未来へ跳んでしまうことになる。すると、現在の知人たちとは、大幅な年齢差が生じてしまう。だから、過去の旅行への志願者は、現在に身寄りの少ない人間が適切だということだ。するとどうしても限定されてくる。もちろん家族持ちはだめだ。布川くんの場合だと、四年前にお母さんを亡くしている」

「はい、父も子供の頃に火事で亡くして、一人っ子だったものですから、今は……」

こう答えると野方と吉本はうなずいた。

「もし志願してくれたら、過去から戻ってきたときは、現在の身分は保障するし、住島重工がその他すべての面でも責任を持つことになる」

「最大五年遡行すると……何年後に戻るんですか」

「この計算結果はわれわれ課長クラスまでにしか知らされていないが、今から三十年後だな」

「………」

二〇二六という数字が頭の中で明滅したが、輝良はそれを口にはしなかった。

跳べるのが一九九一年であれば、まだ朝日楼旅館は解体されていない。

「九一年の師走あたりだったら、跳ぶことは可能なのですね」

輝良が言うと、野方は胸のポケットから積分計算器を出して、キーを叩いた。それから顔を上げた。

「実験は二十二日の予定だから、十二月といっても二十三日がぎりぎりですね……。それが、今のクロノス・ジョウンターで行ける最大の過去ということですが」

「他に、過去行きの人体実験をした人はいるんですか」

「います。四人いる。一人は一時間以内の過去で、すでに帰ってきています。もう一人は、六カ月前の過去で、さらにもう一人は一年と少し。二人は三年後に帰ってくる計算になっている。で、最後の一人は、きみも聞いたことがあると思いますが、開発三課の吹原和彦です。去年の十一月に最初に過去に行った人間だが、彼の場合は実験というより密航ですな。まだ帰ってきていない。どの時代に何のために行ったのか、記録もまったく残っていません」

吹原の件についてては、これ以上聞かないでくれというように野方は腕組みをした。

「しかし、現実には、過去へ人を送り込むことができるということは、すでに実証されたのでしょう。なぜ、これ以上の実験が必要なのでしょうか」

輝良はそう尋ねた。正直な質問だった。

「実験の内容は同じだが、目的が異なります」と野方は答えた。

「というと……」

「前回までは生物、無生物を問わず被験物の過去遡行そのものが実験の目的でした。今回は、送り込んだ被験物を過去に一定時間固定させることが目的なのですよ」

時間流には特殊な性質があるらしいことを、野方は輝良に話した。自然の法則では、時間は過去から未来へ一方向に流れている。その法則に逆らって時間流を遡れば、遡行する力と時間の流れの力の均衡が破れた瞬間に、時間流は被験物を未来のバランスのとれる時点まで弾き飛ばしてしまう。均衡が破れるまでの時間は、無生物の場合、数秒間だったり、生物の場合でも、長くて十数分間というものだった。

「今回の実験では、固定装置を使い、最大限四日弱……九十時間ほど被験物を過去に滞在させることができるはずです」

「やります」

そう輝良は答えた。おお、と言いたげに野方と吉本は口をすぼめ、顔を見合わせた。

「でも、条件があります」

「何だい、布川くん。聞いておこう」

「私の行きたい場所と時を指定してかまいませんか。行きたいのは九一年十二月二十三日、市内の立野町です。さっきの過去遡行の限界ぎりぎりですが、ＯＫのはずです」

朝日楼旅館が取り壊される二日前の時点だ。その時点であれば、廣妻隆一郎の最後の作品を自分の目で確認することができる。

そのとき、上司の吉本も野方も即座に、その条件を呑もうと答えてくれたわけではない。正式に返事をもらったのは、二日後のことだった。

3

布川輝良は、それからすぐに私物の整理に入った。すべて住島重工の立野倉庫で保管してもらうことになり、預かり証をもらった。同時に、実験終了後に住島重工の総務部を訪ねれば、責任をもってそれからの身のふり方の面倒をみる旨の念書も出してくれた。輝良が次に帰ってくるのは、これから三十年後ということになる。ちょっとした浦島太郎だ。

体調が診断され、さしあたり肉体的には過去への遡行には問題ないということになった。できるだけ目立たない状態で過去の一時代へもぐり込む。そこで四日間を過ごし、未来へ帰還する。それが輝良の使命なのだ。

クロノス・ジョウンターで輝良を過去へ送ることが決定する前日に、吉本が「九一年十二月二十三日でなければ、なぜまずいのか」と理由を尋ねてきた。

輝良はそれには正直に答えた。

建築家廣妻隆一郎が設計した作品群のことを。現在では、彼の作品に会える機会がまったく失われてしまったこと。一九九一年十二月二十五日に、立野町にあった最後の廣妻作品が取り壊しにあってしまったこと。

「その廣妻って建築家は有名なのか」

十二月二十五日以前でなければ廣妻の作品に出会えないと知った上司は、輝良にそう尋ねた。

「いえ……全然。まったく無名だと思います」

吉本は、その答えに不思議そうに眉をひそめた。これは輝良の個人的な嗜好の問題なのだ。しかし、だからこそ、その願いは受け入れられた。結論が延ばされていたのは、輝良がある過去の時点と場所に執着するのは、他の理由があるにちがいないという疑いを持たれていたためだったのだ。

その理由によっては、実験の目的を大きく逸脱してしまうことになる。たとえば、自分の運命を変えるために、過去のある時点で歴史の改変を試みるといったことだ。極端な例では、親殺しのパラドックス。過去へ跳んで、自分を生む前の親を殺せば、未来で自分は生まれているかどうかという問いがある。親を殺せば、未来の自分は存在しないはずだ。であれば、過去へも親を殺しに行けない、そんな逆説が生じる。それを解明するのは今回の実験の目的ではない。

そんな例でなくても、過去に戻り、自分が失敗した試験を受け直せば、次は合格できるだろう。そうすると以降の運命は大きく変わってしまう。最初のできごとは個人的な小さな変化にすぎないが、その変化によって生じるできごとの積み重ねで、未来では全人類の運命さえ左右することになるかもしれない。

そのような過去改変の意思は、輝良にはないということがわかった。それで、被験者に決定したらしい。

過去行きが決定した段階で、輝良はさまざまなレクチャーを受けることになった。一九九一年の暮れという時点に関しての勉強。そして、過去を改変しないように、どのような行動をとるべきなのか。

あくまでも傍観者（ぼうかんしゃ）の立場をとらなくてはならない。歴史に介入（かいにゅう）してはならない。また、目立ちすぎて、その時点の人々の印象に残ってもいけない。そして、一九九一年の二十代後半の一番目立たないスタイルとはどのようなものか、そのとき社会はどのような状況にあったのか、等々（とうとう）。

「これを腕に付けてみてくれないか」

野方が輝良に手渡したのは、金属製の幅のあるベルトのようなものだった。

「何ですか、これは」

「パーソナル・ボグ」

「パーソナル・ボグ……ですか」

「ああ、B・O・Gというのはブレッシング・オブ・ゴッドだ。時の神（クロノス）の祝福が与えられる」

そう野方は言った。「四日間、きみを過去に固定しておくための装置だ。時の神が気まぐれを起こさないという保証はできないが……」

輝良はそのベルトを左手首にはめた。パチリと音がして、腕を振ってもベルトは動かなくなった。野方が手を伸ばして赤いスイッチを押した。ベルト全体にいくつもある表示部分が青い光を放った。

「うん、状態はいいみたいだな」とうなずき、スイッチを切った。

「付けた感じはどうだ」

「少し、重い感じはあります。固定装置というと……これを付けて過去へ行くんですか」

「ああ、そのとおり。だが、冬場だから、長袖に隠れて他人が見ても気がつかないと思うよ。人前では絶対に腕まくりしないようにと言っておこう」

輝良は左腕の装置をしげしげと見た。

「これを過去に行ってる間に外せば、どうなるんですか」

野方は拳から親指だけを突然に突き出してみせた。いかにも吹き飛ばされるというふうに。

「一度、話をしたと思う。生身の人間が過去の時点に送り込まれると、数分で未来へ弾き飛ばされてしまう。これは、過去が弾くのか、未来が引き寄せるのか、解釈が分かれるところだが、それはどちらでもかまわない。このパーソナル・ボグはミニサイズのクロノス・ジョウンターと言ったほうが早い。ただバッテリーで機能するので、力もぐんと弱い。

過去へ遡る力はないが、被験物をその時間帯にとどまらせる力はある。被験物は未来へ跳ばされようとする力にこの装置で抗いながら、過去に存在し続けるわけだ。だが、その力にも限界がある。その限界が九十時間だ。ただ……」

そこで、野方は少し口ごもった。輝良は次の言葉を待った。過去へ跳ぶ本人としては、どんな些細な情報も聞き逃したくはない。

「ただ……何なのです？」

「ああ、前の被験者の例だ。その男には、固定装置は使用してない。遡行した過去も一時間以内だ。だが、クロノス・ジョウンターで過去へ射出されるときに、若干の肉体的変調を感じている。目眩、吐き気、全身を小針がチクチクと刺すような感覚、それから腹部の膨張感。いや、あまり布川くんを脅かすつもりはない。そのような肉体の変調を感じたという例を話しているだけだ。ただし、過去から帰還した後、被験者には何の後遺症もない。この固定装置の原理はクロノス・ジョウンターと変わらない。つまり、この装置を過去で使用している期間、そのような症状が布川くんに継続して生じる可能性があるということだ」

「わかりました。それは、必ず起こるというわけではないのですね」

「そう。可能性について言ったままでだ。肉体の変調が継続するかもしれないし、しないかもしれない。どうしても耐えがたい状況になったときは、固定装置を切れば、即刻、過去から弾かれる。無理に最後まで過去でがんばらなくてもいい。布川くんの判断で帰るときを選択してもらってかまわない」

「はい」

　野方は何度もうなずいた。それから思い出したように言った。

「それから、もう一つ……副作用と言うべきかどうかわからないが、この固定装置をいったん使用すると〝時の神(クロノス)〟に睨(にら)まれてしまうようだ。我々の推測では、固定装置を一度使用した被験者は、もうクロノス・ジョウンターに乗れない体質となる。だが、きみの場合はかまわないだろう。二度も過去へ跳ぶ必要性もないだろうし」

　その点に関しては、輝良にも異論はなかった。廣妻隆一郎が残した建築物を、ひと目この目で見れば満足なのだ。再び、過去行きを望むこともないだろう。

　一九九六年十二月二十二日、実験の日は、スーツ姿だった。クロノス・ジョウンターを見るのは初めてではない。野方から説明を受けたり、調整中の姿を垣間見(かいまみ)たときは、それほどの威圧感(いあつかん)を受けなかった。だが今、目の前にクロノス・ジョウンターは黒い光沢(こうたく)を放ちながら圧倒的な偉容(いよう)をもってそびえていた。

この機械で過去へ射ち出されるのだ。

そんな思いが、輝良に身震いを生じさせた。

無意識のうちに立ち尽くしていた。巨大な金属製の円座の上に、大昔に地上を走り回った蒸気機関車のような砲筒が据えられている。フロイトが生きていれば、彼流の精神分析の手法で、男根の象徴と分類するにちがいないと輝良は連想した。

クロノス・ジョウンターという命名は、三課、四課合同のチーフである野方によるものだと聞いたことがある。タイム・マシンと呼ぶにはいかつすぎて、いかにも不似合だ。SFの愛好家という野方は、そこで古典SFの作品から名づけたのだというが、輝良はそのSFがどのような話なのか知りはしない。なかなかにふさわしい響きを持つネーミングだと思った程度だ。

野方は次々と報告を受け、その一つ一つにうなずいていた。その野方も他の担当の技術者も、試験室のクロノス・ジョウンターの前では小さく見える。

輝良は、ごくりと生唾を呑み込んだ。

野方が輝良の存在に気がついた。輝良を見て右手を上げ、「おおっ」と叫んだ。

試験室の全員が輝良を注視していた。それから、誰からともなく拍手が起こり、すぐに嵐となった。

輝良は、野方に招かれるままに、クロノス・ジョウンターの前へと歩いていった。

「さあ、調整はすべて終了した。あとは布川くんを一九九一年に送り込むだけだ。これを左腕に付けておいてくれ」

野方は例の固定装置を輝良に渡した。そして、一通の封書も。宛先は住島重工株式会社総務部、長里幸夫（ながさとゆきお）となっていた。裏に〈一九九六年十二月二十五日まで、開封せずにT・S金庫に保管のこと／重要機密〉と記してあった。そして差出人の個人名の欄。

「これは見本だ。九一年に行ったら、この住所に、毎日一通ずつ経過を書いて出して欲しい。四日経てば、布川くんは今から三十年後に引き戻されることになる。だが、それまで、我々は結果を待てないのだよ。こうすれば、実験が終わってすぐにでも、我々は住島重工の特秘金庫の中から、きみの報告を取り出して経過を知ることができるというわけだ。あちらでの健康状態、心に浮かんだこと感じたこと、何でもかまわない。必ず、あちらの時代では、手紙を出して欲しい。それが我々が経過を知り得る唯一（ゆいいつ）の方法なのだから」

「わかりました。しかし、長里さんに送って、この人がちゃんと保管してくれるかどうか、何の保証もないんでしょう」

「それは大丈夫だ。長里さんは総務部の次長だ。一九八五年から現在まで異動もなく、現職にある。性格も考慮（こうりょ）ずみだそうだ。それに、T・S金庫つまり特秘金庫の存在は、外部の者は誰も知らない。封筒にそう記入してあるだけで、彼は何の私見(しけん)も挟(はさ)まずに保管してくれるだろう」

現実にそのようなことが可能かどうかはわからなかったが、輝良にとって、それが過去行きにおける唯一の職務と言えた。

「その見本は大事なものだ。スーツの内ポケットに入れて、肌身離さず持っていたほうがいい」

輝良は承知しましたと答え、野方の目の前で内ポケットに納めた。次に野方は、クロノス・ジョウンターの横の台に置かれた小ぶりの旅行バッグを取って輝良に渡した。

「この中には、九一年以前に製造された紙幣が五十万円分と簡単な旅行の必需品が入っている。四日間を過ごすには充分な金額のはずだ」

「ありがとうございます」

「到着後すぐに、何がなんでも最優先で、過去に滞在するために、固定装置のスイッチを入れるんだ」

「わかりました」

「クロノス・ジョウンターはいつでも過去射出できる状態になっている。布川くんのほうはいいかね」

「いつでも、かまいません」

野方はうなずいた。そして試験室の全員に叫んだ。

「よし、射出は三十分後。目標時点は、一九九一年十二月二十三日午前六時。空間座標は横嶋市内、立野町の安全な場所に設定する。九時三十分ジャストに実験を開始します」

再び、全員がクロノス・ジョウンターの部品と化したようにその周りを動き回ったが、簡単な微調整ですべて終了したらしく、短時間で、装置を遠巻きにする形になった。

その全員が注視する中、旅行バッグを持ち、輝良は射出室へ乗り込むことになった。これから未知の世界へ旅立つのだ。もっとも、未踏の惑星や極限の深海へ挑む者であれば、それなりのコスチュームに身を包むはずだ。ところが同じ未知の世界を辿るはずの自分は、スーツ姿に旅行バッグだ。何というちがいだろう。ふと、輝良はそんなことを考えていた。

上司の吉本が近づいてきて、「がんばれ」と言い、肩をポンと叩いた。

「はい」と答える。

胸をそらせて、輝良はクロノス・ジョウンターに乗り込んだ。全員が再び拍手するのが聞こえた。

射出室へ入り、ロックをかけると、室内は完全な無音状態になった。映像パネルの左上に現在の年月日及び時刻。そして、その下に射出先の一九九一年の日時が表示されていた。

輝良は座席に腰を下ろした。目の前に操作盤があるが、これは今回は関係ない。今回の操作はすべて外部から行われるからだ。だが、操作そのものは、そんなに複雑なものではないと聞いていた。

カウントダウンが開始されたが、ヘッドホンのその響(ひび)きは、何か、別の世界からのもののように聞こえた。

映像パネルに映(うつ)っていた試験室の光景が、コンピューター・グラフィックスに突然切り替わった。輝良はそのときが近づいていることに気づき、全身が強(こわ)ばるのを感じた。もうすぐだ。

10(テン)カウントに入って、大きく息を吸い、吐いた。

カウント0で、射出室が激しく振動を始めた。光が見えた。青い光が無数の粒子(りゅうし)となり、てんでにブラウン運動を起こしている。その青い光が満ちあふれたときに、光が白一色に変化した。腕を顔を首を何か目に見えないものが素早く突き刺し回っている。小さな針で、透明な小人たちが……輝良を生(い)け贄(にえ)にして……お祭をやっている……。

輝良は野方の言葉を唐突(とうとつ)に思い出していた。「クロノス・ジョウンターで過去へ射出されるときに、若干肉体的変調を感じることがある。目眩、吐き気、全身を小針がチクチクと刺すような感覚……」

そうだ。今のこれが、それだ。若干のなどという生やさしいものではない。胸の中を何かが突き上げてくる。輝良は思った。自分は時間旅行には不向きな体質の人間ではないのか。

振動が激しくなっていった。次の瞬間、それまでとは比較にならない白光（はっこう）が訪れ（おとずれ）、全身を包み込んだ。

目を閉じていた。

目を閉じても、あたりは真っ白だった。

身体が弾かれ、宙を舞うような感覚と上下左右がわからなくなるような感覚が同時にやって来た。

そして意識が遠ざかっていった。

4

意識は戻っていなかったが、肉体は重力を感じた。そのまま、輝良の身体はどこかわからない場所に押しつけられた。広い場所だということはわかる。クロノス・ジョウンターの射出室以外の場所だということはわかる。

かすかに意識が戻ったのはそこの寒さのせいだった。だが、完全に戻ったわけではなく、朦朧(もうろう)としていた。

輝良は空を見上げ、とりあえず左腕の固定装置(ボグ)のスイッチを入れた。それが何より優先だ。

再び、ぴりぴりと全身に小さな痛みが走った。我慢できないほどのものではないが、射出室内部で感じたあの痛みと同じ性質のものだった。固定装置はミニサイズのクロノス・ジョウンターだ、とチーフの野方が言った意味がよくわかった。その物質が本来いるべき未来の時点に押し戻そうとする時間流の力に、固定装置が必死で抗(あらが)っていてくれる。痛みはその副作用なのだ。スイッチを切れば、痛みはすぐに消失するだろうが、その代償として一九九一年の世界から離れなくてはならない。

腕輪状の固定装置を見た。表示の一つが横に細長く青く輝いている。左端が〇パーセント、中央が五十パーセント、そして右端が百パーセント。表示の光は、右端からほんのわずか左にあった。この線が装置のタイムリミットを示しているのだとわかる。その光が左端へ寄ってしまったときが、まだ知らぬ未来へ帰還するときということになる。

しかし、これから四日間ずっと、この副作用とでもいうべき痛みを引きずって過ごさなければならないのだろうか。胃にもむかつきがある。はっきりとしない意識の中で、暗澹(あんたん)

たる思いがこみ上げてきた。

固定装置のスイッチを入れ終えて安心した輝良は、再び目を閉じて両手を投げ出した。

寒い。

その瞬間、身を預けているビニール袋の山が崩れた。落ちながら、輝良は自分がそれまでゴミ捨て場の山の上に倒れていたことを悟った。未来からやって来た人間が、何と滑稽な場所に到着したことか。

ズンと背中を打った。思わず呻き声を上げた。身を起こすにも、何とも身体がだるい。

目を開いた。しかし、うまく焦点が合わない。見えているのは、どんよりとした雲の冬空のようだ。すべてがぼうっとした灰色。

声が聞こえた。

「大丈夫ですか」

その声には快い響きがあった。女性の声だ。それも若い。

輝良は、いや、大丈夫だ……そう言うつもりだった。しかし、言葉は声になっていなかった。

ゆっくりと焦点が合っていく。

ショートカットの若い女性が輝良の顔を心配そうに覗き込んでいるのが見えた。大きな瞳が印象的だった。細い眉だが、黒くはっきりとしている。不安げに少し口をすぼめていた。

　女性に心配をかけないようにと、輝良は無理やり身を起こそうと試みた。全身にぴりぴりした痛みが走る。何とかこらえて、立ち上がらなくては。しかし、まだ、完全には平衡感覚が蘇らない。

　あまり、この世界の人々の印象に残る行動をしてはいけない。関わりすぎてはいけない。だが、身体はふらついていた。自分の足が自由にならないのが不思議だった。ゆらりとよろめいた。その身体を、女性がとっさに支えた。反射的な行動だった。

「あ、ありがとう。すまない」

　今度は、素直に声が出たのがわかった。女性は輝良の顔を見つめながら、心底から心配しているふうだった。そう、少女のように、純真な瞳で。

「どうしたんです。気分が悪いんですか」

　輝良はゆっくりと首を横に振った。たしかに、身体はベストの状態というわけではない。しかし、これは過去世界へ来たときの聞かされたとおりの副作用というやつじゃないか。もうしばらくすれば、身体がこの時代になじんでくれるかもしれないと思った。

　それに……それに、この女性に、これ以上迷惑をかけるわけにはいかない。

唐突に輝良は〝インプリンティング（刷り込み）〟という単語を思い出していた。動物たちが生まれてすぐに、最初に見たものを自分の肉親だと信じ込むという現象だ。

過去世界へ跳んできて、最初に彼女と出会った。そして自分は今、この初めて出会った女性に好感を抱いている。

これこそインプリンティングではないのだろうか。しかし、これ以上この女性と関わることは、いずれにしても迷惑をかける結果になりそうだと思った。彼女が善意で接してくれるだけに、そのような結果を迎えることは耐えられない。申し訳ない。

「い…や。一時的なもの……だ。すぐ、治ると思う」

再び自分で歩こうと試みたが、うまくできない。仕方なく女性に身体を預けた。

輝良は若い女性の横顔を見た。改めて、彼女の美しさを知った。だが、ジーンズに粗編みのセーターだけの彼女は、自分の持つ本来の美しさや魅力にまったく気がついていないようだった。少女と呼んでもおかしくない。輝良は、自分の気持ちが急速にこの若い女性に魅かれていくのがわかった。しかし、同時に、その魅かれていく気持ちに抗っていた……。

若い女性に支えられながら、言葉を二つ、三つ交わした。その後、彼女は驚くようなことを言ってのけたのだ。

「どこですか、お宅は。送ってあげましょうか」

「いや、いい」

そう反射的に答えたが、半ば絶句しかけていた。そのような申し出は予測していなかったのだ。しかし、何とか取り繕わなくてはと、輝良は声のトーンを落として答えた。

「ありがとう。実は、旅行中なんで……家からは離れてるんです。一時的なものなので……すぐ治るはずですから、どこか、腰を下ろして休める場所まで連れていっていただけるといいんですが」

そう答えながら、なんと下手な言い訳をしているんだと思ってしまう。まるで支離滅裂ではないか。確かに、旅行中というのは嘘ではないが。

じゃあ、ホテルなんですかと彼女は言った。そのとき、輝良は気がついた。一九九六年から射出されるとき持っていた旅行バッグがない。さっきの場所にも落ちていなかった。あの中には、こちらでの滞在費を含めて、必要な品すべてが詰まっていたはずだ。

しばらく一人で落ち着いて考えなくては。

とりあえず、この女性から離れなくては。

バス停の横にベンチがある。あそこで体力の回復を待とう。

輝良は言った。

「ここで、しばらく座っていれば大丈夫です。本当にありがとうございました」

大丈夫であることを彼女に見せたかった。しかし、結果的には、二、三歩よろめいてベンチにぺたりと座り込むという不様なものだった。彼女は思わず息を呑み、両手で口もとを押さえた。それは、心の底から輝良を気づかって示した仕草だったのだ。

輝良はしまったと思った。大丈夫であることを示そうとしたのに、このような不様を見せる結果になるとは。

何とか息づかいだけでも整えなくては。そう思うが、荒い息が吐き出されるのがわかる。

「本当に大丈夫ですか。救急車を呼びましょうか」

「いえ、大丈夫です」

輝良はベンチに腰かけたまま顔を上げ、彼女を見据えた。表情だけでも平静を装わなければと、努めた。笑顔を作ろうと試みた。その努力は功を奏したと輝良は感じた。

彼女の顔に、本心ではないにしろ笑みらしいものが浮かんだからだ。とりとめのない繕いの言葉を続けながら、輝良は彼女を観察した。粗編みのセーターとジーンズ。短くボーイッシュな髪。遠目には少年のように見えるかもしれない。しかし、その顔の女性らしい美しさと肌のみずみずしさは、隠せなかった。子供のようにも見える。ある種の妖精のように、実年齢よりかなり若く見えるタイプの女性かもしれないと思った。

いずれにしろ、過去への旅行で初めて出会った人物が、このような素晴らしい魅力を持った女性であったことは、充分すぎる幸運だと思えた。未来へ帰還した後々までも、この女性のことは、好ましい思い出として心に残るにちがいない。

できるなら、いつまでも自分の側にいてもらいたい。介抱(かいほう)し続けてもらいたい。そんな思いを必死で打ち消した。数日で自分は、未来へと跳ばされる人間だ。これ以上、彼女に迷惑をかけてはいけない。これ以上、この場に引き止めるべきではない。

輝良は彼女に断固として言い渡すべきだと信じた。だから、両手を広げて、自分が大丈夫であることを示して伝えたのだ。心の隅の、もっとこの女性がそばにいてくれたらいいのにという思いを欺(あざむ)きつつ。

「あと五分もすれば、回復するはずです。ここまで本当にありがとう」

無理に笑顔を作り、輝良は言った。そう言いながら、彼女の名前を知りたい衝動に駆(か)られた。だが、知ってどうなるというものではない。未来では、今から三十五年後に跳んでいるはずだ。そのときに捜(さが)し出して礼を伝えるというのか。自分は若い姿のまま。そんなことは、やるべきじゃない。

輝良は女性に、もう行くようにと手で示した。その動作に、これ以上、自分に関わらないようにという意味を込めていた。彼女ははっきりと、その意味を理解したようだった。

「じゃあ、行きます。お気をつけて」

彼女はそう言った。輝良が手を振ると、軽くお辞儀をしてその場を去った。その後ろ姿を目で追うと、彼女はバス停の斜め前にあるアパートへと入っていった。

輝良は大きく溜息(ためいき)をつき、思った。一刻も早く、この場を離れる必要がある。彼女がまたこの場所に姿を見せる可能性がある。目の前が住まいなのだから。だがすぐに、今まで付き添ってくれた彼女の顔を思い出していた。それも自分でも驚くほど鮮明(せんめい)に。そして、もう一度会ってみたいという、抑(おさ)え切れない感情が生じていることに気がついた。

さあ、ここを立ち去ろう。立ち去って朝日楼旅館に着く頃には、彼女のことは忘れ去っているだろう。未来へ帰れば、顔もよく思い出せないはずだ。

そう……まず、旅行バッグを捜さなければならない。着地したのは自分だけだった。とすれば、とんでもない場所へ跳んでいるのではないだろうか。あの中には、こちらでの滞在費を始め、必要なものすべてが入っている。

輝良はゆっくりと立ち上がろうとした。

ひどく身体が重いような気がする。熱があるのではないだろうか。

すぐに、再びベンチに腰を下ろした。なんてこった。輝良は自分の体調を呪(のろ)った。一九九一年の世界まで辿(たど)りついて、なんでこんなことになっているんだ。どこかホテルで休もうにも、一文なしときている。

最悪だと思った。こいつのせいだ。この固定装置が体調を最悪にしている。こいつを取り外せば回復するのだろうが、それは不様な、未来への即刻退去を意味するのだ。意地でも外さないぞ。

そのとき、ふと思い当たった。

同時に跳ばされたあの旅行バッグには、固定装置は付いていなかったはずだ。常に自分が携(たずさ)えることが前提なのだから。ということは、ボグの〝場〟を離れて、すでに未来へと引き戻されている可能性がある。

そう思い至ると、うんざりとしてしまった。

クロノス・ジョウンターに乗り込む前に予測した可能性の中でも、これほど単純でうかつな状況はなかったのではないか……。

周りをこの時代の人々が行き過ぎていく。薄目を開いて見ていると、関わりを恐れてかほとんどの人が視線を輝良に向けようとはしない。たとえ目が合っても、後ろめたそうに、そそくさと通り過ぎていった。

バスが来た。一瞬、そのバスに乗ろうかと思い、腰を浮かしかけたが、結局見送った。バスに乗る金もない。射出時の安全確保のため、コインもバッグの中だった。

悪いことを考え始めると、とことん悪いことばかりに思考が循環しはじめる。

布川輝良。一九六八年生まれ、一九九一年死亡。享年二十八歳。奇妙だなあ、本来であれば二十三歳のはずなのに。そうだ。二十三歳の自分がこの世界に存在しているはずだ。その自分に連絡をつけて、金を借りようか。……それはまずい。禁止されていることじゃないか。タイム・パラドックスが起こって歴史が大きく変わってしまう。現に二十三歳のときに、自分からは連絡などなかったではないか。

そんなとりとめのない思考を続けていくうちに、とろとろと身体がだるくなっていく。痛みは感じなくなったようだが……。

どうしようもない。

誰かが自分に呼びかけているような気がした。遠い世界から天使が呼びかけているような。

大丈夫ですか……大丈夫ですか……大丈夫ですか。天使の声がエコーを続けている。誰かが輝良の腕をとった。柔らかく温かい手だった。

「ここじゃ、身体によくありません。一緒に行きましょう」

あの女性だ。

輝良は思った。会いたかった。やっと来てくれた。あの女性はやはり天使だったのだ。

輝良は、引かれるままに、やっと立ち上がった。

自分は今、最悪の状態だ。彼女の言葉に従うしかない。

「ああ……すみません」

呟くように答えることしかできなかった。

## 5

一時間ほどは、口をきくのも億劫だった。だが、それからは薄皮を剝ぐように徐々に気分が好転していった。身体がこの世界になじんできたのかもしれない。固定装置の副作用が薄らいできたのかもしれない。

理由はどちらかわからないが、輝良は自分がどこにいるのか考える余裕が出てきた。

小さな、こざっぱりした部屋で、横になっている。炬燵に足を入れて、頭には枕が。そして肩に毛布をかけてもらって。

見上げると、細いロープが部屋の隅から隅へと渡されていた。そのロープには、奇妙なことに白い紙が吊るされていた。イラストが描いてある。この少女はイラストレーターかデザイナーなのだろうと、輝良は想像した。炬燵の上の陶製の筒の中に、ペンや物差し、羽根ぼうきなどが差されているのがわかる。

ここは、彼女の住まい兼仕事場らしかった。

頭痛や吐き気は劇的に治まっていた。キッチンのほうで、何か洗いものでもしているような気配があった。

これからはどうすべきなのだろう。気分が良くなったら、とりあえず朝日楼旅館を見に行こう。本来の目的を果たしてしまえば、四日間も逗留する必要もなくなるではないか。

しかし、彼女は自分にここまで親切にしてくれた。このまま、黙って立ち去ってしまっていいのだろうか。あまりにも恩を知らなさすぎるのではないだろうか。そんな思いもよぎった。

水の音が止まって、足音がした。

あの女性が部屋に入ってきた。輝良は思わず身を起こした。今度は、スムーズに身体が反応してくれた。

「あら」

そう驚く声を聞いた。

「いいんですか」

立ったままで言った。輝良がそのまま正座をすると、

「もうしばらく横になってたほうがいいですよ」

そう言って、炬燵に足を入れた。

「しかし、あまり甘えすぎて迷惑をかけてしまっては」

輝良は立ち上がろうとしたが、そのとき、まだ完全には平衡感覚が蘇っていないことを実感した。片ひざを立てたまま、斜め前に突っ伏しそうになったのだ。いったい自分の身体はどうなっているんだ。

少女はあわてて炬燵を飛び出し、輝良を元のように横にした。

「こちらのことは心配しないで、もうしばらく横になっていたほうがいいですよ」

今度は、その言葉に従うほかはなかった。

「布川……輝良といいます。すみません。甘えさせていただきます」

輝良は自分の名を名乗った。本名を言うべきではない、と一瞬思ったりもしたが、これだけの好意を示してくれた相手に、架空の名前を告げることに抵抗を感じたのだ。

「私は枢月圭といいます」

輝良の枕元でそう言った。

「すうげつ……っていうんですか。珍しい名字ですね」

「先祖が武士の出で、代々の名字らしいのですが、あまり名門ではなかったらしいんで、珍しくなっちゃったみたい……です」

屈託のない笑みを浮かべてそう答えた。その笑顔を見て、輝良は圭という名の女性の好ましさを再確認していた。

「どちらから旅行にいらしてるんですか」

突然、圭はそう質問した。

「はあ」

そう答えて、その後が続かず、しばらくの間があいた。一九九六年からとは言えない。

「九州のほうです」やっとそう答えた。九州にも北海道にも行ったことはない。とりあえず口に出しただけのことだ。

「九州って、どちらですか」

「えー。鹿児島市です」

ようようのことで言ったが、鹿児島市が地図でどの辺りに位置するかも、うろ覚えなのだ。話題が発展しないことを祈った。

「私、去年、夏に九州を一周してきたんです。いい所ですよねぇ、九州って」

圭はにこにこしながら言った。輝良は目玉が飛び出すような気がした。

「そ、そうですか」

それだけしか言えなかった。大きく溜息をつくと、「大丈夫ですか」と圭は輝良の具合を案じてくれた。

「左手に奇妙なものを見たんですが、何か、持病があるんでしょう?」

またしても輝良は仰天した。固定装置を見られたのだ。たぶん輝良をバス停前のベンチからこの部屋へ連れてくる間に見たらしい。だが、この装置の本当の目的まではわからないようだ。体調から推測して、輝良は特殊な病気を持っていて、その治療器具の一種を携行していると考えたのかもしれない。

皮肉なものだと輝良は思った。現在の体調の悪さは、かなりの割合でこの固定装置に起因しているのだ。それをこの女性は、逆に治療のために付けていると捉えているらしい。

圭は、訊いてはいけないことを尋ねてしまったと思ったらしい。答えを待たずに再び台所へ立ち、濡れたタオルを持ってきて、輝良の額に置いた。

ひんやりとした感触が広がり、その気持ちの良さに、輝良は思わず目を閉じた。

会話が途絶えた。輝良は幸いなことだと感謝した。再び始まったとき、どう話すべきなのか。いずれにしても、未来から来たことを隠すために小さな嘘をつかなくてはならないだろう。そして、その小さな嘘をつきとおすために、またいくつかの嘘が必要となるだろう。その後追いの嘘のための嘘が再び必要になる……。最後までつきとおせるだろうか。

そんな自信はまったくなかった。まるでトランプを寄りそわせて建てた紙の城のようなものだ。どこかの一枚が風で飛べばすべて壊れてしまう。

痛みにはなれてきた。この世界へやって来た直後と比較すれば、かなり気分も良くなっている。

「横嶋には、仕事で来られたんですか」

そう尋ねられて、輝良は目を開いた。ここへ来た目的を圭は知りたがっている。身体の回復具合が、彼女の目にもわかって、そう尋ねたにちがいない。

「いや、見たいものがあって。だから、観光といえば観光なのですが」

「観光？　横嶋には見るようなものは何もないと思うけど。何を見にいらしたんですか」

どう説明しようかと輝良は迷った。しかし、絵を描いて生活しているような人であれば、そのとおり説明しても理解してくれるかもしれない。

「建築物を見に来たんです。廣妻隆一郎という建築家が設計した作品が、唯一、横嶋市に残っているって聞いたんで、ぜひ見ておきたいと思って」

「どんな建物ですか」

廣妻隆一郎の名は知らないらしい。輝良は、自分の小学校時代の彼の建築物の思い出や、どんなに特殊な作品であるかを説明した。明らかに圭はその建築物に興味を抱いた。

「その人の建物が残っているんですか、この横嶋市に」

「ええ、残っています。でも、十二月二十五日に取り壊しに遭ってしまうんです。だから今のうちに実際に見ておきたいと思って……」

「どこにあるんですか、その建物。私も見てみたいなあ」

このような事実関係は隠しても仕方がないと輝良は思った。

「立野町という所なんですが」

「知ってますよ。バスで三十分くらいのとこだから」

輝良は耳を疑った。クロノス・ジョウンターは、立野町をめざして自分を射出したのではなかったか。バスで三十分もの距離とは。

だが、それは顔には出さなかった。

「ああ。そこに〝朝日楼旅館〟というのがある。それです」

圭はよくわからないと答える。

「もし行かれるときは、ご一緒してかまいませんか」そう言って笑った。「年内の仕事は全部すませてしまいましたから」

「あれですか」

横になったまま、天井に吊るされたイラストを指した。圭がうなずいた。

「その建物を見るために旅行に来てるって話だけは、本当みたい」

そう圭は言ってのけた。それ以上は言わなかったが、それでも輝良にとっては冷や汗ものだった。それには、何とも答えようがなかった。

「どうして、そう思うの」と代わりに尋ねた。

「……勘みたい……です。そう思っただけ。だって、布川さんは、嘘ついているときは私の目を見ないし、すぐには答えないし、それでなくても何となく。でも、その建物の話をしたときは、すごく早口だったし、嬉しそうだった。だから、それだけは本物だと思ったんです。

気に障ったらごめんなさい」

そう、さらりと圭は答えた。

「ああ……でも、旅行中というのは本当だ。しかし、旅行者には見えないだろうな。実は、旅行に持ってきたバッグを紛失してしまったらしい。

さっきベンチに座っていたとき、気がついたんだけれど」

「じゃ、さっき倒れていたところの辺りですね。見てきましょうか」

あわてて輝良はそれを断った。その場所にも、すでに見当たらなかったと告げた。

「警察に届け出ておきましょうか。拾得物で届いているかもしれない」

それは困る。布川輝良の名で届け出るわけにはいかない。この時代、二十八歳の自分は存在していないのだ。警察に調べられたら、届け出たのはいったい何者だという騒ぎになるはずだ。警察は駄目だ。救急車も困る。しかし、これ以上嘘をついてごまかしても、圭という女性には見破られてしまいそうな気がする。

「お願いしたいことがある。

ぼくは確かに旅行者です。でも、あまり人に知られては困る事情があるのです。それは、犯罪をやったとか、そういう問題じゃない。犯罪でなくっても、世の中には人に知られたくないことを抱えている人間もいるんです。それがぼくです。

だから、警察とかにも関わりがないようにしておきたいんです」

そう言えば嘘をついたことにはならない。そう思った。

真剣さは伝わった。理解してくれるはずだ。彼女なら。

圭に動じた様子はなかった。

「わかりました」そう答えた。「でも、バッグが失くなってしまったのならお困りでしょう。旅行の品全部ですか」

「そうです」

「お財布とかは大丈夫だったんですか」

「恥ずかしいことですが……」

圭は少し呆れたような表情になり、それから笑った。

仕方なく、輝良も笑ってしまった。このような状況では変だと思ったのだが。

「九州までの旅費くらい、お貸しできますよ。本当に九州からでしたら」

圭は真顔でそう言った。

あわてて輝良は手を振った。

「これまで充分親切にしていただきました。これ以上、好意に甘えるわけにはいかない。それに、十二月二十六日の夜には迎えが来ることになっていますから、その心配は無用です」

「奥さまですか」

「いや、ぼくは独身です。そんなんじゃなくて、うまく説明できないんだけど」

無意識のうちに、輝良は炬燵から身を起こしていた。

もう、ずいぶんと気分が良くなっている。

「もう一つ甘えていいですか」と輝良は言った。

「何ですか」

「もし、紙と封筒があればいただけませんか。連絡しなければいけない所があるんで」

圭は立ち上がり、机の引き出しから便箋と封筒を取り出し、輝良に渡した。

「それからペンも。すみません」

輝良は炬燵に向かい、ボールペンで便箋に文字を書き連ねた。それから、手を止め、圭に尋ねた。

「今日は、何日ですかね」

「十二月二十三日です」

「一九九一年のですよね」

「えっ……？　ええ」

輝良はしまったと思った。

圭は、いったい何を尋ねられたと思っただろう。しかし、確認しないわけにはいかないのだ。


クロノス・ジョウンターは無事に目標をクリアした。

現在、小生は横嶋市。ただし、立野町から車で三十分ほどの位置。時刻は一九九一年十二月二十三日午前九時。

到着時刻は、本日午前六時。固定装置に副作用があり、体調は最悪。吐き気、皮膚に痛みなどが続いている。約三時間が経過して、やや体調の回復がみられたため、このメモを記すことができた。

携行していた他の品は、到着時に紛失。目標時点に送り込まれなかった可能性もある。

さらに体力の回復を待ち、その後、市内を巡回する予定でいる。

以上

あくまで、素っけない文章で通した。第三者が読んだところで、時を旅しているというイメージがまったく湧(わ)かないはずだ。枢月圭という女性のことも記さなかった。どんな形ででも彼女に迷惑がかかることは避けなければならない。

宛名はスーツの内ポケットに入れていた指定の住所にし、特秘金庫に保管する旨を付記し、ペンをおいた。

そのとき、輝良の目の前にフレンチトーストが置かれた。甘い湯気(ゆげ)を立てている。それにコーヒー。

圭は、輝良が手紙を書いている間に、朝食を準備していたのだ。

「身体はどうですか。朝食をとったら、少しは元気が出るかもしれませんよ」

輝良は空腹を感じていた。食欲が湧(わ)いてきたのだ。

## 6

圭は布川輝良という青年が何者でもいいと思っていた。

嘘をついているところもある。真実を語っているところもある。それは仕方のないことだ。自分はたまたま出会ったにすぎない人物だ。人が、初対面の人に最初からすべてをさらけ出すことはありえない。最初からさらけ出してしまう人のほうが、異常でアブナイのではないだろうか。

圭は自分が人をこんなふうに見るのは初めてだと思った。他人に対してこのように好意的な見方をするのは。

今、目の前で、その人物がフレンチトーストを頬張(ほおば)っている。変な装置を腕に付けているし、言うことはちぐはぐだけれども、悪人ではないということはわかる。誰か、聞いたこともない建築家が造った旅館の構造について話すときは、まるで少年のように目が輝くのだ。それに、嘘かもしれないことを言っているときは、目線があらぬ方向を漂(ただよ)っているし、必死で言葉を探している気配がある。

ただ、この横嶋という地で、布川輝良という男性が途方にくれているのは事実なのだ。

それならそれで、自分が助けてやりたいと圭は思い始めていた。

悪い人ではない。いや、それ以上に、自分がこの男性に好意を持っているということがわかる。そして、もっと長い時間この男性と一緒に過ごしていたいと思っていることがわかる。とりとめのない話が、ともにできたらと。

こんなことを男性に対して考えることはなかった。これは……ひょっとして、このエキセントリックな布川輝良という男性に恋をしてしまったということなのか。

わからない。

フレンチトーストを頬張り、食べ終えた輝良は、コーヒーを一息に飲み干した。あきらかに血色が顔中に蘇りつつあった。

圭は手をそっと出して、輝良の額に当てた。輝良はびくっと反射的に身体を引いたが、その熱は平常に下がっていた。

「あ、ごめんなさい」と圭は言った。「でも、熱は下がったみたい」

輝良は、あ、あぁとうなずいて、右手を自分の額に当てた。「そうですね。下がっている。身体もかなり楽です」

圭は笑顔を浮かべて、「行ける自信がついたら言ってください。ご案内しますから」と言った。

「え、どこへ」

　輝良は不思議そうな顔をした。

「立野町の旅館です。話しておられたでしょう」

　圭がそう言うと、輝良は背筋を伸ばして、思い出したように「あっ、そうだった」と言った。先刻、自分で出した話題をもう忘れてしまったようだ。そんな間の抜けた一面からも、圭は彼が憎めない人だなと思ってしまった。


　バス停に圭と一緒に立った輝良は、背筋を伸ばすと圭よりも首一つ高かった。天皇誕生日のため祝日ダイヤになっていて、かなりの待ち時間があった。だが、輝良は立ったままで待ち、自分でも生気が蘇ったことがわかった。

「実は……」

　申し訳なさそうに、輝良が言った。左手でポケットをまさぐりながら、右手で頭を掻（か）いている。

「はい。何でしょう」

「実は小銭も持ち合わせがないんです。まったくの一文なしで、バス代もちょっと……」

　圭は頭を振りながら笑った。

「気にしないでください。さっき、そう聞いてますから」

「ああ、そうですね」

「気分いいみたいですね」

「さっきとは比べものになりませんよ」

　そのとき、バスが来た。

「このバスに乗るんです」と圭が笑顔で言った。なぜか嬉しくて楽しくて心がわくわくときめいている。まるで、これから遠足で動物園にでも出掛けようというような気持ちだ。年内の仕事が一段落したこともあるだろう。だが、それよりも原因はこの未知の男性にある。彼と一緒にいると、胸がときめくのを感じてしまう。

　これまで〝ときめく〟という経験はどれほどあっただろうか。子供の頃は、よく胸をときめかせた。見知らぬ場所へ出掛けるとき、自分で好きなお菓子を作るとき、面白い童話を読んでいるとき。しかし、大人になってから胸をときめかせたのは、数えるほどしかない。独立して、持ち込んだイラストが初めて採用されたとき。仕事の依頼が初めてあったとき。他には……そんなものだろうか。面白いとか、楽しいとかいう経験は無数にあったが、胸をときめかす……というものとは程遠かったようだ。異性と話をしても、胸がときめく想いをしたことはなかった。

これが初めてのことだ。

今が、初めてのことだ。

バスの席は空いていなかった。二人は立ったままでいた。輝良は珍しそうに外の光景を眺めていた。

「あっ、〝ロケッティア〟が今なんだ。〝ゴジラVSキングギドラ〟も」

外には、映画の看板が立っている。圭は、窓の外の風景を見た輝良がひとり言のように感慨深げに呟くのを聞いた。

「そういえば、ゴジラもこのときはタイム・パラドックスものになってたんだ」

「映画がお好きなんですか、布川さん」

「はあ。え、なぜ?」

「だって、映画の看板を見て、今なんだ……って言ってたでしょう。もうご覧になったんですか、あの映画」

輝良ははっとした顔をした。「え、ええ。見ました……え、ええ。あれ……試写会があったんで」

しどろもどろのしゃべり方だった。圭は首を傾げるしかない。試写会で観た映画を懐かしがることがあるだろうか。この反応はちがう気がする。彼は何かすべての面で、言葉ではうまく言い表せないが、ちがってる気が……。

　バスは立野町に到着した。圭と輝良はバスを降り、朝日楼旅館をめざした。

「ここは記憶がある。このガソリンスタンドを右に曲がるんだ」

　輝良は自信をもって言い切った。「それから、二つ目の角のビルから左に曲がって、二十メートルほど先の三角形の公園に面した場所にあると思う」

「前に来たことがあるんですか」

　圭はそう尋ねた。あまりにくわしすぎる。

「ええ」

　輝良は笑顔で答える。足どりも早くなっていた。

「そのときは、旅館は見なかったのですか」

　単純に生じた圭の疑問だ。輝良は口をぽかんと開き、足を止めた。しまったというような気まずそうな表情を浮かべていた。

「そのとき……見なかった。……近くまでは来たのだけれど、時間の都合で……見られなかった」

　彼が言う「時間の都合で」という表現に、妙なニュアンスがあると圭は思った。言葉どおりの意味と、その裏に隠された意味とがあるように聞こえる。

二つ目の角には、目的のビルはなかった。ビニール資材を販売している間口の広い平屋の商店があった。

そのときも、圭は輝良の呟きを聞いた。

「まだ……ビルになっていない」

左に折れて、輝良は立ち止まった。

「ここです」

それから、黙したまま立ち尽くした。圭はそのそばに走り寄った。輝良が呆然としている理由を知った。

建物の周囲が、高い鉄板の塀で覆われていた。しかも、念の入ったことに、塀の上には無数の鉄骨が組み合わされ、そのアームに防水シートが張られている。その黄色く塗られた鉄板の内部に、どのような構造と外観を持った建築物が存在するのか、まったくうかがい知ることができない。

「ここですか、朝日楼旅館は」

「そうです」と輝良はうなずいた。だが明らかに落胆していた。「これでは、まったく建物を見ることはできない。こんなに苦労してここまで来たというのに」

輝良の表情は蒼白になり、身体がゆらゆらと揺れていた。圭は彼を初めて見たときの不調が蘇ったようだと思った。

　彼は言っていた。十二月二十五日には、その建築物は取り壊されてしまうと。常識的に考えれば、この状態は当然のことではないか。取り壊し寸前の建物が、そのまま放置されているわけがない。解体作業の際に周辺へ迷惑が及ばないように、建造物を囲いで覆う。結果的に、その外観は隠れてしまう。

　予想されたことだ。彼は予想していなかったのだろうか。

　輝良が期待した奇っ怪で突飛な建物の代わりに味けない鉄の塀。そして無粋な貼り看板。「立入禁止」「工事中、御迷惑をおかけします」。そして、ヘルメットをかぶって不様なおじぎをする作業員のマンガ。

「危い！　頭上に注意」「作業車が出入りします」

　圭は輝良を鉄塀の前の三角公園へと導いた。直線の道路に斜めに一本の道路が交差している。その鋭角の交差点に沿って五十坪程度の空き地があり、そこが公園として整備されているのだ。

　公園の縁に沿って、樽形の石製の腰かけが並べられている。その一つに輝良は腰を下ろし、両手で頭を抱え込むような仕草をした。

　落胆している。一言も出ないようだ。これからどうしたものかと戸惑っているようだった。

圭は自分が何をしてやれるだろうと考えていた。彼の失望した様子を見ると、とにかく、何か役に立てることをしてやりたいと思ってしまう。しかし、いったい何ができるのだろう。そして、彼はなぜ自分をこんなふうに思わせてしまうのだろうか。

ふと、金属塀のほうへと目をやった。

「アサヒ第一ビジネスホテル建築工事」と金属の看板が出ている。そして、工事の概要を記した下に「発注主＝アサヒ観光（有）　設計者＝シータ設計事務所　施工者＝豊引工務店（株）」とあった。

圭は十円玉をポケットの中で握りしめ、「ちょっと休んでてください」と輝良に伝えて、三角公園の隅にある電話ボックスへ走った。

アサヒ観光は看板にあった電話番号ではつながらなかった。祝日のため、休みなのかもしれない。次に、シータ設計事務所の電話番号を一〇四のナンバーを押して問い合わせた。答えは〝なし〟だった。圭はがっかりした。ひょっとすると、市外の設計事務所かもしれない。

続けて、豊引工務店に電話を入れた。

「はい。豊引工務店です」

電話に出たのは、若い女性の声だった。圭は、立野町のアサヒ観光発注の工事を担当している方をお願いしますと伝えた。

電話は男の声に替わった。野太い、低い声だった。一瞬、圭はどのように言ったものやら、戸惑った。

「どんなご用向きでしょう」

そう逆に問い質(ただ)された。

「実は、現在、囲いがされている立野町の旅館の件ですけれども、あの囲いが解(と)かれるようなことはもうないのでしょうか」

「どういうことですか」

「現在建っている旅館の建築に大変興味を持っている知人がいるんです。取り壊しの前に、ぜひ、全景を見ておきたいと望んでいるんです」

「そうですか。あの朝日楼旅館というのは、不思議な構造の建物ですよね。私も、工事発注が決まってから初めて拝見したのですが、無名の建築家が建てたにしては、非常に奇抜な部分が多いように思いました。しかし、アサヒ側としては、逆にそれが気に入らなかったのかもしれないのですが」

工務店の男は丁重(ていちょう)に律儀(りちぎ)に答えてくれた。

「しかし、残念ですが、解体も囲いを解かないままで行います。ご近所に迷惑をかけますのでね」

「何とか囲いを取っていただくわけにはいきませんか。十二月二十五日には、解体されてしまうんでしょう？」

工務店の男は、「えっ」と言ってそのまま押し黙った。それから不思議そうな声で言った。「解体工事が二十五日だということを、なぜ知ってるんです。二十五日解体というのは、十分前の工程会議で決めたばかりなんだ。まだ、誰も知っているはずはない」

思わず圭が受話器を取り落としそうになったとき、幸いなことに十円玉が切れて音信も途切れてしまった。

ショックだった。

なぜ、布川という男は、十二月二十五日に朝日楼旅館が取り壊されてしまうことを知っているのだ。十分前までは決定していなかったことを。

いったい、布川輝良というのは何者なのだろう。

腰を下ろした輝良の所へ圭は戻っていった。

「囲いを取るのは難しいようです。今、看板に書いてあった工務店に尋ねてみたんです」

「そうですか」

輝良は仕方なさそうに肩を落とした。

「一つ聞いていいですか」圭が言った。「もし、この質問が失礼だったら、答えなくてもかまいません。でも、不思議でたまらないんです」

輝良は少し首をすくめるような仕草をした。恐れていた質問を受けるような表情だった。しかし、「いいですよ」と答えた。

「なぜ、旅館が二十五日に解体されることを前もって知っているんですか。工務店のほうでは、たった十分前に会議で決定したそうです。私にはわからない。まるで未来を予知しているみたい。どうして、そのことを知って横嶋に来られたんですか」

輝良は表情を変えずに黙っていた。圭も黙った。それから数瞬が過ぎ、やっと輝良が言った。

「ぼくは……一九九六年の世界から来たんです。今から五年後の世界から」

輝良は、観念(かんねん)したようにすべてを語った。そう考えればすべてのつじつまが合う。そんな内容だった。圭にしてみれば唐突だった。まるで子供向けアニメの世界の話を聞かされたようだが、輝良の目を見れば、それが事実だとわかるのだ。クロノス・ジョウンター、時間軸圧縮理論、タイム・トラベル。そんな聞き慣れない言葉もすべて受け入れてしまった。

ここには四日間弱しかいられない。四日弱がこの固定装置の限界なんです。それを過ぎたら、未来へ弾き飛ばされてしまう。一九九六年に？　いやちがう。もっと未来へ。二〇二六年の世界へ。

すべてを話し終えた輝良は、つきものが落ちたような、おだやかな顔になっていた。

「本当は禁じられています。このような話をすることは。他の時間の世界の人に教えてはいけないことになっている」

圭は、輝良が事実を話している間、目を丸くして、うなずくことさえ忘れていた。

頭のおかしい男が、自分はおかしくないと信じて作り上げた話ともとれる。普通ならば。だが、彼は朝日楼旅館の解体の日を決定前から知っていた。未来から来たということであれば、それは説明できる。彼が予知能力者ででもなければ、それしか説明がつかない。

「じゃあ……。あと四日間しか、本当にこの世界には存在できないのね」

「いや、正確には……」輝良はスーツの左腕の袖をまくり上げた。そこには例の腕輪状の奇妙な装置があった。それを覗き込んで言った。「約八十五時間だな」

圭もその装置を覗き込んだ。青い光を放つ、横に長い液晶の表示があった。目盛りが左のほうは光っていて、右端の数目盛りは光っていない。

「この光が左端に消えたときが、この時間帯に滞在できる力の限界ということになるんです。そうすればぼくは、この世界から消える……。二〇二六年の世界へ跳ばされることになる」

「また、そのクロノス……って機械で、この時代には戻ってこられないんですか」

「できない。ぼくは、本来はこちらに十数分間しかいられない。しかし、この固定装置を付けたおかげで四日間滞在できる。でも、チャンスは一回限りだ。今の機械では二度と過去へは跳べないそうだ。この固定装置を使ったおかげで」

圭は、それを聞いたとたん、なぜか涙があふれた。拭うこともできず流し続けた。その理由はわかりすぎるほどわかっていた。四日間が過ぎたら、彼は自分の前から消えてしまうのだ。そして、たぶん、二度と会えない。それがわかった瞬間、涙という反応が現れたのだ。

圭の涙を見て、輝良は明らかに戸惑っていた。自分は何かいけないことを言ってしまったのだろうか。彼女を泣かせるようなことを。

圭は輝良に言った。

「何とか旅館が見られるような方法を探します。残りの時間のうちに。だからお願いがあります。未来へ帰るまで、ずっと私と一緒にいていただけませんか」

輝良は礼を言った。「しかし、なぜぼくと」

「理由はないんです。好きだからです。こんなに、いつも一緒にいたいと思ったのは、布川さんが初めてなんです。人と会って、こんな気持ちになったのって初めてなんです。もし、もう三日半しかいられないのだったら、その間を一緒に……大事に過ごしたいんです。そして、四日間が過ぎて布川さんが行ってしまったら、誰にも未来から来た人のことは話さない。私、誰にも言わずに、心の中にしまっておきます」

輝良は絶句し、しばらく二人は沈黙した。それから、言葉を選んでいた輝良は、結局「ありがとう」とだけ答えた。

## 7

三角公園から歩いて帰る際に、二人はさまざまなことを語った。おたがいのことを。

「じゃあ、この時間にも、布川さんがもう一人いるんですね」

「ああ、いる。今、二十三歳のはずだ」

「じゃあ、私より一つ下ってわけね。不思議だなあ」

輝良は驚いていた。まだ少女と思っていたが、立派な女性なのだ。そして、彼女が婚約していることさえも知った。

「私、人を好きになるってことがどんなことかって、よくわかってなかったんです。だから、婚約したのもこんなもんかなあって感じでした。好きだって言われて、じゃあ、自分も好きなのかもしれないと思って。でもそれは錯覚だったんだと、今はっきりわかったんです」

それから「圭と呼んでください」と言った。「ぼくのほうも、輝良でいいですよ」輝良はそう答えた。

ただ、輝良は不安だった。圭から好意を寄せられたことは嬉しかった。自分も圭に対しては不思議な感情を抱いているのだから。だが、この世界に自分が出現したことによって、圭が婚約者とうまくいかなくなるのではないかという恐れがあった。四日経てば自分はいなくなる。しかし、それからも圭の人生は続いていくのだ。結果的に、自分は圭の運命を掻き乱すことになるのではないか。そう考えると、輝良は、自分が去ってもできるだけ早く圭が人生を修復できる状態を残してやるべきだと思った。

「設計事務所のほうを調べてみます。帰ってから、友人に電話をかけてみるつもりです。それしか方法はないみたいだし」

「ありがとう、圭さん」

そう礼を述べたものの、朝日楼旅館を見られるという希望はなかば消えかけていた。自分は、廣妻隆一郎の建築物とは縁がなかったのかもしれない。どれだけ望んでも手に入れることができないものが、世の中には存在する。朝日楼旅館も、その一つなのかもしれない。

とすれば、一九九一年の残された三日半をどのように過ごすべきなのだろうか。

前方にポストが見えた。先刻書いた手紙のことを思い出した。

「どこに出すんですか」

尋ねる圭に、輝良はまだ封をしていない手紙を渡した。中を見ていいんですか、というように輝良を見た。輝良がうんとうなずいてみせると、圭は文面に目を走らせた。

「経過報告なんだ。ぼくは、この会社の百パーセント出資の子会社、P・フレックというところに勤務しているんだ。こちらにいる間、毎日一通ずつ、どのような状況でいるかここに知らせる。この手紙は、五年間保管されるんだ」

圭は目を通して、「こんなことが本当にあるのね」と呟くように言った。

いったん圭のアパートへ帰ることにした。圭は、何か方法があるはずだから「電話をかけまくってみる」と言ったのだ。

「もし、どうしても朝日楼旅館の全景が見られないとわかったら、すぐ未来へ帰ってしまうんですか」圭は心配そうにそう尋ねた。

「うん」といったんは答えたものの、しばらくの間を置き、少々口を尖らせた後に輝良は言った。

「いや、たぶん、限界ぎりぎりまで残ってみると思う。一度未来へ帰ってしまったら、ぼくは二度と過去へ旅立てなくなってしまう。いま朝日楼旅館が存在する以上は、いつか見られる機会が訪れるかもしれない。だとすれば、ぼくは、最後の最後までそのコンマ以下数パーセントの可能性にも賭けるべきだと思うんだ」

そう答えると、聞いていた圭は目を細めてニコッと笑った。

「よかった……。これからは、私にとってすごく大事な三日半になりそうだと思っていたから。もし、輝良さんがすぐ帰ってしまうって答えていたら、私、泣きだしていたかもしれない」

二人は歩きだした。途中で圭が、「腕を組んで歩いていいですか」と言った。輝良は、異性からそのような申し出を受けたことがない。少し肩をすくめて、「ああ、いいよ」と答えた。しかし、現実に圭が輝良の腕を握ろうとしたとき、彼は身体をびくりと震わせてしまった。

しばらく二人はそうやって歩いた。輝良は自分の胸の鼓動が速度を上げていくのを感じた。しかし、不快感はない。いや、かえって、嬉しさのために気持ちがはずんでいるのがわかる。

　ポストを見つけ、封をした手紙を投函したのは、圭のほうだった。

　二人はそば屋に入り、昼食をとり、次に輝良が望んで本屋に入った。新刊書の棚を懐かしそうに見回した。

　一見すれば何の変哲もないカップルが、いつものデートコースに従って歩いているようだ。だが現実はまったくちがっている。輝良が時代の表情をなぞって感慨にふけるのを、圭は微笑みながら黙って見守っていた。輝良が素直に驚く様は、まるで子供が初めて目にするおもちゃを発見したようなものだった。大人がそんなに純粋に驚けることを知って、圭は嬉しくてたまらなかった。

「本屋がすごいなって思うのは、店の棚が、その時代の切断面をよく表しているっていうことだよね。ソ連が崩壊して、冷戦構造が完全に終結する。そうすると、世界の政治も日本の政治も、根本的なところで変化するんだ。冷戦構造の下では見えなかった紛争の火種が、世界各地で現れてくる。それはいずれも民族抗争みたいなものだ。アメリカの経済も破綻の一歩手前という状態だ。その証拠に、次の大統領選では、ブッシュは敗れて、アーカンソー州のクリントンというのが新しい大統領になるはずだ。日本だって自民党の単独政権は不可能になるし……。平和維持活動という名の自衛隊の海外派兵も始まる」

ブッシュの代わりにクリ……という人がアメリカの大統領になるんだわ。

圭には、輝良が感慨深げに言っていることが、実感としてよく伝わってこなかった。でも、「この人はすごいことを言っているんだ」ということはわかった。

輝良は何度もうなずいていた。それが彼の興奮状態をよく表していた。「米の問題もそうだ。数年後には、異常気象で日本はあっけなく米の部分的市場開放をせざるを得なくなる」

その事実は輝良にとっては過去のできごとにすぎないのだが、圭にとっては雲を摑むような未来の話でしかないのだ。

「そうか。今年は昭和が終わって平成になって、もう三年目なんだなあ。いろんな時代の変化がまだこれから起こるよ。いま現在では予想もつかないことがね」

二人は本屋を出て、アパートへ徒歩で帰った。その途中でも、いろいろな話を交わしながら。

「最近少し、イラストの注文が減ってきたみたいな感じがするの。前は、自分の好きな仕事だけ選んでやっていけたんだけど、これって今の景気がもっと悪くなるってことなんですか」

「ええと、ブラック・マンデーっていう、株価が最初に暴落したのは、いつだったたっけ」

「うん。いつだったかなあ」

「ああ、あれが平成不況の引き金になったんだよね。これはけっこう長引くし、状況は今よりも悪くなる」

「そうなんですか」

「でも、人の考え方も、それなりに変化してくる」

とりとめのない話をしているうちに、アパートに到着した。圭にとって輝良の話の半分以上は理解できないことだったが、そんなことを話すときにさえ、好ましさを感じていた。だが、これから、どうやれば彼が目的としている朝日楼旅館を見られるのか考えると、こちらは何の希望的な案も浮かんではこないのだった。

とりあえず、電話をかけまくるしかないだろう。そして、一歩でも彼の望む方向に動いてみよう。そうして三日半が過ごせて、喜んでもらえたら本望ではないか。

部屋に入った二人は、五十音順の電話帳で看板にあった設計事務所の名をもう一度探した。やはり、そのシータ設計事務所という名称は見つけることができなかった。

炬燵に入ったままで、輝良はひっくり返った。「あー。もうだめかもしれないな」

部屋の扉が叩かれたのは、そのときだった。輝良は驚いて身を起こした。

「どなたですか」

圭が叫んだ。

「こんにちは。香山くんです」

軽い若い声が響いた。圭は少し唇を尖らせてみせた。

「お客さんですか。邪魔にならないかなあ」

圭は大きく首を振ってみせた。

「心配いらないわ。〝婚約者〟だから」

「だったら……ぼくがこんな所にいたら、大変なことになるよ」

輝良は、心底仰天して言った。婚約者がここに来るなんて、まったく聞かされていなかった。彼女の部屋に見知らぬ若い男がいると知ったら、どのような反応を示すだろう。その場で逆上して、自分を殺そうとするかもしれない。

しかし、圭は平然として立ち上がり、ドアのほうへと歩いていった。どこにも悪びれた様子はない。

ドアを開けると、革のジャンパーを着た小肥りの若者が立っていた。

「やあ、圭ちゃん」と言いかけ「あ！」と絶句した。炬燵に座っている輝良を発見したのだ。また「あ」と漏らし、立ちすくんだ。輝良は悪い予感がした。

「誰だい。あいつは」

「布川輝良さん」

「どうしてよその男を部屋に上げたりするんだよ。おれだってまだ上げてもらったこともないのに。おれぁ、どうなんだ、圭ちゃんの婚約者だろう。立場がないじゃないか」

圭はそれには答えない。輝良は、ああ、まずかったなと顔を覆いたい気分に襲われた。自分のために圭にトラブルが起こるなんて、いたたまれない気持ちだ。

「ぼくと結婚するって約束してくれたのに、知らない男を勝手に部屋に上げたりして」

〝香山くん〟という男は、ワンオクターブ声を上げていた。だが、圭は腕組みをして、きっぱりと言い切った。

「香山くん、言っておくわ。今朝まで、結婚するという本当の意味がよくわかっていなかったの。でも、今、はっきりとわかった。まちがっていたわ。香山くんが結婚して欲しいって言うから、望まれてする結婚であれば、それでいいんだと思ったけど、それはちがうんだってわかったの。ずっと一緒にいたいと心から願う人で、この人のためなら何でもやってあげたいって思える人、そんな人と結婚すべきだってわかったの」

「え、え、え⁉」

香山は驚き、次に何を言うべきかわからず目を白黒させた。開いた口がふさがらずにいるという体だ。

「だから、香山くんとの結婚はやめることにしたの。まだ、お家の人にも話してないんでしょう」

「そ、そう。それで、家に連れていく日を打ち合わせようと思ってさぁ」

「だから、そんな話はもう必要なくなっちゃったの」

「ええっ」

　香山という男は、へなへなとその場にしゃがみ込んだ。輝良は見かねて立ち上がった。自分がこの時代に闖入（ちんにゅう）してしまったがために、この世界の二人の運命が大きく変わろうとしている。そんなふうに時代に干渉を加えてはならない。その思いが輝良を立ち上がらせたのだ。

　輝良が近づくと、香山は輝良を指さして、泣きそうな声で言った。

「この男だね。ぼくとの結婚をやめて、この男のとこへ行くんだね。この男がぼくの運命を狂わせたんだね」

「そうよ。この人のこと大好きなの」

　輝良もあんぐりと口を開いた。

「ちょっと、ちょっと待ってください、二人とも。私は旅人です。旅の途中でたまたま枢月さんのお世話になっているんです」

そう言いながら、二人の間に割って入った。はたから見れば、見事な三角関係の図ととられることだろう。

三人ともが凍りついたようになり、一瞬黙り込んだ。香山は輝良の言葉を聞いて少しは落ち着いたようだった。

「じゃあ、あなたは、ここを出たら、もう帰ってこないんですか」

「たぶん……帰って……こられないと思います」

香山は大きな安堵の息をついた。

「でもね」圭が輝良を押しのけて香山の前に進んだ。「そう、輝良さんの言うとおり、この人はここにはあと三日半しかいられない。もう帰らなくてはならない。そして……もう二度と会えないかもしれない。でもね。私、生まれてこのかた、こんなに人を好きになったことはなかったわ。だから輝良さんがいなくなっても、これ以上、他の人を好きになることはないと思う。こんなに人を好きになることができるんだとわかっただけでいい。輝良さんと一緒になれなくてもいい。だから輝良さん以外の人と結婚する気にはなれないの。わかるでしょ」

「わかるでしょって言われたってわからないよ」

香山は泣きだしそうな声でそう言った。「もっと話し合おうよ」

圭は唇をへの字に曲げ、香山にうなずいてみせた。それから、輝良に「しばらく待っていてください」と伝えて、香山と外へ出ていった。

十数分たち、輝良が二人に迷惑をかけるのなら出ていってしまおうかと迷っているところに、二人は帰ってきた。胸をそらせた圭と、青菜に塩をふられた状態の香山だった。しかも、しきりに頭を振っていた。

「信じられないよ。ぼくには、そんな話とても信じられない」

圭は輝良に近づき、「ごめんなさい」と言って、素早く輝良の左袖をまくり上げた。固定装置（ボグ）が剝（む）き出しになった。それから香山に向かって言った。

「さあ、これなら信じる？　輝良さんをこの時代にとどめておくための装置よ」

輝良は圭の行動に仰天した。「ぼくが何者か話したのかい？」

「仕方がなかったの。朝日楼旅館のことも話したわ。ごめんなさい。香山くんに何かつてがないかと思って。もしあれば、旅館の全景が見られる確率がいくらかでも増えると思って」

輝良は「ありがとう」と言ってうなずいたが、心中は複雑だった。これ以上、自分が未来からやって来たことを他人に知られたくなかった。

「でも、大丈夫。香山くんにもちゃんと釘を刺しておいたし、口外（こうがい）しないと約束してくれたから」得意そうに圭は言った。

香山の目を見ればわかる。香山は、まだ圭の言ったことを完全に信じているわけではないのだ。

「圭ちゃん。この人と二人で話したいことがある。ちょっと席を外してくれないか」そう香山が言った。

「変なこと考えてるんじゃないでしょうね」

「変なこと？　それはないよ」

「いいわ。じゃ、ちょっと買い物してくるから」

圭は少し心配げに輝良を見た。輝良が大丈夫だというように目配せすると、仕方なく、財布を握って出ていった。

## 8

「香山耕二といいます」

「布川輝良です」

二人はぺこりとおじぎをした。はたから見れば、なんとなく滑稽に思える沈黙が続いた。

「まだ、よく信じられません」

香山が言った。

「私が未来から来たことですか」

「いや、圭ちゃんが婚約を解消すると言い出したことと……両方ですね」

香山は輝良よりもいくつか年下のようだった。

「まあ、座りましょうか」と輝良は言った。

「ああ、そうですね」

恨めしそうな表情が消えないまま、香山は同意した。二人は炬燵で向かい合って座った。

「人間が、未来から過去へ、どうやって行くことができるんですか。本当に可能なんですか。どのような理論からですか」

まだ輝良が未来から来たことを完全に信じたわけではないようだ。素直に不思議がっている部分と、輝良の正体を疑っている部分が共存している。

どうしようかと一瞬迷った。未来から来られるわけないですよ……そう言ったほうが楽だし、信じてくれるはずだ。だが、結局、こう口をついて出た。

「時間軸圧縮理論というのがあるんですよ」

それは、一九九六年の世界で、Ｐ・フレック株式会社開発三課、四課のチーフである野方から聞いたものだった。

「天文学でいうワームホールという穴があります。これは、一般相対性理論で、超高密度物体が時空をくねくねとカーブして、空間の二つの区域をつないだトンネルのようなものです。このワームホールの一方の入り口を重力的電気的に引っ張り、光速近くまで加速した後、速度を加える方向を逆転させ、元に戻します。すると、アインシュタインの特殊相対性理論により、行って戻った入り口のほうでは、静止していたもう一方の入り口より時間が経過しないことになる。だから、静止した入り口から、もう一方の入り口に移れば過去に行けるという基礎理論が生まれます。それを発展させたのが時間軸圧縮理論です。それでクロノス・ジョウンターという物質過去射出機が製造され、私がやって来た……」

自分が喋(しゃべ)っていることすべてを理解できているわけではない。チーフの野方が言ったとおりを再び話しているだけだ。だから、〝空間の入り口を重力的電気的に〟どうやって引っ張るのかはピンと来ない。香山はといえば、硬直したように目を見開いて必死で理解しようと努めているが、すでに理解の域(いき)を超えてしまった感じだった。口をはさむ余裕もなく、ただ、眉をひそめうなずいているだけだ。それから、主から聞かされたらしい固定装置の話、ブッシュが選挙で敗北を喫(きっ)し、クリントンという新しい大統領が誕生する話などを尋ねた。輝良はそれらの質問にできるだけていねいに答えた。

「わかりました。布川さんが未来から来たこと。四日間しかいられないこと。どちらも真実だと思います。でも圭ちゃんは、なぜああなっちゃったんでしょう。ぼくには、布川さんのことが大好きだって言っていました。それが信じられないんですよ」

それを聞いて、輝良は嬉しさがこみ上げてくると同時に複雑な気持ちになった。

「布川さんのほうは、圭ちゃんに対してどんな気持ちなんですか」

香山は正直に答えて欲しいと目で訴えていた。

「私も圭さんのことは気に入っています。……すごく好きです」

輝良は正直にそう答えた。香山が明らかに、風船から空気が抜けるように落胆していくのがわかった。

「ただ……」輝良はつけ加えるように言った。

「ただ?」

うなだれかけていた香山の首が上がった。

これは運命であり、現実なのだ。それは、ちゃんと教えておかなくてはならない。

「ええ。たしかに私も圭さんのことが大好きだし、彼女も私に好意を持ってくれている。それは大変ありがたいことですが、現実的に考えれば、私はこちらの世界に四日間いたら、その後ははるか未来に跳ばされてしまう。そして、二度と、この時代へ帰ることはかなわない。もちろん圭さんを未来へ連れていくことなんてできはしない。圭さんも私も、四日足らずで、おたがいを永遠に失ってしまうことになるんです。その後の圭さんの幸福を考えたら、これ以上、彼女の心に入り込み、彼女の負担になることがはたして良いことかどうか、私にはわからない」

香山の顔が輝いた。

「ということは、圭ちゃんに対して、ぼくはまったくチャンスを失ったというわけではないのですね。布川さんが行ってしまっても、圭ちゃんは、こちらに残されるというわけですね」

「あ……ま、そうですね」

目を光らせ、身を乗り出し、顔をくっつけて言う香山の迫力に気圧(けお)されて、輝良はそう答えた。

「ようし、希望が出てきた」香山は輝良にニッと笑ってみせた。香山という人間は、落ち込みが激しいのと同様に、立ち直りも充分に早いらしい。その落差には輝良も驚かされた。

「ただ、圭ちゃんは布川さんが行ってしまっても布川さんのことが一生好きだって言ってました……。もうぼくと結婚しないって、はっきり宣言しましたから」

「それは香山さんと圭さんの問題です。残ったあなた方に対して、私は何もできることはない。圭さんも若いし、人の心も時の変化とともに変わっていくと思います。私が未来に帰るときは、この時代に残る圭さんや香山さんが幸福であるようにと願うだけです」

「じゃあ、布川さんが行ってしまって、残された圭ちゃんに、ぼくのもとへ戻ってもらう努力をしても、もちろんいいんですね。いや、それが圭ちゃんのためだと言われるんですね」

輝良は、一瞬、口ごもった。そのとおりだと思ったが、素直に唇が反応しなかった。しかし、「そういうことです」とようやく答えた。

じゃあ、わかりました。とりあえず帰りますと、香山は立ち上がった。それから右手を差し出した。握手を求めているのだ。

「未来に帰ったら、ぼくと圭ちゃんがうまくいくことを祈っててくれますか」

「わかりました」

輝良はその手を握り返した。

「布川さんは朝日楼旅館というのを見に来たって聞きましたが、そうなんですか」

「そうです。それが目的なんです」

輝良は、朝日楼旅館の建築の由来と、その自分にとっての価値を語って聞かせた。

香山は何度もうなずいて黙って聞いていた。

「で、もう、手詰まりなんですか」

「まあ、そうです。何かいい方法ありませんか」

香山は腕組みして真剣な顔で考えている。輝良は自分がこの香山という人物に好感を持ち始めたことに気がついた。やや直情径行の気味はあるが、悪い人間ではなさそうだ。

「今のところ、いい知恵は浮かばない。でもちょっと心当たりを探ってみようかと思います」

香山はぺこんと礼を一つして手を振ると、そそくさと去っていった。

輝良は部屋に一人残された。圭はまだ帰ってこない。炬燵の中で漫然と帰りを待つことにした。

畳の上に折り畳んだ新聞が置いてあった。それを手に取り眺めた。

一九九一年十二月二十三日月曜日。その新聞が真新しいことに、感動を覚えてしまう。この時代であれば当然であるのに。

一面の記事は、平成四年度の国家予算に関するものだった。大蔵原案によると、バブル崩壊後の景気に配慮して、ひさびさに低い伸び率ということだった。一般歳出でも四、五パーセントほどに抑えられている。首相のカラーがまったく表れていないと、暗に批判されている。指導力がほとんど発揮されていないのだ。この首相は、もうすぐ、東京サミットを待たずに辞任に追い込まれるはずだった。

広告はクリスマスバーゲンのもの。中山美穂のニューアルバムが二十四日発売と宣伝されている。三面では、代議士の汚職が関係者の手で暴露されたというもの。食用油工場の爆発事故、生命保険会社の顧客データが不正に流出したこと。交通事故の記事。三面記事だけを切り抜いて、一九九六年の三面と差し替えたとしても誰も気がつかないのではないかと思った。人間が起こす過ちや事故、トラブルなどは、どの時代でも変わらないのかもしれない。というより、人間そのものが変わらないのだろうと思えた。

輝良は新聞を置いて、机の上にある小型テレビのスイッチを入れてみた。「天皇誕生日スペシャル・美智子皇后と歩まれた三十二年」という番組の宣伝スポットが浮かんだ。そんな年だったのかという思いだけで、すぐにスイッチを切った。

テレビの裏に本棚があった。C・S・ルイスの「ナルニア国ものがたり」や、トルーキンのファンタジィが収まっていた。その横に何冊かのスケッチブックが挟まっている。手を伸ばして、そのうちの一番右側のA4サイズのスケッチブックを取った。

圭の習作集だった。

トルソのデッサンや、果物や布切れなどの静物画。右隅に印された日付は、いずれも八〇年代半ばのものになっていた。街頭の風景を描いたもの、猫を描いたもの。圭の思い出の習作が収められているのだ。それは部屋に洗濯バサミで吊るされた色彩豊かなイラストとは対照的な、モノトーンの細密画だったり、コンテ画だったりする。

輝良はあまり絵心があるほうではなかったが、習作時代の作品からも圭の巧(たく)みさを感じることができた。

次のスケッチブックを手に取る。いくつかのポスターの図案のようなもの。それから……。

輝良は手を止めた。人物の顔が描かれている。現在の圭とは髪形がちがうが、まぎれもなく圭自身だ。くりっとした大きな目と微笑んだ口もと。細く長い曲線のきりりとした眉。まちがいない。そっくりだ。だが、髪は現在とはちがって肩まで伸びていた。

鉛筆で描かれた細密画だった。鏡で自分の顔を見ながら描いたものだろう。手足は幼児が描くような線画で、これ以上の緻密(ちみつ)さはないという顔の下に唐突にくっつけられていた。それが何ともユーモラスだ。自分の肖像画を描いたものの、照れてしまって悪戯(いたずら)につけ加えたものだろう。

「あっ。そんなもん見てる」

圭の声が聞こえた。輝良は、反射的にスケッチブックから顔を上げた。

圭が立っていた。手に提げたビニール袋は食料品であふれていた。

「あっ。ごめん、勝手に見てしまって」

　あわてて頭を下げた。

「いいわ。自由に見てて」そう屈託なく圭は答えた。「香山くん、諦めて帰っちゃったみたいね」

「十分ほど前だったかなあ」

「ほんとに諦めてくれたかしら」

「諦めないって言ってた」

　それ以上のことは言わなかった。香山に対してのエチケットだと思ったからだ。

　圭は、お願いがあると言った。

「何だろう」

「スケッチブックを勝手にのぞいた罰です。モデルになってくれませんか。輝良さんの顔を描きたいの」

　輝良は肩をすくめて頭をポリポリと掻いた。照れ臭かったのだ。

「いいよ。でも条件がある。圭ちゃんがこの自画像をぼくにくれるんだったら、モデルになってもいい」

　圭は意外そうだった。

「いいけど、どうするの、そんなもの」

「思い出にするよ。未来へ持っていく。いつでも圭ちゃんの顔が見られる」

圭の耳たぶが少し桜色になるのが、輝良にわかった。そんなところが無性に愛らしいと思った。

圭は夕食にすき焼きをふるまってくれた。缶ビールを三本ずつ飲み、鍋をつつきながら、他愛もない話を続けた。それは、輝良にとってとてつもなく楽しい時間になった。おいたちから、輝良さえあまりよく知らない一九九六年の流行の話まで。二人は、今日出会ったとは思えないほど、よく笑い合った。輝良は圭と一緒にいるだけで、魂が浄化されるような気がした。それは圭にとっても同じだった。

食事の後も会話は続いたが、そのときは輝良はモデル、圭は画家としてだった。圭は笑いながらも、握った細い炭状のものをせわしなく動かし続けた。

いつしか会話が途絶えた。

極限までこらえていた疲労が、輝良に襲いかかってきたのだ。

# 9

目を開いたとき、自分がどこにいるのかとっさにはわからなかった。

泥のように眠りこけていたのだ。すでによれよれになったシャツのまま、横たわっていた。身体には毛布がかけられている。

圭の部屋だとわかった。

外は、朝の光が差していた。輝良は腕の固定装置（ボグ）を見た。液晶の表示が三分の二ほどの長さに縮小していた。滞在できる時間が確実に減少していることを示している。その液晶の光る部分がなくなるときが、固定装置が機能を失うときなのだ。

「おかしいな」と思った。四日弱の滞在ですでに一日が経過しているのであれば、あと四分の三ほど発光しているはずだ。それが、どう見ても、三分の二ほどの長さだ。

だが、次の瞬間、そのことは頭から去っていた。

寝息が聞こえた。

輝良はふり向いて、そこに圭が寄り添って眠っていることに気がついた。

驚いた輝良は反射的に飛び起きたが、圭もよほど疲れているらしく寝息をたてていた。

足音を忍ばせて洗面所へ向かい、顔を洗った。タオルで顔を拭いていると、「おはよう」と声がした。

トレーナーを着た圭が立っていた。圭は悪戯っぽい笑顔を浮かべて、手に持ったものを輝良に押し付けた。Lサイズのトレーナーだった。「昨日、一緒に買ってきたの。シャツがもうかなり汚れていたから。ね、いいでしょう」

圭のトレーナーと同じデザインなのだ。輝良は肩をすくめた。笑うしかなかった。

午前中はずっと、電話で方々に問い合わせた。シータ設計事務所、アサヒ観光。が二人の努力は徒労に終わった。該当する設計事務所はもう、存在していないようだった。再び、アサヒ観光と豊引工務店に電話を入れたが、ともに担当者は留守であったり出張中ということで手詰まりの状態になった。

輝良は、縁がなかったのだと思い始めていた。時の壁を越えるという不可能に思えることを達成したにしても、世の中には縁というものがある。縁がなければ、どれだけ努力しても近づけない。炬燵の正面で電話で問い合わせてくれている圭の姿を見ていると、彼女こそが縁だったのではないかと考えている自分に気がついた。

「だめだわ」

受話器を持った圭は、申し訳なさそうに首を振った。

「ありがとう。ここまでやってくれて感謝する。きっと、朝日楼旅館は、ぼくには縁がなかったのかもしれない」

「だって。そのためにこの時代に来たんでしょ」

残念そうに口を尖(とが)らせる。自分のためにこんなに一生懸命になってくれている。そう思うと、輝良は、圭がいとしくてたまらなくなった。

「縁がなかったんだ。縁があったのは圭ちゃんとかもしれない。そう考えると、限られた時間をこういう形で過ごすのはもったいないと思うようになったところだ」

圭は輝良の顔を凝視したまま受話器を置いた。次の言葉を待っていた。

「一緒に外へ出よう。一緒にもっとこの時代を見よう」

輝良はそう言った。

「それでいいの輝良さんは？　これから、アキラメくんと呼んじゃうよ」

「いい。決めた。選ばれて過去という貴重な場所に来ることができた。圭ちゃんと出会うことができた。だが、限られた時間だ。もっと有効に使うべきだと思う」

うん、と大きく圭はうなずいた。

「一緒にいろんなものを見ましょう。限られた時まで」圭はすぐに立ち上がった。そして、「輝良さん、大好き」と付け加えた。

あわてて、輝良は手紙による報告を走り書きした。自分の状況。そして枢月圭に正体を明かしたこと。廣妻隆一郎の建築は見られずに終わりそうなことなどだ。

書き終わって顔を上げると、スケッチブックを広げて、圭が笑った。

「ほら、昨日の作品が完成よ。途中で眠っちゃったからわからないでしょう」

輝良は目を見張った。圭が得意そうにしているはずだ。緻密でかつ大胆だった。見事な肖像画だった。圭は自分でもできあがりが気に入っているにちがいない。

「モデルより、ずっとハンサムに描けたみたいだね」

「モデルどおりよ。私、ずっと大事にするわ」

それから、髪の長い圭の自画像を丸めて筒に納め、輝良に手渡した。「これも、ずっと大事にしてね」

「ああ、約束するよ」

二人はその日は当てもなく街をさまよった。だが、輝良にとっては充分に楽しいできごとだった。一九九一年の世界であることを抜きにして、圭とともに行動することからくる楽しさなのだということがわかった。

ジングルベルが鳴り渡る師走の繁華街を二人は手をつないで見て回る。

「五年後の世界と何かちがうとこありますか」

「そう……あまり変わりないみたいだね。毎年、こんな感じかなあ」

最近、市立動物園が改装されたことを、圭は輝良に告げた。そこには最新タイプの水族館が併設されたという。その場所は、以前より一度は足を延ばしてみたかった場所だった。

「年末の仕事が終わったら、行ってみようと思っていたの」

「よし、いいよ。行ってみよう」

圭は輝良の返事に跳び上がって喜んだ。繁華街からバスで四十分ほどの、海岸近くの山が迫った場所だった。

バスを降り、潮風の香る舗道を歩いた。周囲は雑木林が自然林の原形を充分に残している。左側は海になっている。鹿やリスが、ときおり二人の前に姿を見せた。

「寒くありませんか」

と圭が心配そうに尋ねた。

「いや、大丈夫」

それは事実だった。圭と会えて、以前ほど、未来にいたときほど寒さを感じなくなったような気がする。

入園して、まず水族館へ入った。螺旋状の巨大な円筒水槽の中央部をエスカレーターで降りていく構造だった。闇の中の青い光だけで、夢幻の世界にいるような気持ちにさせられた。平日なので、他の入館者はほとんどいない。

最下階へ降りた二人は、今度は透明なエレベーターで、海底位置から水面の高さまで一気に昇り詰めた。

輝良は自分の腕を握り締めている圭を見た。

涙を浮かべていた。

「どうしたの」

「なんでもない」と圭は答えた。

「どうしたの」

もう一度、尋ねた。今度は、なんでもないとは答えなかった。

「夢みたいだから。こんなに好きな人と一緒にいられて、こんな夢みたいな場所に来られて、こんなに嬉しい気持ちになれて、この気持ちが抑えられなくなったみたい」

何と答えていいかわからず、輝良は腕を握り締めている圭の頭をやさしく撫(な)でた。

外は、冬の動物園だった。

人影は水族館と同様にまばらだった。だが、幸いなことに風もなく、薄日が差していた。

「まるでインディアンサマーね」圭がはしゃぎ声を上げた。

海が見下ろせるベンチに座り、二人はぼんやりと時を過ごした。冬の海はやや荒く、白い波頭が立っていた。波打ち際を、飼い主のわからない犬たちが、じゃれあって行き来していた。

輝良も圭も特別に言葉を交わすことはなかったが、何ともいえない幸福感に包まれていた。

輝良は思った。今自分は、クロノス・ジョウンターで五年前の過去へ来ている。しかし、これが未来であったり、十年前であったら、こんな気持ちにはなれないだろう。この時この場所こそ、理想的な別世界と言えるものではないか。圭がいて圭とともにこの場所にいる。これこそが本当に別世界と呼ぶにふさわしいものではないのか。永遠にこの状態が続くことがかなうのならば……。

ふと、無意識に固定装置に目をやった。

この目盛りが0になるまでだ。何が永遠だ。やはり、幸福とは持続しないものだ。

そこで輝良は目を見張った。思わず、「あっ」と呻きに近い声を漏らした。

表示が半分近くまで左に寄っているのだ。

「どうしたの、輝良さん」

「固定装置のエネルギーが予想以上に減ってしまっている。これじゃ、あと二十四時間も持たない」

「いつ頃まで持つの？　今夜？　明日？」

「わからない。二十六日朝までは、とても持たないだろう。時間流がぼくを連れ戻そうとする力が比例級数的に巨大化しているんだ。そのために、それに抵抗するためのエネルギーも予測以上に必要になっているのだと思う」

圭は耐えられなくなったようにしがみついてきた。

輝良は思った。

もし、自分がクロノス・ジョウンターに乗り込まなければ、五年後の圭と出会うことができたろうか。出会えたとしても、このように親しくなれたろうか。わからない。クロノス・ジョウンターに乗ったからこそ、ここで知り合うことができたのだ。だが……代償として、自分は二度と圭と出会うことができないかもしれない三十五年後に跳ばされてしまうのだ。クロノス・ジョウンターに乗らなければ圭と知り合うこともなく……苦しむこともなかったのではないか。そう、今の自分にとって圭を失うことは大きな苦しみだ。だが、一瞬のような刻の間でも、圭と出会えたことは、良かったと思う。

これで良かったのだ。圭と出会うことができて。たとえ失うことになっても。

「ごめんなさい。とり乱してしまって」

圭が身体を離した。輝良の視界におだやかな冬の自然の風景が戻った。

「あ、ああ」

　圭は顔を上げて無理やり笑顔をつくってみせた。しかし、涙の跡は隠しようがない。

「輝良さん。もう私、なんともないからね」

　二人は、また歩き始めた。

「輝良さんが戻るのは、正確には、何年頃なの」

「二〇二六年。ぼくもまだ体験したことのない時代だ」

「私、そのとき、生きていたら五十何歳かのおばあちゃんね」

「ああ、そうだね」

「輝良さんは、今の年齢のまま跳んじゃうのよね」

「そうだ」

　しばらく圭は沈黙した。そして突然言った。

「もし、私がそれまで生きていたら、会ってくれる？　私がおばあちゃんになっていても」

「ああ、もちろん会うさ」

「でも、その前に死んじゃってるかもしれない。でも、がんばるわ。それまで誰とも結婚しないわ」

輝良の脳裏(のうり)に香山の顔がちらりと浮かんだ。この言葉を聞いたら彼は何と思うことだろう。

「でも、そんなことはしないの」唐突に、圭はつけ加えた。「だって、醜(みにく)くなった姿を一番大好きな人に見せるわけにはいかないわ」

それは強がりとも本音ともつかない言葉だった。

夕刻まで、二人はその動物園で過ごした。バス停に立っているときに白いものが舞ってきた。

「あ、今年、初めての雪よ」

大粒のボタン雪だった。夕暮れの道にうっすらと白いベールをかけつつあった。

「今日はすごく楽しかった」

圭が言った。それは彼女の心の底から出た言葉なのだ。輝良は固定装置に目をやった。

加速度的にエネルギーが減少している。この時代に初めて跳ばされた頃(ころ)は、エネルギーはゆったりと減少していった。なのに……これは……。ひょっとして、あと半日……。いや、それも無理かもしれない。夜まで持つだろうか。

「もう一度、朝日楼旅館に行ってみましょう」

圭が突然言った。

「え、どうして？」

「もう、あまり時間がないんでしょう。そんなこと……わかるわ、輝良さんの様子を見ていたら」

「でも、囲いがしてある」

「でも、この年へ来たのは、それが目的だったんでしょ。一生、思い残すことになるわ。きっとどこかに出入り口があるわ。外観が見られなくても、そこからもぐり込めば、何とか内装だけでも見られるはずだわ」

有無を言わせない口調だった。

「今日はすごく楽しかった。今度は私がお返しする番よ」

行ったところで、あの囲いでは、朝日楼旅館を見られる可能性はほとんど零（ゼロ）に近いだろうと輝良は思った。だが、圭のその気持ちが何よりも嬉しかった。

「ありがとう。行ってみよう」

目盛りがまた一つ光を失っていた。予想を超えたエネルギーの減少だった。

バスが止まった。二人は乗り込んだ。

「間に合いそう？」

圭が心配そうに尋ねた。彼女は最悪のことまで覚悟しているのだと輝良は感心した。

「わからない。予測がつかない」

「お願いがあります」

「何だろう?」

「未来へ帰る瞬間に、私の手を握っていて」

「わかった」

「ひょっとして、私も一緒に未来に行けるかもしれない」

「………」

それは無理だとわかっていた。過去の存在を未来にともに連れ帰ることはできないのだ。

プレゼントされた圭の肖像画さえも。

もう一度固く、輝良は圭の手を握り締めた。

バスはゆったりと夕闇の世界を走っていく。

## 10

バスセンターから、二人はタクシーに乗り換えた。固定装置(ボグ)のエネルギーが目に見えて減り始めたからだ。あと三目盛りを残すだけになっている。

「大至急、立野町にお願いします」

タクシーは渋滞している国道を避け、いくつもの抜け道を縫うようにして走り続けた。見覚えのあるガソリン・スタンドを右に曲がる。建材店の角で、二人は降りた。

「ホワイト・クリスマスだわ」

圭が空を見上げて言った。圭の言うとおり、家の軒はうっすらと白い縁どりがされ、二人は幻想の世界にいるような心地になった。

「まるで小春日和だったのにね」

「ああ」

圭が輝良の固定装置を覗き込んだ。

「あっ。また一つ消えている。急ぎましょう」

どこからか、子供たちの歌声が聞こえてくる。――サイレント・ナイト、ホーリィ・ナイト。

小走りに建材店の角を曲がった。

二人はそこに奇跡を見た。

ライトアップされた朝日楼旅館が建っていた。三メートルほどの高さがあった鋼鉄の板の囲いも、鉄骨を組んだ上に張られたカバーもない。

目の前には、輝良がアサヒ第一ビジネスホテルのフロントで見た朝日楼旅館が現実に存在していた。

四方からライトで照らされて、雪の中に朝日楼旅館の全景が浮かび上がっていた。

輝良は夢かと思った。だが現実だった。廣妻隆一郎の最後の作品が、今、自分の目の前にある。

まさに奇観と思った。単純化とシンメトリー性を極限まで高めて、螺旋(らせん)状の巻き貝の黄金分割を取り入れている。そしてすべてが木造というわけでなく、中央部に数本の鉄骨が使用され、飛び出している。一度、目を奪われると、視線が外せなくなる。いくつかの構造物が相互に入り組んだ空間構成も、何ともいえぬユーモアを漂わせている。全体が微妙な曲線を持った一個の生物のようだった。それでいて、宗教建築でもないのに荘厳(そうごん)さがあるのだ。

「すごい」と圭が叫んだ。

目を奪われたままの状態でいる輝良に声がかかった。

「布川さん」

「あ」

暗がりから顔を見せたのは、三人の男だった。うちの一人はダブルのスーツを着た香山耕二だった。
「どうです。満足されましたか」
得意そうに、腕組みして言った。「何度も圭ちゃんとこに電話して、留守電には入れて
たんですけれど」
圭も感激を抑えきれないようだった。
「すごいわ。香山くん。どうやったの？」
「ちょっとした手を使ったんだ。この二人はぼくの友人なんだけど、横嶋市の教育委員会
の文化財課に勤めている。ふつうは遺跡発掘とかの仕事なんだけどね」
紹介された二人の若者はペコリと頭を下げた。「文化財として保護する必要があるかを
調査するということで、市の建築課を通じて取り壊しに待ったをかけてもらった。最終的
に保存はしないが、取り壊し前の最終調査と撮影ということで、囲い板と覆いは全部取り
外させた。明日の取り壊しに迷惑をかけないということで、工務店にも全面協力してもら
った。さっき、囲いの撤去が終わったところだ」
「ありがとう。香山くん。固定装置のエネルギーが減少して、もう輝良さんは、わずかし
か、この世界にいられないのよ。すごくタイミングが良かった。見直しちゃったわ」
香山は再びエヘンと胸をそらせた。そして不思議そうに、「もう少ししかこの世界にい

られないって、どのくらいだい」

再び、輝良は固定装置を見た。

最後の目盛りがすでに点滅を始めていた。

「数分だ。ありがとう香山さん、本当に素晴らしいプレゼントをしてくれて。香山さんとは、いい友人になれそうだった気がする」

「時間がないなら、急いで内部を見ておいたほうがいい」

そう香山はうながした。なんという好人物なのだろうと輝良は思った。こんな、自分にとって何の利益にもならないことを、必死で手配してくれたとは。いったい何のために？

圭が喜んでくれるように？

「ありがとう」

圭が輝良の腕を取り、旅館の中へ入っていく。玄関で立ち止まり、ライトを点(つ)けて見回した。内部へ続く微妙な曲線と梁(はり)。そして壁に施された幻妙なモザイク模様。思わず輝良は目を奪われ息を呑んだ。

「素晴らしい。……素晴らしい」他に言葉が出てこない。

そして、さらに一歩を踏み出そうとした。その瞬間にわかった。

その刻(とき)が来たのだ。

全身に小さな針が刺すような感覚が襲ってきた。固定装置が限界を迎えたのだ。

輝良は足を止めた。圭の顔を見た。

約束だ。輝良は手を差し出した。その仕草で、圭はすべてを了解したようだった。何度か首を横に振った。輝良は圭の手を握り締めた。

「さようなら、圭ちゃん」

圭は激しく抱きついてきた。

「いやっ。いやっ。こんなに愛しているのに。こんなに好きなのに」

「ぼくも……ぼくも愛している」

そんな言葉が素直に出た。だが同時に全身の痛みも激しくなっていた。

「必ず、また会えるわ」そう圭が言った。そのまま、二人はキスをかわした。二人の最初のキスの途中で、時間流は最大の力を発揮した。

※

未来へ跳ばされ、すでに七年近くが経過し、二〇三四年を迎えようとしていた。布川輝良は、一九九六年の世界とあまり変わりばえのしない平凡な日々を過ごしていた。

Ｐ・フレック株式会社は消滅しており、会社が出してくれた頼みの念書もなく、親会社の住島重工の総務部に残されていた記録によって再就職をするしかなかった。しかも、技術の進歩と輝良の空白期間とのずれは埋めようがなく、今は資材担当の仕事に回されている。

クロノス・ジョウンターの開発を担当した人々は、すでに住島重工にはいない。三、四課のチーフだった野方耕市は、本社に戻った後、定年退職していたし、直接の上司だった吉本次郎は、定年後の消息は摑めない。それよりも、あの時代同僚だった全員が定年を迎え、知る人は誰もいないのだ。

総務部の引き継ぎ記録だけで、よく再就職できたものだと感心した。

住島重工が知らぬ存ぜぬを決め込んだところで、自分が子会社であるＰ・フレック株式会社のために実験台になったことを立証する手だてはほかに何もなかったのだ。

その点は住島重工に感謝するべきだと思っている。

だが、すでに住島重工の社則では定年を過ぎているから正社員というわけではない。定年後の嘱託社員という立場だ。まだ肉体的には若い。三十代の若さだ。だが、自分では、一九九一年から帰ってきてからというもの、すでに人生のほとんどを終え、老境に入ったかのような気がしている。知人たちもいなくなり、自分は竜宮城から帰った浦島太郎と変わるところはないという思いさえある。

たった二日間だった。一九九一年の過去にいたのは。

しかし、その二日間に素晴らしい出会いと体験ができた。だから、それだけで、充分に自分の人生は償（つぐな）えると思っていた。

二〇二六年に帰ってからも、圭の声が耳から離れない。

「必ずまた会えるわ」

この世界で老婆になっていてもいい。輝良は、もう一度、圭に会いたかった。

生活が落ち着き、休みがとれるようになると、暇を見つけて横嶋の街をさまよった。

圭の消息を調べるためだ。

もちろん、わからなかった。もう四十年以上も前のできごとなのだ。初めて出会った彼女のアパートも存在しなかった。時が移れば、人だけではなく街も変わってしまうことを実感した。圭が住んでいたバス停前のアパートは広場（パティオ）に変わり、その後ろには巨大な高層ビルが建てられていた。

立野町には、アサヒ第一ビジネスホテルの建物がまだ存在していた。だが、外装は同じでも、ホテルの営業はすでにやめていた。

海辺の動物園へも足を延ばした。新たな展示館がいくつか増えていたが、基本的な構成は変わっていなかった。

砂浜が見下ろせる場所に、あのベンチはまだあった。そこに腰を下ろし、いつまでもぼんやりと時を過ごした。

浜辺を一匹の犬が走っていく。ふと、四十二年前の光景とダブり、それが引き金となって涙があふれた。

あれから、圭はどのような人生を送ったのだろう。香山耕二と結ばれたのだろうか。幸福に暮らすことができたのだろうか。

それだけは知りたい。

そう、今の哀しみは、四十二年前の幸福と表裏一体なのだ。だからこそ、こんなに素晴らしい思い出を持っていることができる。

そして、輝良は日常の中へ戻っていくのだった。自分の人生の中であの二日間だけが確実に輝いていたということを確認して。

毎年、十二月二十四日のクリスマス・イブは、記念日と決めていた。

圭の消息がわからなくても、その日は自分と圭との大事な日なのだ。

そう、十二月二十四日は別の意味でも。

圭に関する小さな手がかりが、やはりその日にもたらされたのだ。未来へ帰還した翌年、二〇二七年のクリスマス・イブだ。

自宅を訪れたのは、輝良と同世代の物腰の柔らかな上品な男性だった。布川輝良が本人だということを確認すると、男はことづかりものを頼まれていると言って、パッケージを手渡した。

中には、スケッチブックが一冊と、手紙が一通納められていた。スケッチブックには見覚えがあった。圭の習作イラストのものだ。三十数年の歳月を経て古びてしまってはいるが、まちがいない。

スケッチブックを開いた。一枚の絵が床に落ちた。

「圭……」

長い髪の圭の肖像。圭は輝良にプレゼントすると約束したが、過去に置いてきてしまった肖像画。スケッチブックの他の作品に一枚だけ挟（はさ）まれていたそれが落ちたのだ。

そして、他の作品は……。

「これは……」

輝良は絶句した。朝日楼旅館の全景、そして、輝良がついに見ることがかなわなかった旅館の内部が、圭の手によって幾葉もスケッチされている。

「いかがです。お気に召（め）しましたか」

男は人なつこい笑顔を浮かべた。その笑顔に見覚えがあるような気がした。

「もちろんです。すごいクリスマス・プレゼントです。あなたはどなたですか」

「父に頼まれました。父は香山耕二といいます。五年前に癌で亡くなりました。その寸前に、私が託されたのです。布川輝良さんに渡すようにと。これは遺言の一つですからね」

それで、人なつこい笑顔に見覚えがあったわけだ。そう輝良は納得した。

そして、彼の母親が圭なのだろうか。とてもそれを尋ねる勇気はなかった。男が帰った後、残された一通の手紙を開いた。

輝良へ宛てた香山耕二からのものだった。


本来であれば、布川さんへ私の口から直接告げたかった。しかし、私の寿命が残り少ないということで、乱文ですが走り書きの手紙を残します。これは、息子からあなたの手に、圭さんの作品とともに届くはずです。

結局、私は圭さんと結ばれることにはなりませんでした。圭さんの幸福のためにも、私は必死で彼女を愛していこうと考えていたのですが、布川さん以外の男性は心になかったようです。ただ、女一人で生きていく以上、陰になってできるだけ彼女を支えていきたいと考えていましたが、七年後には消息が途絶えてしまい、彼女の行方を知ることはできなくなってしまいました。

ただ、これだけは伝えなくてはならないと思います。

たぶん圭さんは、布川さん以外のどんな男性にも心を向けず、布川さんのことだけを思って人生を過ごしているはずです。そんな彼女のことを私は素晴らしいと思いますし、布川さんのこともうらやましいと思います。私は、結局、平凡な結婚をして平凡な生活を送ることになりましたが、自分の人生の終わりを前にして、こんなものだろうなと思う今日この頃です。彼女が今、どこで何をしているかはわかりませんが、圭さんが最後まで布川さんのことを想い続けるはずだということを知らせておきたかったのです。

スケッチブックは、彼女が消息を絶つ寸前に、私に預けたものです。布川さんが未来に帰った翌日に、彼女が必死になって描き残したものです。布川さんの手に渡ることが、この作品にとっても一番の幸福だと思いますから。

布川さんの御健勝を祈ります。

二〇二二年十月一日　香山耕二

それから毎年、クリスマス・イブには、テーブルで二人だけの記念日を祝うのだ。輝良は一人でビールの栓を抜く。そしてスケッチブックの圭の肖像画に乾杯する。

それが年末の輝良の行事だった。その記念日も七回目を迎える。もう圭の消息を知る術はない。ほとんど諦めてしまっている。

「必ずまた会えるわ」

圭の最後の言葉だけは、はっきりと憶えている。だが、それが実現できる可能性はほとんど失われてしまった。

来年も、その次の年も自分は圭のために記念日を一人で迎えるのだろうと輝良は思った。最後まで、自分一人を愛し続けてくれる女性のために。自分も、もう他の女性を愛することができないことはわかっていた。

そのとき、突然、部屋にノックの音がした。

ドアを開くと、信じられない人物が立っていた。

若い女性だ。肩まで髪を伸ばした……あのスケッチブックから落ちた肖像画と同じ女性。

「圭ちゃん」

見まちがえるはずはなかった。ただ、圭は成熟した女性へと変化していた。

「輝良さん……やっと追いつけた」

圭はそう呟くと、輝良の胸にすがりついた。輝良はまだ現実のこととは信じられずにいた。これは夢なのか。

「追いつけた？」

「そう」

圭はうなずいた。

「やはり、私には輝良さんが必要だったんです。どうしても、また会いたかった。だから、手紙を書いてた住島重工を訪ねたんです。でも、待ちました。輝良さんが九一年に跳んでいくことになる九六年の末まで。手紙が開封される頃を見はからって訪ねたんです。そしたら課長の野方さんと吉本さんを紹介してくれました」

「それでクロノス・ジョウンターに乗せてもらったのか？」

「ええ。でも、お二人に、すごく計算していただいたわ。私たちが出会ったときの四年の年齢差を保つために。そして、五年と半年前の過去に跳べれば、ぴったりの未来へ弾かれるってわかったの」

「でもクロノス・ジョウンターではマックスでマイナス五年しか行けないんじゃなかったのか」

「また、待ちました。九八年の十二月まで。そのころにはだいぶ性能が上がっていました」

輝良は、まだ信じられないというように首を振っていた。

「しかし、何と無鉄砲な……。そんな無茶をするなんて」

クロノス・ジョウンターを使ったといっても、これは奇跡だと思った。輝良は、圭の笑顔を見て、愛のためには、まだ起こりうる奇跡が存在するのだと確信した。

「愛する人のためには、どんな無茶なこともできるってわかったわ。ごめんなさい。驚いた？　お昼前に着いたけれど、ここを探すのに手間どってしまって……」

やっと驚きがおさまり、輝良は自分の裡(うち)に温かいものがこみ上げてくるのがわかった。

右手でテーブルの上の圭の肖像画を示すと、圭は嬉しそうに何度もうなずいた。

「信じていたわ。必ず会えるって」

声にならない声で、輝良は圭を強く抱きしめながら答えた。

「約束を守ったね。必ずまた会えるって」

二人は四十二年ぶりのキスをかわした。そう、今日こそが本当の二人の記念日になるのだ。

彼方から、クリスマス・ソングが流れてきた。あのときと同じように。

鈴谷樹里の軌跡

## 1

あれは、冷夏の年にしては暑さの厳しい日だった。

記憶をたどろうとすると、暑い日のそれは世界中のすべてが淡いベールで覆われていたと思う。

でも、鈴谷樹里は、その夏、すでに十一歳にはなっていたのだ。

一九八〇年、夏。

彼女は、小児性結核のために、四カ月を横嶋市立病院で過ごしていた。新学期に入ってすぐのレントゲン検査で、肺に小さな影が見つかった。そのまま、小児病棟に入院することになった。

両親は共稼ぎのため、昼間は一人きりで過ごした。入院してくる子供たちは、仲良くなれそうな時期がくると、退院していく。小さな子供の入院のときは、母親がつきっきりでいた。樹里の入り込む余地はない。

「鈴谷さんはお利口ね」大人にそう誉められたところで嬉しくもない。

微熱は時折り出たものの、樹里は自分は健康なのだと信じていた。だから、小さな身体をもてあまし、回診の時間が終わると、病棟を隅々まで探検して歩いた。

そして、ヒー兄ちゃんと巡りあった。

ヒー兄ちゃんは入院患者が利用する談話室の窓際で、青いパジャマを着て座り、タバコを吸いながら病院の外、はるかな遠くを眺めていた。

瘦せていた。

遠くを見ている瞳は涼しげだったが、何か哀しさのようなものがまとわりついていた。濃いめの眉を少しあげて、樹里のほうに視線を向けた。

そのとき、そんな彼に対して、樹里は、突然「この人とお友だちになりたい」と感じた。この大人の人は、いい人だ。話をしたい。なぜなのか。樹里は自分にもうまく説明がつかなかった。

だが、とった行動はまったく正反対のものだった。

彼の正面に座っていた樹里は、あわてて顔を伏せ、耳たぶまで紅潮させながら、開いていた童話の本に目を落とした。もちろん文字なぞ追えるわけがなかった。

「本が好きなんだね」

ヒー兄ちゃんはタバコを消しながら、柔らかいトーンの声で、そう話しかけた。樹里は全身をびくんと震わせて顔をあげた。

「ええ。好きよ」

「何の本を読んでるの」

樹里は「星の王子さま」という童話のタイトルを告げた。青年は微笑し、自分もその本は読んだことがあると答えた。本の作者は飛行機乗りで、他にも「夜間飛行」という小説を書いているとか、飛行機に乗ったまま行方不明になったのだということを話してくれた。しばらく他愛のない話をした後、樹里は自分のことを話した。青木比呂志という名前を知ったのも、そのときのことだ。

ただ、彼は自分の病気については、話さなかった。樹里も、それについては、聞いてはいけないことなのだと本能的に感じていた。

回診が終わると病室を抜け出し、談話室へ駆けつけるのが樹里の日課になった。

青年はいつもその談話室にいた。樹里が姿を見せると、いやがる様子もなく目を細めて彼女の話し相手になった。樹里の求めに応じて、彼の好きな童話を語ってくれるのだった。それは宮沢賢治のものだったり、初めて聞く名前の外国の作家のものだったりした。童話というよりファンタジィに近かったと、樹里は今になって思ったりする。

どうしてそんなにいろんな話を知ってるのと樹里が尋ねると、「好きだからね」とヒー兄ちゃんは答えた。「それに今は時間がたっぷりあるから、よく読んでるんだ」

最初、樹里は「青木のおじさん」と呼んだ。青木は「おじさん」だけは勘弁してくれよと苦笑いした。それから、比呂志兄ちゃんから、ヒー兄ちゃんで落ち着くことになった。

ヒー兄ちゃんは、樹里が喜びそうな童話を記憶しているかぎり語ってくれた。それから、「もう樹里ちゃんに話してきかせる童話は底をついたなあ」と苦笑いし、「じゃあ」と前置きして、照れ臭そうに「これまでの話とは少しちがうかもしれないけど」と言い、頭を掻いた。

「どうして、これまでのお話とちがうの」胸をわくわくさせながら、樹里はヒー兄ちゃんの袖を引っ張った。

「それは…まだ本になっていない話だからね。なぜかっていうと、ぼくが考えた話だから」少し照れていた。

ヒー兄ちゃんの話は、巫女の少女の冒険物語だった。

自然破壊が進む山里の少女は、森の精霊たちによって不思議な能力をいくつか与えられる。鳥や獣の言葉がわかったり、敵の弱点が直観でわかったり、雨や風をあやつれたり、他人の幸福度が一目でわかったりできる。それで、村人たちからは巫女としてまつりあげられるのだが、争いごとの嫌いな少女は、自然破壊を進める勢力とは対決しようとはしない。少女は、狸や、鹿、かもしか、猿などの友人たちと相談しつつ、なんとかおたがいが共存できる方法はないかと探り続ける……。

そんな話が、毎日、少しずつ、ヒー兄ちゃんの口から語られた。

精霊というイメージの湧きにくい存在も、ヒー兄ちゃんは大樹の真似をしたり、苔むした巨石といったように、わかりやすく表現してくれた。また少女の友人として登場する動物たちも、短気な猫、ふざけ屋の猿といった具合に、それぞれの性格を特徴づけて語られていく。とりわけ、その獣や鳥たちの会議の場面が、樹里は気に入り、何度もそのシーンを頼んで語ってもらった。そしてそれを聞きながら、ヒー兄ちゃんの膝の上で眠り込んでしまうことさえあった。

「何という題の話なの」

「足すくみ谷の巫女」ぼそりとヒー兄ちゃんは言った。

「本に書いてしまったの」

「いや、まだだよ。本当なら、今この時期に、時間があるときに書き溜めることができればいいんだけれど。でも疲れることはやっちゃいけないと言われてる。少し書こうとしたのだけど、看護婦さんに見つかって叱られてしまった」ヒー兄ちゃんは苦笑いした。「でも、できるだけたくさん、メモくらいはとっておこうと思ってる。退院したら書きあげようと思ってね。でも、樹里ちゃんに会ったおかげで、話してあげているうちにエピソードの細かい部分なんか、ずいぶんとできあがってしまった。お礼を言わなくちゃならないかな」それから声をあげて屈託なく笑った。青木比呂志は童話作家をめざしていたのだ。

樹里は「足すくみ谷の巫女」という童話の結末を知らない。その翌日に〝見てはいけないものを見てしまった〟ようなことがあったからだ。

その日も、回診が終わると、樹里はすぐにヒー兄ちゃんのいるはずの談話室へ急いだ。いつもの席にヒー兄ちゃんの姿を見つけて駆けよろうとしたとき、身体が凍結したような気がした。

ヒー兄ちゃんの隣に、知らない女の人がいた。ヒー兄ちゃんとそう年齢は変わらない。やや薄い唇だが、目鼻だちがはっきりした、女性雑誌のモデルにでもなれそうな女性だった。

樹里は立ちつくして、二人の様子を呆然と眺めていた。ヒー兄ちゃんと見知らぬ女性は、深刻そうな表情で言葉を交わしていた。樹里の頭の中で、いろいろな疑問がぐるぐると駆けめぐる。ヒー兄ちゃんの奥さん？　妹？　それとも恋人……？

そのどれでも、樹里はいやだった。ヒー兄ちゃんが他の人のところへ行って、いなくなってしまうなんて、絶対にあって欲しくないことだった。

女の人はハンカチを持っていた。しきりにヒー兄ちゃんにあやまっているように見える。小声のために、何を言っているのか、よく聞きとれない。

ヒー兄ちゃんの言葉は、部分的には聞きとることができた。でも、いつもの声よりはやや低く、掠れているようにも思えた。

「いや、きみは悪くない」とか「ぼくのことは、何も気にしなくていい……」といった言葉が、途切れ途切れに聞こえてくるのだった。

二人は樹里がいることにまったく気づいていなかった。だから、樹里には、二人はすごく重大なことを話しているのだということがわかった。

それは、見ていて気が遠くなるほど長い時間だった。やがて、ヒー兄ちゃんが大きくうなずいて女の人に言った。

「わかりました。幸福が摑めるように祈っている」

女の人は立ち上がり、振り返ることもなく急ぎ足で去っていった。

ヒー兄ちゃんは、顔を伏せて何かを必死にこらえているように見えた。それから、樹里は大きな溜息を聞いた。

ヒー兄ちゃんが顔を上げるまで、再び長い時間が経過したような気がした。

顔を上げたヒー兄ちゃんは、樹里に気がついて、微笑を浮かべた。樹里は自分が涙をぽろぽろ流していることに気がついていなかった。

「どうしたんだい。ずっと、そこにいたのかい」ヒー兄ちゃんは、驚いた声でそう言った。

「ヒー兄ちゃん。悲しいことがあったの?」

樹里はしゃくりあげながら尋ねた。ヒー兄ちゃんは、やはり微笑を浮かべていた。

「心配しなくていいよ。大人の話をしていたんだから」と言った。

「今の女の人、誰なの?」

「結婚の約束をしてた人だ」

「結婚の約束をしてた…って?」

「ああ、だけど、今は仲のいい友だちだ」

樹里は、ヒー兄ちゃんにどう言ってあげればいいのかわからなかった。しばらく二人の間に沈黙があった。ヒー兄ちゃんは立ち上がり、西陽を避けるためにブラインドを下ろし始めた。ひとり言のように呟きながら。

「ぼくのほうから言いだすべきだった。でも……彼女が言ってきた。これで良かったんだと思う。ぼくの病気は難しそうだし、万一治ったところで、ぼくは雲を摑むようなことばかりやっている。これ以上、彼女を不安にさせちゃあいけないんだ」

　樹里がその女の人を見かけたのは、そのときだけだった。それ以降、彼女は一度も病院へ姿を見せなかった。そのとき初めて、ヒー兄ちゃんの病気は深刻なものだと悟ったのだ。

　そして、青木比呂志はいつものヒー兄ちゃんに戻っていた。ただ、病状が悪化しているのか、初めて見たときよりも顔色は黄色く、ますます痩せたようだが、微笑を絶やすようなことはなかった。

「身体、大丈夫？」

　樹里は、ヒー兄ちゃんと話しているとき、無意識のうちに、そのフレーズを必ず入れるようになっていた。

「大丈夫。生きてる間は死なないよ」ヒー兄ちゃんは笑ってそう答えた。

　あるとき、ヒー兄ちゃんが樹里をじっと見て言った。

「樹里ちゃんと会って話していると、『たんぽぽ娘』を思い出すよ」

　唐突に言われて、樹里はあわてて問い返した。

「何？　たんぽぽ娘って」

「すごく素敵なお話だ。童話じゃなくてSFっていうんだけれど。ロバート・F・ヤングって人が書いた話なんだ」

樹里は、その夢さそうようなタイトルを聞いただけで、すぐに好奇心を抑えられなくなっていた。

「あ、聞きたい。その話聞きたい」

樹里はヒー兄ちゃんの痩せた腕を揺すった。彼はゆっくりとした口調で話し始めた。一言、一言、樹里の反応を確認するように。

「うん、主人公は中年のおじさんで、法律事務所をやっている。毎年、四週間だけ休暇をとって、家族で、湖の畔にある山小屋へ出かけることにしている。

ところが、その年に限って奥さんと子供に用事ができ、残りの二週間は、おじさんはたった一人で山小屋に残ることになったんだ。釣りとか読書とかで最初はのんびりと過ごしていたのだけれど、それにもあきてしまい、あるとき、まだ足を踏み入れたことのない森の中へ入ってみた。すると森の向こうには知らない丘があり、おじさんはその頂上まで登ってみた。

おじさんはそこで若い女の人と出会った。それが『たんぽぽ娘』だ。だって、たんぽぽの花の色の髪をしていたんだからね。おじさんは何となく胸がときめいてしまった。その女の人が、とっても美しかったからね。

それに、とってもおかしな娘だった。

女の人の名はジュリー。君と同じ名前なんだ。どんなにおかしくて不思議な娘かというと、彼女は二百四十年先の未来から、お父さんが発明したタイム・マシンに乗ってやって来たと言うんだ。

それも、とっても無邪気な笑顔で。

それから、ジュリーが着ている服もとっても変わった布でできていたんだ。本当に未来から来たのかもしれない……そう、おじさんは思った。

『ここはわたしが大好きな時空座標(ざひょう)です』とたんぽぽ娘は言う。『おとといはウサギを見たわ。きのうは鹿。そして、きょうはあなた』

それから毎日、二人は丘の上で会って話をするようになった」

樹里は黙(だま)ったまま何度もうなずいて、ヒー兄ちゃんの話に一生懸命(けんめい)に耳を傾けた。

〝たんぽぽ娘〟の父さんは、放射能の実験で身体をこわしてから、娘と一緒に過去へ行くことはできなくなっていた。だから、未来へ帰るたびに、ジュリーは森や山里の過去の世界のできごとをすっかり父さんへ話してやっているという。

二人は毎日話をするごとに、だんだん親しくなっていった。そんなに年齢が離れた二人なのに。

「まあ、このたんぽぽ娘は二十歳（はたち）くらいで、おじさんは四十歳を過ぎてるんだけれどね」

「私とヒー兄ちゃんみたいなもの？」

「ああ、毎日、談話室でこんな話をしているんだからね」

眉をひょいと上げてみせるヒー兄ちゃんの仕草に、樹里は満足そうに笑った。

「わたしも、自分でその本を読んでみたい」

「ああ、ぼくの本をあげてもいい。でも、大人向けの文章だからね。もうしばらくしてから読めばいい」

ヒー兄ちゃんは話を中断して、そう約束した。指切りげんまんをしながら、樹里はこんな日がずっと続けばいいと願っていた。

たんぽぽ娘とおじさんのように。

ヒー兄ちゃんは話に戻った。

おじさんは、山里の村へ行って、たんぽぽ娘の言っていたことが本当か確認したい衝動に駆られるが、やはり、思いとどまる。そして、ある日を境に三日間、たんぽぽ娘は現れない。そして四日目。黒い服を来て丘の上に現れる。たんぽぽ娘は言う。

「父が亡くなりました」

そしてタイム・マシンの調子が悪いこと。もう一回、過去に来られるかどうか……。

そこまで話したとき、ヒー兄ちゃんの表情が変わった。苦しそうに顔を伏せ、荒い息を吐き始めた。その様子が普通でないことは、樹里にもすぐにわかった。

ヒー兄ちゃんのそんな様子は初めて見たのだ。

「ヒー兄ちゃん。大丈夫？」

樹里の呼びかけに、ヒー兄ちゃんは言葉では答えず、苦しそうに何度かうなずいてみせるだけだった。

樹里は談話室を飛び出し、看護婦を探した。泣きながら訴えた。

「ヒー兄ちゃんが、死んじゃう」

談話室へ来た看護婦の一人が呆れたように言った。

「青木さんだわ。あんなに安静にしていなきゃだめだって先生に言われてたのに」

ヒー兄ちゃんはすぐにストレッチャーに乗せられ、樹里の前から消えてしまった。

翌日、ヒー兄ちゃんは談話室には現れなかった。それでも樹里は、いつもどおりに、いつもの窓際で待った。いつもどおりに待っていれば、いつもどおり「ヤァ」と現れてくれるはずだと信じて。それから、なぜか、樹里は自分はよい子でいなければならないと感じていた。よい子でいれば、ごほうびにヒー兄ちゃんが現れてくれるのではないかと思ったたのだ。

結局、その日、ヒー兄ちゃんは現れなかった。

その翌日も談話室で待った。いつもの時刻を過ぎても、ヒー兄ちゃんの姿は見えず、樹里は口を尖（とが）らせていた。苦い薬もベッドの下に隠さずにちゃんと飲んでるし、食事も残さないし、夜もちゃんと歯を磨くし……。こんなによい子にしているのに。こんなによい子にしているのに。

ヒー兄ちゃんに伝えなければならないことができたのだった。その午前中、回診のとき、先生から、あと数日で退院できると言われたのだ。入院したての頃（ころ）だったら大喜びしたかもしれない。だが、今は複雑な気持ちだった。

このまま退院してしまうことになれば、ヒー兄ちゃんと談話室で楽しい時を過ごすことができなくなる。それに、ヒー兄ちゃん一人を病院に残してはいけない。

このままだったら、今日もヒー兄ちゃんに会えない。

突然、そう確信した。

だが、樹里はヒー兄ちゃんの病室も病名も聞いてはいなかったのだ。

そのフロアの病室の名札をすべて見てまわった。青木比呂志……青木比呂志。

しかし、ヒー兄ちゃんの名前は見つからなかった。それでも樹里は諦（あきら）めなかった。

エレベーターで一階へ下り、正面玄関に向かい、外来入り口の横にある総合受付へ行った。何やら苦情を訴えている中年女性の後ろでしんぼう強く順番を待った。

「入院している青木比呂志さんの部屋はどこですか」

そう聞きながら、わけのわからない恥ずかしさで耳が真っ赤に染まっているのがわかった。パジャマの上から子供用のスタジアムジャンパーを着た姿なのだ。胸にはハクション大魔王のキャラクターが縫いつけられている。外から見舞いに来た姿ではない。

「ちょっと待ってね」若い事務員は、リストの綴り(つづり)をぱらぱらとめくった。

「あ、部屋が昨日から移されているわ。七一一号室。個室よ。七階だからエレベーターで行けばいいわ」

「ありがとうございました」

樹里は深々と礼をした。

「ちょっと待って」エレベーターへ向かおうとした樹里を、事務員が呼び止めた。びくんと樹里は身体をすくませた。

「行っても今日は会えないわ。面会謝絶のマークがついているから」

それを聞いて、胸の鼓動(こどう)が高まっていくのがわかった。ヒー兄ちゃん、どうしたっていうの。樹里は、もう一度、礼をしてエレベーターへと進んだ。

七階で降りた樹里は、七一一号室を探す。ナースステーションで尋ねたら、そこで待ったがかけられることになる。心臓がどきどきしている。風景が歪んで見える。

七〇五号室、七〇六号室……。

もうすぐだ。

一番先の部屋は七一〇号室だった。汗が吹き出し、額から頬を伝って流れるのがわかる。七一〇号の隣は窓だった。七一一号室がない。樹里は泣きそうになった。七一〇号室の正面は、白い壁だ。

樹里は振り返った。七一〇号室の正面の壁の向こうに窪みがある。そこへ走る。右へ曲がる袋小路のような場所があり、その右側に、七一一号室とあった。

ここだ。

青木比呂志と名札があり、その名の前に赤丸のマークがあった。そしてドアのノブに「面会謝絶」の札が吊るされていた。

どうしようかと、樹里は迷った。中へ入っていいものだろうか。ヒー兄ちゃんは変わり果てた姿になっているのではなかろうか。そして、そんな姿を樹里に見てもらいたくはないと思っているのではないか。

そこで迷っていた。

そのとき、七一一号室のドアが開いた。医師と看護婦のような女性の姿が現れた。ドアを閉めると、医師は白衣の女性に「チャナ症候群の末期なんです」と言った。それから薬の名らしきものをいくつか口にした。

樹里の頭に、その単語が焼きつけられた。チャナ症候群…チャナ症候群……。

医師は急ぎ足で立ち去った。その隙を縫って、樹里は病室へ入ろうとした。今なら会える。

「だめよ」

背後で声がした。白衣の女性が、言われた薬品名をメモにとるため、まだ廊下にいたのだ。

「あなた、青木さんは面会謝絶なのよ」女性は樹里をにらみつけていた。

「私……私……」首を振りながら後ずさった。

「ヒー兄ちゃんから、たんぽぽ娘のお話の最後を聞いていないんです」

「たんぽぽ……」

「だから会わなくっちゃいけないんです」せっぱつまって、わけのわからないことを言っていると、自分で思っていた。もっと大人だったら、うまい理由を考えついたかもしれない。しかし、そんな心の余裕はなかった。

樹里の気迫にだけは、白衣の女性は敬意を表したようだった。その表情が少し和らいだ。

「会わなければならないという大変な理由があることは、わかるわ。でも、これは、規則というよりも、青木さんの身体のことを優先した処置なのよ。それはわかってもらわないといけないわ」

諭すような口調だった。「用件は私から、ちゃんと責任をもって伝えるから」

そう言われると、樹里は返す言葉がなかった。会えないのは、ヒー兄ちゃんの身体のためを思って……。ヒー兄ちゃんが元気を取り戻すのなら、会えないことも我慢しなくてはならない。そう必死で自分に言いきかせる。

ただ、樹里はたまらなく不安だった。

「じゃ、看護婦さん。これだけ約束してください。ヒー兄ちゃん……青木のお兄ちゃんを必ず元気にすると。お願いします」

「それは、約束するというものじゃないのよ。先生たちも努力しています。私たちが人の運命をどうこうできるものではないのよ。いつも一生懸命やるだけなの」

樹里はすがるものがなくなってしまったような気がした。肩を落として自分の病室へ戻るしかなかった。

翌日の夕方、あの看護婦が樹里のいる小児病棟に現れた。ナース仲間に尋ねて、すぐに部屋はわかったという。

　そんな言葉を聞いていながら、悪い知らせが来たという直感が働いた。周囲の風景が見えなくなり、看護婦の姿だけしか映らなくなった。

「青木比呂志さんが、今朝、亡くなられました。これは、鈴谷樹里さんに渡してくださいって残されたものです。力になれなくってごめんなさい」

　看護婦は一冊の文庫本を樹里に手渡した。自分の耳が信じられなかった。

「ひどい！　嘘つき！」それだけが反射的に出た。

　樹里は大声をあげて泣いた。看護婦が出ていった後も、疲れて自分でも知らず眠りにつくまで、号泣を続けた。

## 2

　それが、十九年前のことになる。

　一九九九年、夏。

　鈴谷樹里は三十という年齢をむかえた。

　自分が今の進路を選んだのも、あの子供時代の体験が、色濃く影響を与えているのだと思う。

　回診をすませた樹里は、自室へ戻って腰を下ろす。

　十九年前と同じ、横嶋市立病院の庭が見える。ただ、あのときとは立場が違う。あのときは小児性結核の患者として。そして今は市立病院の勤務医として。

　樹里は、電話の横に置かれてあった大きめの茶封筒を、覗（のぞ）くこともせず書類箱の中へ入れた。中は見なくてもわかっている。第三内科部長の吉澤（よしざわ）が置いていったものだ。

「一応、目だけは通しておいてくださいよ。悪い話じゃないと思いますから。履歴書（りれきしょ）と写真が届いたら部屋に置いておきますから」

　義理に挟（はさ）まれて、樹里に伝えている気配がある。茶封筒の見合写真は、吉澤の医学部時代の先輩の息子だ。開業医をやっている自分の跡をいずれ息子に継がせるつもりらしいが、その嫁をもらうなら、やはり内科医をやっている樹里のような女性がいいということらしい。父親がこの市立病院で樹里を見かけ、息子に教えたら、これまた気に入ったらしい。そして吉澤を通じて話が来ることになった。大学の先輩から断れない話があってと、吉澤は言った。結婚しても、ここの勤務は、これまでどおりしばらく続けてかまわないということだそうな。

「別に、私、切迫（せっぱく）した結婚願望はないんですが」

吉澤にはそう答えていた。しかし、茶封筒はやって来た。樹里が席にいるときを避けるかのように置かれていた。

封筒に手を伸ばそうという気にさえなれなかった。

無意識に壁際の本棚に目がいく。そこには、硬質の印象を与える医学書がずらりと並んでいるのだが、一冊だけ場ちがいな本が見える。ちっぽけな文庫本だ。茶色いその背表紙は「世界SF傑作選」と読むことができる。

もう、十九年もその本を持っていることになる。青木比呂志――ヒー兄ちゃんのくれた樹里への形見の品だ。

中には「たんぽぽ娘」という短篇が載っていた。

ヒー兄ちゃんの口からはついに物語の最後が語られなかった。しかし、あれから、何度この本を熟読したことか。ストーリーが明確に理解できたと自覚したのは、中学に入ってからのことだ。いくつかの欠陥があり、矛盾も感じるものの、そのような瑕を補ってあまりある魅力的なアイデアだ。そして、主人公の中年男、マーク・ランドルフの姿を読みながら思い描くとき、そのイメージは在りし日のヒー兄ちゃんに限りなく近づいてしまう。

そう、今の鈴谷樹里にヒー兄ちゃんが残してしまった影響は、限りなく大きい。今の仕事に就くことになったのも、その一つだ。

あの医師の言葉が耳にこびりついている。

「チャナ症候群の末期なんです」

医師が処置を指示する前に看護婦に伝えた、青木比呂志の病状のことだ。立ち聞きしたその言葉を、意味もわからないままに、頭の中に刷り込んでしまった。

あのとき、チャナ症候群という病気を治す方法は何も存在しなかったのか。そんな疑問を成長の過程で常に抱き続けていた。

チャナ症候群とは、いったいどのような病気なのか。なぜ、ヒー兄ちゃんはそのような病気になってしまったのか。

中学時代に図書館へ通い、医学の専門書を無理やり読み通したりした。しかし、ほとんどは理解の域を超えたものだった。

めずらしい病例であることはわかった。

レトロウイルスによる特殊な肝炎だという。A型B型C型、非A非B非C型肝炎とも症状は異なる。そのレトロウイルスは飲料水に混じって、体内に侵入する。だから、特殊な風土病と言えなくもないのだが、感染者が発症する例は非常に少ない。発症についてはキャリアの体質と関連がある。ただし、以上はすべて仮説でしかない。すべての文の終わりに「らしい」と付けて読む必要があった。

だから、決定的な治療法は、その症例にはそえられていなかった。

中学から高校へ進み、一つの疑問が樹里の中で膨れあがっていった。

いつチャナ症候群の治療法が開発される日が来るのだろうか。ヒー兄ちゃんは、生まれる時代がどのくらい早すぎたのだろうか。

結果的に、樹里は医学部への道を進んでいた。医学の力で人々を救おうという使命感とは異なる、まるで運命の糸にあやつられるか、炎の中に蛾が飛び込んでいくかのように、その方向を選んだ。

ヒー兄ちゃんが樹里に影響を与えたのは、職業だけではない。

三十歳をむかえた現在でも、交際する特定の男性がいない。容貌は幼少のときから整いすぎるほどだった。眼鏡をかけ、頭は刈りあげ、服装にかまわず、化粧っけもない。女性が持つすべての武器を放棄したように見えても、病院内での彼女は、その美しさゆえに充分に目立っていた。だから、彼女に交際を申し込む男性は、これまでにも定期的に出現していた。

だが、樹里はどうしてもその気になれない。わずらわしさを感じるだけだ。

中学時代に樹里に交際を申し込んだのは、クラス委員でスポーツ万能の男の子だった。その子には青臭さしか感じなかった。それが誰と比較してなのかは、すぐにわかった。ヒー兄ちゃんは大人だった。ヒー兄ちゃんの思慮深さの一パーセントも備わっていない。

大学時代、合コンに無理に誘われたときも、自分を取り囲み、自己をアピールして騒ぐ男たちに嫌悪感しか抱けなかった。彼らに、自分を包み込むような温かさと繊細さはないと眉をひそめた。

国家試験にパスして、いくつかの病院勤務を体験する間にも、何人もの男たちからアプローチされ、求婚さえ受けた。いずれも、不快感しか感じなかった。

一人だけ、デートを数回重ねた男はいた。インターン時代の大学病院にいた内科医だ。食事に誘われたときに、何となく承諾してしまった。理由はすぐに自覚した。視線を宙にさまよわせる仕草が、一瞬、病院の談話室で見たヒー兄ちゃんの面影とだぶって見えたからだ。

それが幻影にすぎなかったことは、最初のデートで思い知った。男の出す話題は、最近始めたというゴルフのスコアについてだったり、病院内部のスキャンダルに関してだったりと、ヒー兄ちゃんのイメージとは大きくかけ離れていた。

それでも、樹里はその頃は少し迷う時期にあった。自分がかたくなに男性を避けてしまうのは、ヒー兄ちゃんとの別れというトラウマ故ではないか。そのトラウマを乗り越えることができなければ、健全な異性観を築くことができないのではないか。そのためには、自分をあざむいてでも男性との交際を試みるべきなのかもしれないと。

よく考えると、そのときの男性はヒー兄ちゃんよりも数歳上だったはずだ。しかし、軽薄な話題の男が年上だとは、どうしても信じられなかった。

粘っこい話し方もいやだった。眉間に時折り寄る一本の皺がいやだった。しゃくり上げるような陰湿な笑いもいやだった。男が近づいたときに漂ってくる、コロンのにおいもいやだった。話の語尾につける「〜だぜ」という言い方も嫌いだった。だが、この程度の好き嫌いは、どの女性も我慢しているものかもしれないと、自分に言いきかせた。

三回目のデートのとき、なぜ、またしても応じてしまったのか深く後悔した。決定的なことは、男が別れ際にキスを迫ったことだ。生理的に受け付けなかった。あまりの気色悪さに、悲鳴を上げ、キレた。ハンドバッグで無我夢中で何度も男の頭を叩き、それから走った。

それ以来、自分が男性と交際するには、心理的な障壁が高すぎるのだと自覚した。いや、そのようなことがなかったとしても、自分は、これ以外の道はとれないだろうとも。

たとえば、ヒー兄ちゃん——青木比呂志がチャナ症候群で死ぬことがなかったとしても、退院すれば子供だった樹里のことなどやがて忘れてしまっただろうし、彼に別れを告げた女性と縒りを戻すこともできただろう。それが当然の流れなのだと思う。

しかし自分が、ヒー兄ちゃんと別れた後、彼のことを忘れてしまうとは考えられない。今も、彼のことを思い続けている。

しかし…と樹里は考えたりする。現在なら、ヒー兄ちゃんは生きていれば五十近い年齢のはずだ。そんな姿を見れば、自分はヒー兄ちゃんとの別れというトラウマから逃(のが)れることができるのではないのか。

そんな疑問も湧(わ)いてきたりするが、回答が与えられるはずがない。

内線の電話が鳴った。看護婦の北田武子(きただたけこ)だった。

「どうかしたんですか」

「葉山和美(はやまかずみ)ちゃんの容体が変わったんですが」

患者の脈拍と体温の変化について、北田は事務的な口調で伝えた。葉山和美というのは、十一歳になるチャナ症候群の患者だ。もう半年ほど入院しているが、病状が好転する兆(きざ)しはない。だが、樹里は、和美の担当医になったことに運命的なものを感じている。チャナ症候群という病気もそうだが、自分が青木比呂志と出会ったときの年齢が、やはり十一歳だったではないか。

「すぐ行きます」

そう答えて、樹里は病棟へと向かった。エレベーターを待っていると、「鈴谷先生」と呼ぶ声がした。振り返ると、サナダ薬品の横嶋営業所長である古谷が立っていた。小肥りの人の好さそうな五十代後半の男だ。古谷は口をUの字にして笑顔を作った。縁なし眼鏡の奥の目が、細い線になった。白髪の笑顔はマシュマロを連想させる。医者たちからはいわゆるプロパーと呼ばれる存在なのだが、古谷はとにかくマメで人なつこく憎めない男なので、樹里は好感を持っている。

樹里は儀礼的に頭を下げた。

「やだなぁ。鈴谷先生。今、お部屋のほうへ伺おうとしてたんですよ」

古谷は先生をセンシェーと発音する。もう二十年近く、この病院に出入りしているらしいが、ずっと発音はセンシェーで、誰にでもそれで通しているらしい。

「今から、ちょっと、病棟へ行くんですが」

「時間とっていただけまシェんかねー」

「急を要する患者がいるんです。今度にしていただけたら嬉しいんですが……」

あはぁ、と古谷は、おどけたようにのけぞった姿勢を見せた。「じゃあ」と分厚い茶色の鞄から、サナダ薬品の社名の入った大きめの封筒を取り出した。

「これ、鈴谷先生だったら興味をお持ちかなって思って。スタッドフォード研究所のレポートなんですが。ケミカル・シーズナリーに載ったもんです。お話しするのは、目を通していただいてからでも」

「わかりました」

白封筒を脇に挟んで、樹里はエレベーターに乗り込んだ。

病室で、和美は苦しそうに薄目を開いていた。母親が娘の右手を握っている。

「ほら、先生がいらしたわよ」

和美は小さくうなずき、樹里を見た。熱は少し下がったらしい。だが食欲がないため、体力が低下している。樹里は、あまり効果の期待できない抗生物質とリンゲル溶液を看護婦に指示した。それが、いましてやれる精いっぱいの治療なのだ。うまくいって、何日かは調子の良い日が続く。それからまた悪化し、体力が消耗して、徐々に死の淵へ追いやられていく。何度も何度も平穏と悪化を繰り返しながら。快方へ向かうことは一度もなく。

かすかに和美の口が動いた。

「え、何なの」と樹里が尋ねる。

「私……」和美の唇の動きがやっと声になった。

「もう、このまま良くならないの？」

樹里は生唾を呑み込んだ。樹里は自覚している。自分の精神力は医者としての強さには足りないかもしれないと。こんなとき、とっさに言葉が出てこない。

母親が涙声で言った。

「和美、何、バカなこと言ってるの。こんなに、皆さんに、一生懸命やっていただいているのに。自分が一番しっかりしなくてどうするの」

樹里もうなずいた。「また早く学校に行けるようにね。今の医学は進んでるのよ」

明るく言おうと努める。和美はまた瞼を閉じる。安心したのか、諦めているのか、どちらにもとれる表情だった。十一歳の子供がこんな表情をするのは、あまりに残酷だと樹里は思う。できるだけのことはしてあげる。そう心に誓いながら。

病室を出ると、看護婦の北田が追ってきた。手には白い封筒を持っている。さっき古谷から渡されたものを忘れてきたらしい。礼を言って受け取り、歩き始めた。

病状からいけば、葉山和美の体力は一カ月も持たないのではないのか。そう考えると、頭に霧がかかったように陰うつな気分に満たされた。敗北感だ。自分が医師になる動機となった病気を前にして、今も手も足も出ない無力さ。悔しさに唇を嚙んでいた。

あの葉山和美に、これから自分がどのような手を打ってやれるというのか。今の医学は進んでるのよと言った……。それは嘘ではない。だが、進んでいない分野も厳としてある。

虚しさに自己嫌悪を感じたとき、エレベーターのドアが開いた。昇るときに壁に寄りかかったまま、無意識に封筒を開いた。十数枚のＡ４サイズの白い紙が出てきた。

――

――シュワルナゼ担子菌多糖体の薬効について（スタッドフォード研究所誌より抜粋）

樹里は壁に寄りかかったまま、眺めるように目を走らせた。虚脱感のため、文字が意味をなさない。

「――エールリッヒ腹水癌、乳癌などに効果が認められるケースがある」という文字が視野の隅で流れる。抗癌剤とは異なるタイプの、補助薬品に関するレポートのようだ。このような薬剤は、年に二十も三十も発表される。だが、劇的な治療効果が出る薬には出会ったことがない。この名前も知らない成分がどうだというのか。

「――特筆すべきは、一部地域で風土病とされているチャナ症候群に驚異的効果を発揮することであろう――」

樹里は目をしばたたかせた。自分の見まちがいではないのか。

まちがいない。スタッドフォード研究所長A・E・スタッドフォード博士の発表論文の抜粋だ。加えて、チャナ症候群という文字上をピンクのマーカーでなぞってある。

古谷だ。サナダ薬品の古谷がマーカーで強調しておいたのだ。

そういえば……。樹里は思い出していた。この横嶋市立病院に赴任して間もない頃、プロパーの古谷の訪問を受けたことがある。彼によれば、医師の信頼を受け、薬剤の処方をサナダ薬品の製品でやってもらえれば営業が成功したことになる。そのために、薬剤に関する情報をいつも提供していると言っていた。あのとき、一度、樹里は口にした。チャナ症候群に関しての研究論文はないかと。

「なんですか、その病気。難病ですか。聞いたことありませんね」と首を傾げていた。

「でも、鈴谷先生に会って、この人のためには何かしてあげなきゃいけないって、直観的に思ったんですよ。昔、すごい恩を受けた方に、先生は似ているような気がするし……」

あまり期待しないでくださいと言いながら、メモだけはとっていた。

しかし、彼はやはりプロパーの達人だった。

そのときの会話を忘れずにいた。

エレベーターの扉が開いたのにも気がつかなかった。部屋に入ると、喰いいるようにレポートを読んだ。

――小動物（マウス）実験において、シュワルナゼ担子菌の含有する多糖体は、インターフェロンを劇的に活性化して、癌細胞を抑制する間接的な効果、すなわちインデューサーの強い働きを持ち、さらにウイルスの細胞内侵入を除去、阻止力も高いことが判明している。特筆すべきは、一部地域で風土病とされているチャナ症候群に驚異的効果を発揮することであろう。チャナ症候群ウイルスに関しては、百パーセントの阻止率、治癒率が認められている——

シュワルナゼ地衣類は、学名を「シュワルナゼ・ブラゼイ」という、担子菌モチビョウキン目。原産地はアマゾン。気温は昼間三十五度、夜間十八度～二十三度、湿度八十パーセント。定期的な夕刻のスコールのもとで、密林の中でのみ発生するというものだった。

その寄生菌には多糖体の他、未知のステロイド類、不飽和脂肪酸が含まれている。他にも血糖下降作用や、コレステロール低下などの効果も認められているようだ。

最後のページにサナダ薬品の横判が押してあり、古谷の営業所の電話番号があった。

電話をかけた。古谷はいなかったが、すぐに出先から電話が返ってきた。

「あ、鈴谷センシェー。そろそろかと思ってましたぁ」

樹里の声を聞くなり、古谷はそう言った。心底嬉しそうに。

「あ、あのレジュメに目を通したところなんですが、詳細を知りたいんです」

「あはぁ。そうなると思って待機してました。お部屋にうかがいましょうか？」

「お願いします」

やがてバタンとドアが開く音がした。振り向くと古谷がいた。

「お待たせいたしましたぁ」

樹里はあまりの早さに笑いだしてしまった。古谷はちょっと照れたように頭を掻きながら、笑いを浮かべた。

「そこのナースステーションで油売ってたんです」

樹里は、古谷こそプロパーのプロフェッショナルだと感服（かんぷく）しつつ椅子（いす）を勧めた。

「シュワルナゼ担子菌がチャナ症候群に有効だというレポートに、今、目を通したところなんです。あれではマウス実験とあったのですが」

「あっ」古谷は、よくぞ尋ねてくれたというように膝（ひざ）を叩（たた）く。「あのレポートではそうなんですが、実はフェイズ・スリーまでいってます。そちらの論文も一緒にお持ちしようと考えてたんですが、本社から送ってくるはずが、今日は間に合いませんで」

フェイズⅢ（スリー）ということは、人体への投与で、その効果が認められたことを示している。そこが、樹里が一番気になっていたところだ。

「でも、不思議なものが発見されますよね。あれって、話に聞きますとね、アマゾンの一部の地域でしか発生しないゴムの木のカビみたいなものらしいですよ。その菌に冒（おか）されると、ゴムの木の節部分が、膨れあがってですね、にょろにょろって何本も気色悪く伸びてくるそうなんですよ。まるで鹿の角みたいにね。これは周期的に落ちちゃうらしいんですが、これがゴム組織と寄生菌の菌子体でできてるらしいんですね。この地域だけのゴムの木の病気らしいんです。原地語で、ゴムの牙（きば）病って呼ばれてるらしいんですが、それを病気の治療に使うって発想、どっから出てくるんでしょうねぇ」

　古谷も半信半疑でそう説明した。しかし、抗生物質などの新薬開発で、密林の苔から抽出された成分を合成するという手法など、めずらしいことではない。

　単刀直入に、樹里は話を進めた。

「で、臨床例に問題はないんですか？」

「高熱を伴うことがあるって……」

　古谷は言葉を濁す。だが、その程度のリスクは仕方がない。

「スタッドフォード研究所に問い合わせれば、シュワルナゼの薬品を取り寄せることは可能でしょうか。使いたい患者がいるんですが、病状から見て、あまり時間が残されてないんです」

「チャナ症候群ですか」

「そうです」

　古谷は、樹里の顔を凝視して、それからニッと笑った。

「あちらじゃ、抗癌剤の補助薬品として、すでに製品化されてますよ。〝シュワルナゼリン－二〇〇〟というんですが」

「えっ！」樹里は、驚きの声をあげた。だが、古谷の目的はそこにあったのだ。

「うちにも、薬剤見本としてワンケースありますよ。私が取り寄せたんです。ただ、本社では、まだそこの代理店になるかどうか、今ちょっと迷ってます。どうなるかわかりませんが」

もちろん、厚生省の認可は受けていないということになる。「抗癌性としては今いちだし、チャナ症候群って病気も少ない。需要としてどうかってことなんスよ。ただ、鈴谷先生が関心を持っていらした病気だから……。あ、副作用ですけど、高熱が出ると言いましたよね。全部じゃないけど……。それで難聴になったってのが二例あります」

症例も、資料を取り寄せればすべてわかると古谷が言った。だが、二週間は欲しいと言う。

それでは葉山和美に間に合わない。あの子は、この数日もつかどうかという衰弱の状態なのだ。

「現物は？　営業所にあるんですか？」

「ここに持ってますよ」

古谷はパンパンと鞄を叩いて、中から小さな箱を取り出した。一ダース入りのアンプルだ。

「保険は利かないんでしょ」

「ええ。認可前ですから」そして、薬剤の価格を口にした。それは樹里のちょうど一カ月分の給料に相当する額だった。樹里はためらった。

「いや、代金はいいんです。今、本社では、代理店契約するかどうか判断に迷ってます。

鈴谷先生の臨床データをそのままいただければ」

樹里は舌打ちしたかった。古谷はモルモット代わりのデータを欲しがっているというの
だ。しかし、和美を救う手だてはこの薬しかない。それに賭けるしかない。

「用法は」

「筋注です。筋肉注射。十六時間ごとにアンプルを一本ずつ。三回です。それ以上は必要
ありません。二回でも効果はありますが、ウイルスを死滅させるのに必要なインターフェ
ロンを作りだすためには、三回だということです」

「子供でも？」

「ええ」

「インフォームド・コンセントの必要があるわ。私が母親に説明します。横で聞いていて
もらえませんか。もしかして間違った説明をしたらいけないので」

「ええ、かまいません」

樹里は、ナースステーションに電話を入れ、葉山和美の母親に部屋に来てもらうように

伝えた。

　母親はすぐにやって来た。覚悟をしてきたらしく、顔色が蒼(あお)ざめ、頬(ほお)が引きつっている。緊張のため目尻(めじり)が吊り上がっていた。母親は、すでにチャナ症候群の恐ろしさを知っている。樹里から説明(ムンテラ)を受けたこと以外にも、自分で医学書を読みまくったらしい。

　椅子に座るなり、母親は口を開いた。古谷は二人に背を向けて樹里の机にいる。

「和美が、いよいよなんですね」

　樹里は唇を噛んで、一拍置いた。母親は治療のあてもない娘の死期を告げられると信じ込んでいる様子だった。衰弱もしている。

「いえ。治療法についてのご相談なのですが」

　母親は樹里の言葉に意外そうに眉をあげた。すべての道は絶たれているはずなのに。

「何か……方法があるのですか」

　精気を失っていた目が、瞬時、生き返った。樹里は、古谷から受けた情報をできる限り正確に、客観的に語った。最終的に選択するのは、本人あるいは親権者だ。副作用についても、未知の可能性についても、隠すことなく話しておかなくてはならない。それに症例数があまりに少なすぎることも。

　母親は話を聞き終わった後、数刻黙(だま)りこくった。迷っている。樹里がその治療をやるべきだと勧めれば、この母親はそれに従うだろう。母親の向こうで机に座っている古谷が、樹里の顔を見て、軽薄そうに人さし指と親指でマルを作ったサインを送ってよこした。

「お願いします。費用はいくらかかってもかまいません」

母親はきっぱりと言い切った。そうよ、少しでも可能性があれば、それに賭けるのよ。樹里は心の中でそう叫んでエールを送った。だが、あくまで冷静に答えた。

「費用については、ご心配の必要はありません。ただ、和美ちゃんの病状が芳しくありませんから、一刻も早く対応する必要があります」幸い、製剤見本が揃っているということもつけ加えた。

この数日、家に帰れないだろうと、樹里は覚悟を決めた。

第一回目のアンプルを注射して三十分後から、和美は四十度近い高熱を発した。それが五時間も続いたが、樹里はあえて解熱剤を使わなかった。代わりに、ベッドの横で母親とともに和美を励まし続けた。

五時間後、熱が下がり始め、三十七度台で安定したときに、リンゲル溶液の点滴を施した。体力を回復させる必要があった。微熱状態であるにもかかわらず、和美は調子が良いと自慢した。母親は涙を流した。その効果がはっきりとわかったのだ。

部屋へいったん引きあげようと、樹里は病室を出た。自分にも昂揚感があるのがわかっに対してだ。それは、古谷がもたらしてくれた新薬が、途方もない効果を持っているという可能性た。


廊下で吉澤部長と出くわした。

「こんなに遅く、まだやってたの？」と吉澤は眉をひそめた。

「ちょっと、目が離せない状態の患者が一人……」そう樹里は口を濁す。「吉澤先生もこんなに遅くまで」

「ああ、忘れものしたからね。取りに戻っただけだ。ちょうど良かった。アレ、見てくれたかい」

「アレって……」そう答えて樹里はハッと思う。意識の中に全然存在しなかった。そういえば茶封筒。

「野方医院の息子さんだよ。一度、会ってみてくれないか。私の顔をたてると思って。いやだったら断ってかまわないから」

「でも……。まだ、見てませんので」

「見ても見なくても一緒だ。あちらもそう若くない。三十八歳だから。立派な大人だ。かえって、そのくらいのほうが鈴谷先生にはいいと思うんだが。いつか時間とれないかなぁ。向こうに合わさせるから」

「じゃ、今週の金曜の夜でしたら」

そう口にして、樹里はしまったと思った。あちらもそう若くないって、どういう言い方かしら。無神経な。そう怒りつつ口にした返事が見合いの承諾というのは、やはり昂揚感のせいだったかもしれない。

# 3

金曜日の夜、見合いの相手、野方耕市と二人きりになるまでに、樹里にとって心の揺れるできごとが繰り返し起きた。チャナ症候群患者、葉山和美の劇的な回復もその一つだ。二日間に、十六時間ごと、三回の薬剤投与をした。そして水曜日の夕刻には、和美は健康体を取り戻していた。高熱を発したのは最初の注射の後だけだ。二回目、三回目は微熱を出したくらいだ。木曜日の朝、採血した結果から、チャナ症候群のレトロウイルスの存在を示す反応は何もなかった。ただ、チャナ抗体があることだけが認められる。ベッドの上で身体を起こした和美は、驚くほどおしゃべりになっていて、母親を苦笑させた。

病変がなければ、これ以上入院の必要はない。体力の回復は、自宅で充分にできる。そう樹里は思った。明日にでも、告げることにしよう。

電話で古谷にそのことを報告した。少々、声が華やいでいたかもしれない。電話に出た古谷は、報告の内容よりも、樹里の様子に驚いたようだった。

「あと九本サンプルが残っていますので、お返ししなくてはなりませんが」

だが、古谷は別に急いで返してもらう必要はないと答えた。臨床レポートも、別に急がないから、時間のあるときで大丈夫だという。

「いや、チャナ症候群の話をされたとき、よほど思い詰めたご様子だったってことを覚えてるんですよ。だから、あのレポートを見たとき、ピンと来たんです。センシェーのこと。何か理由(わけ)があったんでしょ。それから、早急にサンプルが要る(い)ケースも別にないようなんで。何かのとき、サナダ薬品のことを気にかけていただければいいんですよ」と古谷は結んだ。

　金曜日の朝、目覚めたときは、自分の生き方にけじめが一つついたという潔(いさぎよ)さを感じていた。チャナ症候群という、自分が医者をめざした要因の一つを克服(こくふく)できたのだから。

だが昼前から、他の考えが頭を支配し始めた。それは、自分でも虚しい考えだとわかってはいた。死んだ子の年を数えるような。

　その考えは、突如(とつじょ)として起こった。

　あの時、ヒー兄ちゃんはあの薬があれば、助かっていた。

だからどうだというのだ。医学は進歩している。やっとそんな時代を迎えたということではないのか。

だが、どう言い聞かせなだめすかしても、その考えは消えなかった。

理屈ではその虚しさがわかる。それでも追い払えない思考がある。これがそれだ。その考えが去らない真実の理由を悟るのに、時間はかからなかった。その理由とは簡単なものだ。樹里がこれまでの人生で出会った人々の中で、ヒー兄ちゃんは特別の人だから。一番、大好きだった人だから。

今もヒー兄ちゃんを愛しているから。

そんな日に、断れずに見合いに出掛けなければならないというのは、大変な皮肉としか思えなかった。

私が〝たんぽぽ娘〟だったら……。何のためらいもなくタイム・マシンに乗って、ヒー兄ちゃんを助けにいくのに。あの薬を持って。

イタリアン・レストランの個室に、吉澤夫妻と野方耕市、それに野方の両親が待っていた。おたがいに自己紹介をする。

野方耕市は労働者タイプのがっちりした体格の男だった。髭剃り(ひげそ)あとの濃い、両眉のつながった顔を真っ赤にして、樹里に頭を下げた。その紹介の中で、吉澤部長から聞いていた話と大きくちがうことがあった。

耕市は医者ではなかった。住島重工という大会社のエンジニアだった。確かに父親は、野方医院を営む医者だが、息子の耕市は技術系の道を選んだらしい。だが、親は医院を閉めるには忍びず、息子の伴侶に樹里をもらうことで、継続させたいと考えているらしい。

「そんな話、聞いてないわよ」と叫びだしたかったが、もとより、吉澤から渡された茶封筒を開いてもいなかったのだ。そんなことは履歴書を読めばわかったはずのことだ。自分のほうは履歴書も渡していない。

野方耕市は朴訥で、悪い人柄でないことはわかった。だがやはり、男性として意識するには、どうしても抵抗がある。

吉澤夫妻が話を盛り上げようとサービスに努めていたが、樹里は会話がうわ滑りにならないように心がけることで精いっぱいだった。

コースの料理が終わり、では、本人たちだけで話をする機会にしましょうやと、吉澤が言いだした。もっと席が近ければ、樹里はその足を蹴り上げてやりたい心境だった。鈴谷くんさえ良ければ。ナァ、鈴谷先生、と言う吉澤部長の目は、頼む！　ここはおれの顔を立ててくれとすがっているように見えた。

樹里はうなずくしかなかった。

毎日仕事ばかりで、夜の街はあまり知らないとつぶやくように言う耕市は、それでも、イタリアン・レストランから五分ほど歩いたカウンターバーのような所に樹里を案内した。薄暗い店内で、鰻の寝床のような構造だった。他に客はなく、カウンターの中の背筋の伸びた福助のような男が、文庫本を置いて、いらっしゃいませと笑顔で言った。

耕市は水割りを二杯注文した後、樹里に向きなおり、頭を下げて言った。

「今日は、無理をお願いしてすみませんでした」

樹里はどう反応していいものか迷った。

「直感でわかります。まだ、結婚は考えておられないのでしょう。わたしもそうなんですが、両親があの年齢で、心配性なもので。今日のことも返事をうやむやにしていたもので……。結婚はいずれしなきゃいかんでしょうが、鈴谷先生じゃ、私にはもったいなさすぎる」

野方耕市はそう言うと、ホッとしたような顔になった。樹里も緊張が解けた気がした。三十分もこのバーで話をすれば、義務を果たしたことになるのだろうかと思っていたのだ。樹里は声を出して笑い、二人の緊張の糸がほぐれた。

今は職場を移ったばかりで、忙しい時期でこんな場所に顔を出すのは久しぶりだと耕市は言った。

元々は住島重工の社員なのだが、去年までP・フレックという子会社に出向していた。今は住島重工に戻ったのだという。保守的な親会社と違い、P・フレックは夢のある技術開発専門の会社だったとなつかしむ。

「けっこう、信じてもらえないような仕事もあったんですよ。SFの世界でしかお目にかからないような技術のね。まぁ、マッド・サイエンティスト並みの職能集団だったのかな」

「SF?」樹里は部屋の文庫本を思い出した。「SFって、どんな技術なんですか」

耕市の顔が、しまったなぁというふうに一瞬変化した。何かを感じた樹里は、返事をもらうまで発言を控えた。

本来、耕市はそのような話をしてはいけない立場だ。だが、樹里に好意(こうい)を持った彼は、自分の仕事をもっと知ってもらいたいという衝動に駆(か)られたようだ。水割りも野方を饒(じょう)舌(ぜつ)にさせる効果を発揮した。

「ああ、たとえば……もう開発中止になったやつでいえば、クロノス・ジョウンターとか」

聞き慣れない名前だった。

「なんです。それ」

「過去射出機……。……過去に射ち出す機械」

「タイム・マシンみたいなものですか」

「そう。不完全なものですけど。一昨年まで、研究を続けました」

樹里は自分の耳を疑った。そんな大発明がニュースにもなっていないなんて。あの〝たんぽぽ娘〟の機械を研究していた人々がいたなんて。でも不完全なものというのは……。

「じゃあ、過去の映像とかを再現するようなものですか？」

「いや、物質を過去へ送るんです」

「物質…？　人も？」

「ええ」耕市は喋りすぎたかなというように唇をへの字に曲げて、同意した。「副作用……反作用は伴いますが」

「何十年でも過去に遡行できるんですか？」

「理論的には大丈夫です。でも、それだけ反作用が大きくなります」

「反作用って？」

「過去から未来へ弾き跳ばされるんですよ」

覚悟を決めたらしく、耕市はペンを出して、メモ用紙に線を引いた。過去、現在とその線に記す。現在の下に一九九九と書いた。過去の下の数字を書こうとすると樹里が言った。

「一九八〇年」

耕市はうなずいてそのとおり記した。樹里はクロノス・ジョウンターの話を聞いた瞬間に一つの可能性についてしか、考えられなくなっている。その可能性についての年号が即座に出てきたにすぎない。それから耕市は、ペン先を〝現在〟の場所から、一九八〇年まで、弧を描きながら移動させた。「過去に射ち出された物の軌跡ですね」と線を引きながら耕市が言う。「で過去へ着いて一定時間を過ぎると、現在の時間が引き戻します。こんなふうに」

耕市は一九八〇年から線を弾かせるように引いて、メモ用紙の端まで跳ばせた。現在よりはるかな未来へ。

「前はマイナス五年しか遡れなかったのが、マイナス二十年まで可能になったんですよ。去年の暮れに」

そう言いかけて、しまったという表情をした。

「でも、そのときは、クロノス・ジョウンターの開発は中止されてたんでしょ」

耕市は肩をすくめる。仕方ないなというように口を尖らせた。

「今、クロノス・ジョウンターは立野町の倉庫に保管されてるんです。住島重工の。でも、一緒にP・フレックでやってた吉本って男と、それなりに細々と研究は続けてるんです」

実は、三年前に約六カ月の過去に跳ばした者がいて、彼が帰るのが今年なのだ。耕市と吉本には、彼を迎えるという仕事が残されていた。だが、このことは話さなかった。

「で、去年の暮れ、どなたを過去に送ったんです？」

しばらく耕市はためらい、枢月圭と名乗った不思議な女性の話をした。布川輝良という、過去に跳んだ男との愛を成就させるために時間を超えたという。それから耕市は、枢月から聞いた布川の過去への跳躍の経過を語った。

「布川は五年前の過去に四日滞在する予定でした。でも、二日で引き戻された。いや、そこまでも持っていない。四十時間ってとこでしたか。固定装置が、こちらの設定ほど効果がなかったようだ」

四十時間。十六時間ごとに三本のアンプルを注射するのに、三十二時間と少しあればよいが、過去に着いてすぐに注射できるとは限らない。勤務シフトの合間を狙わなければならないかもしれない。そうなると四十八時間は必要だ。

四十時間では足りない。ヒー兄ちゃんを救えない。あれだけの奇跡的効果をもたらす薬が手元にあるというのに。

「じゃ、固定装置で精いっぱいがんばっても、過去へ行った人は二日弱しかいられないってことなんですか」

いや……というふうに耕市は首を振った。

「三日だなぁ。今の新しい固定装置では」

三日。

薄暗いバーに光が差し込んできたように樹里には思えた。

ビンゴ!!!

条件が揃った。

ヒー兄ちゃんの生きている時代へ行ける。ヒー兄ちゃんともう一度、会える。そして……。

ヒー兄ちゃんの生命を救うことができる。

「野方さん。お願いがあります」

樹里の目の色が変わっていた。炎のような、何かに憑かれたような鋭さだった。野方耕市は、恐れていたことが起きたというように眉をひそめた。

「まさか……過去へ跳びたいっていうんじゃないでしょうね。それだったら駄目です」

機先を制したつもりだった。

「人の生命を救いたいんです。協力していただけませんか」

樹里が言う間、野方耕市はずっと首を横に振り続けた。

「たとえいかなる理由があろうとも、駄目です。絶対に——」

眉間に縦皺を寄せて、耕市は断固としてそう告げた。

## 4

住島重工立野倉庫近くのファミリー・レストランの駐車場で、二人は待ち合わせた。樹里はあれからすぐに、病院へ退職願いを出した。

耕市の話によれば、一九八〇年の時代へ戻れば、次に到着する未来は、彼の計算による予測では、二〇一八年前後ということになる。改良された固定装置を使えば、未来に跳ばされる時間は、いまや、遡行年と同じ程度でよいという。ただし、固定装置に逆らって過去にとどまろうとすればするほど時間流の反発は大きい。その帳尻はより先の未来で合わせられてしまうだろうという。

まずは、これから空白である年月のために、身辺の整理をしておく必要があった。世間的には、急に外国に留学するということにした。実母は子供の頃、男と駆け落ちして消息はわからない。再婚した父とはあまり反りがあわず、行き来することもあまりないので問題はなかった。三つちがいの弟、翔平だけには本当のことを告げておいた。最後に住まいを解約し、生活の品々を処分してから、わずかばかりの預金を弟に渡した。

弟はすでに二年前に結婚して家庭を持っている。樹里の話に疑いを消せなかったが、姉の決心を翻そうとはしなかった。

「姉ちゃんの人生だから、姉ちゃんが選べばいい」そう言ってくれた。「だけど、悪い人に欺されているってんじゃないよね」と心配を残しながら。

しかし、そのような準備は些事にすぎなかった。一番の難関は野方耕市の説得だった。もちろん、見合いの夜に、彼がスムーズに了承したわけではない。

樹里は粘り強く頼んだ。耕市は、社外秘の機械で、人を危険な目に遭わせるわけにはいかないと言った。次に、タイム・パラドックスの可能性についても述べ、抵抗した。本来は死んでしまう人物を助けることによって、現在が変化してしまう可能性がある。あるいは、パラドックスが起きないように、その人物が助からないよう、時間流が邪魔をするかもしれない。

その一つ一つに樹里は反論した。枢月圭という人物が跳んだこと。パラドックスは絶対的なものではないかもしれないこと。絶対に、野方にも住島重工にも迷惑をかけないこと。

最後に野方耕市は、途方に暮れた表情になり了承したのだった。

それは土曜日の夕刻だった。

男だ。

野方耕市の車に乗り込むと、見知らぬ男がもう一人いた。耕市と同年代の地味な印象の男だ。

耕市の同僚で、吉本次郎と名乗った。枢月圭が跳んだときに、耕市とクロノス・ジョウンターを操作した人だ。それは記憶していた。

「すみません。無理を言って」

耕市が吉本に何と言って説得したのかわからなかったが、吉本は耕市と同じ戸惑った表情を浮かべていた。封印を施した悪霊の棲む部屋を、また開かなくてはならない。そんな感情を樹里は察した。

かたくなだった耕市に、脅しに似た手法さえ使ったのだ。「時間を旅行する機械を住島重工が開発していると、マスコミに通報する」と。

そんなことを誰も信用するはずがないと、耕市は強がってみせたが、樹里が行方不明の布川輝良と吹原和彦の件に触れると、形勢は逆転した。吉本にも、秘密を守るためには要求を呑まざるを得ないと耕市は伝えたはずだった。

「思いなおしていただけませんか」

吉本は一度だけ哀願するように言った。だが、樹里の結論はすでに出ていた。代わりに、デイパックの中に納めたアンプル箱を再度、確認した。

吉本は腕時計のような装置を樹里に渡した。

「パーソナル・ボグII。物質を過去に滞在させる固定装置です。最低五十時間は滞在できます。七十時間はイケると思うんですが、カタいとこで、五十時間くらいです」

樹里は左手にその装置を付けた。液晶の目盛りがあり、滞在可能な時間がわかるようになっている。

「改良型です」そう、吉本はつけ加えた。

立野倉庫の入り口では、すでに守衛が待機しており、門を開けていてくれた。一度車を止めて、野方が挨拶した後、すぐに発進した。

十五番倉庫の前で停止した。

吉本がセキュリティ・カードを通し、コード・ナンバーを叩くと、シャッターが上がり始めた。

樹里は思った。倉庫へ行くときは三人、帰りは二人になるはずだ。あの守衛は何も疑問を感じないのだろうか。いや、ひょっとして、二人はうまい言い訳をすでに考えているか、あるいは、守衛も二人の仲間にされてしまったのかもしれない。

倉庫内のライトが点いた。

シートで覆われたさまざまな収納品に混ざって、それがあった。

クロノス・ジョウンター。

樹里は、見ただけで、これがそうなのだとわかった。

この機械こそが、長年の自分の心の澱を取り除いてくれる存在なのだ。

クロノス・ジョウンターは漆黒の巨砲だ。樹里は、大砲で射ち出された月ロケットが、月の目玉に飛びこんでしまうジョルジュ・メリエスのサイレント映画の一場面を連想していた。ただし、この巨砲は月へ向かって射つのではない。一九八〇年という、時の彼方へ人間を射つことになるはずだ。

見とれている樹里に、野方耕市が言った。

「手回しよく、白カバーを外してくれていたみたいです。あ、あの、守衛には定期点検と言ってあるんですよ」

樹里は、気の乗らない見合いの相手が、このような愛の奇跡をもたらしてくれるという運命の不思議を感じていた。第一印象とはまるで別の人に見える。

二人はクロノス・ジョウンターのメインスイッチを入れ、パネルの数値をチェックしていく。

「鈴谷さん、もう一度、目標時点を確認しておきます。一九八〇年、八月四日でいいんですか？　場所は……」

「場所は横嶋市立病院です」

耕市は、もう一度、思いとどまることを勧めたが、樹里の決心が変わらないことを確認したにすぎなかった。

二人は黙々と微調整を続ける。時おりマニュアルを繰りつつ。十数分が経過した。その作業を見守りながら、樹里は後ろめたさを感じていた。自分の目的を達成するために、この二人を巻き込んでしまったことに対してだ。

「終わった。鈴谷さん、あとはいつでも射出できる。P・フレックのときは、私たちは管理職だったから、直接クロノス・ジョウンターを調整することがなかった。それで少し手間どったのですが、結果については問題ないと思う」

二人は、腕まくりを直しながら、樹里の前に立った。車に乗り込んで以来、男たちは浮かない表情でいた。驚いたのは、それが消えている。さわやかな笑いさえ感じられる。

「いろいろと無理をお願いしてすみませんでした」

樹里は二人に頭を下げた。

「必ず助けてやりなさい」

耕市がそう言った。

「最初は気がすすみませんでしたよ」と吉本は言った。「でも、クロノス・ジョウンターに再会して、また気持ちが変わった。こいつは不遇な機械だったなと思って。開発され製造されたはいいが、データを集めるだけに終始して、やがてお蔵入りになったからね。栗塚くんと枢月さんはきっとうまく跳んだと思うが、ほかには役立つ用途は考えてやれなかった。それが、人の生命を救うために使われる。しかも、強く乞われてとは。この機械の開発も、まったくの無駄にはならなかったということだね」

「一応の予測はしたが、実のところ何年先の未来に帰ってくるのか……。でも、もし、その時代にまだ私が生きていたら力になります。訪ねておいでなさい」

耕市は、そう言って樹里に握手を求めた。

「ある程度、時間旅行の副作用も覚悟しておいたほうがいい。野方、それは言ってあるのか?」

「ああ、思いとどまるよう説得したとき、必要以上にね」

ならば、早く……と吉本が促した。樹里はうなずき、もう一度二人に礼を言って、射出室へ入った。デイパックを前にして肩からかけ、座席についた。

楕円形の窓の外で二人が手を振っているのが見えた。前の映像パネルの地図には、横嶋市立病院の位置に十字マークがある。

すべて完了している。

一九八〇年への準備が。

耕市が窓の外で両手を開いた。次に親指を折る。カウントダウンを開始したのだ。

一本の指が残り、その指が下ろされた。

生涯の中で一度も体験したことのないような激しい振動だった。胸の奥から何かが突き上げてくる。それに必死で耐えた。

目がどうかしたのかと思った。身のまわりのすべての物に青く小さなものが付着していた。それが無数に宙を舞い始める。輝いている。

周囲が白になった。そして視野が戻る。そしてまた白。その間隔がだんだん短くなる。同時に、全身に無数の小針が襲いかかるような感覚がやって来た。

白い光だけになったとき、樹里は、痛みと同時に、重力から解放された。浮遊感だけがあった。

耐えられないほどの苦痛ではない。覚悟していたほどではない。そう何度か自分に言い聞かせた。浮遊感から、突然、自由落下の感覚に変わった。とたんに意識が途絶えた。

植え込みのツツジがクッションになって、樹里はバウンドした。そのとき再び意識が戻った。体勢を立てなおそうとしたが間に合わない。そのまま、前のめりに地面に倒れた。

ショックは最小限だったはずだ。胸にデイパックを抱えていたからだ。

痛みは消えていた。白い光があった。

あわてて立ち上がり、まわりを眺めた。

アブラゼミの鳴き声だけがうるさい。

人の気配はなかった。

見上げてわかった。鉄筋五階の建築物が前に見える。改築前の横嶋市立病院だった。

白い光が、ゆっくりと目になじんでいく。光にあふれているはずだ。午前中の夏の陽差しなのだから。

あわてて左腕を上げ、右手でパーソナル・ボグⅡをONにした。装置はピッと音をたてて黒い十本の線を表示した。吉本にくどいほど念を押されたのだ。過去に到着したら、すぐに固定装置を起動させること。さもないと、あっという間に未来へ跳ばされてしまうことになるからと。

胸のデイパックを下ろして、はっとした。今までクッション代わりにしていたことに気づいたのだ。中にはアンプルケースが入っている。まさか……。

あわてて中を確認した。

液体がしたたっている。アンプルが破損したのかもしれない。

ケースが濡れていた。血の気が引いていくのがわかった。何のために八〇年の世界へ来たというのだ。すべての努力が無になってしまう。

大事に抱えたあまり、まさか、ケースの上に乗ってしまうとは。

ケースを開いた。九本のアンプルのうち五本が割れていた。残りは四本。

樹里は大きく溜息をついた。必要量は三本だ。

四本のアンプルを胸のポケットにしまったときだった。足元に置いたデイパックが、突然消失した。

それが何を意味するのか、樹里にはわかった。デイパックは未来に弾き返されたのだ。まだ広がっていない固定装置の〝場〟から離れたために。

ごくりと生唾を呑む。胸のポケットに収めておかなければ、やはりアンプルも……未来に飛ばされたはずだ。

アンプルケースを出すときに一緒に出した白衣は、まだ飛ばされずに〝場〟にあった。

他には、何も手元には残っていない。

樹里は白衣をはおった。外見だけは、ここの女医の姿に戻る。

あたりをもう一度見まわす。焼却炉と車が数台見える。車の横に横嶋市立病院と書いた札があるから、職員や病院関係者だけの駐車場なのだろう。とすれば、病院の裏門の方角にあたるらしい。どうりで人気がないはずだ。

樹里は病院の建物に近づいた。通用口がある。「冷房中につき開閉注意」とあった。そのドアを開くと、冷気が樹里の頬を撫でた。

七一一号室。

ふっと、その部屋番号が頭に浮かんだ。はっきりと覚えている。七階だ。

そのまま、総合受付のある正面玄関へ歩いていく。看護婦が何人か、樹里に頭を下げた。白衣を着た彼女を医師と信じている。もちろん事実なのだが、まだ、この時代、樹里を知っている人はいないはずだ。

「あ」

樹里は足を止めた。

総合受付の横にある調剤室から出てくる男に気がついたからだ。

サナダ薬品の古谷だった。

黒縁の眼鏡だし、白髪ではなく黒髪だし、樹里が知っている古谷よりずっと痩せているのだが、やはり古谷なのだ。一九八〇年のサナダ薬品の古谷。

古谷も廊下で足を止め、小首を傾げて、まじまじと白衣の樹里を見た。

古谷は市立病院のすべての医師の顔を知っているはずだ。見覚えのない樹里の顔を見て、いったい誰なのだろうと必死で思い出そうとしている。

樹里は会釈だけを残して足早にその場を離れた。頭をひねりながらも、古谷は話しかけてくることはなかった。

一九八〇年なのだ。本当に。ここは。

病院の古い建物を見てもそう思わなかったのに、三十代後半の古谷を見て、初めて実感が湧いてきた。

総合受付の前に椅子が並び、男女が十人ほど座っている。老人の読んでいる新聞に、映画の広告があった。「スター・ウォーズ／帝国の逆襲」「マッド・マックス」「ヤマトよ永遠に」とあった。テレビでは、白髪のふっくらした男がスピーチしていた。鈴木善幸首相だ。

隣の女性は文庫本を読んでいた。病院の書店で買ったのか、包装が付いていない。カバーには、ウェイトレスらしい女性が後ろ姿で描かれていて、タイトルは「地球はプレインヨーグルト」とあった。その受付のカウンターの横に八月四日とパネルがある。昭和五十五年。

まちがいない。

それからエレベーターに向かう。

七階のボタンを押そうとして、その指はさまよい、結果的に三階を押した。

三階に、あの、思い出の談話室がある。それは樹里の本能にも似た行動だった。

エレベーターのドアが開いた。

この臭いだ。樹里の勤務する未来の横嶋市立病院のそれとは異なる、旧病棟特有の、ある種のすえたような臭い。

やや薄暗い廊下を歩く。

看護婦が何人か、礼をしながら通り過ぎる。その一人が小首を傾げているのがわかる。

少し印象がちがうなと樹里は感じた。すぐにその理由がわかった。

自分の視線が高くなっているからだ。それだけでも世界そのものが微妙に変化している。

だけど、なつかしさはこみあげてきた。

遠くでビル工事の作業音が小さく響く。ホルマリン臭。廊下に差す光の明度。そのすべての調和が、なつかしさを呼び起こすのだ。五感を通して、それがわかる。

あそこが談話室だ。

一瞬、足が止まった。

ひょっとして、そこに自分自身がいるのではないかと思いあたったからだ。幼い日の自分が。そして……ヒー兄ちゃんもいる可能性がある。もし彼がその場にいたら、どう行動すればいいのか。

談話室のテレビから、かん高くかすれた歌声が聞こえてくる。もんた&ブラザースの「ダンシング・オールナイト」だ。

「そうね。あのとき、よく流れてたものね」

樹里はそう呟いた。

部屋を覗いた。八畳ほどの広さの談話室。四つのテーブル。窓際に沿って置かれた長椅子。

テーブルの一つには老夫婦がいた。何を話すのでもなくテレビに見入っていた。

そして樹里は、思わずギュッと自分の拳を握り締めた。

やはりいた。

窓際の木製の長椅子に、子供時代の自分が座っていた。泣きはらして目を真っ赤にして。唇を噛みしめるように。視線はまっすぐに入り口を見据えて。耐えているんだと樹里にはわかる。子供の樹里は、ヒー兄ちゃんを失ってしまう恐怖と必死に闘っている。

そんな子供時代の自分を、抱き締めてやりたい衝動に駆られた。そして伝えてやりたい。

大丈夫よ。私がヒー兄ちゃんを救いに未来からやって来たの。必ず、ヒー兄ちゃんを助けてあげる。

でも、それ以上、近づくことをしなかった。吉本が、口が酸っぱくなるほど言っていたことを思い出したのだ。

必要以上に過去を変えないように。未来にどれほど変化を与えるか、予測がつかないのですから。ひょっとして、地球…いや宇宙そのものが消滅する結果にならないとも限らない。

そして、ふと思った。

もしも自分がヒー兄ちゃんの生命を救ったら、子供の樹里は医者を志さないのではないか。このときのできごとが樹里の進路を決めたのだから。そうしたら、ヒー兄ちゃんを救いに来る樹里は存在しないことになるから、ヒー兄ちゃんは助からないことになる。

それが、野方と吉本が言っていたタイム・パラドックスなのだとすぐに気づいた。そんなことに思い悩むことは、意味がない。今、自分がやることは、ヒー兄ちゃんを助けることだと自分に言い聞かせた。

子供の樹里の視線が、自分に向いた。樹里を見て不思議そうな表情に変わった。

大人の樹里はあわてて目をそらし、その場を離れた。

この時間帯は、いつもヒー兄ちゃんと談話室で会っていた。今の状況は、子供の樹里の表情からでもわかる。すでにヒー兄ちゃんの病状が急変しているのだ。

七階へ行こう。

樹里はエレベーターへと引き返した。

「今年は涼しい夏ですね」

「冷夏って言ってましたよね。テレビで」

エレベーターではそんな声が聞こえた。ただ、樹里は、そのとき他のことを考えていた。どうやって十六時間ごとに、周囲に怪しまれずに、〝シュワルナゼリン－二〇〇〟即ちチャナ症候群の特効薬であるアンプルを青木比呂志に投与できるかということだ。

七一一号室。

廊下の果ての袋小路の部屋は、記憶どおりだった。赤丸のついた青木比呂志の名前。

「面会謝絶」の札。

七一一号室へたどり着くまでに、樹里は一つの結論を出していた。それはある程度リスクを伴う方法だが、何より、与えられた時間が限られているのでやむを得ない。早急に第一回の投与を始めるとしても、時間を効率よく使うためには、ヒー兄ちゃん、青木比呂志との合意が必要になる。そもそもそれが得られなければ、すべての計画はゼロだ。

樹里はそっと七一一号室のドアを開いた。

幸い、他に人の気配はない。心臓が銅羅のように打ち鳴らされているのがわかった。落ちついて、落ちついて。そう言い聞かせはするのだが、喉が異様に渇いているのがわかる。生唾を呑み込む。

部屋はベッド一つの個室だ。掛け布団を頭までかぶって男が寝ている。顔はよく見えない。代わりに右腕が出され、点滴が打たれている。

人の気配を感じたのだ。布団がゆっくりと動き、若い男の顔がのぞき、樹里を不思議そうに見た。蒼い顔色で、しごくつらそうに。

間違いなかった。

ヒー兄ちゃんだ。

樹里は駆け寄りたい衝動に必死で耐えた。そして、できるだけ事務的に歩き、ベッドの横に立った。

「こんにちは、青木さん」

青木比呂志は唇を動かしかけたが、言葉にならず、顎を少し動かしただけだった。

樹里は「具合はどう?」と言いかけたが、その言葉は喉に詰まって出てきてはくれなかった。瞳が潤み、情動失禁を起こしそうになる自分を必死で抑えるのが精いっぱいだった。

これまで、ヒー兄ちゃんは、何度自分の夢に出てきたことだろう。その彼と、十九年前の生前の彼と再会できたのだ。

「吉澤先生と代わったんですか？」

力のない声で、青木比呂志がそう言った。

「いいえ」と答え、ベッドに吊るされたバイタル表を見た。主治医の欄に吉澤尚三とあった。あっ…と樹里は思った。一九九九年の樹里の上司、第三内科部長の吉澤が比呂志の担当医だったのだ。

「でも、青木さんの病気を治すために遠いところから来たんです」

樹里が言うと、比呂志は戸惑ったような表情を浮かべた。

「治すためには、私を信じてもらわなきゃいけない。私を信じてもらえる？　担当医じゃないけど、私も医者なの」

そう言いながら、比呂志は雲を摑むような気持ちでいるのだろうなと樹里は思う。突然現れた初対面の人間にそう言われたところで、信じることができるものか。

比呂志は衰弱した瞼を二、三度しばたたかせた。

二人はおたがいを凝視めあった。比呂志は、樹里の記憶にあるヒー兄ちゃんと同じ顔だった。だが、記憶の顔よりも幼い。二十七歳のはずだ。だが、三十になった樹里の目から見ると、ずいぶんと若く見える。

その比呂志が笑った。寂しそうに笑った。

「難病らしいんです、ぼくの病気。チャナ何とかって言って、決定的な治療法は、まだ見つかっていないようだし」

比呂志は自分の病気について知っているのだ。それで、樹里は思い当たった。恋人から比呂志が別れを宣告されたのも、この病気が原因だったことに。ということは、すでに比呂志は生きる希望を放棄してしまっているのだ。

——ヒー兄ちゃん、私のこと、わからないの？

樹里は、そう叫びたくなる自分を必死で抑えていた。ここで冷静さを失ったら、すべての努力が無駄になってしまう。

「新薬が開発されたんです。アメリカのある研究所で。もちろん、国内での認可は下りていないんです。でも、その効果は私が確認しています。完治できるんです。私を信じて」

比呂志はつらそうにうなずいた。

「でも、人によってちがうけど、副作用の例が報告されています」

治療の過程で出る熱と、難聴の可能性について、できるだけ専門用語を混じえずわかりやすい表現で伝えた。

伝え終わると、樹里は比呂志の反応を待った。比呂志はしばらく瞼を閉じていた。

沈黙の後、再び、樹里に言った。

「なぜぼくの所に?」それから、樹里の白衣のネーム・プレートを凝視した。「鈴谷先生って……ぼくは会ったことがあるんですか?」

樹里は反射的にうなずいていた。

「そうですか……。では、信頼します。治療をお願いします。これ以上に悪い状態が来るとは思えないし、良いことだったら何でも試(ため)してみたいと思います」

樹里とどこで会ったのか、なぜ、自分を救おうとするのか、それ以上質問することはなかった。それほどの気力が残っていないのかもしれない。

ただ、もう一つ問題があった。これから、どうやって青木比呂志につきっきりでいるかということだ。看護婦はバイタルサインをとりに交替で部屋を訪れるだろう。そのとき、主治医でもない樹里の存在をどう思うだろう。ましてや治療を加えるとなると……。

方法としては、正面からの強行突破しかない。イチかバチかの方法だが。

「わかりました。青木さん。手を尽くします。それから、もう一つお願いがあるの。私は青木さんの……親戚(しんせき)ということにしてもらえないかしら。従姉(いとこ)で…ついこの間まで外国に留学していたということに」

「わかりました」

比呂志は答えた。そして樹里が次の行動に移ろうとしたときだった。

ドアが開いて、看護婦が入ってきた。

「あなたは」樹里を見て、まずそう言った。

「面会謝絶ということを……」

その科白を最後まで言わせなかった。樹里はたたみ込むように看護婦に言った。

「吉澤先生に連絡していただけませんか。青木比呂志の血縁の者ですが」看護婦はまだ、何か言いたそうに口を開きかけた。「野方先生の紹介の者だと伝えていただければ」そうつけ加えた。

看護婦は不審げに唇を尖らせたが、結果的に、樹里の気迫が相手を制した。そのまま部屋を出ていった。

五分も経たないうちに、その看護婦が再び顔を見せた。「吉澤先生は部屋のほうでお待ちしているとのことです。ご案内しますので」

そう、ややぶっきらぼうな口調で伝えた。

「じゃ、比呂志くん、ちょっと行ってくるから」

六階の入り口近くに、吉澤の部屋はあった。すでに樹里の肚は据わっていた。自分が未来からやって来たなどと言っては、信じてもらえない。頭がおかしいと思われるのがオチだろう。あとは、ある程度、はったりで勝負するレベルになるだろう。吉澤の性格はわかっているつもりだ。

部屋に入ると、若き日の吉澤がいた。それがクセである、眉をひそめる仕草は変わっていない。

「ああ、野方先輩のご紹介ということで」

人の好さそうな、ソフトな喋り方は、まったく変わらない。強いて言えば、異なるのは、白髪がまったくないことだろう。心の中で、十九年後に私に勧めた、見合相手の紹介ですのよと言ってやりたい衝動にかられた。

「どうも、はじめまして。青木比呂志がお世話になっております。

私、比呂志の母方の従姉で、鈴谷と申します」

頭を下げた。ソファを勧められる。

「それはそれは。野方先輩とどのようなお知り合いで」

父の高校時代の友人ということで……と曖昧に話を濁した。それから樹里は、自分も医学の道を選んでいることを告げ、〝従弟〟の青木比呂志の病状経過を尋ねた。真面目な吉澤らしく、カルテを取り出して、丁寧に説明を加えた。自分のはったりが功を奏したことを樹里は確信した。患者の親族といえども、本来であれば診療カルテを見せながら説明したりしないものだ。だが吉澤は、樹里との会話の中で、同業者として彼女を認めたようだった。

典型的なチャナ症候群の症状ですねと、樹里は言った。掌(てのひら)の赤斑(せきはん)、異臭、周期的な発熱。

吉澤は、現時点では、根本的な治療法がないことも素直に認めた。「延命措置としてやっているのが、現在のような方法です。申し訳ないのですが」

ウイルス性の病気とはわかるが、さまざまな抗生物質で対応しても、よい効果が得られなかったことはカルテを見ればわかる。

「いろいろと手を尽くしていただき、ありがとうございました」と樹里は礼を述べた。それから、自分がなぜ、ここへやって来たかを話した。

自分は今、アメリカのスタッドフォード研究所で抗癌剤の開発にたずさわっている。主にキノコや地衣類から、免疫増強作用を持つ成分の抽出をやっていると。

しばらく前に南米で発見された担子菌を使った臨床実験で、癌以上にチャナ症候群の治療に有効なシュワルナゼリンという多糖体を開発した。まだアメリカでも認可前の薬品だし、症例の少ないチャナ症候群の新薬ということで、日本への紹介はまだ先のことになりそうなのだと言った。そこで、比呂志の病気の知らせを聞いて、自分でここへ駆けつけるしかないと判断したのだと。

先ほど、本人のインフォームド・コンセントは終えているともつけ加えた。吉澤先生の許可もいただきたいと。

体力的に、いつ容体が急変して最悪の結果を迎えるかもしれない可能性を、吉澤は感じていた。

「すでに、我々がやれる段階は超えています。あと、ご家族の方が望まれる治療なら、どのような民間療法だろうと拒否する権利はありませんよ」

新薬の効果の程は、まだ半信半疑らしい。

「ありがとうございます」

それから、丸二日は、青木比呂志に付き添って治療結果を見届けたい、その許可も欲しいと言った。

吉澤はそのすべてを許してくれた。

「しかし、親族の方で、医者とはいえ白衣で来られるとはね」と笑ったのだ。

「注射器をお貸し願えませんか」

「看護婦の水村(みずむら)に伝えておきます。注射はあなたご自身が？」

「ええ、そのつもりです。十六時間ごとに、計三回、投与の必要がありますから」

吉澤の部屋を出たとたん、張りつめていた神経がすべて切れてしまったような感じがした。思わず腰砕けになってしまいそうだった。

## 5

一回目のシュワルナゼリンの投与は、それから三十分後で、午後二時を少し回っていた。七一一号室へ帰ったとき、青木比呂志は眠っていた。

樹里はベッドの横の椅子に腰かけて、比呂志の顔を覗き込んだ。

――必ず、ヒー兄ちゃんを助けてあげるから。

樹里は心の中でそう呟いた。そう、あれほど夢の中で会ったヒー兄ちゃんが、今、目の前で眠っている。じっと顔を見ていると、さっき再会したときに感じた幼い部分が消えていた。そこにいるのは、幼き日に、「この人とお友だちになりたい」と感じた大人の青木比呂志なのだ。

ドアが開き、先ほどの大柄な看護婦が注射器を入れたトレイを持って入ってきた。

「吉澤先生から言われましたので」

「ありがとうございます」

この看護婦が水村だろう。

「お薬のほうは……？　先生が射たれますか？」

「ええ、私が自分で」

そう答えた。吉澤の指示を受けたのだろう。水村の態度が変わっていた。樹里に対して敬意をはらっている。ただ、樹里が白衣の胸ポケットからアンプルを出すのを見て妙な顔をしたのは、当然だろう。

「許可が出たんですね」

言ったのは比呂志だった。気配で目が覚めたのだろう。

「そうよ。今から、一回目の注射」

樹里がそう言うと、比呂志はつらそうな笑みを浮かべた。

「笑顔が出たのね」

「あ。ぼくは、この病気になって、作り笑いだけはうまくなったんですよ」

それが比呂志独特のユーモアであることが、樹里にはわかっていた。

水村から細い注射器を受け取り、アンプルから薬品を移す。

「筋肉注射だから、少し痛いけど我慢してね」

比呂志がうなずく。

一ｃｃほどの量だ。これだけの量の薬品で大きな効果を発揮するとは。そう考えると、不思議な気がした。

肩に針を刺したときに、比呂志は少し顔をしかめたが、すぐに終わった。あっけないほどで。

注射の手ぎわと、筋肉を揉む処置の様子を見て、水村は樹里に完全に信頼を寄せたようだった。

「これから高熱が出る可能性があるわ。そのときは解熱用の座薬をお願いします」

「わかりました」

水村は素直に応じた。

「次の筋注は、明朝の六時です。よろしくお願いします」

「必ず申し送っておきます」と水村は答えた。その時間帯は、勤務を離れているのだろう。

三十分ほど経ってから、比呂志は寒気を訴えた。

「すごく寒い」と全身をがたがたと震わせた。額に手をあてると、高熱を発していた。いよいよシュワルナゼリン－二〇〇が体内で働き始めた証拠だ。樹里は部屋の隅にあった毛布を比呂志に二重にかけた。

熱は四十度まで上がった。この副作用は避けては通れないのだ。比呂志は玉の汗を額にびっしりと浮かべていた。とりあえず、解熱剤を入れた。この発熱が一晩中続けば体力の消耗はすさまじいものがある。次の筋肉注射の前に、点滴をしておく必要があると思った。

救いを求めるように、比呂志が痩せた左手を出した。樹里は炎のように熱いその手を握り返した。

比呂志は、意味の通じないうわ言を呟き続けた。得体の知れない恐怖と闘っているのだ。今、比呂志の体内でインターフェロンが活性化され、チャナ症候群を引き起こすウイルスを劇的に駆逐しつつあるはずだ。その副作用が、この熱だ。和美へ投与したときも、一回目の後は、この症状だった。

ふと、握り返した手に付けられたパーソナル・ボグⅡが目に入った。

液晶表示の目盛りは、八本になっている。その線のすべてが消えるときが、一九八〇年にとどまることのできる限界なのだ。

大丈夫だろうか……。樹里は思う。あと、三十一時間は必要なのだが。

それから三十分もしないうちに、比呂志の手を握る力が抜けた。眠りの世界に入ったのかもしれない。

手を離し、立ち上がると、樹里は軽い目眩を感じた。予想以上に疲れが溜まっているのかもしれない。

外気を吸うために、廊下へ出た。廊下の窓を開けて大きく息を吸う。

がんばらなくちゃ。

そう自分に言い聞かせた。

ふと、人の気配を感じた。振り返ると、廊下のベンチにサナダ薬品の古谷が座っていた。黒い髪だし、肌にも艶(つや)があるし、痩せてはいるが古谷にちがいない。

その古谷がベンチに座り、両手両足を投げ出して、フワァーッと大きく溜息をついている。

樹里は、挨拶しようかという衝動に駆られたが、あわてて押しとどめた。

だが、言葉は古谷から掛かった。

「新しい衛生検査技師さん？」

樹里のことをそう思ったらしい。

「いいえ。知り合いが入院しているもんですから。どうかなさったんですか」

古谷は「いえね」と言って肩を落とし、脱力したようにもう一度、大きな溜息をつく。

「もう一カ月もこの病院に通ってんです。私、サナダ薬品の横嶋営業所の社員なんですがね。一カ月前に営業所が出来てから、ずっと売り込みセールス。でも、このままじゃ、閉鎖ですわ。院長にもツテたどって挨拶したり、薬局にも菓子折り持って日参(にっさん)してるんですがね。ぜーんぜんダメ。これもんすね」と自分の首を手で切る仕草(しぐさ)をした。

樹里は驚いた。なんと古谷は、まだこの時点では、横嶋市立病院での取引をスタートさせていないのだ。一九九九年の世界では、もう何十年も市立病院の中を泳ぎまわっているような顔をしているというのに。

大丈夫ですよ。必ず営業は成功しますよ。そう言ってやりたかったのだが。

「先生たちには、直にあたられたんですか？」

「センシェーたちでしょう。まぁ、うちの薬品のこと、真剣に考えてくれんのですよ。北村鳳天堂って地元の薬品会社が、つながりが強いんですよ。それでネェ」

樹里は古谷に何か恩返しできる方法はないものだろうかと考えた。しかも、サナダ薬品がこのままセールスに成功せずに、横嶋市から営業所を引きあげることになれば、未来の樹里はチャナ症候群の新薬を手にすることはないかもしれないのだ。それもまずい。

吉澤部長が未来で、「サナダ薬品が一番、抗生物質の品揃えがいいようです」と言っていたのを思い出した。

「吉澤先生には話されましたか？」

「会ったのは会ったんです。飛び込みで。でも、それっきり。あまりこちらの話に乗り気じゃなかったしなあ」

樹里はしばらく考えて言った。

「たしか、サナダ薬品さんて、抗生物質で伸びてきた会社ですよね」

「そう」と古谷は言って目を丸くした。「よう知ってますねー。あんた」

「いや、ちょっと、聞いたおぼえがあったんです。だったら、こちらに野方医院さんってあるのをご存知ですか？」

「あ、知ってます。あすこのセンシェーは、こちらに営業所出す前の、支店管轄（かんかつ）の頃からお取引いただいてるんで。それで何か」

「野方先生に、吉澤先生への紹介を頼むんです。サナダ薬品をよろしくって」

「それで大丈夫なの？」

「大丈夫です。そうすれば、吉澤先生は断れないはずです。野方先生は吉澤先生の大先輩だそうですから」

　古谷の目が輝いた。

「何だ。そんな簡単なことなん。全然気がつかなかった」

「それで、まず、抗生物質だけからスタートでしょう」

　古谷がベンチからすっくと立ち上がり、頭の皿に水を得た河童（かっぱ）のような敏捷（びんしょう）さで黒鞄を手にした。

「ありがと。ありがと。恩に着ますよ。何か天女に会った気分ですわ。すぐ、やってみます」

樹里は、そのまま古谷に抱きすくめられるのではないかと思った。だが、古谷は駆け去っていく。

これが恩返しになるのだろうか。

そのまま一階の売店へ下りて、サンドイッチとコーヒーを買い、千円札で支払った。千円札はこの時代でも有効に通用したが、しばらくすれば消失するかもしれないという後ろめたさがあった。しかし、まさに背に腹は代えられない。未来へ帰ったら改めて返します、と心の中で誓いながら、サンドイッチを頬張った。

樹里が戻ったとき、七一一号室には吉澤医師がいた。樹里は頭を下げた。

「第一回目の投与が終わりました。今、解熱剤をいただいて処置してあります」

吉澤はうなずき、樹里を部屋の外に誘った。

ドアが閉まると吉澤が言った。

「正直言って、チャナ症候群の末期なんです。でも、経過は良さそうですね」

それから満足そうに、もう一度うなずいた。

「今まで使用していた薬品を、念のためお教えしときましょうか」

「お願いします」

吉澤がいくつかの薬品名を口にする。

「じゃあ、明朝も経過を見ますので」

「ご協力、ありがとうございます」

言われた薬品名をメモしながら、立ち去る吉澤を見送ったときだった。小さな影が目の前を七一一号室へ近づくのが見えた。

子供だった。

「だめよ」

思わず樹里は叫んだ。立ち尽くした少女の正体が、とっさにわかった。

幼き日の樹里自身だ。思わず口をついた。

「あなた、青木さんは面会謝絶なのよ」

少女は首を振り続ける。樹里は思った。あなたの気持ちは痛いほどわかるわ。でも、会わせるわけにいかない。それは歴史を変えることになってしまうんだから。

「私……私……。ヒー兄ちゃんから、たんぽぽ娘のお話の最後を聞いていないんです」

「たんぽぽ……」樹里は虚(きょ)を突かれたような気がした。

「だから会わなくっちゃいけないんです」

幼き日の樹里が何を言いたいのか、わかる。ヒー兄ちゃんに会いたくて会いたくてたまらないのだ。今、目の前で涙を流しているのは、あの日の私だ。

看護婦だとばかり思っていた。でも、ここに来て、水村を見ても他の看護婦を見ても記憶になかった。そのはずだ。あの日、七一一号室へ入り込もうとした私を止めたのは、私自身だったのだ。

幼い樹里は、今、私を鬼のように思っているはずだ。できるだけ慰めてやりたい。しかし、今の私にできることと言えば……。

「会わなければならないという大変な理由があることは、わかるわ。でも、これは、規則というよりも、青木さんの身体のことを優先した処置なのよ。それはわかってもらわないといけないわ」

幼い樹里は、精気を失い、うなだれた。

「用件は私から、ちゃんと責任をもって伝えるから」

それから、いくつかやりとりが繰り返された後、幼き日の樹里はついに諦めた。とぼとぼと立ち去っていく後ろ姿を見送りながら、樹里は、ごめんなさいと、何度も呟き続けた。

七一一号室に入ると、比呂志は目を覚ましていた。

力のない声で、樹里に尋ねた。

「誰か来ていたんですか？」

「ええ。樹里って女の子。ヒー兄ちゃんのこと心配で、見に来たんだって」

「そうですか……」

比呂志はせつなそうな声で言った。「心配してくれてるんだなあ」と、ひとり言を漏らす。「先生と同じ名前のあの子、年齢のわりに、しっかりしているんですよ。頭もいいし。とてもいい子なんですよ」

そうつけ加えた。樹里は、それだけ？　それだけなのと、言いたい衝動にかられたが、必死でそれを抑え、「早く、あの子の期待に応えなくっちゃね」とだけ言った。

比呂志は、「ええ、そうですね」と答え、再び眠りに落ちていった。

比呂志の顔を眺めているうち、樹里もいつしか、まどろみ始めていた。疲れが睡魔に変わったのだ。

まどろみどころか、夢一つ見ない熟睡から樹里が覚めたとき、部屋は静寂の中にあった。はっと身体を起こし、反射的に左腕の固定装置を見た。五本の黒線しか残っていない。

ベッド横のテーブルの時計を見て驚いた。二時。外の暗さからすれば、今、午前二時ということになる。

毛布が手に触れた。

座ったまま、眠っていたのだ。

目の前のベッドから、比呂志が起き上がった。

「目が覚めたんですね」と比呂志は言った。「風邪引いちゃうと思ったので、毛布だけかけたんですけど、寒くありませんでしたか」

樹里は、何だか立場が逆になったような気になった。

「気分は、どう?」

「いいですよ。熱も下がってるみたいだし。この数日間の中では、一番いいみたいだ」

比呂志は笑みを浮かべていた。それから、体温計を樹里に差し出した。

三十六度八分を指している。

「いつから起きてたの」

「二時間ほど前からです。なんか、どんどん気分が良くなってって。目が冴えてしまって。でも、先生はぐっすりお休みでしたから、そっとしていたんですよ」

樹里は何だか恥ずかしい気分だった。二時間も寝顔を見られていたかと思うと。しかし、今の比呂志の状態はどうだ。この時間へ帰ってきて再会したときから、大幅に病状が改善されている。シュワルナゼリン－二〇〇は、過去の世界でも充分に効果を発揮しているようだ。

「耳は何ともない?」

「今のところは。気分がいいだけです」

副作用は発現していないようだ。樹里は胸を撫でおろす。

「横になっていたほうがいいわ」

比呂志は、ベッドの上であぐらを組んで背筋を伸ばし、両手を上げて伸びをしていた。本当に気分が良いらしい。

「ええ」と比呂志は答える。「でも、ちょっと、話しててもいいですか」

「少しならね」そう言って肩をすくめてみせた。しかし、心の中で、何だかワクワクしてしまう自分を感じているのだ。言葉づかいこそ丁寧だが、幼い日に話したヒー兄ちゃんの語り口にだんだん近づいているからだ。

「さっき、失礼かもしれないけど、ずっと鈴谷先生の寝顔を見てたんです」

比呂志の口調には、悪びれた様子はなかった。

樹里は、相槌の打ちようがない。平気で比呂志は喋り続けた。

「ずっと考えていた。先生は、前にぼくに会ったことがあると言ってた。どこで会ったんだろって」

「思い出せた？」

「いや、思い出せない。でも、確かに会ったことがあるんだということはわかる。ひょっとしたら――笑われるかな」

「ひょっとしたら？　当ててみて」

悪戯心が湧いて、そう言った。ひょっとしたら、未来から来た……。

だが、比呂志の答えはちがっていた。

「ひょっとしたら、ぼくの本当のお母さん？　でも、それはちがうってすぐわかる。年がぼくとそう変わらないんだから」

樹里は思わず声をあげて笑った。やはりヒー兄ちゃんだわ。そんな見当ちがいのイメージを膨らませてしまうとは。比呂志は自嘲的に頭を掻いている。

「残念でした」

「うん、別に残念でもないですよ。でも、寝顔を見てて、会ったことがあるということはわかるし、とてもなつかしい人と再会できたような気がする。それよりも、ぼくの心が、とても素直になれて、落ち着くんだ。そんな気がしてたんです」

私もよ。樹里は思う。だが、それを口にしなくても、頬が紅潮するのがわかる。

「ありがとう。最高の誉め言葉だわ」

できるだけ素っ気なく、そう答える。樹里は自問する。ここで本当のことを言ってしまってもいいのではないかと。しかし、残された時間は、あとどれだけあるというのだ。その時間が限界を迎えたら、はるかな未来へ跳ばされることになる。ヒー兄ちゃんの未来に、それから自分がどう関われるというのだ。ヒー兄ちゃんの生命を救うことだけが目的なのだ。この過去への旅で……。

「先生、樹里って子に、さっき会いましたよね」

「え、ええ」

樹里は胃の腑を摑まれたような思いがした。

「あの子のお母さんかなとも思ったんですよ。でも先生は若すぎる。ひょっとしたらお姉さんかなって。目の感じがそっくりだし。でも、昼に廊下で面会謝絶だって言った口調は、他人らしいし。だから、頭の中は、ぐるぐるの状態ですよ」

そう。比呂志の常識からは答えが引き出されることはないのだ。正解までの想像には至っていない。

だが、比呂志の笑顔は、あくまで屈託がない。それが樹里にとっては救いだった。

「先生の正体は、今のところ謎ですね。でもすごくいい気持ちですよ。ここへ入って以来、初めてだ」

あまり無理をして起きていないようにと、樹里は諭した。比呂志はやっと横になってくれたものの、あまり説得の効果はないようだ。

「先生は、ぼくが退院したら、またどこかへ行ってしまうんですか」

「うーん」それは正直に伝えておくべきだと判断した。「そう長くは、ここにいられない。青木さんの体内のウイルスを消してしまうためには、あと二回の注射が必要なの。それがここに私がいられる精いっぱいのところ。

時間はそれでぎりぎり」

比呂志はふと表情を曇らせた。

「また会える機会がありますか。退院してもお礼を言う機会もないなんて、あまりに哀しすぎます」

樹里は答えに詰まった。

「吉澤先生から少し訊いたんですけど、アメリカの免疫研究所におられるんだそうですね。当然ぼくも、そのことは知ってるみたいに話していらしたんですが。もしそこに帰られるんなら、必ずアメリカまでお礼を言いに行きます」

樹里は嬉しかった。あきらかに、比呂志は自分に好意を寄せてくれている。だが、これからの運命を考えると、せつなさを感じてしまう。

「大丈夫。気持ちは充分にわかったから」

そう答えたものの、それでは比呂志は不満そうだった。

「鈴谷先生は、ご主人とか恋人とか、いらっしゃるんですか」

その質問は、まるで不意打ちのように浴びせられた。

「どうして？」

「いや、何となく気になって。アメリカとかに、待ってる男性(ひと)がいるんですか」

「いや……独身よ。恋人もいないわ」

比呂志は笑った。

「安心しました」

「青木くんは、退院したら、待っててくれる人いるんじゃない」

比呂志は首を振った。

「恋人と言える人はいません。交際していた女性からは、友だち宣言されました。つい先日」

「病気が治ったら、また恋人になってくれると思うわ」

「いや、そんなんじゃなかった。一方的に好意を寄せられて。それで、ぼくもその気になりかけたら、あちらのほうから、いいお友だちでいましょうって。ぼくは生活力もないし病弱だし。まるでつむじ風みたいな女性でした。言われてすぐは、そんなものかなってショックだったけど、今はなんともない」

樹里は笑い出したかったが、我慢した。幼き日、目の前できれいな女性とヒー兄ちゃんの間に起こったできごとが、このように本人の口から語られるとは。

「でも、先生を見たとき、いい人だ、好きな人だってわかった。前の女性とは根本的にちがう。つむじ風は、ぼくの心に押し入ってかき乱したにすぎない。でも、先生はちがう。だけど、先生にはぼくなんか男性のうちには入らないんでしょう。話すときすごく距離をとってる。それがわかるんです。だから、恋人がいるんですかなんて尋ねたんだ」

どうしようかと樹里は迷った。このまま真実を語ってしまおうか。そのほうがずいぶんと楽になれるし、素直な態度でヒー兄ちゃんに接することができるのではないか。

「少し、寒い」

比呂志が毛布をかぶった。あわてて額に手をあてた。熱が少し出はじめている。会話が途切れた。

もうすぐ夜明けだ。

## 6

五日の朝、二回目のシュワルナゼリンの投与も、無事に終了した。今回は微熱状態が続く。

パーソナル・ボグⅡの線は三本残っていた。間に合うだろうか。最終は今夜の十時に射たなければならない。それを比呂志にも告げてある。

「治療完了ということは、今夜でもう会えないってことですね」

額に脂汗（あぶらあせ）を浮かべて、比呂志はつぶやくようにそう言った。

「この時間帯は、副作用が出る可能性が高いから安静にしてくださいね」

樹里はそう告げる。できるだけ事務的に。

今度も、比呂志は手を樹里に差し出した。樹里は黙（だま）って握り返す。樹里にとって、この行為がいちばん確かなコミュニケーションの手段のように思えた。

九時半を過ぎた頃、看護婦の水村が樹里を呼んだ。廊下に出ると彼がいた。

サナダ薬品の古谷だ。水村に言う。

「あ、この方です。この方です。まちがいありましぇん」

水村が立ち去ると、米つきバッタのように古谷は頭を下げた。

「いやぁ。センシェーのおっしゃったとおりですよ。今朝、早速、話決まりました。喰い込みましたですよ。昨夜、あれから野方医院に出張（でば）って先生に無理お願いしまして、紹介状書いていただきました。朝一番で吉澤先生を攻略いたしました。もう、スンナリですワー。首つながりました」

　とりあえず気持ちばかりですがと、カステラの菓子折りを押しつけて、古谷は去っていった。本当にとりあえずらしく、地下の売店で買ってきたものだということがわかって苦笑した。

　これで、あのサナダ薬品の古谷は、横嶋市立病院の主（ぬし）のような存在になるのかと思うと、不思議な気持ちもする。

　吉澤医師が回診にやって来たのは、十時を少しまわった頃だった。

　そのときは、比呂志はすでに平熱にまで下がっていた。朝一番の採血検査の結果も吉澤のもとに届いていたのか、比呂志の状態を見た吉澤は、驚きを隠しきれずにいた。

　触診（しょくしん）を終えた後、吉澤は大きく首を振った。

「たった一夜でこのような回復を見せるとは、信じられません。これは、ある種の奇跡と呼んだほうがいい。γ（ガンマ）－ＧＴＰもＧＯＰも正常値になってるんですからね」

「吉澤先生に快く許可していただいたおかげです。でも、ウイルスが消失したわけではありません。今夜の注射が終わって、回復し、初めて、奇跡と呼べると思うのですが。それまで、よろしくお願いします」

　樹里は深々と頭を下げた。

「私もいい結果を期待します」と部屋を出ようとして、吉澤は足を止めた。「昨日から、野方先生の縁が続いてるんですよ。今朝一番でも、新規のプロパーが先生の紹介で訪ねてきましてね。さっき野方先生に連絡をとったのですが、診療中で話せなかった」と笑った。

「あそこは、今、息子さんの受験で大変みたいですね」

樹里は何と答えてよいかわからず、「そうですか」と相槌を打つにとどめた。今度、吉澤が野方医院に連絡をとれば、自分の嘘がバレてしまう。今夜まで、今夜まで自分の正体がわからなければいい。そう願うだけだ。

二人きりになって、比呂志は食欲を発揮した。病院食だけでは足りないらしく、樹里はもらったカステラを切り分けて二人で食べた。ラジオをつけると、サザンオールスターズの「私はピアノ」が流れる。

穏やかな時間だった。

体調を取り戻したらしい比呂志は、ベッドの上で何度も伸びをした。まるで健康体に近づいて、身をもて余しているようだ。

樹里はベッドの横の棚に目をやった。「世界SF傑作選」が積まれている。その横に原稿用紙の束。

そこで一つの可能性に思いあたった。自分の子供のときも、ヒー兄ちゃんは助かっていたのではないかという可能性だ。

自分にヒー兄ちゃんの「死」を知らせたのは、面会を邪魔した人と同じ「看護婦」だった。とすれば、それはこれからの自分自身の行動ということではないか。真実の歴史の中に、私が過去へ遡り、ヒー兄ちゃんを助けるということがプログラムされていたのか。でないと、助かった比呂志が幼い樹里と再会すれば、樹里は医師への道を選ばないかもしれない。そうすれば、比呂志の病（やまい）を過去へ行って治す者はいなくなる。

「先生、考えごとしてるんですか」

比呂志が笑顔で言った。この笑顔だ。この笑顔を見れば心が休まる。自分が本来いるべき場所にいるのだと安心できる。そう樹里は思う。

「ん？　どうして」と樹里も笑ってみせた。

「何か心配ごとがあるみたいだったから。さっき吉澤先生が、誰かの紹介って話をしたときに表情が変わったから」

「やっぱり、モノを書く人って敏感（びんかん）なのね」

比呂志は目を丸くした。

「どうして、そんなこと知ってるんですか」

「だって」と樹里は棚を指さした。「原稿用紙があんなに積んであるんだもの」

比呂志は樹里に、ホームズだなぁと、頭を掻いた。

「そう言えば、ジュリーはどうしてるだろう。心配してるだろうな」

「ジュリー?」

幼き日の樹里のことを言ってるのだと、すぐにわかった。

「ほら、面会謝絶なのに会いに来た少女がいたでしょう。あの子です。談話室で友だちになったんですが、いい子なんです。ぼくと話をするのをすごく楽しみにしていて。いや、ぼくも楽しみだったんですけど。

いずれ、結婚して子供ができたら、あんな子がいいなあって思ったりするんです。ぼくが書いている童話を話して聞かせたりして。退院したら完成させるつもりですけど」

樹里は少しがっかりした。しかし、当然のことかもしれない。十一歳の自分を異性の対象として見ていなかったということは。

「今、すごく気分がいいから、一緒に談話室へ行きませんか。ジュリーを紹介しますよ」

ベッドを降りかけようとする比呂志に、思わず樹里は叫んだ。

「だめ。あの子に会っちゃいけない!」

意外な答えを聞き、全身を硬直させた状態で、比呂志は目を丸くした。

「どうして……ですか」

「あの子の人生に、そんなできごとはなかったから」

　比呂志は、今度は眉をひそめた。

「あの本をあの子にやってください。そして二度とあの子の前に姿を見せないでください」

「世界ＳＦ傑作選」を指さして、樹里は頼んだ。比呂志は樹里の真意をはかりかねていた。

「ぼくに心を許してくれずに、今日の夜にはここから去ってしまうって言う。そしてジュリーに会うなって。あなたはいったい、誰なんです」

「言っても信じてもらえないと思う」

「言ってもらえなきゃ、信じるも、信じないもありません」

　二人の間に、沈黙が流れた。

　覚悟を決めた。樹里は口を開いた。

「おとといはウサギ。きのうは鹿。そして、きょうはあなた」

「たんぽぽ娘……。まさか」

「あなたは、私と名前が同じだって言ったわ」

　比呂志は、口を開き、何かを言いかけたがすぐに閉じ、また何かを言いかけた。その状態が何度か続いた。それから、やっと言った。

「信じられない。そう……今、思い出した。あの子の名字も鈴谷というんだ。

タイム・マシンって……あるんだ……。

でも、どうして、未来から。そうなんでしょう。未来から、ぼくの前に現れたんでしょう。

何のために？」

「ヒー兄ちゃんは、私の子供のとき、死んじゃったのよ。私、ヒー兄ちゃんが大好きだった。だから、だから、生命を救いにきたの」

それまで抑えてきた感情が、爆発するように一気に噴き出していた。

「あっ」と比呂志は、またしても虚をつかれた表情になった。

涙があふれた。樹里はそれを止めることができなかった。真実を解放した瞬間、心は十一歳の樹里に還っていた。

泣きじゃくりながら、比呂志の胸にすがっていた。比呂志はその両肩をやさしく抱いた。

「未来で、きみは医者になったんだね。がんばったんだね。ぼくを救うために」

あやすように樹里の肩を何度も叩いた。樹里は嗚咽（おえつ）を繰り返しながら、比呂志の胸の中で至福（しふく）を感じていた。計算とか理屈などを超越した至福を。

「ぼくもそうだったんだ。なぜ、そんなふうに感じたかわからなかった。大人になっても、やはり樹里のことが好きなんだと、今、納得できた。なぜ、突然現れた君がこんなに気に入ってしまったのかわかった。もどかしかったけれど。

　本当にありがとう」

　樹里が顔を上げると、比呂志の瞳があった。唇が重なりあったのは、まったく自然な成り行きだった。樹里は我を忘れていた。

　あわてて比呂志から離れた。数秒後のことだ。

「だめ。いけない」

　自分を叱るように言った。

「どうしたの。樹里……。先生」

「樹里でいいわ、ヒー兄ちゃん。でも、側にいることができるのは、今日の夜までが精いっぱいなの。そうしたら、たぶん、二度と会えないわ」

「どうしてだい」比呂志は握ったままの手を放そうとしない。樹里は、椅子に腰を下ろして子供の頃からの自分のできごとを比呂志に語ってきかせた。

　横嶋市立病院の勤務医になったこと。チャナ症候群の特効薬のこと。そして運命の奇妙な巡り合わせで、クロノス・ジョウンターに乗れたこと。時間の持つ不思議な性質。左腕に付けている固定装置。そのタイムリミット。

比呂志は、黙って、何度もうなずきながら樹里の話を聞いていた。時おり、目を見開いたり、拳で額を押さえたりという仕草は加わったが、決して樹里の言葉を遮ることはなかった。

樹里は大きな溜息をついた。「これで全部話したわ。だから、もう一つの可能性、私が子供時代だった頃、実はヒー兄ちゃんは助かっていたんだという事実を確定させるためにも、今の子供の樹里に会って欲しくないの。ヒー兄ちゃんは死んだということにして。かわいそうだとは思うけど、私も乗り越えたわ。あの、〝たんぽぽ娘〟の載った本は、私があの子に渡さなくちゃならないの。わかってもらえた?」

比呂志はしばらく考えて、「わかった。樹里の言うとおりにする」と答えた。

「しかし、タイムリミットが来ても、何とかこの時代に踏みとどまることはできないのか」

「それは無理。今日の夜以降、私たちは別の時間を生きることになる。だから、これ以上、ヒー兄ちゃんは私のことを考えて欲しくないの。ヒー兄ちゃんはヒー兄ちゃんの人生を生きていかなくちゃいけないいんだから」

「ぼくも、無理だ。いちばんぼくのことを考えてくれて、それで一生を棒に振るなんて。ぼくにとっても樹里は大事な人なんだ。忘れるなんて無理だ。未来へ跳ばされるって……

何年先の未来なんだ」

「わからない。四十……四十年より早いということはないと思うわ。そしたら、それはもう、別の時代なのよ」

「ぼくが……七十歳くらいかな。ぼくは結婚しない。長生きするよ。樹里が帰ってくるのを待っている。ぼくはヨボヨボかもしれないけれど。でも、樹里のことを思っている気持ちは変わらないと思う」

「そんなこと言わないで。嬉しいけれど、私がつらくなるじゃない」

「樹里こそ、どうなんだ。二〇二〇年の世界でどうするの」

「それは心配しないで。野方医院の息子さんで、クロノス・ジョウンターを開発する野方耕市さんって人が、相談にのってくれることになってるの」

　それは、不確実な答えだと自分でもわかっていた。比呂志を安心させるためにすぎない。

二〇二〇年どころか、もっと先の世界に跳ばされるかもしれない。

　それは、比呂志も直感で悟ったようだった。

「本当は、ぼくの人生は終わってたんだ。だから、これからの人生はおまけだと思う。樹里が救ってくれた。これからは樹里のことを思って生きる。いいだろう。もちろん、あの子には会わない。あの子が次のぼくを助けるんなら、次のぼくはあの子のものだ」

「一つだけ」

「何だい」

「あの話を完成させて」

「あの話?」

二人は棚に積まれた原稿の束を見やった。

「そう『足すくみ谷の巫女(みこ)』よ」

樹里がそう言うと、比呂志はうなずいた。照れ笑いも浮かべなかった。

「覚えててくれたの?」

「もちろんよ。忘れたことなどないわ」

「約束する。必ず書きあげるよ。本になるかどうかわからないけど」

比呂志は強く樹里を抱き締めた。

「どんなに年をとっても、樹里が戻るまで絶対死なないからね。待ってるから」

「お願い」

自分の人生を、この数十時間に凝縮させているのだ。比呂志の腕の中でそう実感した。

その日の夕方、「世界SF傑作選」を幼い樹里に手渡したとき、何とも言えない罪悪感を感じた。自分が体験した悲しみを、自分が与えるということに。

幼い樹里は、彼女を鬼を見る目でにらみ、号泣した。「ひどい！ 嘘つき！」そう、自分は嘘つきなのだと、笞打たれる思いだった。今、自分の手で少女の心に深い傷を刻んだのだから。

幼い樹里の病室を出たときだった。

全身を針で刺すような痛みが襲った。立っていることができず、廊下のベンチに倒れ込むように座った。

そんな急激な体調の変化は、これまでの人生で味わったことがなかった。罰なんだ。樹里はそう思った。幼い樹里を苦しめたから、天罰が下った。

痛みはすぐに引いたが、全身が何かに引かれそうな感覚が残る。

反射的に左腕のパーソナル・ボグⅡを見る。

線が最後の一本になっている。しかも点滅しているのだ。

予測よりだいぶ早い。

通りかかった見舞い客らしい女に時間を尋ねた。

「八時ですね。もうすぐ」

樹里は絶望的な気分になった。最後のシュワルナゼリン投与まで、二時間もあるというのだ。

まだ治療が終了したわけではない。今、未来へ跳ばされてしまえば、これまでの苦労は水泡に帰してしまう。

あとどのくらいがんばれるのだろう。三十分？　一時間？

周期的な痛みと、見えない引力が襲ってくる。

まっすぐ立つのもつらいほどの力だった。壁に身体を寄りかからせ、這うようにエレベーターまで進んだ。

七一一号の部屋へ転がり込んだとき、一番仰天したのは、比呂志だった。どちらが病人なのかわからない状態だった。樹里は脂汗を垂らし、顔は蒼白に変わっていた。

理由を尋ねる比呂志に、樹里は限界が来たことを告げた。

「でも、がんばるわ。まだ、最後の治療が終わってないもの」

再び、パーソナル・ボグⅡを見た。

固定装置の線がすべて消えていた。

本来なら、すでに未来へ跳ばされていても不思議ではない。だが、樹里は必死で一九八〇年にしがみついている。

「横になって、休んだほうがいい」

そう比呂志は言った。

「いやっ」比呂志の腕を振りはらった。「今、横になったり、目を閉じたら、そのまま未来へ跳ばされちゃう。わかるの。それより、ヒー兄ちゃん、私を見て」

樹里が一九八〇年にこれほどまでとどまっていることができるのは、それまでの固定装置の性能では考えられない状況だ。言えるとすれば、ただ一つ。それはすさまじいばかりの樹里の精神力だろう。

だが、野方も言っていたようにしがみつけばつくほど反作用は大きくなり、より遠くの未来に跳ばされてしまう可能性がある。

樹里の額に手をあてた比呂志は、その熱にたじろいだ。

「どうすればいい。先生を呼ぼうか」

「お願い。ここを離れないで。もうすぐだから。ヒー兄ちゃんに最後の治療をしたら、私も痛みから解放されるんだから。私を摑まえていて」

何度も激しい痛みが襲う。樹里は黙って身をよじらせながら、それに耐えた。

呼びかけると、紫色の唇で樹里は答えた。

「ヒー兄ちゃん。大好きよ」

そのたびに、比呂志は樹里を抱き締めた。

九時半を過ぎた頃、看護婦の水村が姿を見せた。憔悴した樹里を見て、持ってきた注射器を取り落としそうになった。樹里の形相があまりにも変わっていたからだ。

「ありがとうございます」

絶句した水村をよそに、注射器を受け取った。

九時四十五分。

「もう、限界みたい。少しでも気を抜けば、吸い込まれそうなの」

樹里がかすれた声で言った。「少し早いけど、もう射つわ」

「ああ。無理しないように」

震える手で注射器を取り、胸のポケットからアンプルを出す。薬品を注射器に収め、腕を消毒した。

針を刺す段階で目を疑った。薬品が注射器の中で、三分の二ほどに目減りしている。そんな馬鹿なことが……。

まだ減少が続く。液剤そのものが、時間流に押し流されている。

「足りないわ」

せっかくここまでこぎつけたのに。胸ポケットに手を入れた。

もう一本、最後のアンプルが残っていた。そのアンプルも開ける。

病室のドアが開いた。担当医の吉澤が入ってきた。入ってくるなり言った。

「あなたは、いったい誰なんだ。野方先生に尋ねたら、紹介した覚えはないとおっしゃる。あなたは……」

樹里は振り向きもしなかった。一刻をあらそっているのだから。

樹里は比呂志の肩に針を刺し、一気に注入した。

「終わった。ヒー兄ちゃん。これで大丈夫」

比呂志の肩を揉みながら、樹里は蒼ざめた顔色のまま微笑んだ。注射器を置くと、体力と気力の限界が来たことがわかった。

その気配が比呂志にも伝わったようだ。比呂志は、樹里の腕を握った。

「行かないでくれ。樹里。愛してる。ぼくには樹里が必要なんだ」

樹里の口が開いたが、声にはならなかった。唇の形は、シ・ア・ワ・セ・ヨと変化した。

樹里の存在は、一九八〇年から一瞬にして消失した。

## 7

意識が戻ったのは、ベッドの上でだった。白い部屋で、樹里は横たわっていた。病院の中だということはわかる。ただし、一九八〇年の横嶋市立病院ではない。

だが、そんなことはどうでもよかった。虚脱状態を抜けきれずにいる。

白い壁に、カレンダーが掛かっている。

二〇三五年七月。

未来に跳ばされたんだという実感が湧いてきた。

――あれから、五十五年経っている。

すべての物事が変わってしまう年月なのだ。まるで浦島太郎のように。

野方耕市の計算よりは、かなり未来に跳ばされたようだ。

いったい、ここはどこなのだろう。今、二〇三五年であれば、青木比呂志は……八十二歳のはずだ。もしも生きていれば、の話なのだが。あれからヒー兄ちゃんは、どのような一生を送ったのだろうと思う。幸福な悔いのない人生であればいいのだが。

ドアが開いた。

白衣を着た白髪の初老の女性が入ってきた。

「あら、気がついたのね」

「え……ええ。ここは？」

「ここは、野方医院です。鈴谷さんが道で倒れているのが発見されたの。うわ言で、うちの医院のことを言ってたそうよ」

「……………」

初老の女は、自己紹介した。「私は野方亜由美。野方医院の院長です。主人は野方耕市。主人から鈴谷さんの話はうかがってました」

笑いながら「年齢は、鈴谷さんより二つ若いんですのよ」とつけ加えた。

それから、この時代に跳ばされてきて三日間も昏睡状態にあったことを知った。

まだ身体が衰弱しているが、歩けないほどではない。樹里はベッドから立ち上がった。

「大変、お世話になりました。何とお礼を言っていいか」

野方夫人は、病室では何だからと、樹里を病院の裏にある自宅へ案内した。応接室は未来世界とは思えない和室の内装だった。木の柱が多用されていて、部屋全体に温かみが感じられる。

窓の外には日本庭園が広がっている。そう思って目を凝らすと、窓に似せた受像器であることがわかる。

野方夫人は、樹里に茶をすすめた後、「しばらくお待ちくださいね」と言い残して、部屋を出ていった。ぼんやりと、樹里は部屋の中を見回した。隅に木製の棚があった。

反射的に目を凝らした。

気になる文字が目に止まったからだ。その本の背表紙にはこうあった。

「足すくみ谷の巫女　アオキ・ヒロシ」

ヒー兄ちゃんの本だ。

樹里は胸がときめいた。虚脱感が一瞬に消失した。

ヒー兄ちゃんは約束を守ってくれたのだ。ちゃんと書き上げてくれた……。その上に
……。

背表紙の帯には、「世界幻想文学大賞受賞」と金文字で刻まれていた。

すぐに手に取りたかったが、ガラス戸には鍵がかかっている。

そして、その隣の本。またその隣。

「よもつ国フルムーン　アオキ・ヒロシ」

「濡れ婆ァと源太　アオキ・ヒロシ」

「時翔びジュリーの冒険　アオキ・ヒロシ」

そう、アオキ・ヒロシ作の本が十数冊も並んでいる。

ヒー兄ちゃんは作家になったんだ。自然に涙があふれ出し、止まらなくなった。自分の無茶な行動は、決して無駄にならなかった。きっと、私のようにヒー兄ちゃんの話を楽しみにしていた子供が、何万人もいるにちがいないのだ。

ヒー兄ちゃんはきっと幸福な人生を送ったはずだ。それにしても、「時翔びジュリーの冒険」だなんて……。

「やあ、お待たせ」

野方夫人とともに入ってきたのは老人だった。樹里は、それが誰かすぐにわかった。七十歳を超えた野方耕市なのだ。作務衣を着て頭髪は薄く、白髪だらけで頬に老人斑が出ているが、彼にまちがいない。

「お帰りなさい。無事で良かった」

それから耕市は、これまでの自分の人生を語った。あれから、医師の妻をもらい、野方医院を閉めずにすんだこと。さまざまな社会の変化。そして、子宝にも恵まれ、この医院を継がせたということまで。

しかし、何よりも、樹里が知りたいことは一つだけだった。

「あれは、青木比呂志さんの本ですよね」

野方耕市はニヤリと笑い、黙ってうなずいた。

「ここに訪ねてこられたんですよ。まだ、作家としてデビューされる前に。だから、例の時のできごとは、すべて聞きました。

それ以来、デビュー作からずっと、本をいただいてるんですよ。『時翔びジュリー』はちょっと冷や汗ものだったんですがね」

「えっ。じゃあ、比呂志さんとご面識があるんですね」

「もちろんです」

そのとき、遠くでチャイムが鳴った。

「近所にお住まいなんです」

「じゃあ、まだお元気なんですね」

「もちろん」と耕市は言った。「鈴谷さんが意識をとりもどしたら、すぐに連絡をとりましたよ。この日が来るのを、あんなに楽しみにしておられたんですからね」

部屋の外で、野方夫人の声がした。

「青木さんがお見えになりました」

不安が心をよぎった。今のヒー兄ちゃんはどんな姿になっているんだろう。必ず待ってるからと言ってくれた。そして約束を守ってくれた。どんなに年をとっても生きてるからって。

あれから五十五年。

どう声をかけたらいいのだろう。

樹里は両掌を合わせ、そわそわと立ち上がった。

野方夫人の後から入ってきた人物を見て、樹里はぽかんと口を開けた。

老人ではない。

間違いない。三十代半ばの青木比呂志だ。年を経たといっても、樹里より四、五歳年上程度にしか見えない。こんなことが……。

「お帰り。ずっと待ってた」

そして、昔と変わらぬ涼しい目で笑いかけた。

「ヒー兄ちゃん。なぜなの？　老人になってると思ったのに」

樹里を除く三人が笑いだした。

「どうしてだと思う？　樹里が未来へ跳ばされた後、ぼくの身にも同じ現象が起こったんだ。でも着いたのは二〇二八年だった。それで樹里から聞いていた野方医院を訪ねたんだ。まだ、樹里は帰っていなかった。

野方さんが教えてくれた。

どうも体内に入った未来の薬品が、ぼくの肉体を伴って過去から引き戻されたらしい。でも、跳ばされた年数は野方さんの計算より少し先だ。

それから、約束どおり執筆を再開した。ラッキーにも処女作で賞をもらって、もう十数冊出版した」

「そうなの……そうなの……」

樹里は涙を流すだけだった。何も言葉が出てこない。てっきり、棚の本はもっと昔から出版されていたと思ったのだ。

比呂志は、一冊の本を手渡した。

それが「足すくみ谷の巫女」であることは、涙で曇(くも)った樹里の目でもわかる。

「本当は、一番読んでもらいたかったのは、一番最初に読んでもらいたかったのは、樹里なんだ。この本」

樹里は涙を流しながら、何度もうなずいた。

「これからは、ずっと一緒にいよう。ぼくには樹里が必要だって言ったよね。大昔に」

樹里は笑い、うなずいた。

「私……七年も遅れちゃって。でも、これからは、いつも私がヒー兄ちゃんの最初の読者よ」

奇跡は、愛し合う者たちのまわりへ集まってくる……。樹里は、比呂志の腕の中で、そんな真理があるのではないかと考えていた。それを司(つかさど)るのは……時の神(クロノス)。

きみがいた時間　ぼくのいく時間

時がどのように流れるかというと、一般的には、大きな河の水のように、川上から川下へ向かってまっすぐに流れていくものだと思われている。過去は川上。そして自分の立っている岸辺が現在。どこへどう流れていくのかわからない川下が未来、というふうに。

秋沢里志（あきざわさとし）も、時間というのは、大河の水のようなものだと、ぼんやりと考えていた。時間とは、実は、下から上へ流れていく螺旋（らせん）状のものだと聞かされるまでは。

しかし、その頃（ころ）の里志は、それ以上の哲学的な思索（しさく）に耽（ふけ）るには、縁（えん）のない環境にいた。

その頃の里志が送っていたのは、夢と希望に満ちた生活だった。

大金を持っていたわけでもない。派手な遊びに興味を持っていたわけでもない。

一部上場の企業に勤務していた。就職四年目で、一日の勤めをきっちりとこなす、平凡な日々を過ごしていた。

早番の日や休日は、恋人と会った。

恋人の名は梨田紘未という。大学時代に知り合った。

高校時代のクラスメイトの女性と街でばったり出会ったとき、彼女と一緒にいたのが紘未だった。そのとき、たまたま時間をもて余していた里志は、二人とお茶を飲んだ。

軽く世間話をした。紘未とは、簡単な自己紹介を交わしただけだ。紘未は、あまり口を挟まずに、里志とクラスメイトの会話を微笑みながら聞いていた。

だから、そのときの印象は、ぼんやりとしたものだった。感じのいい女性だなという程度のものでしかない。

それから、いくつかの偶然が重なることになる。

三年後、仕事を終えて、帰宅しようとした駅前の雑踏で、紘未に声をかけられた。

里志と紘未の勤め先は同じ駅の近くだったのだ。

紘未は里志の正面から歩いてきた。そして二人は、どちらから誘うというのでもなく、駅前の居酒屋で食事を共にした。

そのとき初めて、里志は紘未に魅かれている自分に気がついた。紘未は、清々しく、邪気がなかった。里志の話に、よく笑い、よく反応してくれた。カウンターに並び、彼女を見ると、その彫りの深い横顔の美しさに、最初に出会ったときなぜ気がつかなかったのかと、自分が信じられなかった。

そこでは、次の約束を交わすこともなく、二人は別れた。

そのときから、里志は、紘末が魅力的な女性であることを意識しはじめた。

だからといって、次の約束を言い出す勇気はなかった。好ましいと思う女性と会う約束を取りつけたとしても、何をどうすればいいのかさえわからないほど、女性とのつきあい方に疎かったのだ。

だが、次の偶然も、ほどなく訪れた。

ある休日、里志は映画を観に出かけた。あまり話題にはなっていない、社会派の硬い映画で、町はずれのミニシアターでだけ公開されていた。

そこでチケットを買おうと窓口に並んだ。その里志の前にいたのが、紘末だった。

わが目を疑った。彼女がこんな社会派の映画を観るなんて。人ちがいかもしれないと思いつつ声をかけると、まちがいなく彼女だった。

里志と紘末は、結局、その映画を一緒に観た。ラブロマンスもない展開だったが、里志がうかがい見ると、隣席の紘末は退屈する様子もなく、目を輝かせていた。驚いた。

映画館を出て、里志は食事に誘った。紘末は、まったく自然にその申し出を受け入れた。

無作為に選んだのは、近くのイタリアン・レストランだった。

明るいテラス席に二人は座った。

テラス席は、初老の男がひとりワインを飲んでいるだけで、他には誰もいなかった。

「あんな、お硬い映画も、お好きなんですね」

ワインを飲みながら、里志は思わずそう彼女に訊ねてしまった。

紘末は、心底嬉しそうに微笑みながらそれに答えた。

「だって、この前お会いしたときに、話しておられたじゃありませんか。あれだけ熱く、面白そうに語られたので、どうしても観に行きたくなってしまったんです」

里志には、その映画について語ったという記憶がまるっきり欠落していた。しかし、そうかもしれないと思った。彼女と何を話していいかわからずに、心の中に浮かんだことを次から次に口にしたにちがいないのだ。その話題の中に「今、いちばん観たい映画」も含まれていたらしい。

「でも、本当に面白かった。こんなタイプの映画、これまで観たことがなかったから、新しい天地を発見したような気持ちになりました。いい映画を紹介してくださって、ありがとうございました」

紘末のその言葉で、里志の中で根強く残っていた緊張がゆるゆる解けていった。それからの食事は、楽しいものとなった。話題はさまざまな方向に飛び、時間を忘れさせた。

二人は、おたがいのことをくわしく教えあった。そして里志は、紘未と話しながら、もっとこの人と過ごす時間を持ちたいと、心から望むようになっていた。

こうして、秋沢里志は梨田紘未との交際をスタートさせた。

半年間、二人は時間があるかぎり会った。里志は、世の中にこのように素晴らしい女性が存在することを、交際を深めるに従い実感していった。なぜ、もっと早く出会えなかったのだろうか。

結婚の申し出には、同じイタリアン・レストランを選んだ。いつものように食事をすませ、デザートを食べ終わったとき、里志は思いきって言った。

紘未は驚いた様子を見せなかった。戸惑（とまど）った感じもなかった。里志の震（ふる）え声のプロポーズに、こう言った。

「そんな予感、私もしていました」そして笑顔を消して頭を下げた。

「よろしく、お願いいたします」

その瞬間、里志は、自分の体内に溜（た）まっていた気が、すべて抜け出してしまうような感覚にとらわれた。

その日から、里志の行動の主題は、紘未との新しい生活を実現させるためのものとなる。

勤務先の住島重工に数日の休暇願いを出し、紘未の故郷を彼女とともに訪ねた。

紘未の両親へ挨拶し、結婚の承諾を得るために。そして、その足で、里志は自分の両親の住む九州へと紘未を連れていった。彼女を紹介するために。

里志は信じられない思いをした。紘未の両親は、里志をひと目見るなり気に入ってくれた。紘未が前もって根回ししてくれたのか、家族総出で出迎えてくれ、まさに家族同然のもてなしを受けることになった。もちろん紘未との結婚も、すぐに快諾された。

九州の実家へ行ったときも同様だった。

「なんで、こんな素晴らしい娘さんと知りあえたんだい」と母親は嬉しさを隠しきれない様子だった。そのうえ、「里志は、雰囲気が変わったよ。センスが良くなった」とまで評された。この旅のために、紘未が里志の服をすべてコーディネートしたのだ。

そして、半年後の挙式の日取りまでが、確定することになった。

里志にはもう何の不安もなかった。半年の後には、紘未との素晴らしい新生活がスタートするのだ。

里志は、世の中とはこのように夢のように進むこともあるのかと信じられない気がした。あまりにうまくいきすぎる。それだけに、かえって不安を感じてしまうのだ。

だが、そんな不安は、紘未と会うことで、すぐに消えてしまう。

だが、一つだけ、気になることがあった。

紘末の表情に翳（かげ）を感じるのだ。いつもは笑みを絶やさないでいるのだが、何かの拍子に、ふと、理由のわからない暗い表情を浮かべていることに気づくのだ。

「どうしたの？」

そう里志が訊ねると、紘末は、ふと我に返ったように笑顔を取り戻すのだった。

女性は結婚が近づくと、不安で精神的にブルーになるという話を聞いたことがあった。そのような心理状態にいるのだろうかとも考えたのだが、わかるはずもなかった。

そのとき、梨田紘末はアパレル関係の会社に事務員として勤務していた。それも、翌月には、辞（や）める予定になっていた。

仕事から離れることへの不安もあるのだろうか。里志はそんなことも考えた。

「何か、心配なことがあるの？」

思いきって、里志は彼女に訊ねた。

「いや、何もないけれど」

紘末はそう答えたのだが、里志の質問を受けたときの表情の変化から、里志は彼女が何かを隠していると確信した。

その正体は、数日、見えないままだった。問い詰めるべきではないのかもしれない。里志はそうも思った。

紘未ほどの女性だ。ひょっとして、過去を清算できていない未知の男性が関わっているのではないだろうか。それを、自分を煩わすことがないようにと、彼女だけで解決しようとしているのではないか。

そんな想像をしてしまう自分に、里志は厭気を感じてしまう。

ただ、彼自身は、いかに小さなものであれ、心の中にわだかまりを残したまま結婚生活に入るべきではないというこだわりは、あった。

紘未に詳細を訊ねるのはつらかった。だが、どうしても訊ねなければならないことだと里志は思った。

紘未は、最初、口を閉ざしていた。これまで見せたことのない暗い表情で。

そして、一人の男性の名前を口にした。その男性と、仕事を辞める前に一度会わなければならないのだという。

「その人は紘未にとってどんな人なんだ?」

里志は訊ねた。

「どんな人でもありません。私も全然知らない人です」

上司からの頼みだという。業務命令ではないという。だが、紘未が勤務するアパレル会社の経営に圧倒的な影響力を持つ人物だというのだ。その人物が、経営者に、一介（いっかい）の従業員である紘未と会える時間を作って欲しいと頼んできたらしい。紘未が退職する前に。

名目上（めいもくじょう）は頼んできたことになっているが、そのような生やさしいものではないようだ。紘未は上司と社長から哀願（あいがん）されたらしい。彼女はしぶしぶその要請（ようせい）を受けたのだという。

「何だか、怖いの」

そう、紘未は言った。当然だろう。

「そんなの、ほったらかしにしておけばいい。紘未にそこまでの義務はないはずだ」

里志はそう言いきったが、紘未は、上司と約束した以上、そんな無責任なことはできないと主張した。

「何という奴だ？」

紘未は一枚のメモを出した。「誰にも、このことは言ってはいけないと言われているの」

そう言って彼女は見せた。その方がよほど怪しいと里志には思えた。

メモには平凡な名前と横嶋市内の住所だけが記してあった。

「ぼくも一緒に会いに行く。紘未さえよければ。相手に後ろめたいことがなければ、ぼくがついていっても何も問題ないはずだし、紘未の婚約者として、ぼくも話を聞く権利があるはずだ」

「でも、それでは、約束を破ることになってしまう」

「こちらの立場もわかってくれるはずだ。何よりも紘未のことを心配しているということが伝われば、向こうは何も言えないはずだ」

強引だったかもしれないが、里志は、紘未をそう説得した。そして、行くのならば早い方がいいとも。

前もって電話連絡をすることもなく、里志と紘未はメモを頼りに家を探した。

閑静な住宅地に、その家はあった。まわりの家よりもひと回り大きな敷地を持つ、邸宅と言ったほうがいい家だった。

門のインターホンで紘未が来訪したことを告げると、扉が音もなく開いた。日本庭園が広がっていて、白い玉砂利の敷かれた道を二人は歩いた。

玄関で迎えてくれたのは執事だった。背筋を伸ばした白髪の痩せた男で、うやうやしく二人に頭を下げた。

「連絡なしに参りました。株式会社広川縫製セビアンの梨田紘未と申します」

執事はうなずき、次に里志を見た。

里志も、自分の素姓を告げる。

「お話はうかがっております。しばらくこちらで、お待ちください」

執事は慇懃な口調で言った後、応接間へと二人を案内した。年代を感じさせる革のソファに腰を下ろし、まわりを見回した。書棚も、置かれたチェストも渋い光沢を放っていた。まるで、資産家の生活を絵に描いたような住まいだと里志は思った。少し気おくれしている自分がわかった。

十分ほど待たされただろうか。待たされる十分というのは途方もなく長い。

二人は何度となく顔を見あわせた。

ドアが開き、さきほどの執事が再び現れた。

「ご主人様が秋沢様とお二人でお話をなさりたいそうです」

里志は少し驚いた。〝ご主人様〟の目的は紘未であるはずなのに。里志がついて来たことが、意にそわない……そういうことを言われるのだろうか。

「わかりました。お会いします」

そう里志は答え、不安げな表情を浮かべる紘未を残して立ち上がった。

「書斎へご案内します。そちらでご主人様がお待ちですので」

応接間を出て、里志は執事に誘導されるままについていく。その間、里志は、どう言うべきかと頭を巡らせていた。

なぜ、紘未にそんなに興味を持たれるのですか？　数カ月後に私たちは結婚するんです。

ですか？

愛し合っているんです。あなたからの要請で、どんなに紘末が戸惑い、悩んだか、ご存知

「こちらでございます」

執事は、ドアの前で立ち止まった。それからノックをした。

「ご主人様、秋沢様をお連れしました」

中から、ややしわがれた、老人の声が返ってきた。

「おお、入っていただきなさい」

執事がドアを開き、掌を上にして部屋へ入るようにと促す。

里志は薄暗い書斎に足を踏み入れた。ソファに老人が座っていた。年は七十代後半だろうか。大きな瞳で、里志を見ていた。

「お座りなさい。秋沢里志さん」

言われるままに、里志はその老人の前に腰を下ろす。

「かなり待たせてしまったかね」

老人は力のない声でそう言った。

「はい」

里志は正直にそう答えた。

「まさか、秋沢里志くんが一緒に来るとは思っていなかったのでね。少し戸惑ってしまった。結果……待たせることになってしまった」

それはそうだろう、と里志は思う。

「だが、お待たせしたといっても、十分ほどだ。私の人生の中では一瞬のことだ。これまでの人生でね。

考えたんだよ。本当は、直に里志くんに話すほうがいいのではないかと……そういう結論だ。

話を聞いてもらえればいい。私の話をね。

ただし、その話を信じてくれたら、お願いしたいことがある。

それと、私が話を終えるまでは口を挟まないでいただきたい。疑問や感想は、私の話がすべて終わってからにしていただきたい。

それでよろしいか？」

「はい」

老人はうなずき、ゆったりとした口調で、里志にすべてを話した。すべてを……。

なぜ、梨田紘末と会うことを望んだかをも含めて。

# 1

一九九六年の六月、秋沢里志は紘未と結婚した。親族はもちろん、同僚や数多くの友人からも祝福を受けた素晴らしい結婚式だった。

新婚旅行は何年か後の楽しみにと、あえて行かずに、二人はそのまま新婚生活に入った。住まいは、里志の勤務先を第一に考えて、住島重工から徒歩で十分ほどの距離にある住宅地のマンションの一室を選んだ。

そのときの二人には、憂うことは何もなかった。毎日が、まるで蜜のように甘い日々だった。

里志が帰宅すると、いつも、紘未が工夫したレシピによる料理が待っていた。それは、贅沢な食材を使っているわけではないが、外食では味わうことのできない時間と手間をかけた〝紘未スペシャル〟だった。

ゆっくりと時間をかけて、二人は料理を楽しみながら、いろいろな話をした。二人が離れていた一日にあったできごとすべてをおたがいに話して聞かせる。それが、離れていた時間を埋める作業だった。それが終わると、世の中のできごとについて、二人で論評しあう。それが的を射ていようがいまいが、どうでもよかった。

それから、近い将来に何を望むか、遠い将来はどうなっているのかに話題が移ったりした。

「本当は、一日中、里志くんが一緒にいてくれたらいいのにって、よく思うの」

そう紘未は言いきる。

「そりゃあ、無理かな。困らせるなよ。生活していかなきゃならないんだから。紘未に貧しい思いをさせないように」

そう笑って応えるものの、本心では、紘未の言うように、彼女と二人、一刻も離れずに過ごせたらどんなに素晴らしいだろうと思っていた。紘未は、最後に必ず「冗談に決まっているじゃない」とつけ加えることを忘れなかったが。

だから、里志が休みの日は、かた時も離れることなく、二人だけの時間を充分に楽しんだ。ドライブに出かけたり、コンサートを楽しんだり、温泉を訪ねたり。

二人はそんな充実した時間を永遠に送りたいと、心底考えていた。だから、二人の間に子供をもうけるのは、少し先にしようと話しあってもいた。

だが、十月初旬には、驚くことがあった。

紘未が里志の子を宿したのだ。

心配そうに報告する紘未を、里志は力いっぱいに抱き締めた。嬉しかった。自分の分身が、紘未の胎内で芽生えた。

そのことだけで幸福感に包まれた。

紘未も嬉しくてならない。それが里志にもよくわかった。

それから数日後。

忘れもしない、十月十五日火曜日の午後。

里志が職場でその電話を受けたのは、午後三時前のことだった。

連絡してきたのは、警察だった。

紘未が、自宅近くの路上で交通事故に遭い、病院へ運ばれたというのだ。

横嶋中央病院。

信じられなかった。誰かが、自分を欺くために何か悪戯を仕掛けているのではないか。

そう思ったし、そう信じたかった。朝、出かけるときにあれほど元気にしていた紘未が……。

……取る物も取りあえず、職場を飛び出し、病院へ向かった。

横嶋中央病院は自宅からも住島重工本社からもきわめて近い位置にあった。だから、紘未は救急車によってすぐに搬送されているにちがいないと判断した。早い手当てが適切に行われていて欲しい。

それだけを祈りながら病院へと走った。

受付で紘未の名を告げ、救急治療室へ向かった。

廊下に制服の警察官二人と、マスクをした白衣の医師が話している姿が見えた。

直感で、その前の部屋であることを里志は知った。

里志は三人に自分の名前を告げ、紘未の容体を訊ねた。

それからのことは、順番をよく記憶していない。

まず、変わり果てた妻の姿を見たのが最初なのか、気をしっかり持つように言われて、紘未の死亡を聞かされてからなのか、よくわからないのだ。すべての光景がぼんやりとして、作りごとめいてしまい、人の声さえも、遠くで響いているだけで意味のある言葉に聞こえないのだ。

自分は錯乱(さくらん)してしまっている。それだけがわかった。

紘未の身体を何度も揺すって、しっかりしろと叫んでいたと、後から聞かされたが、まったく覚えていない。

事故の状況は、いくらか落ち着いた後に、警察から聞かされた。

事故は里志たちの住むマンションの前で起きたのだった。衝撃音を聞いたマンションの住民が外に出て、倒れている紘未を発見した。そのとき、逃走する白い車を目撃している。すぐに警察と救急車が呼ばれた。

救急車が到着したときは、すでに紘未は内臓破裂により死亡状態だったという。

それからの里志は、人生から芯棒（しんぼう）が抜けてしまったに等しい生活を送ることになる。葬儀も現実として認識することができなかった。喪主（もしゅ）として座ってはいるのだが、横を見れば紘未が座っているのではないか、そんな錯覚（さっかく）に襲（おそ）われた。そして、錯覚であることに気づき、何度、式の最中に叫びだしたくなったことか。

初七日が終わり、一人ぼっちの生活を続けるようになって、里志は、ふと無意識に、紘未に呼びかけたりするようになった。もちろん、返事はない。

そんなとき、紘未がどれほど自分に必要な存在だったかを思い知るのだ。

紘未を轢（ひ）いて逃げた犯人は、その時点までわからなかった。

里志は、本来であれば、紘未の生命を奪い去った者を探しまわるはずだろうと思う。しかし、その意欲さえ湧（わ）いてこなかった。犯人をつきとめたところで、紘未がこの世に帰ってくることはないのだ。そんなことを、ぼんやりと考えるにすぎない。

里志は職場に復帰した。

自分の中にぽっかりあいてしまった巨大な穴から何とか逃れるには、日々の仕事に没頭するしかないということは、わかっていた。

だが、わかることと解決できることとは異なる。

仕事を再開し、少しの時間でも紘未のことを忘れようと努力しても、それはかなわなかった。パソコンの画面をクリックする瞬間にも、席を立つ瞬間にも、ふっと紘未のおもかげが脳裏をよぎるのだ。それから、言いようのない寂しさが襲ってくる。

職場で急に嗚咽を漏らし、同僚たちから心配されるほどだ。

また、実際に作業能率にも変化が現れていた。もう年が変わろうという頃だった。

「秋沢くん、環境を変えてみたら、どうだろう。実は、住島重工の子会社でP・フレックという会社があるんだが、そこで欠員が出ているそうなんだ。昨日、総務のほうから話があってね、こちらから一人回せないかということなんだが……。出向だから、給与体系も、あと福利厚生面もこちらと変わることはない。

ふと、秋沢くんのことを思い出したんだ。今、メンタル的に一番つらい時期だと思うんだが、逆に、環境が変われば気持ちが切り換えやすいのではないかと思ったものでね。

いや、強制じゃない。命令でもない。秋沢くんの考えを聞いてみたいと思ったのでね」

ミーティング・ルームの片隅で、里志は上司からそんな言葉を聞いた。

それほどに、自分は能率が低下しているのだろうか。体のいい肩叩きにあっているのだろうか。里志は、そんなことを考えながらぼんやりと上司の話を聞いていた。と同時に、自分に選択できる資格は残されていないのかもしれない、そんなことも考えていた。

「P・フレックという社名は聞いたことがないのですが、どのような業務をする会社なのでしょうか？」

上司は里志に問われて、唇を噛み、少し眉をひそめた。

「正直言って、おれも総務からこの話をもらうまで、系列にそんな名の会社があることは知らなかった。それほど規模の大きな会社ではないようだ。ただ、こちらとはまったく性格のちがう業務をやっているらしい。

新規事業を開拓するための機器開発……というふうに聞いている。営業の必要は、まったくないらしいからな。秋沢くんは、もしそちらへ出向するとなっても、こちらと同じ開発の仕事になると思うけれど」

「行ってもかまいません」

そう里志は答えた。その返事に、上司は拍子抜けしたように目をしばたたかせた。もっと何やら、里志から質問が続出するのではないかと予測していたらしい。

「それで、秋沢くんはいいんだね？　本当にいいんだね？」

そう念を押された。

## 2

年明けに、里志はP・フレックに出向することになった。場所は住島重工よりもバスの停留所三つ分遠くなるが、それはあまり気になることではなかった。

歴史は新しいらしく、平屋の社屋は住島重工本社と比較してモダンで明るかった。

その総務部を訪ね、開発四課勤務の辞令を部長から受けとった。本来、社長が渡すべき辞令だが、住島重工の技術開発部長が社長を兼任しているから、ほとんど不在なのだという釈明とともに。

開発四課の課長も同席していた。辞令を受けとった後、里志はその課長に紹介された。

三十代後半の、眉の濃い、伏し目がちな男だった。

「課長の野方耕市（のがたこういち）といいます。よろしく」

「秋沢里志です。よろしくお願いします」

野方は、いくらか安心したように、白い歯を見せて笑った。

「私は開発三課と開発四課の管理を兼任しています。実は、長期出張で一人欠員が出ましてね。それで、本社の方にお願いしたんです。それで秋沢くんを回してくれた……。とりあえず、少し話をしておこうか……」

二人は総務部を出て、階段横の吹き抜けに置かれた接客用の椅子に座った。

「こちらのことは、住島重工ではほとんど聞かされていないんです。私は、こちらでどのような仕事をするんですか？　というより、P・フレックで現在、開発しているというのは、どのようなものなんですか？」

野方はまず大きく息を吸ったように見えた。それからゆっくりと言った。

「まず、守秘義務のことから入った方がいいと思う。これはどこででも言えることだが、組織に属した以上、その組織が持っている機密は絶対に外部に漏らしてはならない」

「わかります。住島重工でもそうでした」

「そう。しかし、このP・フレックがやっていることについては、その守秘義務は特に厳しいものになる。P・フレックが住島重工の系列会社であることは機密には入らないが、あえて系列であることをひけらかす言動は慎んで欲しい」

「はい」

「今、P・フレックには四つの開発セクションがある。そのいずれもが、『時間』に関する機器の開発に取り組んでいる」

「時間！　ですか……？」

　里志がまず頭に浮かべたものは、時計だった。しかし、四つものセクションが時計を作るためというのは、腑に落ちない。

「そう」

「時をより正確に計測する機器という意味ですか？」

「ちがう。

　秋沢くんも、もう守秘義務の認識もできたし、P・フレックの一員となったわけだから、話しておこう。

　時間を超える機械。小説やマンガの中ではタイム・マシンと呼ばれていたりするのだが、それで説明するのが一番わかりやすい。

　時間は、過去から現在、現在から未来へと流れていく。そしてこの世に存在する万物も、その時の流れに抗うことができない。

　だが、このP・フレックではちがうんだ。なんとか、時の流れに逆らう方法はないかと模索している。具体的には、過去へ行く機械を作ろうとしている。

　今、四つのセクションで、それぞれに異なる方法で時間へのアプローチを試みている。

一課の吉本くんのところでは、まだ装置の実用には至っていない。二課の立田山くんは、肉体を過去へ送ることは出来ないという発想から、精神だけを過去へ送り出す装置を開発している。

そして、三課は、装置は実用段階に入っているが、それはきわめて不安定な機械だ。物質過去射出機というんだが、副作用が大きすぎる。過去へ射ち出しても、物質は数分しかそこに滞在できないし、何の手当てもしなければ、すぐに過去から弾き跳ばされてしまう。

それも、現在に戻ってくるのではなく、未来に跳ばされてしまうんだ」

「それは、実験が行われたということですか？　人間で。三課で長期出張で欠員が出たというのは、そういうことなのですか？」

里志が、思わず口を挟んだ。野方は仕方がないという表情でうなずいた。

「隠していても、いずれわかることだ。ここの人間は皆知っている。布川輝良という男だ。彼は、今、身を挺して実験を行っている。昨年十二月に過去へ跳んだ。帰ってくるのは……だいぶ先のはずだ」

なぜ、過去へ行った者が現在に帰れずに、未来に跳ばされるのかは、里志にはわからなかった。しかし、とにかく過去に跳べるのであれば、その機械に乗れれば、紘未を救う機会があるのではないか？　その連想がまず働いた。

「私の妻が交通事故で死んだことは、野方課長はご存知ですか?」

　里志はそう言った。

「ああ、聞いている。だが、クロノス・ジョウンターは使えないぞ。それは最初に言っておく。あ、クロノス・ジョウンターというのはその物質過去射出機のことだ。布川は、社の任務で過去へ行ったんだが、一昨年に、吹原和彦という男が、好きだった女性を救うために勝手に機械を使った。帰ってきていないがね。その女性を救うこともできていない。なぜだと思う? 過去へ跳んでも数分しか滞在できないからだよ。それに、女性が事故死したという歴史を変えれば、運命律が変化して、未来が大きく変化してしまう可能性がある。時の神は、そんなことは許さないんだよ」

「しかし……」

「だから、クロノス・ジョウンターは厳重にロックをかけてある。勝手な作動が行われないようにね。だから、変な考えは持たない方がいい」

　野方は、早々に里志に釘を刺したつもりのようだ。それで、その話題については封じられてしまった。

「それで、秋沢くんの行く四課だがね。そちらでは、課長代理の若月まゆみさんの下で働いてもらうことになる。彼女は、『時間螺旋理論』を唱えた、ある種の天才だ。彼女の理論であれば、未来へでも、過去へでも時間軸を早く移動することが可能だ。彼女の理論を形にすることが、秋沢くんたちの仕事だ」

「じゃ、私は、その『時間螺旋理論』による装置の開発をすればいいということですね」

「そうだ。それに専念して欲しい。だが、四課の人員は少ない。すでにできあがっているある装置のメンテナンスと改良の作業で、三課に労力をけっこうさかれているからね。つまり、四課の約半数は、三課との兼任になっているから、若月さんの担当分野の専任としては、四、五名というところだ。だが、人員は少ないが、よりやりがいのある仕事ができると私は思っている」

「しばらくはクロノス本体が使用されないのに、なぜ、三課にそれほどの人員が投入されているのですか？」

「固定装置の改良だ。過去での滞在期間を延ばす装置だ。布川くんもそれを持っていったが、どれだけ能力を発揮できるものか、確証がない。パーソナル・ボグという名称だがな。今は、主に、そちらに力を入れている」

里志は、頭の中でランプが点いたような気がした。そのパーソナル・ボグとクロノス・ジョウンターが揃えば、事故死した紘未を救うことができる。その考えは魅力的だった。現実感が一瞬にして蘇ってきた。

「どうしたの、秋沢くん。急にニヤニヤして」

野方は目を大きく見開いた。里志はあわてて手をあてて、頬の緩みを止めた。

「い、いいえ、何でもありません」

できるだけ早い機会に、クロノス・ジョウンターに関する知識と操作法を習得しよう。同じ課の半数がその仕事に携っているというのであれば、早く皆となじめば、それだけ早く機械に接することができるはずだ。

固定装置も改良段階に入っているという。その進行も把握できるはずだ。

そんな考えが里志の中で渦巻いた。あわてずに時機を見よう。

「よろしく、お願いします」

里志は、そう言って頭を下げた。

3

若月まゆみに紹介された。

三十代後半で、笑顔を絶対に浮かべないような学究肌の痩身の女性だった。眼鏡のレンズが厚く、角度によっては目つきがうかがえなくなり、表情そのものが消えてしまう。

かと思うと、正面から里志に話しかけてくるときは、大目玉に見えてしまい、その迫力にたじたじになってしまう。口数も少なく、何となく取っつきにくさを感じてしまった。

若月は、最初の日に、電話帳ほどもある分厚いファイルを里志に渡した。

「とりあえず、そのファイルすべてに目を通してください」

そのファイルの表紙には、「時間螺旋理論」とあった。前半をぱらぱらとめくると、数枚の写真が目についた。ほとんどのページには、えんえんと数式が並んでいる。

里志はその場でファイルを放り投げたい衝動に駆られたが、やっとの思いで、それを抑えていた。

写真には奇妙な装置が写っていた。透明なシリンダー状の装置。その横に写っているのは、白衣を着ている女性の右手のようだ。どうも、若月の手のように見えた。

それは完成前の模型のようであった。

――実験を、やっている！

そう里志は思った。連続写真を見たからだ。ハツカネズミが装置の中にいる。五枚の写真では、ハツカネズミが次々と半透明の状態になっていき、骨格だけが残って崩れ落ちる。

――未完成だ！　骨だけが送られていない。

ファイルの後半は、実験装置の図面で占められていた。そのような設計図であれば、里志にはずいぶんと理解しやすい。

そのファイルを二日間かけて熟読し、若月に返した。

「どうだった？」

若月が感想を求めてきた。

「鋼のように難解な論文でした。完全に理解できたとは言いきれません」

やっと若月は、笑顔を見せてくれた。

「それでいいわ。二日間でそれを全部理解したと言われたら、私は秋沢さんを信用しなかったでしょうね。まだ、私にもわからない部分が残っているんだから」

それで、やっと若月は里志をチームの仲間として認めてくれたようだった。

「試作品としての装置はあるけど……論文を見てわかったでしょう、時間を超えさせる対象物を、いったん分子レベルまで分解して、目的の時間ステージで再構成するのよ。ラットの実験では、分子への分解が骨まではできないの。だから、送られたラットは、骨なしのコンニャクみたいな状態になっているんじゃないかと思う。かわいそうだけど」

そう、こともなげに若月は言った。言葉とは裏腹に、ネズミたちに同情している気配は微塵も感じられなかった。

若月は背後にあるキャビネットを開いて、写っていた試作品の実物を見せてくれた。

里志は、若月の話を聞いて、少し怖気を感じた。生き物を分子に分解して再構成するという概念がしっくりとこないのだ。分解した時点で死んでしまうのではないだろうかと考えてしまう。

「過去や未来に確実に跳んでいったという確認は、どうやってするのですか？」

里志の質問に、若月はあっさりと答えた。

「確認はとれないわ。一方通行だから。でも、理論上は、ちゃんと跳んでいったことになっているから」

なぜ、そんな当然のことを訊ねるのだろうという口調だった。しかし、里志は信じられなかった。ひょっとして若月まゆみは、ある種のマッドサイエンティストではないのか。

「ただ、クロノス・ジョウンター実用化の基本的な考え方は、『時間軸圧縮理論』から来ているでしょう。あの考え方だと、時間をゴム紐みたいにしかとらえられないの。これだと、過去へ跳んでも、圧縮の反動で、現在を超えて未来へ跳ね飛ばされてしまうのよ。あれが、あの理論の限界。私の『時間螺旋理論』なら、過去に滞在しても、はね跳ばされることはないわ。それが、こちらの長所。時間の流れに対する考え方が、まったくちがうんだから」

そう持論を述べるときの若月の口調は、自信に満ちていた。

「何かご感想は？　何でもかまわない。素人の目で言っていただいてけっこうよ」

　素人扱いしかされていないと知り、里志は気が楽になった。

「この装置は、分子を最終的に磁気で跳ばすようになっていますが、出力不足のような気がします。それは、気のせいかもしれませんが、この…この……」

「クロノス・スパイラル」そう、若月は言った。

「そう……このクロノス・スパイラルについて根本的に言えるのではないでしょうか？」

　若月は腕組みしてじっと前方を睨み、それから大きな声を出した。

「佐藤さんっ」

　部屋の隅の机でパソコンに向かっていた、影の薄そうな男が「はいっ」と返事をした。

「佐藤さん。今の秋沢さんの話を聞いていた？」

「は、はいっ！　聞いていました」

「今の意見、どう思う？」

　佐藤は立ち上がり、全身を硬直させて答えた。

「前々回のミーティングのときも同じ疑問が出ました。ただ、技術的に、解決策の結論が出るに至っていません……と思います」

　このチームでの若月まゆみのカリスマ性が浮き彫りにされたと、里志は感じていた。

「私もそこが問題だと思っているの」

若月はそう里志に言った。里志は反射的に応えた。

「そのあたりのシステムを私に担当させていただけないでしょうか」

若月は、それに異存はなさそうだった。

同僚には、佐藤の他に山部という男がいた。彼は、七対三くらいの割合で、クロノス・ジョウンターの仕事もしていた。里志は、数日のうちに四課の全員と気楽に言葉をかわせるようになっていたのだが、特に山部とは、軽口を叩き合えるぐらい気が合うものを感じていた。おたがい、ひとり身ということで、気軽に残業をこなし、その後、二人で居酒屋で呑むというパターンも定着した。

その機会に、クロノス・ジョウンターにまつわる話をいろいろと聞くことができた。

布川という男の前に、吹原という男が過去へ跳んだという話の詳細。どうしても、過去に滞在できる時間は限られてしまうということも。

「操作は難しいのか?」

山部は首を横に振った。

「いや、自動にセットすればいい。時間と位置座標の設定に時間をとられるけどな」

そうか、と里志はほくそ笑んだ。

「ただ、たぶん数分しか滞在できないからな、固定装置をつけないと。今、新機種の開発を急いでいるけど……今のペースでいけば、夏の終わりくらいには試作品ができるかな」

「それだと、どのくらい過去に滞在できる？」

「布川が持っていったパーソナル・ボグが、約九十時間というふれこみだったが、滞在時間が長くなるほど、時間流が反発する力が強くなる。少なめに計算すれば、三十時間もたなかったと思うよ。もっと短かったかもしれない。ありゃあ、未完品だ。今、開発しているやつなら、どんなに計算が狂っても五日はもつ」

その話を聞きながら、里志は胸がときめくのを抑えきれなかった。

## 4

生きる目標が確実なものになってきた！

それが実感だった。夏の終わりに完成するという新しい固定装置を携えて、紘未が事故に遭う前の時間に戻りさえすれば……。

それまではじっと待ち続けるんだ。そうすれば、紘未も紘未のお腹の子も救うことができる。

クロノス・ジョウンターの手伝いを買ってでよう。『時間螺旋理論』の実現にも等しく力を入れていこう。自分の本心を誰にも悟られないように。

「クロノス・ジョウンターのほうで人手が足りないときは、いつでも言ってくれ。できるだけ手伝うようにするから」

里志の言葉に、山部は素直に感動し、手を握ってきた。

春が過ぎた頃、クロノス・スパイラルの新しい試作品が完成した。里志の開発した出力強化システムを採用したものだ。物質を過去へ送るシリンダーの容積は従来と変わらないが、周辺機器は、大幅な空間を占領することになった。だから、試作機はキャビネットから工作室へ移動されていた。あとは送信する被験体を入れるシリンダー部を大きくするだけで、大容量送信が可能なクロノス・スパイラルとして使用できるのだ。

一方、クロノス・ジョウンターは、稼働こそしていないものの、定期メンテナンスを週一度は行っていた。そのとき、山部の要請で里志は何度となくそれに触れることになった。巨大な蒸気機関車に似た外観を持つクロノス・ジョウンターを初めて見たとき、里志は言いようのない感動を覚えていた。

これに乗れば、紘未がいた時間に行ける。

ロックが外され、メインスイッチが三課の藤川の手で入れられ、野方課長がチェックシートに数値を記入していった。

遡行時間を示すメーターは、遠い過去に行けるようには設計されていないことを知った。せいぜい百年が限界だろうかと里志は思った。しかし、それだけの過去へ跳ぶ性能は要求しない。たかだか一年前でいいのだ。

跳ぶ時間と位置の座標設定や、自動装置をセットするタイミングもわかってきた。あとは、自分の手で、現実に動かすだけだと思った。固定装置であるパーソナル・ボグⅡを腕にはめて。

そんなことをおくびにも出さず、里志はメンテナンスを手伝った。

あまりにも熱心に山部の作業を手伝う里志を見て、野方は最初は怪訝に思ったが、何事もないかのようにふるまうのを見ているうちに、里志がいても当然だと思うようになったようだ。

もちろん、クロノス・スパイラルの出力増加についても、里志はいくつかの提案をし、若月の信頼を得るに至っていた。あくまでも、クロノス・ジョウンターの手伝いは余裕のあるときにしか参加できない。そのためには、クロノス・スパイラルの研究をノルマ以上に進めておけば、後ろ指をさされたり、誰にも怪しまれることがないはずだった。

出力強化システムを採用したクロノス・スパイラルが、実験の日を迎えた。その日は四課全員と野方も立ち会った。

「こんなに早い段階で、仕切りなおしの日を迎えられるとは、思ってもいなかったよ」

野方は若月にそう本音を漏らした。それに若月は笑顔でうなずく。

若月の表情からもずいぶんと硬さがとれ、笑顔を見せることが増えていた。今では、若月は眼鏡をコンタクトレンズに替えている。それだけでも、四課の人々にとっては、課内の雰囲気が変わったと感じられるのだ。

出力強化システムの最終チェックを、里志は山部とともに進めた。ここでは、山部が里志を補佐する立場になる。

山部が数値を読み上げ、それを書き込むのが里志だ。シートに書き込んだ数値をキーボードから打ち込み、画面表示がグリーンに変化するのを確認した。

転送シリンダー部分も点検が終わり、記録用の撮影機材が並べられた。最後に、実験に使用されるハツカネズミがシリンダーの中へ入れられた。ハツカネズミは不安げにシリンダーの壁を激しく引っ掻いていた。

「いつでも、操作可能ですが」

佐藤がいつも以上に緊張して若月に報告した。若月が野方に言う。「では……」

野方がうなずく。若月が「三分後始動にセットします」と言い、手元のキーを叩いた。

里志は思わず背筋を伸ばしていた。出力強化システムが低い振動音を発しはじめた。周辺機器のすべてから、さまざまな色彩の点滅が始まった。

その三分間が、里志には永い永い時間に感じられた。果たして、このシステムでハツカネズミを過去へ送れるのか。何か予期せぬ事態が発生するのではないか。そんな不安とともに見守っていた。

十秒前から、若月がカウントダウンを開始した。

カウント・ゼロになり、それまでの低い振動音が一気にかん高いものに変わった。シリンダー内が、まばゆいばかりの光に包まれた。

里志の目に、あのファイルの写真と同じ光景が映った。

ハツカネズミの身体が……透明化していく。そして……骨だけが残ったら負けだ。そう里志は思った。

次の瞬間、ハツカネズミのすべてが……消失した。瞬きする間もなく。

「被験体、消失。運転停止！」

若月が叫ぶ。

全員が無言だった。出力強化システムの音が低下し、停止した。

その場の全員が沈黙を続けていた。

シリンダー部を凝視していた若月が、声をかすれさせて言った。

「……成功しました」

堰を切ったように室内が歓声で包まれた。佐藤など、万歳を何度も叫んでいた。

若月はハンカチで目頭を押さえ、号泣し始めた。あれほど感情を抑えていた反動だったのだろうか。しかし、数分後には、何ごともなかったかのように涙を乾かしていたのだが。

若月は、野方と言葉を交わした後、里志の方へ近づいてきて言った。

「秋沢さん、ありがとう。あなたの出力強化システムのおかげよ」

里志はどう答えるべきかわからず、「どうも」とだけ言って、頭を下げた。


実験が夕刻に実施されたこともあり、その夜は四課だけで打ち上げという予定になっていた。

実験の成功、失敗にかかわらず、打ち上げは予定されていたのだが、失敗していたらこれほど盛り上がりは見せなかったはずだ。

ただ、里志は不思議だった。

ハツカネズミは、たしかにシリンダーの中から消失したものの、本当に過去へ行ったのだろうか。そう聞かされているからそう信じるしかないのだが、実は、ハツカネズミは分解されてしまっただけなのかもしれない。

　里志は飛行機のような鉄の塊が空を飛ぶことも、あまり信じられないと考えるタイプなのだ。

　P・フレック近くの居酒屋が打ち上げ会場となった。

　四課には、実験のレビュー及び解析などの仕事が山積みされているのだが、一朝一夕で目処がたつ量ではない。とりあえずデータをバックアップして、全員が打ち上げ会場へ移動した。

　里志も、まずは肩の荷がおりた感じでいた。あとは、山部たちが開発している新しい固定装置の完成を待つだけだ。そうすれば、どのようにしてでもクロノス・ジョウンターに乗り込んで、紘未のいる時間に旅立つことができる。それまでは、P・フレックの熱意ある社員を演じていればいい。

　安堵の中で、そう自分に言いきかせた。

　宴はすぐにテンションの高いものになった。山部や佐藤も、いつになく嬌声を上げ、すさまじいピッチで杯を呑み干していた。

　里志はなぜか醒めていた。紘未と再び会うという目的が心の隅に潜んでいるため、我を忘れる気にはなれない。だが、同僚たちは、次々と酒を注ぎに里志の席へ訪れる。

ふと見ると、若月が部屋の隅で一人静かに盃を傾けていた。若月も酒を呑むのだと知って驚いた。日頃は、四課の有志たちが呑み会を開いても辞退するのが常だった。それで、てっきり酒は呑めないものと思い込んでいたのだ。同僚たちも、若月はこのような席は苦手なのだと思い込んでいるようで、遠慮して、酒を勧めようとする者はいない。

「ちょっと、リーダーにお酒を注いでくる」

と同僚たちに断り、里志は若月の席に向かった。

「よろしいですか」

顔を上げた若月は驚いた表情を見せたが、注がれた日本酒を見てニッコリ笑い、一息で呑み干した。

「秋沢くんのおかげだわ。今日は、ありがとう」

そう若月は言った。〝さん〟ではなく〝くん〟になっていた。

プライベートなことはともかく、ふだんでは話せないこともこんな席では訊ねられる。里志は思いきって聞いた。もやもやとした疑問について。

「あのネズミ、本当に過去に行ったんでしょうか？　ただ単に分解されて消えちゃった、ということではないのですか？」

若月は、口に含んでいた酒をぷっと吹いて、パシンと里志の肩を叩いた。

「ファイル！　斜め読みでしょう」

「いえ、そんなことは……。一応目を通しました」

「目を通しただけで、読んでない。いま、そう言ったわね」

酒癖が悪いのだろうか……。一瞬里志はしまったと思った。だから誰も彼女に近づかなかったのかと。

「いや、ほんとは理解できてないのかもしれません」

若月は大きくうなずいた。

「それなら、わかるわ。前半の数式をきちんと追っていけば、わかったはずよ」

「はあ」と応えるのが精いっぱいだった。

「ネズミはたしかに過去へ行ったの」

「はあ。どのくらい前ですか？」

「三十九年前」

「はあ」

「正確には三八・九九九九九九九……年前よ」

なぜそんな数字が出てくるのか、里志にはぴんと来ない。

「他の過去や未来ではないのですか。五年前とか、一年前とか」

若月はわかっていないなというように首を振った。

「なぜ『時間螺旋理論』というのか、わかってないでしょ。時間は、こう……」と右手の人差し指をクルクルと下から上に回す。「こんなふうに螺旋状に流れているの。その螺旋をスプリングと考えてごらん。スプリングの上端を押すと、上と下の針金がくっついちゃうでしょ。くっついたときに、一方に跳び移る。うちの装置では、その間隔が三十九年というわけ。だから、タイムスパイラル理論では、希望する年代に行けるというわけじゃないの。押し縮めたスプリングが接触する個所と間隔だけ、つまり三十九年の倍数の過去か未来だけね、跳び移れる時間は。

今回は過去とくっつけたから、あのネズミが行った先ははっきりわかっているわ。今年は一九九七年だから、一九五八年に跳んでいったのよ。

それが『時間螺旋理論』。今の説明はいちばんわかりやすい、サル向けの解説。それを数式使って書いておいたから、皆、こんがらがってしまうのよ。チーフの野方さんだって、かなり頭ひねっていたんだから、心配ない、心配ない」

「やはり特定の年代に跳ぶってことは出来ないんですか?」

「そりゃ、無理ね。時間が螺旋でできているのは天の摂理なんだから。時間の流れというのは、そういう構造になっているんだから」

若月にそういう構造になっていると断定されてしまえば、里志に反駁できるはずもない。

そこに、野方が遅れて到着し、若月の隣に陣取った。

「お、感心、感心。酒の席でも時間論か。ゆっくり話しててていいぞ」

野方は、そう言ったにもかかわらず、愚痴をこぼし始める。

「なぜ、打ち上げに遅れたかっていうと、本社からいろいろと責められていたんだ、今まで。例のクロノス・ジョウンターの性能について、本社は満足していないいんだよなあ。開発中止まで言い出して、それを今、ようやく押しとどめてきた。過去に一方通行でしか行けないのは、利用価値が認められないとか言ってねえ」

野方は眉をひそめて唇を尖らせた。若月が自嘲的に口を挟んだ。

「チーフ。踏んばらなきゃ、駄目ですよ。本社の方は、誰も何もわかってないいんだから。クロノス・ジョウンターの開発が中止になってしまったら、次に矛先が向くのは、こちらなんですから」

「ああ、わかっている。だが、吹原がクロノス・ジョウンターを無断使用してから、どうもこちらは分が悪い」

そう言って野方は頭を掻いた。

そこで里志は若月のそばを離れた。里志にもいろいろと思うところはあった。

クロノス・スパイラルは、自分にとって利用価値は低いということを再認識した。現在から跳び立てる過去が三十九年周期だなんて、まったく使えない装置だ。自分が戻りたい過去は、せいぜい一年前でかまわないのだ。そんな昔に戻って、その日までどうするというのだ。

やはり、自分が使うのは、クロノス・ジョウンターだ。固定装置との併用で、簡単に紘未を救うことができるはずだ。

翌日からは日常の研究が再開し、クロノス・スパイラルの実験データの解析を続けていくうちに、里志は、シリンダー内のハツカネズミは三十九年前にやはり確かに跳んだのだという事実を認識するようになった。同時に、時間流が螺旋状の発条になっていて、時間軸の伸縮は可能だと思わざるをえなくなった。軸が縮むと、現在に接するのは三十九年前の過去か三十九年後の未来なのだ。

そして、一歩深く、『時間螺旋理論』を理解したと実感するのだった。

5

山部から朗報がもたらされたのは、梅雨も明けようかという時期だった。

徹夜続きだったという山部から、酒につきあえと誘われた。

カウンターで、山部は乾杯しようと言い出し、コップを持ち上げた。どうしたんだと、里志が問い返すと、彼は嬉しそうに笑み崩れた。

「目処がついたんだ。クロノス・ジョウンターの新しい過去固定装置。腕時計タイプのパーソナル・ボグⅡ」

そう声を弾ませた。

「設計は完了した。三課専任の連中と、ある種、コンペみたいな状態だったのだけれど、おれのが通った。おれのボグが、一番、滞在時間を延ばせる。確実に三日は滞在できる」

三日という期間は、里志の紘未救出においても理想的な時間だ。怪しまれず、余裕を持って、事に当たることができるではないか。

目が輝くのが自分でもわかった。

「いつ、その設計したものは形になるんだ？」

里志が訊ねると、山部は宙を睨み、しばらく考えて言った。

「そう……早くて、八月の頭には完成ということかな」

そのとき、里志は決心した。自分が過去へ旅立つのは八月だと。新型のパーソナル・ボグを手に入れたら、すぐにクロノス・ジョウンターに乗り込む。

「山部、もう一度、乾杯しよう！」

「ああ、何度でも乾杯するさ。しかし、嬉しいよ」

山部はそう素直に感激していた。

里志の計画は、自分でも完璧だと信じていた。

その日が来るまでは。

七月下旬のある日の、昼休みが終わる頃、その事件が起こった。

里志は、駅近くの食堂へランチをとりに出て、職場へ帰ってきたとき、異変を知った。

同僚をはじめ、他の課の連中も試験室の方へ走っていく。

その試験室にはクロノス・ジョウンターが設置されているのだ。

そこで何かが起こっているようなのだ。

里志は不安を感じた。言いようのない、正体の見えない不安だった。

廊下には、人々が集まっていた。しかし、誰も室内に入ろうとせず、中を覗き込んでいるだけだ。何かが中で起こっている。

クロノス・ジョウンターが壊れた？

それが、里志が一番恐れていることだ。

廊下の人々の中に、山部の姿があった。

「何があったんだ！」

里志が声をかけると、山部は驚いたように振り返った。里志を見ると、ほっとした表情を見せた。

「秋沢じゃなかったんだな。おれはてっきり、おまえの仕業じゃないかと思っていた」

「どうしたんだ」

山部は顎で室内を指した。覗くと、クロノス・ジョウンターは鎮座したままである。何事もなかったかのように。

ただ、室内から生臭さの混じった焦げ臭い匂いが漂ってくる。オゾン臭と、機械油の焼けた匂いだ。うっすらと、白い煙も立っている。

数人の作業着姿の男たちと野方が、深刻そうに話し合っているのが見えた。遠目からでも野方の頬が痙攣しているのがわかった。

「誰かがクロノス・ジョウンターを動かしたらしい。それも、無断で」

山部がそう答えた。

「誰が……？　動かしたって……過去へ跳んだってことか？」

「あたりまえだ。誰かがって……おれが最初に連想したのは、秋沢、おまえだったんだ。奥さんを救いに跳んだのかなって」

それで、秋沢じゃなかったのかという山部の科白になったのだろう。

近くにいた佐藤が言った。

「目撃した奴からちらっと聞いたんですが、前に、無断でクロノス・ジョウンターを使った吹原和彦って人いたじゃないですか。あいつが乗り込んでいたらしい。それに自動射出装置も、前とほとんど同じ時間と場所にセットされていたそうですから、まちがいありません」

「二度目の無断使用か……。吹原和彦」

山部は深刻な顔をして腕を組んだ。それからこう漏らした。

「おれの固定装置も、出番がなくなったかもしれないな」


その翌日、山部の予感は的中した。

三課及び四課で共同開発していたクロノス・ジョウンターの計画の中止が発表された。

本社、住島重工からの指示だということだ。前日の吹原和彦の無断搭乗が報告され、三十分も経たずに、その指示が野方に伝えられたらしい。今回は、さすがの野方も逆らえなかったようだ。

以降、三課については、波動発電機の開発に従事することになり、四課の技術者はクロノス・スパイラルの専従となるとも。

クロノス・ジョウンターは解体され、処分されることが、野方の口から伝えられた。それは野方にとって断腸の思いだろう。

「どうしたの。顔色が悪いわよ」

中止発表の後、里志は若月からそう指摘された。

すべての努力が水泡に帰した。

そういう思いが里志の中にあった。

再び、目に見えるものすべてから、現実感が喪失してしまった。

「吹原という男に先を越された！」

その思いだけがあった。

野方は「クロノス・ジョウンターには厳重にロックをかけてある。勝手に作動ができないように」と言っていたはずなのに。

同時に、吹原和彦のことも思い出していた。

彼も、好きな女性を助けるために、過去へ跳んだはずだ。それでも再び過去へ跳ばなければならなかったというのは、その女性を救えなかったからではないのか。

でも、なぜ、自分ではなく吹原和彦なのだ。

不公平すぎる。

八月の頭まであと半月。あと半月吹原が現れなかったら、クロノス・ジョウンターで紘未を救うことができたというのに。

野方の言葉どおり、その日の夕方には、試験室から、クロノス・ジョウンターの黒い機体は消えていた。

「野方さんが立ち会って解体して、トラックで運んでいったよ。たぶん、どこかのスクラップ場だろう」

空っぽの試験室の前で立ちつくしていた里志に、山部がそう声をかけた。

かけがえのないツキに見放されたと考えると、里志は虚脱感に見舞われた。

これから何を頼りに生きていけばいいのか。

ぼんやりとした頭で考えても何も思いつかなかった。生きる屍に逆戻りしたということしかわからなかった。

どうしても紘未に会いたい。

その思いだけは、消えていなかった。

ある夜、夢を見た。その夢に現れたのは、生前の紘未だった。紘未は里志に笑いかけ、何ごとか囁いた。だが、その声は里志の耳には届かなかった。紘未は小首を傾げ、寂しげに里志を見た。

次の瞬間、里志は布団の中で身を起こし、それが夢だったことを知った。

その夢のあまりの生々しさに、里志は必死で考えた。なぜにこれほど夢とは思えない夢を見てしまったのか。声はないが、息遣いまで感じられるような紘未が現れるとは。

このことに、どんな意味が隠されているのか。

里志は寝汗をタオルで拭きながら、その考えから逃れられずにいた。

ふと、クロノス・スパイラルのことを思った。そして、直観的に連想した。

紘未の生命を救うために自分に残された方法は、クロノス・スパイラルを使うしかない。どんなに効率が悪くても、過去を修正する方法は、それしかないのだ。

紘未が夢で自分を呼んだのであれば、効率などということは二の次ではないか。

里志はクロノス・スパイラルで自身が過去へ跳ぶことを決意していた。

だが、そこでまたも、里志の望みは壁に突き当たった。今のクロノス・スパイラルでは、ハツカネズミを跳ばすことしかできない。どうすれば人体を過去へ送ることができるスケールに改造できるのか。

いまや、可能な方法は一つ。

今の『時間螺旋理論』をどのように利用することになるのか？　結果的に、住島重工にどのような利益をもたらすことができるのか、会社をうまく納得させることができれば、クロノス・スパイラルの一歩進めた研究が必要とされるはずだ。研究の道筋として、人間そのものを過去へ送るという選択も生まれてくる。実際に行われるかどうかは別として、それは自分の立場でも提言(ていげん)できるはずだ。

だが、自分の本心はあくまで隠しとおす。

里志はそう結論づけた。

## 6

P・フレックが盆休みに入ろうという前の日に、里志は、山部に呑みに誘われた。終業寸前のことだった。ひとり身の里志には断る理由は何もない。

居酒屋で山部は、カウンターではなく部屋をとってあると言う。珍しいことだと思いながらも、里志は靴を脱いだ。

部屋の前では、先に入れという。変だなという予感が生まれた。

襖(ふすま)を開いて驚いた。

三課と四課の連中が、息をひそめて待っていたのだ。若月の顔も見えた。

「?・?・?」

言葉が出なかった。中央の若月の隣の席だけが、ぽつんと空いていた。仕方なく、そこに座る。

誰もひと言も発しない。

若月が里志に向かって口を開いた。

「秋沢くん。クロノス・ジョウンターで過去に跳ぼうと思っていたでしょう。でも、吹原さんに先を越されてしまった……」

全員が里志を注視していた。

里志は、「えっ？　えっ？」と周囲を見まわす。

「隠したって無駄よ。全員、知っているんだから。そうでしょ？　そうだったんでしょ？」

勢いに呑まれてしまい、里志は思わず「はい」と答えた。

そのひと言で、部屋中がどっと笑いで包まれた。それも、若月が右手を挙げると一瞬で鎮まった。

「その気持ちに変わりはないわよね」

「はい」

「そうだと思った」

里志はからからに渇いた喉で、ようやく言った。

「これは……何ですか？　私を糾弾する会なのですか？」

若月は大きく首を横に振った。

「ちがう。今夜は結団式よ。秋沢くんを過去へ送りこむプロジェクト・チームの」

里志は耳を疑った。まさか……。そんなことって。

「言い出したのは山部さん。私もうすうす気づいていたわ。クロノス・ジョウンターがP・フレックから撤去されたときの秋沢くんの落胆ぶりを見たら……誰でもわかるわ、ここにいる全員。秋沢くんに生きる張りがなくなったみたいだって。

だから、秋沢くんには内緒で、皆で話し合ったのよ。あなたを過去に送り込んでやろうと。クロノス・スパイラルを使って。

これからクロノス・スパイラルの本機の製作に入る。でも、もちろん、秋沢くんを過去に送るなんて、全員、おくびにも出さない。会社にも報告しない。野方さんにも言わない」

里志はあわててまわりを見まわした。そういえば野方の姿だけが見あたらないのだ。

会社にも野方にも内緒で、この部屋全員の共同謀議。

「死んだ奥さんに会いたいんだろう。秋沢は絶対に口に出さなかったけど、おれは痛いほどわかるんだよ。欺すようなことして悪かったけれど、皆で、秋沢を元気づけようと思ったんだ」

山部は弁解するような口調だった。

「どうしますか？　秋沢くん、皆のこの気持ちを受けますか？　それとも、過去への旅をやめますか？

あと、決まっていないのは秋沢くんの意思を確認することだけだったんだから」

里志の目から、みるみる大粒の涙があふれた。とても抑えられなかった。

返事は決まっていた。

嬉しかった。皆の気持ちが嬉しかった。

里志は両手をつき、若月に頭を下げた。

「よろしく、お願いします」

そこで、部屋中に割れんばかりの拍手が響いた。

そのときの酒宴ほど清々しく呑めたのは、P・フレックに移って以来なかった。

盆休みが明けた数日後、野方から、三課及び四課の全員に、クロノス・スパイラルの本機製作が発表された。

若月が出していた申請が本社で受理され、許可が下りたのだ。

里志は不思議な気持ちでその発表を聞いていた。クロノス・スパイラルの製造の本当の目的を知らないのは、野方だけなのだ。その彼の口から、製作について語られている。三課、四課の連中は全員、その発表を神妙な表情で聞いていた。

「安定した時間移動の可能性を一歩進めて模索するには、この計画は避けて通れないと確信する」

そう野方は言葉を結び、いくつかの作業グループ分けが発表された。班長を束ねるのは若月ということになった。

「野方課長の最後の科白は、若月さんの申請書どおりでしたね」

解散後、佐藤が眼鏡を押さえながら珍しく笑顔を見せた。

里志は出力装置の班長を任された。基本的には、試作機と同じ出力を維持することができれば目的はクリアできるはずなので、あとは、いくつか気になっている補助回路を考えておく必要があるくらいだった。

ただ、班長ミーティングで、全体の進行が見渡せるのがありがたかった。予定では、紘末の一周忌前には、クロノス・スパイラルは完成を見るだろうと知ることができた。

二人きりになったときに、若月が訊いてきた。

「完成したら、すぐに過去へ跳ぶの？」

「ええ。クロノス・ジョウンターみたいに、予期せぬできごとで使用不能になる前に、自分で試したいと思っています」

　若月はうなずいた。

「じゃあ、もう二カ月ないわね。そろそろ、いろいろと準備を始めておいた方が、いいかもしれないわね」

「準備ですか……」

　若月はうなずいた。

「まず、退職願いを九月末日付で出すこと。P・フレックを退職した人間の追跡調査までは、会社はやらないはずだから。在籍中に失踪したら、社内的にいろいろと面倒になると思うのよ」

「わかりました。すぐ退職願いは用意します」

　若月の指摘はもっともだと里志は納得した。そうしておけば、うまくいけば、クロノス・スパイラルを作動させた記録さえ残らないはずなのだ。

「それから、秋沢くんが跳んでいく年代で、どうやって生きていくかということも考えておいたほうがいい。こちらの年代に帰ってくることは、できないのだから」

「……それは……考えてみます」

　そうだと、里志は思わず生唾を呑み込んだ。里志が行くことのできる過去は、三十九年前なのだ。里志自身も誕生していないし、紘未も存在していない。

そこで、事故発生を防ぐまで生き続けなければならない。未来人であることを隠して。

「過去に、持ち込むことはできますか？　私物を」

「できるけれど限界があると思う。転送部分の設計は、今のところ、成人男子が一人乗り込める……そうね、言い方が悪いけど棺桶サイズだから、仕方ないわね。持っていくとすれば、せめてデイパック一個分というところかしら。あ、お金は持っていくわよね？」

「ええ、そのつもりです、退職金を」

「じゃあ、全部、古いお金に換えていきなさい。今のお金は使えないから」

若月の言うことは、いちいちもっともだと驚かされた。彼女も、『時間螺旋理論』を考えたときから、何度となく、自分がもしも過去へ跳んだとしたらという思考実験を重ねてきたのかもしれない。実行したい、したくないは別として。

「それから、整形手術を受けていくことをすすめるわ。秋沢くんは、ずっと、この横嶋市で暮らそうと考えているんでしょう。いずれ、あなたが過去の世界で生まれてくる。それから後、周囲からいろんな想像もしなかった疑念を持たれるかもしれない。それを避けるには、容姿も秋沢くんでなくなっていたほうが都合がいいと思うわ」

それも、里志が気がついていなかったアドバイスだ。

若月の助言どおりに、里志は九月末日付の退職願いを提出した。出力装置についてすべてのチェックを終えた後に。

それから、過去への旅のための準備に入った。考えられる限りの身辺整理をすませると、秋沢里志という存在がほとんどなくなってしまったかのようだった。家財道具も処分し、マンションはほとんど空（から）の状態で出ることになった。それから十日以上もホテルですごした。

若月の計画どおり、クロノス・スパイラルは紘未の一周忌にあたる十月十五日の午前四時に作動させることになった。

連絡してきたのは山部だった。予定日の一週間前のことだった。

そして計画実行前夜。

「待たせたな。準備はいいか?」

山部は、心配そうにそう聞いた。もう、里志の覚悟はとっくにできていた。

ホテルの支払いを済ませ、出ようというときに、警察から連絡が入った。心当たりはなかった。もし問われることがあるとすれば、クロノス・スパイラルをP・フレックに無断で使用することについてだろうが、それが発覚したとは思えなかった。

警察の担当者は予想外の内容を里志に告げた。

紘末の生命を奪った、事故の加害者が自殺をしたというのだ。轢き逃げした犯人が、良心の苛責に耐えかねてのことらしい。その心境が、残された遺書に克明に記されているという。

電話の先で担当者が言った。

「遺書に目を通されますか？　遺族の方に、どうしても詫びたかったと書かれていますが。どうされますか？」

加害者も近所の主婦だという。曲がりしなに携帯電話が鳴り出し、それに気をとられて、前方を充分に見ることができなかったからだと担当者は告げた。

虚しすぎる……そう、里志は思った。

「お読みになりますか？」

「いえ……けっこうです。読んだところで、妻が帰ってくるわけではありませんから」

里志はそう答えた。

深夜零時を回って、里志は古い手提げ鞄を一つだけ持ってＰ・フレックへ向かった。

7

クロノス・スパイラルの本機は、かつてクロノス・ジョウンターが置かれていた試験室に据えられていた。通用口のブザーを押すと、打ち合わせどおり、山部がドアを開けに来てくれた。

山部は驚いた顔になる。

「本当に秋沢か？　わからなかった」

里志はうなずく。退職した翌日、若月の助言に従い顔の整形手術を受けたのだ。頬をやや膨らませ、目を二重にしたので、それだけでもずいぶんと印象が変化したはずだ。

試験室では、真夜中の働き者の小人たちのように、作業着姿の三課と四課の連中がせわしなく動きまわっていた。

そして、部屋の奥半分に、完全な形で、クロノス・スパイラルの姿があった。

中央には人が一人入るほどの透明なシリンダー状の転送部がある。その中へ里志は入ることになるのだ。あのハツカネズミのように。

転送部分以外の装置も、試験機のときと比較すると、ずいぶん増えているようだった。それぞれの装置の前で、班ごとに数人ずつが、最終チェックを丁寧に行っていた。

若月は、白衣姿で、腕組みをして作業の経過を眺めていた。人の気配に振り返って、笑顔を浮かべた。

「もう最終段階よ。すべて順調です。心配しないで」

そう里志に声をかけた。里志が整形手術をしたことなど気づきもしないというように。

「はい。ありがとうございます」

「荷物はそんなものでよかったの？　まだ持っていけるのに」

里志の手提げの大きさを見て、そんな感想を嬉しそうに漏らした。

里志は一瞬思った。

若月は自分を使って、クロノス・スパイラルの体のいい人体実験をやりたいだけではないのか。つまり、これは、過去へ戻りたいという需要と、過去へ誰かを送ってみたいという供給が、たまたま一致した結果ではないのか。

「あちらで待っていて。決行は午前四時だから、まだ充分に時間があるから」

「何か手伝えることがあれば、やりましょうか？」

「大丈夫。そちらでゆっくりしていて。秋沢くんの後釜にも、がんばってやってもらっているから」

若月は丁重に断った。見まわすと、出力装置の部分は、里志の班のサブをやっていた大島が班員をリードしてチェックを進めていた。それを見て、里志は少し寂しい気分に襲われた。

「明日も……いや、今日も仕事なんだろう。皆……クロノス・スパイラルを作動させたら、まだ帰らずに仕事をやるのか?」

近くに来た山部に、里志は訊ねた。

「まさか。秋沢を送り出したら、いったん解散だ。出勤時間になったら、何くわぬ顔で出てくる。それより、向こうへ行ったらこれまでと環境ががらりと変わるんだ。おまえのほうこそ、休んでいたらどうなんだ」

そう答えた。

「山部……」

「ん……?」

「クロノス・ジョウンターに乗っていった吹原という人も、好きな女性を救うために過去に跳んだということだったよな」

「ああ。二度もね」

「吹原さんはその女性を救えたんだろうか」

山部はその問いには答えなかった。たやすく救うことができていたのなら、再度のクロノス・ジョウンターの使用はなかったはずなのだ。

「救えたらいい。せっかく、会社を出し抜いて跳んでいったのだから」

里志はそう言ったが、それに答えるかわりに山部はこう言った。

「呼びに行くまで、あっちで休んでろって」

薄暗がりの中で、里志は目を閉じて待った。遠くで、作業音がときどき響く。目を閉じてはいるものの、落ち着くレベルまではなかなか気持ちが鎮まらない。

山部に身体を揺すられたのは、それでもやっと、うつらうつらする段階に入ったときだった。

里志は反射的に椅子(いす)から立ち上がった。

「あ、ごめん、夢うつつだった」

「機械の準備が終わった。いつでも秋沢を過去へ送り込める」

山部の後について、試験室へ入る。三課と四課の全員が拍手で迎えてくれた。

「秋沢くん。お待たせしました。まだ決意は変わらない?」

若月が眼鏡を押さえながら訊ねた。「変わりません」と答えると、若月は「がんばって」と笑顔でうなずき、正面のクロノス・スパイラルを掌(て)で示した。作動音だけが低く響く。

シリンダー状の転送部のドアを佐藤が開いた。

「予定の時刻に動かせるわ」

時計の針は、三時五十四分を指(さ)していた。里志はうなずき、転送部に近づく。そこで立ち止まって、振り返って叫ぶ。

「皆さん。ありがとうございました」

里志が深々と頭を下げると、試験室は再び熱い拍手で湧きかえった。

中へ入る。

暑さを感じた。本当に過去へ行けるのだろうかと、ちらっと疑念がよぎったとき、佐藤が駆け寄り、外からドアを閉じた。

もう引き返せないのだ。

あと何分あるのだろうかと里志が思ったとき、振動音が急にかん高く変わった。

光が満ちている。全身がひりひりする。

自分の右手を見た。半透明の皮膚の下に血管や筋が見える。

痛みが全身を襲った。こんな強烈な痛みには耐えられない。ここを出なければ……それが、一九九七年の里志の最後の意識だった。

## 8

里志が意識を取り戻したのは、光一つ見えない戸外の闇だった。どのくらい気を失っていたのかはわからないが、もうすぐ明け方にちがいないという確信があった。

行動するのは日が昇ってからだと決めた。足元の感触は土と草と小枝。まったく方角がわからない。へたに動いても、しかたない。おまけに全身がだるかった。クロノス・スパイラルで時を跳んだ副作用かもしれないと思った。

遠くで一番鶏が鳴く声が聞こえるまで、里志は不安だった。今いるのが、若月まゆみの理論どおりだとしても、三十九年前の世界かどうか確かめる術がなかったのだ。ひょっとして、三百九十年前かもしれないし、三千九百万年前なのかもしれない。そうであれば、この時跳びは里志には何の意味もなかったことになる。そのことに一番恐怖した。

闇の中で一番鶏の声を聞いたとき、P・フレックの敷地は、十年ほど前までは森だったという話を思い出した。夜明けを実にうまく予告して一番鶏は鳴いてくれた。それから間もなく、空が白み始めたのだ。

なんとかあたりの様子がわかるようになった。そこは、雑木が連なる森の中だったのだ。

里志は藪を掻きわけ、とにかくまっすぐに歩いた。森の中は道らしい道がないのだ。足元は枯れ葉が厚く重なっているだけだった。光が差す方角をめざして歩くと、道に出た。自動車が一台やっと走れるほどの幅で、舗装なしのでこぼこ道だったが、藪の中を歩くよりはずいぶんと楽だ。

里志はその道を伝い、街なかへ向かう方角に見当をつけ、歩き続けた。

坂道に瓦屋根の日本家屋が見えた。雨戸が閉じられているところをみると、まだ住人はやすんでいるのだろう。家屋の前は棚田になっているので、農家と思える。軒下で鶏が顔を見せていた。

それから二十分ほど緩やかな坂道を下っていくと、川に出た。その木橋を渡ると、にわかに建ち並ぶ木造住宅が見えはじめた。同時に、人の姿も多く見かけるようになって、里志はほっと胸を撫でおろした。長くて数十年前の光景のようだ。大人は、間延びしたデザインの背広を着て鞄を持って歩いているし、子供たちはランドセルを背負い、半ズボンに白いシャツ、そして頭は丸刈りで登校している。

時折り、オート三輪や、角ばったデザインの自動車が通り過ぎるが、圧倒的に自転車が多かった。道路は狭い。その狭い道路をバスが走っている。鼻先が突き出したボンネットバスだ。クラクションを何度も鳴らしながら走り去っていく。

十字路に出ると、やや道幅が広くなっていた。交差点だが信号はない。代わりに、台の上に警官が乗って、道路の中央で交通整理をしていた。両手を頭上に上げ、向きを変え、笛を鳴らして両手を下ろす。待機していた自動車や自転車、それに馬車までも誘導した。

その道路は舗装されていた。だが、アスファルトではなく、無数の煉瓦が敷きつめられているのだった。

ああ、ここは一九九七年に長月町交差点になる場所だ。里志はそう思い至った。この交差点で発生した火災事故で死亡した花屋の女性を救うために、吹原和彦という男は過去へ跳んだという。交差点の角に、渡辺生花店という看板が見える。軒下にいくつもバケツが並び、生花が入れられていた。あの花屋のことだろうかと、ぼんやりと思った。

とりあえず、そのまま横嶋駅へと足を延ばした。ビルの類は一切ない。すべての建物が、平屋か二階建ての木造だった。魚屋、菓子屋、自転車屋、八百屋、乾物屋、薬局、海苔屋、肉屋、下駄屋が軒を連ねていた。

そして、旅館が目立ちはじめる。旅館も、木造の二階建てが多い。長期滞在の方はご相談くださいとあった。その先に横嶋駅が見えた。青銅でふかれた腰折屋根を持つ木造建築だ。中央正面上部には、半円形の窓がいくつもついていた。

駅の横に、青のれんの食堂があった。駅舎内には食事をするところはないらしく、旅行者らしい姿がいくつもその食堂に入っていく。

朝定食、三十五円。

食堂の表に貼られたこの紙を見たとたん、里志は急速に空腹を感じた。吸い込まれるように食堂に入った。

驚くほど活気のある食堂だった。六人用テーブルが六つと座敷席が一つ。中央のテーブルでは大鍋の中でおでんがぐつぐつ煮えていた。労働者風から、勤め人風、旅行者、いずれも相席させられている。里志が定食を頼むと、あっという間に運ばれてきた。御飯、味噌汁、焼いたメザシ、生タマゴに、カマボコに海苔、そして漬け物。里志の隣で勤め人風が新聞を読んでいた。その上部に目をやると、昭和三十三年十月十五日の文字が目に飛込んできた。

まちがいない。確かにクロノス・スパイラルは、里志を三十九年前に放り出したのだ。

とりあえず、里志は朝食をかき込んだ。目の前では、頭に鉢巻きをしたどてら姿の老人が、この時間におでんで焼酎を呑んでいた。まるで日本とは思えない。東南アジアの食堂のような気さえした。

古銭屋で換えた百円札で勘定を済ませようとしたとき、店の女がどてらの老人と揉めはじめた。老人がかなり呑んでいたので、これまでの分を精算するよう告げたところ、手持ちはないと言い出したらしい。店の女に激しく罵倒され、今度は警察に突き出すと言われているようだ。それもたった五十円の無銭飲食で。

「私が代わりに払いますよ」

里志は思わず女に言って、老人の分も、その百円ですませてやった。これ以上関わらないようにと、急いで食堂を出た。

腹を膨らませて、とりあえず横嶋駅の待合所のベンチに座った。

まず心に浮かんだのは、あと三十八年という時間の長さだった。

自分は紘末の生命を救うためにやって来た。その使命を果たすために、三十八年生き抜かねばならないという覚悟だ。

しかし、それは、今朝から里志の目の前に広がった光景からすると、何が起こるかわからない、とんでもない先の話だ。ここへ来て初めて溜息(ためいき)をついた。

まず何から始めればいいのか。頼る者とて一人もいない時代に跳んできて。

旅館に泊(と)まるという選択肢もあったが、それでは、所持金はすぐに底を尽(つ)いてしまう。アパートか貸し間か、とにかく落ち着ける場所を確保することだ。

そんな結論になった。

となれば、まず不動産屋を探そう。そこで、適当な部屋を借りよう。

立ち上がりかけて里志は気づいた。

当然、不動産屋は里志に身分を証明するものを要求するのではないか。住所は……、本籍は……。自分は本来、ここに存在していない人間なのだ。この時代には戸籍さえもない。どう身分を証明すればいいのか。いや、虚偽(きょぎ)の身分をでっち上げて、不動屋に頼めないことはないだろう。この時代なら、まだ情報ネットワークは整備されていないから、嘘がばれるにもかなりの時間がかかるはずだ。里志は、立ち尽したままそう考えていた。

「兄ちゃん、さっきはありがとうね」

　声をかけられて横を向くと、あのタオルを頭に巻いたどてらの老人がニヤニヤ笑いを浮かべて立っていた。酒臭い息が漂う。

「あ、いいですよ。困っておられたようだから」

　里志がそう言うと、老人はうなずいて言った。

「何か困ってんのかい？　金は持ってるようだし、これからどこかへ旅に出るってふうでもない。横嶋に着いたものの、行くあてはない。そんなふうに見えるが、ちがうんかねえ」

「そうです」

　そう答えながら、里志はうんざりしていた。無銭飲食の老人にあれこれ詮策されることではないだろうと。ほっておいて欲しい。

「兄ちゃん、当てようか。兄ちゃんが何やったのか。食堂でもきょろきょろしていたし、落ち着かないみたいだし。そんな目した奴ってのはな、どこかで悪いことしでかして、逃げてきたんだ。指名手配されていたりしてね。図星だろう」

　里志は唖然（あぜん）としてしまった。答えようもない。

「わかる、わかる。ここまで逃げれば安全と思ったんだろう。だが、いいこと教えてやる。そのまま、どこかに住み込もうたって駄目だ。巡査が、新顔はすぐに調べに来るからな。二百円持ってるか？　いいとこ連れてってやる。そこで戸籍を買うんだよ」

　棚からぼた餅（もち）の話だった。

「私は何も悪いことはしていません。でも、お願いします。新しい人間になって、やり直したいんです。……実は……妻から逃げてきたんです。本当です。しつこい女で」

　口から出まかせである。だが、そう言うしかない。しばらくぽかんと里志を見て、老人は言った。

「じゃ、ついてきなよ。それが本当でも嘘（うそ）でもいいんだ。こっちには関係ないからな。さっきの恩返しだ。兄ちゃん、年はいくつだ」

「二十九歳です」

　二人は駅を出ると、踏切を渡り、駅裏へと回った。そこには、駅の表とちがって、道沿（ぞ）いにずらりと露店（ろてん）テントが並んでいた。

「ここは？」

「昔の闇市（やみいち）跡だよ」

どてら老人はそう答えた。衣料品の店が多いようだが、屋台の食べもの屋もある。ここそ、まさしく東南アジアの市場の風景だった。露店の中には、なんと本屋まである。

「こっちだ」

どてら老人は、テントとテントの間に身を滑りこませ、手招きした。その奥の路地を入っていく。赤ん坊の泣き声や、怒鳴りあう男女の声が聞こえる。

そこを通り過ぎ、突きあたりの井戸の前の家の玄関を老人は開いた。

「入んなよ」

机があり、中年の白髪混じりの男がべっ甲縁の眼鏡をずり下ろして里志を見ていた。

「たっちゃん、客連れてきたよ」どてら老人が言う。それから里志に向かって「二百円な」と手を差し出す。あわてて里志が二百円を渡すと、男はノートを取り出し、別の紙に何やら書きはじめた。それを里志に手渡す。

『山田健一　昭和二年一月十七日生
本籍　熊本県球磨郡山有村大字一番地
現住所　熊本県人吉市仲村町二丁目六番地』

紙片に目を走らせる里志に男が言う。

「ちょうど、手頃なのがあったよ。それで横嶋市役所で転入手続をすればいい。山田の印鑑も必要だな」

「ということは、今日から山田健一になるわけですか」

里志はそう訊ねた。男は少し驚いたようだった。

「日本語がうまいじゃないか」

どうやら、里志のことを密入国者と思っているらしい。

「一応、ちゃんとした日本人ですから」

「あ、その筋の方か。じゃ、ここのことは絶対他言無用で頼みます」

「この山田健一という人は、実在しているんですか」

「質問にはお答えできない。天涯孤独の人だったから、安心してていいですが」

そんな、偶然かつ胡散臭い方法で、里志は山田健一という人間の存在証明を手に入れたのだった。

9

以来、里志はその場所には足を踏み入れなかったし、名前も知らないままのどてら老人とも出会ったことはない。

山田健一として部屋を借り、山田健一として職を探し、昭和三十三年を生きはじめたのだ。

木造アパートは、共同炊事場、共同トイレの六畳間だった。

職を探す段階で壁に突き当たった。履歴書(りれきしょ)を持って職業安定所に行かねばならないのだが、山田健一の学歴がわからないのだ。そして、これまでの職歴も。そこで、仕方なく、熊本で中学を卒業し、農業をやっていたが、母親の死で土地を売却し、借金を返し、横嶋までてもなく出てきた……というあやふやなシナリオを考えた。

職業安定所の担当者は、そんな履歴書を見ても、何も疑うことはなかった。ただこう訊ねただけだ。

「じゃ、終戦のときは九州にいたんですね。そちらは空襲は受けなかったんですか？」

冷や汗が吹き出るのを里志は感じていた。

「いえ、田舎(いなか)ですから」

しどろもどろにそう答えただけだった。

「専門職の求人は多いんですが。山田さんは特に何も経験がないんですよね」

「ええ」

図面は引けます、と喉まで出かかったがこらえた。あくまで山田健一を演じきらなければならない。

「住島重工なら常時募集しているんだが、資格がいるんですよね、いろいろと」

片手で自分の後頭部を叩きながら、担当者は残念そうに言った。

「運転免許は？」

「これから取ります」

結局、紹介されたのは、従業員七名の豊引工務店という小企業だった。

大工あがりの社長が率いる住宅施工の会社だった。こうして、とりあえず、里志は山田健一として豊引工務店に勤務することとなった。

休日は不定期で、天気の悪い日のみ。しかも、サービス残業はあたりまえという過酷な労働条件だったが、里志はかまわなかった。この時代に楽しみを求めようとは、つゆほども思わなかったからだ。目的の時が訪れるまで、余分なことを思い出さずに、悲しみから逃れられるのであれば、逆に多忙さを望んでいたほどだ。仕事の内容は、住宅の建築現場で、先輩たちの指示に従って資材を運ぶことや、セメントの攪拌、塗装作業など、なんでもやらされた。里志は、生来、何ごとにも器用で、丁寧な仕事をする質なので、みるみる仕事を覚え、重宝がられるようになった。しかし、とにかく機械化が進んでいない。一軒の家を造りあげるのに、かなりの日数がかかっていた。

突然の雨に、当日休みを言いわたされたり、休日が社長の気まぐれで決まることもあった。そんなある休日に、銀行口座を開いた。そして、アパートの部屋で、一九九七年から持ってきた資料を広げた。

里志が持ってきたのは、昭和三十三年から平成六年までの株の資料だ。三十九年の過去へ旅をする前に横嶋市立図書館に通い、書籍からマイクロフィルムまで、必要な部分だけをコピーして手提げ鞄に詰めてきたものの一部だ。

そして、次の休みに、横嶋市にある唯一の証券会社を訪ねて株を買った。高度成長期に一流企業へと変貌をとげるはずの株も後には買おうと思っていたが、とりあえず三十三年から三十四年にかけて株価が大化けする企業のものだけを購入した。同時に、売却日時だけを指定した。

「その日に値下がりしていても、お売りになるのでしょうか？」

「ええ。成り行きにかまわず売りに出してください」

窓口の女性は本当に奇妙な顔をした。

「売却直前に、お客さまのご意向を再確認させていただきたいのですが」

「いや、仕事に出ているから、連絡をとる術がないと思うんですよ」

「ただ、こちらも内規で確認をとるようになっておりまして。売却日のご指定が二カ月も先ですから」

　里志は、なんと面倒なことかと、舌打ちした。

「わかりました。売却をお願いする週に、一度、連絡します。電話で、あなたに。それでいいですか？」

　工務店の勤務を続けながら、売却指定日の三日前に、里志は証券会社に電話で確認を入れた。

　担当の女性が心底、驚いていた。

「お買い上げいただいた株、八十円だったのが、三百二十円まで上がっているんです。おわかりだったんですか？」

「ええ、まあ」

「ご指定の日に売却いたしますが、もっとお持ちになっておられないのですか？　まだ値上がりしそうだという、予測もあるのですが」

「いや、やはり指定した日でお願いします」

　里志が指定した売却日に、株価は四百二十円を超えていた。

　その数日後の休みに、里志が証券会社を訪ねると、担当の窓口女性は、尊敬の眼差しで里志を見た。

「ご指定された日が株価は頂上でした。今、ずっと下がってきて三百四十円くらいなんですよ」と現金を差し出す。

「そうですか。では、今日の株価で、この銘柄を三千株お願いします。売却は十日後にお願いします」

「しばらくお待ち願えますか」

女性は奥に下がり、しばらく電話でやりとりをしていた。

「三千株、売買成立しました」

「では、十日後に、すべて売却でお願いします」

「は、はい」

同様に十日後の売却が終了すると、次の株に乗り換えた。

八万円からスタートさせたマネーゲームは、半年で、二千万円を超えていた。

その時点で里志は豊引工務店をやめた。

そしてそれが専業であるかのように、里志は証券会社へ通い続けた。

担当女性とは顔なじみになっていた。

「〝雨の日の山田さん〟って、この間まで言われていたんですよ。山田さんの選ぶ銘柄はまちがいないって。私も、おこづかいで、山田さんが選ぶ銘柄、買ってみたいほどです。

まるで魔法のように上がるんですね？　何か、予測する方法ってご存知なのですか？」

里志は首を横に振った。歴史に従って買っているにすぎないのだ。里志にとっては過去のデータ。だが、ここでは未来のデータ。

そう窓口で訊ねる女性の背後で、男性の証券マンたちが、里志がどのような発言をするのかと興味津々で聞き耳をたてている、その様子があからさまにわかった。

「カンなんですよ」

それだけ答えた。それ以上のことは答えられなかった。

その窓口担当の女性に加えて、支店長までが応接室で応対するようになると、さすがに里志は、これ以上、関心を引くのはまずいのではないかと考えた。

株の売買で得た金をいくつかの銀行に分散して移動させた。その金は二年半で三億を超えていた。

その金を元手に、ただ同然の山林を買った。二十数年先に整地され、P・フレックの社屋となるのだ。他にも、五年後、七年後に拡張される道路沿いの土地を安値で買い漁った。まだ、日本は高度成長期のとばくちにさしかかったばかりだった。東京オリンピックも、日本列島改造論もまだ先のことなのだ。

もちろん、すべての資金を土地だけに注ぎこんだわけではなく、数千万の単位で株の運用は続けていた。その頃は、未来から持ちこんだデータの利用も研究しつつ、長期に保有して確実に上昇を続ける銘柄だけに絞っていた。

必要な額だけを売却して、生活費にあてる。

里志は、その頃、売りに出されていた古い屋敷を購入した。資産に見合う生活をすべきだと考えたのだ。アパートの一室に住む者が何億もの資産を有しているということは、世間の目に不自然に映るとしか思えなかったからだ。

## 10

一九七〇年、大阪での万国博覧会の開催が報じられたときに気がついた。この時、すでに、この世に自分が誕生していること、来年には紘未が誕生することに。

古い屋敷に住み、執事を雇うと、時間の余裕が生まれた。その間、何をしたかというと、未来から持ってきた紘未と自分の思い出の写真を眺め、〝その日〟まであと何年かを指折り数えるのだった。そのときの自分の年齢は、忘れることはない。

里志に〝その日〟が訪れるのは、里志が六十七歳になったときなのだ。

そして里志は、この頃から悪夢を見るようになった。

いつも決まった悪夢だ。

〝その日〟あの愛(いと)おしい紘未を救おうと、老(お)いた里志が紘未に近づこうとする。しかし、彼女の前で身体が動かない。

硬直したまま紘未に叫び続けるが、その声は彼女の耳に届かず、白く牙(きば)を剝(む)いた邪悪(じゃあく)な自動車が現れ、紘未に向かって驀進(ばくしん)していくのだ。

そこで夢から醒(さ)める。

なぜそんな夢を見るのか、里志はぼんやりと見当がついていた。

未来から持ち込んだデータには、はずれがないのだ。最初、株価の予測で資産を増やしている間は、何も疑問を感じなかった。すべて未来のデータどおりに売買をすれば、資産は増えていった。だが、裏返せば、歴史的事実は、人間の手で変更できないのではないのかと思い至ったのだ。どんなに〝その時〟を待とうと、運命は変えられないとすれば……。とすれば、三十八年後を待つ自分の苦労は、無意味だということになる。

クロノス・スパイラルに乗り込んだことも。

それ以後、里志は小さな実験を繰り返すようになった。

株価の推移を示す四季報からのコピーもそうだが、過去へ跳ぶときに、資料を何種か持参してきた。『横嶋日報』のマイクロフィルムも、全部は無理なので一九七〇年から九〇年までを用意した。その中の、被害者名の載った事故や災害のニュースをピックアップした。そして、被害者に会うのだ。

里志は本人に会い注意をうながした。

ある人物には、「明日外出を控えて！　立野町の横断歩道で、歩行中にトラックにはねられますから」と助言した。

だが、納得した素振りを見せたその人物は、決定された運命どおりに死亡していた。

またあるときは、住宅火災で親子が死亡するという記事を選んだ。母親が外出中、父と子が煙に巻かれるのだ。

そのときは、里志は誰にも話さず、火災発生前に家に忍び込み、二階に寝かされていた幼児だけは救出することに成功した。

漏電（ろうでん）による火災は防げなかったのだが、火災が発生し、駆けつけた消防士に幼児を託して立ち去った。

五つの実験を繰り返し、生命を救えたのはその一回だけだった。

それでも、その成功は、里志の心の大きな支えになった。手元のマイクロフィルムの記事も変化していたのだから。

——漏電火災で父親死亡。幼児は奇跡的に救出。

父親の布川康喜は、遺体が確認されたが、長男の布川輝良は、消防士によって奇跡的に救出されたということだった。

その名前に、里志は聞き覚えがあるような気がしたが、思い出すことはできなかった。

この結果は何を意味するのか。里志は思いを巡らせた。

五回の実験で一人しか救うことに成功していない。五分の一しか成功していない。五分の一の確率だ。

説得はすべて効果を上げなかった。

唯一救えたのは、自分が手を下して行動したときだけだ。

そこに意味があるのだろうか。

法則性をなんとか探し出そうとしても、里志の思考は堂々巡りをするばかりだった。

運命の大きな流れはほとんど改変できないが、なかには、できるものもあるということなのだろうか。

改変できることとできないことのちがいは、どこにあるのだろうか。

はっきりした答えは引き出せないままだ。

ただ、救いはあった。

すべての努力が無駄になったのではないということだ。紘未の救出も、その五分の一の幸運たれと願うしかない。

伝言や助言では駄目だ。自分の手で力ずくで紘未の生命を救う。それなら確実のはず……。

だが、そのときの年齢で救えるだろうか。自分はすでに老体になっている。

ある日、弥生町（やよい）まで足を延ばした。ふと、なつかしさにかられたからだ。結婚前に、紘未とバス停近くの書店で待ち合わせしたことを思い出したからだ。

紘未は、その近くの広川縫製（ひろかわほうせい）という会社に勤務していた。その思い出を追体験してみたい欲求にかられたのだ。紘未の仕事が終わる時刻まで、その書店で時間をつぶしていた。これからの楽しい時間について考えを巡らせながら。

書店はまだその場所にはなかった。

落胆した里志は、広川縫製セビアンのビルに足を向けた。

たしかに広川縫製はあった。ただし、まだビルにはなっていなかった。木造モルタルの平屋で、表に看板が出ていた。

玄関にはシャッターが下りていた。昼間というのに営業していない。不思議に思い近づくと、シャッターには貼り紙があった。

大きな字で「債権者の皆さまへ」とある。

里志はあわてて目を走らせた。広川縫製は不渡りを出しているのだ。倒産し、これから整理に入ろうとしている。債権者会議の開催日時まで記されていた。

まずい！

里志は思った。紘未はここに勤務すべきなのだ。そうして自分と出会ったのではなかったか。広川縫製が倒産して消滅してしまえば、ちがう所へ勤め、同じ駅での出会いがなくなってしまう可能性がある。

里志は発作的に行動した。

広川縫製の閉じたシャッターを激しく叩いた。

誰も出てこない。人がいないのか。

裏口へ回り、ドアを激しく叩く。しばらく叩き続けると、中からやっと声が返ってきた。

「債権者の方ですか？　でしたら、会議の日に説明させていただきますが」

元気のない男の声だった。

「いえ、債権者ではありません。お力になれると思って参上しました」

里志は取引銀行の名をあげ、その関係者と伝えた。もちろん、とっさの思いつきだったのだ。

　ドアが開き、顔を見せたのは、まぎれもなく広川縫製の社長だった。里志と紘未の結婚式に主賓として呼んでいたから、その顔はわかる。だが、そこには後年のふくよかさはなく、吊り上がった目で頬を痙攣させていた。

「どんなご用向きですか？」

「負債総額は、どのくらいですか？」

「借入金、仕入れ先未払い、給与未払いなどで、七千万くらいですが……」

「それを私が肩代わりします。あと、運転資金も準備します」

　そんな提案がドア口の立ち話で行われたのである。広川社長は信じられないという表情で、ぽかんと口を開いて聞いていた。

「何かのご冗談ですか？」

「いえ、冗談ではありません」

　まだ疑うような目でしばらく里志を見ていたが、やっと、どうぞと事務室に招き入れてくれた。

「あなたは？」

「山田…健一……といいます」

「なぜ、そんなことをおっしゃるのか、見当がつきませんが」

二人は事務椅子に座り、薄暗い部屋で額を寄せあって小声で話をはじめた。

「今、ウチみたいな繊維関係はとにかくキビしいんですよ。もうジリ貧で」

「いえ、再建の見通しはあると思います。ただ、一つだけ条件があるんですが……」

里志がそう言うと、広川社長はやはりそう来たかと身がまえた。

「いったん、今の業務内容を変更してください。今の、製品仕入れ一辺倒から脱し、自社ブランドの商品の開発をやってください」

「こんな地方で、自社ブランドの服を？　そんな……どうやって」

「短期では無理です。時間をかけ、自社デザイナーを育てるんです。軌道に乗るまで私が援助します。とりあえず、これから、すべての債権者に連絡してください。資金の目処がついたから、明日、全額清算すると」

「な、七千万円をですか？」

「明日、ここに現金を持ち込みますから、振り込み先のリストを作っておいてください。どうせゼロになる状況だったのですから、私の言うことを信用してみてもいいんじゃありませんか」

「しかし、……なんで、ウチを助けようって」

広川社長は、狐につままれたように、表情がないままだった。

「未来を信じてるからです……」そう答えて、里志は我ながら気障な言い方だと思った。

「そう、これもお願いします。新しい広川縫製のブランドはセビアンという名にしてください」

「それはかまわないのですが、何か、その名前に由来があるのですか?」

里志は、首を横に振っただけだ。里志にもそのブランド名の由来はわからない。

その後五千万円の追加資金を提供して、広川縫製の業績は上昇しはじめた。

里志は株主に名を連ねることは拒否した。しかし、山田健一の名は、広川縫製セビアンの役員たちにとっては神に等しいものになった。

これで、将来、紘未を入社させる土壌は整ったことになる。

## 11

一九七七年の春、里志はどうしてもある欲求を抑えることができなかった。実年齢は五十を迎えようとしていた。

それまでは、紘未のおもかげを偲ぶだけで我慢を重ねていたのだが。だが、その年、紘未はまだ小学校に入学したところだ。

通学時に、紘未を校門近くで待った。

彼女の姿を見るために。

それは純粋な希望だった。彼女と知り合ってから思ったことがあるのだ。いったいどんな子供時代を送ったのだろうかと。

ひと目で彼女とわかった。新入生の中ではひと回り身体が大きく、利発そうな眼差しをしていた。紺の制服の胸に「なしだひろみ」と書いた名札をさげ、真正面を見て歩く。いかにもまっすぐな性格な子であることがわかった。

その姿を見つけた里志は、自分の胸が高鳴るのがわかった。

近寄って話しかけたい。そんな衝動と必死で闘った。

数十秒の逢瀬（おうせ）だった。話しかけないまま……。

この年の紘未は里志の存在など知るはずもないのだ。

それから二度ほど、下校時間に待った。一度は、紘未は楠（くすのき）の木陰に立っていた里志に気づき、視線が合った。だが、当然のことだろう、中年の時期を終えようとしている里志から視線をはずし、歩き去ってしまったのだ。

その日の空虚感（くうきょかん）から、校門で紘未を待つ行為をぴたりとやめた。

昭和も終わりに近づいた頃、住島重工から、里志が所有している山林を譲り受けたいとの話があった。それを機に、すべての不動産と株を処分した。

バブルの崩壊が間近に迫っていたからだ。

その頃から、紘未が成長の節目を迎える姿を見るとき以外は、ほとんど外出をしなくなった。

中学卒業のとき。高校時代に部活でやっていたというバレーボールの応援。そんな、群衆の中の一人として紘未を見守るとき以外は。

我ながら感心するのだった。

煩悩にとらわれず、たった一人の女性を、このように年老いてまで慕い続けられる自分に。

もし、あの日、紘未が事故に遭っていなくても、このように、何十年も変わらぬ気持ちで愛し続けることができたのだろうかと自問する。

そして、愛し続けているにちがいないという、答えが返ってくる。

紘未が生きていたら、全身全霊で愛し続けた。そう確信する。

紘未が県立横嶋大学の四年になったとき、里志は久しぶりに広川縫製を訪ねた。

広川社長は里志の訪問を諸手をあげて歓迎した。社屋は十階建てのビルに生まれ変わっていた。社員数も大幅に増えている。横嶋発の全世界向けのアパレル企業に成長していたのだ。近郊に製造工場を建設し、中国にもカジュアル製品の専門工場を計画中ということだった。

「梨田紘末という女性が、新卒で広川縫製の入社試験を受けるはずです。採用していただきたいのですが」

「お安いご用です。その方は山田さんのご親戚でしょうか?」

「いえ。事情は聞かないでいただきたいのです」

「わかりました。しかし、まだ募集を始めていないのですが」

「必ず受けにくるはずです。能力はかなり高いはずです」

「承知しました」

「本人には、私の存在は絶対に伏せておいていただきたいのですが」

そして、秋口に入った頃、里志の元に広川社長から連絡が入った。

「梨田紘末さん、採用通知を出しましたよ。いや、なかなかいい子じゃありませんか。あのお嬢さんでしたら、コネなどに関係なく、採用ですよ」

歴史どおりだと、里志は思う。これで里志と紘末の出会いは確実になるのだ。

そのとき、ふと思い出した。

電撃のように。

紘未を死なせてしまった事故の加害者がいるはずだと気づいたのだ。クロノス・スパイラルに乗り込む寸前に聞いた加害者の自殺の知らせ。

事故を防げる率は二十パーセントでも、加害者と被害者の相方に働きかければ、確率は倍にはね上がるはずではないのか。

だが、肝心の加害者が誰であるかを聞き逃している。あのとき、加害者が残した遺書に目を通していれば……。

悔やんでも悔やみきれない気持ちに陥った。

とすれば、なんとしてでも、その当日に事故を防ぐしか手はないことになる。

広川縫製の入社式の日、里志は広川社長の招きに応じて出席した。来賓席の末席から、紺のスーツ姿の紘未を見守った。彼女はすでに、里志がよく知るイメージどおりの凛とした顔立ちになっていた。

広川縫製の入社式後のパーティーに出席していたとき、里志は身体に変調を感じた。

これまでの生涯、体調を崩すことはほとんどなかった。それまでのツケが一気に回ってきたような状態だった。座っているのもつらく、脂汗がとめどなく流れた。

広川社長は、そのまま里志を横嶋市立病院へ運び込んだ。あの横嶋中央病院でなかったことは、里志にとって幸いだった。

対応したのは、当直医ではなく、たまたま他の患者の容体観察のため待機していた吉澤という医師だった。「鈴谷樹里」という名札をつけた女性がついており、彼女は吉澤の助手という立場のようだった。看護婦ではなく、医師をめざす学生のようだった。熱心に里志の病状を記録していた。

単なる疲労だと言い張る里志に、吉澤は精密検査を熱心にすすめた。

二日間の検査入院の間に、鈴谷は、端正な顔に笑み一つ浮かべずに聞いた。

「山田さんには、ご家族はおられないのでしょうか？」

なぜそんなことを訊ねられるのか、里志は不思議だった。

「ええ……。天涯孤独というやつですが」

その問いの意味を、後になって吉澤医師から知らされることになった。吉澤は事務的に伝えた。

「初期の膵臓ガンです。ただ、そこが原発でなく、腹膜から転移している可能性がありますす。ですから、外科的処置を施しても、数年中に再発の可能性があります」

里志は、棍棒(こんぼう)で頭を殴られたような気持ちで、吉澤医師の言葉を聞いた。

「あと三年半、持ちますか?」

それは紘末が事故に遭(あ)うまでの年月だ。

もし、そこまで自分の身体が持たないとすれば……。これまでの努力はいったい何になるのだ。

初めて吉澤は目を見開いて、首を傾げた。

「三年半……ですか?」

なぜそんな半端(はんぱ)な年月を言ったのかが、理解できなかったらしい。

「精いっぱいの手は尽くすつもりです。とりあえず、早急に手術を受けられることをおすすめします。それから免疫力(めんえきりょく)を高めるための方法を考えていきます。できるだけ再発を防ぐために」

里志は手術を受けた。素直に吉澤の言葉に従ったのだ。

紘末を救う。それまでは、石に噛(かじ)りついてでも、生き延びなくてはならない。

退院後、里志は急激な体力の衰えを感じていた。容貌(ようぼう)もまた変わってしまった。すでに実年齢は六十を超えていたが、病(やまい)のために、七十をはるかに超えたような外見(がいけん)となっていた。定期検診を受けに病院へ通うのが、唯一の外出になった。

二年後に、里志の担当医は鈴谷樹里に代わっていた。鈴谷医師は絶望的な診断を告げた。再発が確認されたのだ。すでに悪性腫瘍(しゅよう)の細胞は里志の全身に広がっているという。もう、外科的処置には、里志の肉体が耐えられないだろうとも。放射線治療と抗ガン剤投与という消極的方法でしか対処(たいしょ)できない、末期的状況にあるという。

「あと一年半ですが……何とか生きたいんです。そして何とか……」

救いたいんです。そこまでは言わなかった。

「延命の方法はできるかぎり試すつもりではいます」

鈴谷医師の言葉に、確実な約束は含まれていなかった。

# 12

その日だけは確認したかった。里志が初めて紘未と二人っきりで食事をした日。

体調は最悪だった。

全身を襲う悪寒にもかかわらず、町はずれのイタリアン・レストランのテラス席に予約をとった。二人が訪れる時刻よりも早くに。

料理が喉を通る状態ではなかった。一人、あの席の隣のテーブルで、ワインを呑んだ。

何度か紘未と来たことがあるレストランだ。一人で座っていると、紘未との会話が蘇った。

声まで聞こえるような気がした。ふと目を閉じた。もうすぐ映画が終わる。若き日の里志が、紘未を誘って隣のテーブルへやって来る。

こんな曇り空の日だったろうかと里志は思った。自分の記憶では、あの日は快晴だったような気がする。いや……紘未と一緒だったから、気分が昂揚していたからにちがいない。

そして、まちがいなく二人が入ってきた。若き日の里志と紘未。

若い里志は、ぎごちない。表情が強ばっていた。その後に続く紘未は、嬉しそうな笑顔を絶やさない。しかし、身のこなしはあくまで優雅だ。

二人は席につく。そうだ、あの日のとおりだと里志は思う。そして、自分はまだ他人として隣にいる……。

若い里志は、あきれるほど咳ばらいを繰り返していた。それには、老いた里志も驚いた。自分はあのとき、よほど緊張していたのだろう。

他愛のない会話が続き、聞き耳をたてていた里志は、そのひとつひとつにうなずきたい衝動を必死でこらえた。

次のデートの約束がそこで交わされ、二人は席を立った。その姿が見えなくなるのを待ち、あふれ出る涙を拭いながら、里志はようやく立ち上がった。

そこで、倒れた。

再び入院の日が続いた。その間、若き日の里志と紘末は交際を深めているはずと、里志は病床から窓の外を眺めながら思った。

「最後にお願いがあるのですが……」

その日は、若き日の里志が紘末にプロポーズをした日だ。病室に診察に訪れた鈴谷医師に頼んだ。体力は目に見えて低下している。今では自分の限界もわかる。

とても、一九九六年十月十五日のXデーまで持たせる自信はない。

「そんな、希望を捨てるようなことは言わないで。一緒にがんばりましょう」

そう鈴谷医師は笑顔で言う。だが、それが作りものであることは、里志にもわかった。

「もう退院したいのです。最期の時を自分の家で迎えたいのです」

鈴谷医師は黙り、しばらく考える様子を見せた。

「わかりました。ご希望にそえるようにしましょう」

そう答えながら目頭を押さえた鈴谷医師に、里志は改めて好感を抱いた。

屋敷に戻った里志は、広川縫製の社長を呼んだ。物理的に自分の手で事故が防げないのであれば、それに代わる方法を考えなくてはならない。

そのとき里志がとれる方法は、それしか残されていなかった。

駆けつけた広川社長と役員たちに、里志は伝えた。

「梨田紘未が結婚する前に、彼女にどうしても話しておきたいことがある。ここへ寄こしてくれないだろうか」

広川社長と役員たちは顔を見あわせた。

「どうして、彼女が結婚退職することをご存知なのですか？」

「彼女が入社してからは、広川縫製の社内のことには口を挟まなかった。だが、今回だけはわがままを聞いてくれ。彼女に伝えなければならないことがある。彼女のためなのだ」

広川社長にそれを拒否する理由はなかった。広川縫製の恩人に対して。

里志は不安でならなかった。それで紘未を救うことができるのだろうか。でなければ、これまでの自分の人生は、まったく無駄だったことになる。

老人は、そこで辛そうに言葉を切った。ソファに座っていることも苦行の一部であるかのように。

※

里志は頭を振り、老人を見る。あまりに唐突な話だ。この老人が年老いた自分だというのか。整形手術をしたとは聞いたが、とても自分には思えない。だが、他人には知りえないことを実に詳細に語る。

この山田健一という老人は……。

「わかりました。もし、それが本当なら、願いというのは……今年の十月十五日に紘未を救えと、おっしゃりたいのですね」

老人は力なくうなずく。

「十月十五日は会社を休んで……一日ずっと目を離さずに、紘未に付き添ってやること。それをお願いしたい」

それだけを苦しそうに言った。

里志はうなずくことしかできない。この老人は、三十九年後の自分自身なのだ。

「約束します。十月十五日は、必ず紘未を守ります。かた時も彼女の側を離れずに」

里志がそう答えると、老人はやっとかすかな笑みを浮かべた。

「信じてくれるか……」

「信じます。自分自身を信じなくて、何を信じろというんです」

「それと、もう一つの願いだ」

「何でしょう」

「十分間だけでいい。私と紘未を二人きりにさせてくれないだろうか」

その気持ちは里志にはわかった。痛いほどわかった。もし、自分がそのような人生を送ったら、老人と同じように願うはずなのだ。

老人は、三十九年間という永の年月、紘未のことを想い続けたはずだ。その年月は、若い里志には想像もつかない。

「わかりました。紘未を呼んできましょう」

そこで里志は気がついた。老人の右手が半透明になり、消えかけているのだ。

「その手は……」

老人は自分の右手を見た。驚くでもなく、笑いはじめた。嬉しそうに。

「これは……秋沢里志くんが、紘未を必ず救うという証のようだな。紘未が助かれば、私が過去へ行ったという歴史もなくなる。そうすれば、私がここに存在するはずはないわけだからな。やっと……私は……報(むく)われたようだ……」

「すぐ、紘未を呼んできます」

「秋沢里志くん」

「はい」

「私が消えても、私の分まで紘未を愛してくれ」

里志は部屋を飛び出し、紘未の質問に何も答えず、彼女を老人のいる書斎へ連れていった。

だが、すでに、そこには老人の姿はなかった。最後にあれほど紘未と会うことを望んでいたのに。

「どうしたの？」

紘未は不安そうに無人の部屋を見まわし、里志に訊(き)いた。

「いや……。終わったんだ。帰ろう」

紘未に今の話をしても、すべてを受け入れることができるかどうかわからないと里志は思う。

「何か、あの方に言われたの」

「ああ。約束させられたよ。十月十五日は、かた時も離れないようにって。紘未と」

「なぜ？　どうして」

里志はしばらく考えてから言った。

「記念日だからだよ」

「何の記念日？」

「ぼくと紘未に何も起こらない記念日」

そうだ……と言う声がした。顔を上げると紘未が不思議そうに里志を見た。

空耳（そらみみ）ではないことを里志はわかっていた。その心の中で響いた声は、自分自身の声だったのだから。

野方耕市の軌跡

1

二〇三九年の秋。

野方耕市は、その日の午後、野方医院の裏庭に面した縁側にいた。

来年は八十歳を迎える。その半生を住島重工とその子会社P・フレックの仕事に捧げ、定年退職後は生家である野方医院の隣の住まいで過ごしていた。

妻であり院長であった野方亜由美は、三年前に他界した。その後は、息子の耕平が医院を継いでいる。嫁を貰い、二人も孫ができた。その息子夫婦は近くのマンションに住んでいる。一緒に住んだらいいと思うのだが、息子は「父さんの身体がいうこときかなくなったら住むよ」と言っている。子供の教育方針に関わることらしいので、それ以上は、強く言ったりはしない。だから孫と会うことも、ほとんどない。家族と顔を合わせるのは、耕平と、医療事務をやっているその妻の凜香と三人で昼食を一緒にとるときくらいだ。もともと医療畑の人間ではないから、耕市にとっては、息子夫婦がよく交わしている仕事の会話はちんぷんかんぷんだった。

後の時間は、庭を眺めてぼんやりと過ごすことが多い。若い頃、分刻みにあわただしく働いてきたことが嘘のようだ。

住島重工を退職してから、しばらくは、時々、技術講演会の依頼を受けたり、町内会の世話役などをしていたが、最近はそこまで意欲的に動くことはない。たまに依頼があっても、断ってしまうことが多い。

また、退職後、ちょっとした思いつきを出願特許などにしていたが、最近では、そんな思いつきのランプも灯らなくなってしまった。

ただ、昔のことはよく憶えている。忘れることはない。いや、そのため最近のできごとをすぐに忘れてしまうほどだ。だから、庭に視線を向けていても、その風景を見ているわけではない。遠い過去の映像を、猛スピードの齣落としで眺めているのだ。

そんなとき、座敷でチャイムが鳴った。内線でつながっている野方医院の受付からだ。

耕市は、よろよろと立ち上がり答えた。「はい。なんでしょうか?」

嫁の凜香からだった。

「お義父さんと約束しておられたという、機敷埜さんという方が、今、受付にお見えになっています。そちらにお通ししてよろしいでしょうか？」

キシキノ……キシキノ……？　耕市は思い出そうとする。はて、そんな名の人と会う約束をしたのだろうか。

電話台のメモ帳をぱらぱらとめくった。

あった。

「キシキノ。カゲン博物館準備室」とある。約束の日付も入っている。今日だ。

「ああ、間違いありません。お通ししてください」

しばらくして、玄関に杖の音が響いた。出ていくと、今どき珍しい黒マントを着た男が立っていた。度の強そうなぶ厚いレンズの眼鏡をかけている。そのレンズの奥で目玉があふれかえっているように見えた。

自分と同い年くらいの老人だ。黒マントをはずすと左手に持った。それから深々と礼をする。

「先日ご連絡申し上げた機敷埜風天と申します。今日は、お時間をとっていただきありがとうございます」

耕市は、渡された名刺を見るために首に吊るした老眼鏡をかけた。

科幻博物館設立準備室

室長　機敷埜風天

そうあった。しかし、科幻博物館とは不思議な名称だ。

「ま、どうぞ。おあがりください」

「失礼させていただきます」

左足が不自由なのだろうか、先導する耕市の耳に、ステッキと足を引きずる音が交互に聞こえた。

応接間で、二人は向かい合って腰を下ろした。

耕市は最初は聞き役に回った。機敷埜が、自分が設立しようという科幻博物館の趣旨を説明し始めたからだ。話を聞いていて、耕市にはわかった。この機敷埜という男も、自分と同じ科学技術の世界に身を置いてきた人間だということが。

科幻博物館を設立しようという動機や、それに必要とされるであろう膨大な資金の捻出には、自身の発明した特許で得た収入をあてるのだという話から、同じ匂いを放つ人間という確信を持つことができた。

素晴らしい発明も時代の要請とうまくリンクできなければ異端と化す、という話もまったく同感だった。

「正統な科学史の陰になり、普及することもなく忘れ去られていく発明品たちを記憶してやりたいのです」と機敷埜は語った。

そして、展示に値する発明品を収集してまわっている途上なのだと。

そこまで話を聞いたとき、耕市は、機敷埜が自分を訪ねて来た理由がわかった。

三年後のオープンを予定している。そう機敷埜は言った。

「しばらくは自分で館長を務めますよ。自分の限界を感じた時点で、私の考えをよく理解して貰える人を選んで、バトンを渡す。そんなつもりでいます」

それは天が自分に与えた使命なのだと思わせるような気迫だった。

「で、今日、私を訪ねてこられたというのは？」

耕市が切りだすと、機敷埜は大きくうなずいた。

「クロノス・ジョウンターを入手することができました」

それだけを言って、耕市の反応を待っている。耕市は耳を疑った。クロノス・ジョウンターに関することで、機敷埜は訪ねてきたのだと、予測はしていた。しかし、もうすでに所有しているとは。

あれは、誰も引き取り手がないまま、住島重工が借り上げた立野倉庫に眠り続けているはずなのに。

「どうやって……、クロノス・ジョウンターを手に入れたのですか？」

「正式なルートで購入できました。これまで未払いになっていた倉庫賃料プラスアルファという法外に安い価格でした。その価値を知るものにとっては、ということですが」

P・フレック株式会社が、十数年前に住島重工に吸収されて消滅したという話は、耕市も耳にしていた。だが、そのとき引き継ぎの書類に不備があったのか、クロノス・ジョウンターの所有者は、その時点で不在ということになってしまった。結局、立野倉庫の会社は、保管賃料が入らず、法的手段を経た後、それを競売にかけたという。その巨大な装置の真価を知るものなど誰もいなかった。機敷埜は何の障害もなく手に入れたらしい。

「退職後、クロノス・ジョウンターにはまったく縁がなかった。あの装置は、まだ、可動状態なのですか？」

あれから、どれだけの時が経過したというのだ。最後に過去へ旅行者を送ったのが、記憶にまちがいなければ一九九九年八月。まだ二十世紀のことだ。

送ったのは鈴谷樹里さんだ。もちろん、非公式の遡行だった。彼女はすでに帰還している。最近は会っていないが、今も近所に、作家の青木比呂志さんの妻として幸福に暮らしている。

「競売のときに競り落とした価格よりも、それからの分解整備のほうに、経費がかかりましたよ。浮いた錆を落とし、積年の埃を拭った。心臓部分のブラックボックスには手を触れませんでしたがね。可動状態にありますよ」

「そうですか」

耕市にとって、それは昔深い縁のあった異性の消息を聞いたときに似た、甘いような、ほろ苦いような複雑な感覚だった。

「いや、それは私たちが都合よくそう解釈しているにすぎません。可動状態にあるはずだと言うべきです。あれだけ巨大な装置を分解し、運搬して、再度組み立てたわけだから、いくら万全を尽くしても、何かの不具合が起こっていて不思議ではない。野方さんに点検していただくのが最善の道だということは重々わかっていますが、そこまで無理なお願いをするつもりはありません」

機敷埜は、そうつけ加えた。

「では、なぜ、私を訪ねてこられたのですか?」

「展示の際に、クロノス・ジョウンターに関するパネルを添えようと思っています。私たちは、クロノス・ジョウンターに関する情報を得たときから、その設計と開発に深くたずさわってきた方々を追跡してきました。しかし、設計者はわかりませんでした。そして、その初期から一貫して開発に関わられた野方さんをおいて、この装置について語れる人はいないという結論にたどり着いたのです。

クロノス・ジョウンターの開発に関する秘話をお聞かせいただきたいのです。それが、お訪ねした最大の理由です」

機敷埜の言葉に耕市はうなずいた。

「ただ、話を公にすることについては、住島重工は現存する会社ですので、そのあたりを伏せていただければありがたいのですが。それから、私が語ったということも、できればわからないようにしていただきたいのです」

「クロノス・ジョウンターは開発者不詳にするということですか。それはかまいません。固有名詞は一切出さないようにしましょう。ただ、どのような目的と経緯で開発されたものかという事実は記しておきたいと思いますが、それはかまいませんか？」

「そこはおまかせいたします」

それから耕市は、胸のポケットから一本のシャープペンを取り出して機敷埜の前に置いた。金色の細身のペンだ。

「これは……初めて時間を旅したシャープペンです。十分前の過去に跳んだ……」

「野方さんにとっては、思い出の品ということですね」

「ええ……いろんな意味でね」

そして、大切そうに、耕市はそれを自分の胸にしまった。機敷埜が、そのような事情で訪ねてきてくれたことが、嬉しかった。子供じみたことだったかもしれないが、そのシャープペンを見せずにはいられなかった。初めて時間旅行をしたシャープペン。そして、それには他にも耕市の思い出が詰まっている……。

隠居生活のなかで、ふと思うことがある。自分が半生を費やしてやったことは、いったいなんだったのだろうかと。Ｐ・フレック株式会社で時間を超える機械の研究にひたすら打ち込み、そして実用化にはほど遠いということで、開発は打ち切られた。会社は消滅してしまったし、極秘の研究開発の資料も今では残っていないも同然だ。つまり、自分の人生は、大いなる無駄だったのではないだろうか。

若い頃に夢見たことがある。クロノス・ジョウンターが完全なタイム・マシンに進化をとげた世界のことを。そして、人々は自分の選択する愛すべき時代へ跳び、その時代に同化して暮らしていけるにちがいないと思った。

少し考えれば、夢想だということはすぐにわかる。時の流れは矛盾を許さないのだ。そんな世界は矛盾で満ち満ち、すぐに破綻してしまう。そうでなければ、自分たちが開発する前から、そういったものの存在が耳に届いていたはずではないか。

やはり物質過去射出機という代物は、科学史における徒花にすぎないのだ。いっそ、最初から開発に手を染めなければよかったのだ。

そんなとき、耕市はまるで老人性鬱病のような症状に陥っていた。

誰もクロノス・ジョウンターのことなど記憶にとどめてはいないと考えていた。

機敷埜はそんな野方の前に現れたのだ。機敷埜こそ、自分の人生を評価してくれる、そう信じた。浮き立つ気持ちを抑えることはできなかった。

「お聞かせいただけますか?」

機敷埜はレコーダーとメモ帳を取り出していた。耕市の中で、クロノス・ジョウンターへの想いが次から次へとあふれ出てくる。何から話せばいいのか……。

住島重工に入社して以来の稟議書の数から? いや、もっと以前に、中学生時代に読みふけり空想したＳＦの話から?

結局、設計者については触れず、Ｐ・フレック株式会社が設立される以前の、物質過去射出機製造の原点となるアイデアを思いついた時点から話をスタートさせた。

ノーベルだって、ダイナマイトを発明してそれが戦争に使用されるという発想は持っていなかった。クロノス・ジョウンターもそうです。まず理論を現実化させることからスタートしたのです。利用法は後から誰かが考え出してくれる。

そんなところからスタートした。耕市の瞳（ひとみ）は、日頃とちがって輝きを帯び、年齢にそぐわないほどの早口になった。どれだけ話しても話し足（た）りないというように、言葉が迸（ほとばし）る。クロノス・ジョウンターの最大の欠陥について話すときは、悔しそうに、その表情が歪（ゆが）んだ。現在から過去に旅立つことができても、時間旅行者が帰ってこられるのは、現在ではないということ。跳んだ過去の時間距離以上に未来へ弾（はじ）き飛ばされるという事実は、装置を始動させて初めてわかった時間旅行の性質だったのだ。その特性がわかったゆえに、クロノス・ジョウンターの以後の開発ペースがスローダウンしてしまったのだ。

「クロノス・ジョウンターは充分に素晴らしい働きをしたではありませんか」

話を聞き終えた機敷埜は、感心したようにそう言った。

「そうでしょうか?」

「そうですとも。布川輝良（ぬのかわあきら）さんと、あの女性……枢月圭（すうげつけい）さんの愛も、クロノス・ジョウンターがあったからこそ、成就（じょうじゅ）したのではありませんか。それから、非公認だったという鈴谷という女医さんの射出。クロノス・ジョウンターがなければ青木比呂志さんの生命を救うことはできなかった。野方さんの研究のおかげで、今私が聞いたその方たちにだけでもクロノス・ジョウンターは大きな貢献（こうけん）をしたのではありませんか。そのことは誇（ほこ）りにしていいと思います。それだけでも、クロノス・ジョウンターが、この世に生まれた価値があると思います」

機敷埜は身を乗り出し、片手を野方の肩に置いた。その言葉を聞いて、耕市は涙があふれ出すのがわかった。年をとると誰もが涙もろくなると思うのだが、この涙はどうにも止めることができない。

ひととおり話し終えたが、足りない部分があったような気がしてならない。

機敷埜はレコーダーを止め、メモ帳をバッグに納めた。

「長時間、ご協力ありがとうございました」

そう言って、機敷埜は深々と頭を下げた。

「機敷埜さん」耕市は呼びかけずにはいられなかった。それは、彼の心の深いところから噴出してくる衝動であった。

「はい。何でしょうか?」

「機敷埜さんが手に入れたクロノス・ジョウンターは、今、どのような状態にあるのでしょうか?」

「科幻博物館の建物そのものは、もうできあがっています。今は、収蔵品の収集に力を入れている段階です。もちろん、クロノス・ジョウンターは、すでに館内に収納されました。あれだけの巨大な品ですから、一番大きな展示室に置かれています。開館しても、そのままそこに展示されることになるはずですが」

「もう一度、私はこの目でクロノス・ジョウンターを見ておきたい。開館前に、そのようなことを望むのは、非常識かもしれないが」

　機敷埜は、とんでもないというように、大きく手を振った。

「ご足労おかけするのは申し訳ないかと思い、私から言わなかっただけのことです。野方さんたちが創造したものなのですから、何の遠慮もいりません。いつでも存分にご覧になられたらいい」

　それはありがたい言葉だった。厚意には厚意で返したくなる。

「なんだか懐かしい友に会えるような気がする。ところで、クロノス・ジョウンターを分解して運搬されたということですが、よろしければ本当に稼働可能かどうか、点検して、調整をさせていただきましょうか。いつでも過去へ射出できる状態での展示というのが理想的ではありませんか？」

　その提案は、機敷埜にとって思いがけないものであったようだ。目を輝かせた。

「それが実現すれば、科幻博物館館長としての冥利に尽きます。なんと素晴らしいことだ。射出可能のクロノス・ジョウンターを展示できるというのは」

## 2

それから三日後の早朝、野方耕市は息子の耕平の車で送ってもらい、科幻博物館を訪ねた。

「父さん。何やら嬉しそうだね」と耕平が評する。

「そうかね」と平静を装うが、心のときめきを抑えることができない。あたかも初恋の女性に再会するような気分でいるのだ。

「この科幻博物館に何があるんだよ」

「ああ、父さんのやった仕事が展示されているんだ」

耕平は、ふうんと答えて、それ以上は訊ねようとはしない。父親のやってきた仕事には何の興味もないらしい。無理もない。幼い頃から、同じ職業の母親の仕事ぶりばかりを見て育ってきたのだから。

科幻博物館は横嶋市のはずれの小高い丘にあった。かなりの広さの土地を確保している。それだけで機敷埜の財力がうかがい知れる。

車を降りると、すぐに建物から機敷埜風天が出迎えに現れた。約束の時間ということで、玄関で待機していたらしい。

建物の規模にも驚いた。私立の施設と聞いていたので、もっとこぢんまりとしたものを想像していた。だが、予想とはちがっていた。平屋の建物全体が大きく波を打っているように見える。赤銅色の無数のパネルが屋根に貼られていて、それが朝の陽を浴びて幻想的な光を放っていた。シンプルだが、前衛的な建築だ。それが緩やかな芝生の斜面に建っているのだ。

耕市は、機敷埜に声をかけられるまで、その全容に見とれてしまっていた。

「よくいらっしゃった。いかがですか。科幻博物館をご覧になって」

「いや、これほどのものとは思いませんでした。今日はお言葉に甘えてうかがいました。素晴らしいという言葉しか出てきません」

機敷埜は嬉しそうにうなずいた。

「クロノス・ジョウンターもこの中にあるんですね」

「ええ。D室です。屋根の波が一番高くなっている所ですよ」機敷埜は門から左の棟の端の方角をステッキを上げて示した。

耕市は、機敷埜の案内で館内に入った。天井が高いので、二人の靴とステッキの音が乾いた響きを立てる。

　エントランス・ホールには、まだ何も展示されておらず、だだっ広さだけを感じた。公開前ということで照明はついていないが、建物が採り入れる自然光だけで充分に明るい。説明パネルだけが貼ってあるブースや、正体不明の装置が置いてあるが、何の説明も書いていないコーナーの前を通る。梱包した荷がいくつも通路の隅に積まれたままになっていた。クロノス・ジョウンターも、分解され科幻博物館に運び込まれたときは、このような状態だったのだろうか、と耕市は思った。

　機敷埜が「こちらです」と声をかける前に、すでに耕市は目を奪われ立ちすくんでいた。目の前にクロノス・ジョウンターがその偉容を見せたからだ。

　いったい何年ぶりの再会になるのだろう。黒い光沢も蒸気機関車を思わせる砲筒も、変わってはいない。それどころか、丁寧に整備されたのだろう。新たな塗装も施されて、まるで新品のように見える。

「懐かしい。クロノス・ジョウンターが、今、ここに、このような状態で存在しているとは」

　耕市は、感嘆の声をあげた。

「そう言っていただいて、私も嬉しい」

　機敷埜が言った。

けた。

「具合を見せていただいてよろしいですか？」

耕市がそう断ると、機敷埜は、どうぞ、というように掌をクロノス・ジョウンターに向けた。

機械の設計図があふれるように頭の中に蘇ってきた。装置に接続された専用コンピュータを立ち上げた。パスワードを打ち込む。P・フレックの人間なら、誰もが知っていたパスワードだ。だが、すぐに、かつて耕市が鈴谷樹里を過去へ射出して以降、搭乗した者が一人いるということが履歴表示でわかったのだ。

女医の鈴谷樹里の願いに負けて、立野倉庫にあったクロノス・ジョウンターで彼女を送り出したのは、一九九九年八月のことだ。だが、二〇〇二年の四月にも使用されたという記録が残っていた。

同僚で開発一課長だった吉本次郎の顔が浮かんだが、その可能性は薄いと思った。鈴谷樹里を過去へ送るときも、あれほどいやがっていた臆病者の彼だ。吉本がやるはずがない。

射出先の年月をチェックした。

一九九五年十一月二十七日……。

記憶にある。いや、耕市が絶対に忘れることのできない日々だ。

二十六日はクロノス・ジョウンターで初めて実験した日だ……。今も胸にあるこのシャープペンを過去へ跳ばした。クロノス記念日。

その翌日に向けて、誰がクロノス・ジョウンターを使用したというのだ。

可能性として一人の男の顔が思い浮かんだ。

吹原和彦。

自分の部下。開発三課課員。

そして、クロノス・ジョウンターの最初の搭乗者にして密航者。

詳細はわからなかったが、吹原の同僚だった藤川が言っていた。大切な女性を救うために、過去へ跳んだのだと。まだ帰っていない。最初の密航では、その女性を救うことができなかったのだろうか。

だからこそ、二〇〇二年にまたしてもクロノス・ジョウンターを使用したのだろうか。

この日時が、それを暗示している。

吹原という若者は、そんな大胆な行動に出るような人間ではなかった気がするのだが。

大事な人を救うために……。

自分にも大事な人は、いた。だからといってクロノス・ジョウンターを不正に作動させていいという理由にはならない。そう自分に言い聞かせてきた。

画面に図表が現れ、各パーツごとの点検が実行される。部分図が大きく表示され、中央で数字がすさまじい速度で入れ替わる。

——正常に機能します。

という表示が現れて、次のパーツに移る。

空間座標を設定するパーツになって、数字が停止し、その部分がクローズアップされ、赤い丸印で囲まれた。

「栗塚哲矢のとこだな」

そのとき担当していた彼の表情まで、耕市の頭に浮かんできた。彼が母親の最期の日に跳んだときも、後にきちんとした報告を受けた。「あいつ、責任感が人一倍強かったのだが」思わず、ひとり言を漏らした。このまま作動させれば、いつでも目標位置から数キロの誤差が出てしまう。

ここで画面を固定し、クロノス・ジョウンターに近づいた。円形の底部の隅に、専用の工具を収納する仕掛けがあるはずだ。一見しただけではわからないのだが。そこから工具箱を一つ取り出し、ゲージとスパナを抜いた。

やがて、不調は栗塚の責任ではないことがわかった。搬入後の再組み立てのとき、取り付けの一部が甘かったにすぎない。やはり、栗塚は確かな仕事をやっていたのだ。締めつけを終え、耕市は背を伸ばし、砲台状の射出基部に触れた。P・フレック時代のクロノス・ジョウンターの感触が蘇ってきた。おまえに、私の人生を賭けたんだよなぁ。そんな想いが閃光のように訪れる。

――私だって、時を超えてみたいと思ったことは、あるさ。だが、一刻だってP・フレックの現場から離れる余裕はなかった。私がいなければ、計画そのものが、その時点でストップしてしまう。行けるはずがないではないか。

胸のシャープペンに思わず手をあてた。

このシャープペンを何度か過去に送っただけだった。

「片倉珠貴さん……」思わずそう呟いた。ある女性のおもかげが鮮明に蘇った。と同時に、若い男性の笑顔が。

「萩塚……」

あわてて、頭を振ってそのイメージを消し去る。

コンピューター作業に戻り、再度チェックを試みた。再び、部分図の上で数字が躍り始める。

今度はブルーの表示だった。機能が正常であることを告げていた。

その作業を繰り返す。

幸いなことに、再チェックの指示が出た部分はどれも簡単な調整だけで、事足りた。最悪の場合、物質を過去へ射出する砲筒状の部分を脱着することが必要になるのではないかと考えていた。そうなれば、クロノス・ジョウンターに収納されている工具だけでは如何ともしがたい。しかも、工場用クレーンなどの大型設備はこの博物館には見当たらないのだ。

かなり丁重に、立野倉庫からこの科幻博物館へ搬送されたのだと窺い知ることができた。細心の注意が払われたのだろう。それは、機敷埜のクロノス・ジョウンターに対する敬意の表れでもある。

すべての点検と調整が終了したのは夕暮れ直前の時刻だった。

その時間には、機敷埜はD室へ戻ってきて、近くのソファに座り、静かに耕市の作業を見守っていた。

「終わりました。これで、P・フレック株式会社に据えられていたときと、まったく同じ状態です」

耕市がそう告げると、機敷埜は、まるで若者のように破顔した。

「じゃあ、いつでも物質を過去に跳ばせるという状態になったというわけですか。ありがとう。本当にありがとう」

機敷埜は近づき、耕市の手を両手で握った。

「野方さんが作業している姿は、まるで三十代の若者のように見えましたよ。本当にクロノス・ジョウンターに全身全霊を打ち込んでおられたんだなと実感しました」

そう告げた。そして言った。

「一度、起動する場面を見てみたいのですが、できますかな？」

もちろん、耕市はそのために作業をした。微調整を重ねた。だが、あくまでも、クロノス・ジョウンターの動態展示のため、と考えていた。しかし、調整作業が終了したとき、当然、耕市も起動させてみたいという衝動に駆られていたのだ。

「もちろん、起動できます。できるように作業をやったのですから」

その提案は遠慮しておりました、とは、さすがに言えなかった。

「では、お願いします」

耕市はうなずき、メイン・スイッチを入れた。クロノス・ジョウンターの機体全体が低い振動音を発し始める。下腹に響いてくるような懐かしい音だ。

筒状の部分に螺旋状に淡く青い光が宿る。射出時には、青い電光としてこの部分に激しく走り回るのだ。

「これに加えて、目標日時と空間の座標を設定します。通常はこのように外部から操作して射出しますが、自動射出にして乗り込めば、一人でも過去へ跳ぶことは可能です。今回の調整では、初めての跳躍で、だいたい十五分程度、過去に滞在して未来に帰還します」

機敷埜は、うなずきながら、説明を聞いていた。

「パーソナル・ボグと言いましたかね、固定装置。あれを使えば、もっと過去での滞在時間が増えるんですよね」

「ええ。かなり改良しました。四日くらいはいけるという機械も作ったのですが、時間流の反発が強くて、正味二日も持たなかったようですね」

答えながら耕市は驚いていた。機敷埜は耕市が話したことを完璧に記憶しているのだ。

機敷埜は何度かうなずいた。それから、新たな質問を投げかけてきた。

「これは非常に幼稚な質問で、専門外の人間が感じたこととして笑い飛ばしていただいてもけっこうなのですが、よろしいでしょうか？」

「はい。何でしょうか？」

「クロノス・ジョウンターは物質過去射出機ですよね。ワームホールを光速近くまで加速させ、過去へたどるという、時間軸圧縮理論に基づくのですよね。時間軸は現在をゼロとして、基点としています。これを逆転させる試みはできませんか？　理論上は可能な気がするのですが」

「というと、何をおっしゃりたいのですか？」

「未来へは射出できませんか？」

あ！　と、野方は絶句した。自分の固定観念が一瞬にして破壊されてしまった気がした。

いや、待てよ、その可能性も検討したはずだ。

ひょっとして……。ひょっとして……。

未来への射出が可能だとして、未来に跳んだ人間に時の神(クロノス)は、どのような試錬を課すのだろうか。

自然の法則に逆らって未来へ跳べば、時間流はその矛盾を見逃さないはずだ。やはり、そのバランスを保つような現象が発生する。

未来へ跳んだ人間は、過去へと弾き返される。現在を飛び越えて。

なんとか未来へ射出する方法はないか、とクロノス・ジョウンターの製作にかかる前に思考実験を繰(く)り返(かえ)したではないか。しかし、ワームホールの性質上、過去へしか跳べないという結論に達していた。

「それは、何度も検討した結果、無理だということだったと思います。計算結果もあったはずですが、詳細については、今はよく思い出せません」

耕市はそう答えた。そう答えるほか、なかったのだ。

だが、パーソナル・ボグの話が出て気がついた。パーソナル・ボグは小型のクロノス・

ジョウンターと言っていい。未来へ射出する可能性を否定したのは、パーソナル・ボグが開発される前のことではないか。

耕市の脳裏で何かが閃（ひらめ）いた。

「そうでしょうね。幼稚な質問でした」

それでこの話題は打ち切られた。

「これで、クロノスは起動可能です。よろしいでしょうか」

「野方さん、ありがとうございます。充分すぎるほどです」

耕市はメインスイッチを落とす。心残りはあったが、いつまで稼働させておいても仕方がない。

徐々にクロノス・ジョウンターの振動が鎮（しず）まっていくのを耕市は名残（なご）り惜（お）しく感じていた。

## 3

帰宅して、部屋に一人いた耕市は、ふと思い出して机の一番下の引き出しから、それを取り出した。

パーソナル・ボグⅡだ。

かつて、鈴谷樹里が過去へ跳び、青木比呂志を救おうとしたときに、過去で起動し、身に付けていた過去固定装置。耕市が貸してやったものだ。四年前に帰ってきたのだが、そのときも、まだ鈴谷樹里は腕に付けていた。

その品を耕市は保管していた。

それから、革表紙の一冊のノート。

これも耕市にとっては思い出の品だ。表紙をめくると、「物質過去射出機（クロノス・ジョウンター）の記録」とある。

ページを開くと、丁寧な字で、いくつもの数式が並んでいた。老眼鏡をかけ、その数式を最初から追っていく。途中でページを開いたまま思考を巡らせ、それからまた次のページに進む。

紙を持ってくると、胸のポケットから、素早くシャープペンを取り出し、ノートから一つの数式を抜き出し、書き写した。

「ひょっとして」

思わず、そうひとり言を漏らす。直観的に思ったことだ。そして電卓を叩き、一心不乱に計算を始める。

どれだけの時間が、経過したろうか。

「十九年前に射出する。やがて、三百八十年後に跳ばされる。しかし、過去でパーソナル・ボグⅡを起動して身に付けていれば、未来へ弾かれる現象が減殺され、計算上、被験体は遡行年の二倍、三十八年後に時間流によって跳ばされる。現在からは十九年後だ。しかし、最初の射出時からボグⅡを起動させていると、過去ですぐに跳ね飛ばされ、未来で時間流が再び引き戻しをはかる。そのとき跳ばされるのは……。十九年の二倍の二倍……七十六年前の過去に引き戻される。なんということだ。現在のクロノス・ジョウンターの能力では、過去射出でマイナス二十年までが限界だというのに、パーソナル・ボグⅡをこのように併用することで、七十六年もの過去へ跳ぶという可能性が出てくるなんて。いや、いったん十九年後に弾かれているわけだから、五十七年前の過去というわけだ……」

紙一面に書き殴られた数式を眺めながら、耕市は信じられない思いだった。どこかで計算ちがいをしているのではないのか。錯覚に陥っていないか。まるで、コロンブスの卵のような簡単すぎるほどの発想だ。なぜ、これに今まで気がつかなかったというのか。

胸がどきどきと鼓動を打つのがわかる。まるで、新しい天体を発見したに等しい驚きを感じていたのだ。

きっかけを与えてくれた機敷埜に感謝しなければなるまい。

興奮がおさまると、耕市は、その歳月の意味をぼんやりと考え始めていた。

思い出があふれるように。


五十七年前といえば、まだ耕市は二十代初めの頃だ。

片倉珠貴の笑顔が思い出された。

そして、萩塚敏也(としや)のことも。

三人は高校も大学も同じだった。

そして、耕市は珠貴に淡い好意(こうい)を抱(だ)いていた。初恋だったと言ってもかまわない。しかし、珠貴に気持ちを告白することなど、無器用な耕市にできるはずはなかった。

ただ、高校時代に一度だけ、彼にしては大胆な行動に出たことがある。

その日、筆箱を忘れて登校した。小テストが実施(じっし)されることを知り、そのとき近くの席にいた珠貴から、「一日だけ」という約束でシャープペンを借りた。

翌日、返さなければならないシャープペンを耕市は返していない。鞄(かばん)の中に入れておいたはずだが見つからなかったのだ。そのことを正直に珠貴に伝え、弁償すると申し出た。

そのときの珠貴の返事はこうだった。

「いいんです。出て来たときに返してもらえれば」

数日後、学校の図書室から借りた本から、シャープペンが転がり落ちてきた。ページの間に挟まっていたのだ。

どうしよう。返さなければいけないと思いつつ、返さず仕舞いになった。返さなければ、と手元のシャープペンを眺めるたびに愛おしくなり、手離せなくなってしまったのだ。

代わりに、溜めていた小遣いで女性が好みそうなデザインのものを買い求め、お詫びにと手渡した。そのとき珠貴は、耕市にシャープペンを貸したことも忘れていた。そして、律気にそんなことを覚えていてくれてありがとうと、耕市に嬉しそうに笑顔を向けたのだった。

それ以上親しくすることは、罪の意識にも似た感情が邪魔したのだった。実際、シャープペンに関しては、耕市は珠貴に嘘をついたことになる。

以後、高校時代はずっと、耕市は意識的に珠貴と距離を置いた。彼女が近くにいれば、その場所から離れる。しかし、視野の隅では彼女の姿をとらえていた。

そんな屈折した心理だった。しかし、運命の糸は切れないまま、珠貴と耕市は同じ県立横嶋大学に進むことになった。ただし珠貴は法学部、耕市は工学部と道は異なるのだが。

その頃になると、キャンパスで顔を合わせたとき、顔見知り程度の挨拶は交わすようにはなったが、それ以上の関係にはならなかった。想う気持ちを必死で隠していたのだ。

耕市は夢想(むそう)していた。いつか、何かのきっかけが訪れ、珠貴と親しく交際を始めるという自分の姿を。そのきっかけ……が何かといわれると、まるで雲を摑(つか)むような話なのだが……。

こんな想いは誰にも漏らしたことはない。萩塚にさえも。

萩塚敏也とは、中学時代からの親友だった。いつの間にか行動を共にする間柄になっていた。なぜ、これほどに仲良くなったのかは、分析したことはない。萩塚といれば、心地(ここち)良かったということだろう。萩塚の性格は、内向的な耕市とは正反対だった。だからといって、自分にないものを補ってくれるからということではなかった。萩塚は人あたりが良く、人柄からも友人は多いほうだった。なのに、何かあるとまず耕市に声をかけてきた。なぜ自分を誘うのか、耕市は不思議だった。

「野方はいつも最後までつき合ってくれるからな」と言っていた。「しかも、ときどき突拍子もないこと言うだろう。おれは絶対にそんな発想はできないからなあ。そして、後で野方が言ったことが正しいとわかるんだからなあ」

萩塚は、親しく接してはくるが、耕市に充分に敬意(けいい)を払っていることもわかっていた。

高校卒業までは、ほとんど毎日、顔をつき合わせ、行動を共にする仲だった。学校の帰りでも、寄り道して食べるお好み焼き屋でも。休日も耕市の部屋によく遊びにきた。

萩塚は山を歩くのが好きだった。耕市は野外で身体を使う性分ではなかったが、萩塚に誘われたときだけは、近くの里山歩きにつき合ってやるほどだった。

「もっと、高い山に登ってみないか？」

萩塚は、山頂で弁当を食べながら、耕市をそう誘ったが、「このくらいの山がおれは限界だよ」と断った。萩塚の誘いでなければ、そんな低山でさえ、耕市は行く気が起きなかったはずだ。

萩塚も、同じ横嶋大学の農学部に入った。山が好きだから、いずれ、森林管理の仕事がやりたいという希望を持っていた。耕市は部活をするタイプではなかったが、萩塚はワンダーフォーゲル部に入った。

その頃には、学部が違うこともあって、萩塚と四六時中顔をつき合わせることはなくなったが、それでも時々萩塚は声をかけてきて、一緒に酒を呑んだ。耕市は酒に強いほうではなかったが、萩塚は底なしだった。それでも、酔った耕市を自宅まで送り届けたりしてくれるのだった。

最後に会ったのは、大学四年の夏だった。萩塚は大学院に進むことを決め、耕市は住島重工への就職が内定していた。

居酒屋で二人で呑みながら、萩塚は森林環境について熱く語った。一方、耕市は萩塚に請われて、自分なりに時間軸圧縮理論の概念をかいつまんで語ったことを、覚えている。

そのとき、耕市は買ったばかりの雑誌をカウンターに置いていた。

『科学四季』という季刊の雑誌だ。広範囲の科学情報の最先端のものを掲載する。あまり硬くなく編集されているので、毎号購読していたのだ。

「その本は、何だ?」

萩塚が、ふと訊ねた。

「科学情報誌だ。読んだことないの?」

萩塚は首を横に振った。それから、また訊ねた。

「表紙の山はどこだ? 日本の植生のようだが、少し変わっているよな」

表紙には花が咲き乱れる岩場の写真が使われていた。雑誌を開いて確認した。

「屋久島だ。宮之浦岳近くで咲くシャクナゲの写真だよ」

雑誌では、屋久島の森林環境について小特集が組まれていたのだ。

「ちょっと見せてくれよ」

萩塚は興味深そうにページをぱらぱらとめくった。「変わった岩だな」とか「苔のつき具合が独特だ」と感想を漏らした。

「屋久島の自然が独特だということは知っていたけれど、この写真を見たら、はるかに想像を超えていることがわかったよ。実に興味深いな」

そう言って、萩塚は『科学四季』を返してくれたのだった。

萩塚と呑む酒は楽しかった。しかし、一緒に馬鹿なことをしていた中高生時代とは違い、おたがい大人になってしまったことがわかり、少し寂しい気持ちになるのも事実だった。

二カ月後に、耕市は予想外の人物から電話をもらった。女性の声だった。

「野方耕市さんですか？」

「はい」

「片倉珠貴です」

なぜ、珠貴が自分に電話をくれたのか。もちろん何もわからずに、鼓動が聞こえていただけだ。だが、それに続く珠貴の言葉はもっと予想外だった。

「萩塚敏也さんが、亡くなりました」

そして、電話の向こうで珠貴は泣きくずれた。

「あ」と絶句して、耕市は耳を疑った。萩塚とは、あの萩塚なのか。彼女はいったい何を言っているのだろう。頭が混乱していた。

涙声ではあったが、珠貴はやっと言葉を取り戻したようだった。

「さっき……萩塚さんのお母さんから私に連絡がありました。野方さんは萩塚さんと、すごく仲が良かったから、知らせなくてはって……」

それだけでは、事態はよく呑み込めなかった。すべてがはっきりしたのは、萩塚の通夜の席でのことだ。

萩塚は屋久島で遭難死した。沢登りをしていて、秋雨前線で増水した沢に呑み込まれたという。海岸近くまで流されて、遭難の二日後に、遺体で見つかったのだ。

なぜ、屋久島で……。

耕市は思った。あのとき、あの雑誌を萩塚に見せたからなのか。だから屋久島行きを彼は計画したというのか。

だとすれば、あのとき『科学四季』を見せなければ、このような悲劇を迎えることはなかったのではないか。いや、いずれ屋久島の情報は萩塚の耳に入るだろう。しかし、違う時期であれば、遭難は避けられたのかもしれない。

とにかく、あの夜、居酒屋のカウンターで雑誌を目にしてから、萩塚の屋久島行きにスイッチが入ったのだ。そう、耕市は思い至った。

一般会葬者席に座った耕市は、顔を上げることができずにいた。あふれる涙を止めることもできず、ただ自責の念に駆られていた。

通夜にも告別式にも、高校時代の友人たちや大学の共通の友人が多数参列した。そのうちの一人の女性は、やはり耕市の高校時代のクラスメイトだった。

彼女が、ぽつりと友人に漏らしたのが聞こえた。

「いちばん辛いのは、珠貴だよねぇ。高校の頃からずっと萩塚くんとつき合っていたからねえ。大学を出たら二人、すぐに結婚するはずだったんでしょ」

それは初耳だった。そんなことが……。

信じられなかった。萩塚は照れていたのだろうか、そんなことはおくびにも出さなかった。

「ああ、最近も萩塚と片倉さんが一緒に歩いているのを何度か見たことがある。本当に仲が良さそうだった……」

信じないわけにはいかなかった。片倉珠貴は親族席の一つに座っていたのだから。まず彼女に萩塚の母親から知らせが行ったというのは、そういうことだったのだ。すでに、萩塚家で家族同様の扱い(あつか)を受けているということを示している。

焼香をうながされ、涙を拭(ぬぐ)ってやっと立ち上がった耕市の目に映(うつ)った片倉珠貴の姿。

急逝(きゅうせい)の電話をくれたときは、珠貴は落ち込んではいたが、しっかりと耕市に用件を伝えることができた。だが、あのときの姿は……。

すっかり衰弱して蒼白の顔で俯いていた。生気がまったく感じられない。肉体は椅子に座っているが、まるで魂が抜け去っているようだった。涙はすでに涸れ果ててしまっているようだった。

クラスメイトたちは、誰もが萩塚と珠貴のことを知っていた。萩塚を親友と信じていた耕市だけが知らなかった。

耕市は、そのことも情けなかった。

数カ月後、高校時代のクラスメイトと街で偶然に出会い、彼から、悲報を知らされることになった。――片倉珠貴が死んだ。

またしても耳を疑った。話を聞きながら思い浮かぶのは、長い髪をなびかせて笑顔を浮かべる珠貴の姿だった。

なぜ?

「衰弱死だったらしい。萩塚が死んでから、一歩も外に出ないし、食事もほとんどとらなかったらしい。栄養失調状態で、家族が強制入院させたけれど、手遅れだったそうだ。血圧も戻らずに、点滴も受けつけない……。自分の意志で、死を選んだって感じだったらしいよ」

すでに葬儀も終わってかなり経つという。この間、耕市は何も知らずに過ごしていたことになる。

まず、珠貴もこの世の人ではなくなったということで激しい寂しさと悲しみが襲ってきた。それから、そんな事実をまったく知らないまま過ごしていたことで、自己嫌悪に陥った。

あのとき、雑誌をカウンターに置いていなければ……。

置いたばかりに、自分は二人の人生を奪ってしまったのではないか。

親友の萩塚。そして憧れの女性、珠貴。

このできごとは、耕市の心の深い部分に大きな裂傷を負わせ、今も癒えることはない。

忘れ去ろうと努力した。自分には責任はないのだ。いくつもの偶然の連鎖の結果なのだ、と。

だが、刻み込まれた記憶は消え去ることはない。何かの拍子に、間歇泉のように噴き出してくる。

たとえば、シャープペンを手にしたとき。

しかし、そのシャープペンを引き出しにしまっておくことはできない。

それは、珠貴に対する永遠の想いと、贖罪の気持ちが相反して混在している結果なのだ。

大学を卒業して住島重工に入り、すぐにP・フレックに出向してから、耕市はひたすら職務に没頭した。仕事にのめり込んでいると、少なくともその期間だけは、胸を締めつけられるような思い出から逃れることができる。

クロノス・ジョウンターの実験が始まったとき、これを使えば、ひょっとして酷な過去を変えることができるかもしれないとも思った。だが、固定装置であるパーソナル・ボグはまだ開発されていなかった。推定滞在時間十五分程度で、どんな過去が変えられるというのか。そして、耕市には分別があった。いや、ありすぎたのだ。未来へ弾き飛ばされるのは、覚悟している。しかし、その間、自分が不在になれば、それだけ開発計画はストップするのだ。そんな無責任な行動はとれるはずはなかった。

親からは結婚をすすめられた。が、そんな気は起きはしなかった。

だが、時は流れ、耕市は妻をめとり、家庭を持った。家長としての責任と幸せを感じつつ、心の奥では、自分だけ幸福に浸るわけにはいかないと自分を責め続けた。もちろん、そんな葛藤を表に見せることはなかった。

そして、この年齢まで生きてきた。

妻を見送り、子供は立派に野方医院を継承している。後は、どう生きようと、誰の心配もする必要はない。それに、もう自分に残された時間は限られている。

とすれば、これは時の神（クロノス）が与えてくれた最後の機会ではないのか。今が、自分の中の悔恨（かいこん）を解決すべき時なのではないか。

## 4

「萩塚を救おう」

そう言葉に出した。出すだけで胸のつかえが軽くなった気がした。

もしそれができるなら、二人が幸福になる。一番の親友と、そして初恋の人が。

自分ははるか未来に弾（はじ）き飛ばされるだろう。しかし、それが可能なら、やらずにはいられない。

今だから、できる。

今しか、やれない。

昼食時、息子夫婦と食卓についたとき、耕市はさりげなく自分の意思を伝えておこうと思った。

「父さんは、しばらく旅行に出ようと思うんだが」

耕平は箸（はし）を持つ手を止めて、少し驚いたように、耕市を見た。嫁の凜香も不安げに小首を傾げた。

「旅行って……どこに行くのさ」

「ああ、どうしても行きたいところが……ある。今を逃すと行けず仕舞いになってしまいそうだ」

耕平はうなずいた。

「それもそうだね。心残りになってるのか」

「そうだ。ちょっと長い旅になってしまいそうだ。私の好きなように行かせてもらいたい」

「お義父さん。でも、旅先で何か……もしものことがあったら」

「それはそれでいいと思っている。そのときは、本望だったと考えてもらいたい」

耕平は何かを言おうと口を開きかけたが、言葉は発せられなかった。息子夫婦には耕市はかなりの頑固者というイメージがあるらしい。理不尽なことは言い出さないが、一度決めたらテコでも動かせない人だと。

「何があってもいいように、ちゃんと身のまわりの整理はしておくから」

それが結論につながった。最後まで行き先については触れなかった。耕平も、聞いてはならない場所のように受け取ったらしい。

翌日、一日かけて身辺を整理した。弁護士を連れて公証人役場に出かけ、遺言状も作成した。そして、古い日記を棚の奥から引き出し、日時の確認のためのメモをとった。

再び科幻博物館を訪れたときも、最初と同様に機敷埜風天自身が、耕市を迎えてくれた。

しかし、その表情には翳りがある。

「連絡をいただいて耳を疑いましたよ」

開口一番がそれだった。それが本心だろう。耕市は被験者から聞き及んだ限り、クロノス・ジョウンターで過去へ跳ぶとき、肉体に過酷な負担がかかることを機敷埜に語っている。ましてや、彼は耕市の年齢を承知しているのだ。

先日は、そんな過去跳躍願望は一切匂わせてはいなかった。

「本当に、クロノス・ジョウンターで過去に行かれるおつもりですか」

「はい」

「よくよく考えて、決断されたのだとは思いますが」

機敷埜も、いつの時代にとか、何をやりにという問いは投げかけてはこない。

「それは？」

耕市の左手首に付けたパーソナル・ボグⅡに気がついたようだった。

「ええ。普通に跳んだら、現在の性能では、過去二十年くらいがせいぜいです。ちょっと変化をつけてみようという、これは工夫です」

耕市は、射出時にボグⅡを併用する先日の計算結果を説明した。

機敷埜は感心したようにうなずいた。

「じゃあ、かなりの時間を遡(さかのぼ)ろうという、おつもりか……」

「はい」

「この装置は野方さんたちが開発されたものだ。今は、巡り巡って私のところへ来たにすぎない。何のために使うのかは、野方さんこそが一番正しい道をご存知(ぞんじ)だ。お好きに使われるがいい」

「ありがとうございます。それから、私がクロノス・ジョウンターで過去へ跳んだことは、内密(ないみつ)に願いたいのですが。実は家族にも、旅に出るとは告げたが、行き先は伝えていない」

「わかりました。こちらとしても、いろいろと都合が悪くなるケースが予想される。おたがい、ここは紳士協定ということで内密にするが一番」

「では、早速(さっそく)」

「もう……行かれるのか」

二人は、ゆっくりとした歩調で、クロノス・ジョウンターが展示されたD室へ向かった。

耕市は、持ち込んだノートパソコンの数式と見比べながら、蒸気機関車の如き(ごと)クロノス・ジョウンターを見上げた。

いつもとはひときわ違う印象がする。これから、自分はこの装置に運命を委ね(ゆだ)るのだから。

十九年過去の数字を打ち込む。この計算でまちがいないはずだ。

いや、もしも計算がちがっていたら。

迷いを振り切る。

自動射出(オート)に設定した。そして言った。

「では、まいります」

「ここで見送らせていただいてよろしいか？　クロノス・ジョウンターが現実に稼働するのを見るのは初めてだし、最後の機会かもしれんのでなあ」

「かまいません。私を射出したら、自動的にパワーオフになります」

機敷埜はうなずき、先日、耕市が調整作業をしているときに座っていたソファに腰を下(お)ろした。そこで見届けるつもりらしい。

セッティングは終了した。

耕市は、ステッキを顎にあてた機敷埜に、深々と一礼した。計算へのきっかけを与えてくれたこと、クロノス・ジョウンターの使用を許可してくれた恩、そして自分の旅立ちを見送ってくれることへの感謝を込めて。

機敷埜がゆっくりと右手を上げたのを確認して、耕市はクロノス・ジョウンターに乗り込んだ。

身震いがした。

最初の目標は、装置の限界に近い二〇二〇年。

目標位置は科幻博物館敷地の広い庭に設定しておいた。

射出を六十秒後に最終セットする。コンピューター画像では、その数字が、60からみるみる減少していく。

もう後には戻れない。

数値が30を示したとき、耕市は左手首にはめていたパーソナル・ボグⅡを起動させた。

「これでいいはずだ」

クロノス・ジョウンターは、耕市をストレートには五十七年前の過去に射出させないはずだった。パーソナル・ボグⅡが、クロノス・ジョウンターに抵抗する。そして、その力は今度は耕市を三十八年後に放り込む結果になる。そしてまた、過去に弾き返す。

クロノス・ジョウンターが激しく揺れ始める。これほどひどい揺れだったのか。不調を来しているのではないのか。

砲身を走るのと同じ青い光が粒子として室内にみるみる充満し、不規則に飛び回る。

痛みが……痛みが……。

耕市は、全身を砕かれるのではないかと思うほどの圧迫感に耐えていた。身体の奥まで、ぎしぎしときしむ。

針だ！　小さな無数の針が全身を突き刺している。駄目だ。もう自分の肉体では、限界かもしれない。

必死で目を開き続けた。まだだ。まだ、射出室の中にいる。

青から白へ。そして……。

左腕に付けているパーソナル・ボグⅡが過熱している。

そして……周囲が真っ赤に変わる。

弾かれた！

耕市はそう感じた。重力も感じない。方向もわからない。どちらが上でどちらが下か。

ただ、凄い力に引っ張られる。

突然に重力を感じた。尻の下に柔らかい地面がある。ずん、と重みが身体にかかり、すぐに去っていった。

た。

大きく溜息をついて周囲を見た。屋外にいる。正面の坂の上に見覚えのある建物が見えた。

科幻博物館だ。

その敷地内だった。芝生の上にいる。まだ手足が痺れていて立ち上がれなかった。

クロノス・ジョウンターはなんとか作動したらしい。ただ、どの時代に跳ばせてくれたのか、計算通りの時間なのか否か、まだ確認はできない。

いずれにしても、老体の耕市に、この跳躍は荷が重かった。正常に戻るには少々時間が必要だった。

息が整い、肌に感じていた痛みが治まると、近くの樹の幹に両手をつきながら、ようよう立ち上がった。

ゆっくりと歩き始める。ここで過ごす時間は、そう長くないはずと言い聞かせながら。

科幻博物館に入るつもりはなかった。

ここは異なる時代なのだ。

正面の玄関と門をつなぐ通路へと歩く。博物館見学の帰りらしい親子が驚いたように立ち止まり、耕市の姿を眺めていた。

子供が叫んだ。

「芝生の中へ入っちゃいけないんだよ」

父親らしい男が、黙りなさいというふうにあわててたしなめる。

「失礼ですが」と耕市はその父親に訊ねた。

「今年は何年でしょうか？」

父親は妙なことを聞かれてきょとんとしたが、苦笑いして教えてくれた。耕市のことを認知症の徘徊老人かと思ったらしい。

「二〇五八年ですよ」

計算どおりだと、耕市は思った。二〇三九年から十九年過去へ跳ぶ設定でクロノス・ジョウンターを動かした。しかし、パーソナル・ボグⅡのおかげで反発力が弱まり、耕市を十九年後の未来に連れてきた。

ここでしばらく過ごす必要がある。今回は射出時にボグⅡを作動させている。やがて時の神は、帳尻を合わせるために、耕市をはるかな過去へ引き戻すはずなのだ。

「おじいさん、大丈夫ですか？」

子供の手を引いた父親から、そう声をかけられた。たしかに、最上のコンディションというわけではない。それが顔色に表れているのではないかと耕市は思う。父親に何度か頭を下げ、そそくさと、その場を後にした。

科幻博物館の門を出たところで、パーソナル・ボグⅡのスイッチを切る。

——これでいい。

これでいい。今は二〇五八年に跳んできたが、時の神(クロノス)が時間流に逆らった自分を捕らえてくれるはずだ。それで、計算どおりの七十六年前の過去へ運んでくれる。

その時を待てばいい。

だが、それはいつやって来るのだ？　十五分後？　一時間後？

それは耕市には計算できなかった。ひょっとして、〝その時〟がやって来なかったら……そんな迷いも生(しょう)じたが、あわてて打ち消した。

それまで人目につかない所へ移動しておくことにしよう、と耕市は考えた。未来の世界がどうなっているかということには、あまり興味がわかない。博物館は丘の上にあって、周囲は家がまばらな住宅地だったという記憶があるが、今は、びっしりと家が建ち並んでいる。だが、家のデザインにはあまり大きな変化はなく、外見上は時代の移り変わりはそれほどは感じなかった。気がついたのは、どの家の屋根にも銀色の三角錐(さんかくすい)が取りつけられていることだ。アンテナのようなものか、あるいは新しいエネルギーに関係するものかと、耕市は想像した。

耕市が本能的にめざしていたのは、野方医院の方角だった。時間流がいつ押し寄せても、自分が育った場所から近いほうが、跳んだ先で方角の見当がつけやすいと踏んだのだ。もちろん、医院に近づくつもりはない。家族に会って、タイム・パラドックスの危険性が生じてはいけない。横嶋市はあまり大きな都市ではない。科幻博物館から野方医院までは、老人の足でも一時間も歩けばいいと考えていた。

見慣れた立野倉庫の長塀の横を過ぎると、公園があった。三十分も歩いて、息が切れたところだった。

しばらく休憩しよう。まだ時間流は来てくれないようだし。そう考えた耕市は、公園中央の木陰にあるベンチに腰を下ろした。ベンチは二つ並んでいる。もう一つのベンチでは、薄汚れたなりの若者が横になっていた。耕市は、この若さでホームレスか……と溜息をついた。

そこで、息切れが治まるのを待っていたときだった。隣のベンチの若者が呻き、起き上がった。若者は大きく伸びをした。汚れてはいるがスーツ姿だ。

おや！　と耕市は思った。

この若者には見覚えがある。とっさには、誰なのかは思い出せない。

若者も耕市に気がつき、ぎょっとした表情を浮かべた。まさか隣のベンチに人がいたとは気づかなかったらしい。

耕市は必死で考えた。もし、この時代で見覚えがあるとすれば、この男の少年時代に会ったということか。あるいは、他人の空似。

若者も耕市の顔を不思議そうにまじまじと見た。

「どうしたんですか…?」

「いや…」と若者は頭を振った。その若者の目の輝きを見て感じた。この若者はホームレスなんかじゃない。何か理由があってこのような姿をしている。若者は続けた。「あなたと会ったことがある。……いや、年がちがう。あなたには、お兄さんとかいらっしゃいませんか?」

「いや、おりませんが」そう答えた瞬間に思い出した。この若者の正体を。

まちがいない。P・フレック株式会社で部下だった吹原和彦だ。耕市は確信した。

クロノス・ジョウンターに初めて乗った男。そして、そのまま消息を絶った男。

「そうですかぁ」

吹原は、心底残念そうだった。「私が知っている人に似ていたもので……生きておられたら百歳近くになっておられるはずですが」

「あなたは、どうしたというんです」

「いや、私は人を……一人の女性を助けなければいけない。彼女は私の救いを待っている。

だが、そのためには、特殊な機械がいるんです……。だが、その機械の所在がわからない……」

「女性を助けるって……？」

「話しても信じていただけないと思います」

「信じるか信じないか、聞かなければわからない……」

吹原和彦は耕市に、二十世紀の終わりごろに不幸な火災事故に遭った女性の話を語った。そして、違法だとは知りつつ、クロノス・ジョウンターという機械で過去へ跳び、彼女を事故から救おうとしたことを。だが、すんでのところで、彼女を救えずにいるのだという。

耕市は相槌を打つだけで、あえて言葉を挟まなかった。

吹原和彦がある女性を救うためにクロノス・ジョウンターで密航したことは、上司として当然知ってはいたが、どのような関係だったのかまではわからずにいた。女性の生命を、それも恋人だったとは言えない、想いを寄せていただけの人を救うためだったとは。

吹原に自分に似た部分があることを思い知った。こうやって時を跳んでいる自分に、吹原を責める資格があるものか。

「あなたが、そのときの上司に似ていたもので、ここまで話してしまいました。その機械はあそこの立野倉庫という所に保管されていたのですが……今は所在がわからない。それで途方に暮れているんですよ」

耕市は、うなずきはしたが、自分の正体は明かさずにいた。

ただ、吹原にはこう告げた。

「クロノス・ジョウンター……その機械なら科幻博物館というところに展示されていますよ。……そのはずだが」

「本当ですか？」

吹原は声をうわずらせた。まさかという表情をしていた。

「行って確かめたらいい。あなたの言うクロノス……と同じものかどうかは、見ればわかるでしょう。私も最近見学したばかりだ」

「科幻博物館ってどこにあるんですか？」

耕市はわかりやすく道筋を教えた。「ありがとうございます。早速行ってみます。なんだか、あなたに会ったときから、何か予兆を感じていたんです。やはり当たっていた。普通、クロノス・ジョウンターの行方を訊ねただけで、頭のおかしい奴くらいにしか思われないんです。あなたは、ちゃんと信じてくれた上に……。

お礼の言いようがありません」

吹原は何度も耕市に頭を下げた。

「無事に、その女性を救い出せることを祈っていますよ」

そう言葉をかけながら、耕市はそれが他人事とは思えなかった。

何という偶然だったのか。過去から跳んできた二人が顔を合わせるとは。

耕市は因縁めいたものを感じていた。果たして吹原が科幻博物館でクロノス・ジョウンターを使えるのかはわからない。しかし耕市は、心をはずませて去っていく吹原の後ろ姿を見て、無事に女性の生命を救うことができればいいと、願わずにはいられなかった。

いい青年だった。

そう耕市は思った。

立ち上がって、吹原が去った方角を眺めながら、自分は吹原に対して大きな誤解をしていたのでは、と考えた。

そのときだった。

全身が、何かに激しく引っ張られた。何もない空間に吸い寄せられる。急速に。

その力がいったい何なのか、耕市はすぐに理解した。時の神が耕市を過去へ跳ばそうとしているはずだった。

クロノス・ジョウンターの限界を超えた過去へ。

# 5

耕市の視界が、次の瞬間、虚無(きょむ)の色に変化した。白でもない。暗黒でもない。まるで肩から背中、背中から腰を、見えない悪魔に鷲摑(わしづか)みにされて、運び去られるような感覚だった。

しばらく気を失っていたのだろう。それがどのくらいの時間であったのかは、わからない。

額に冷たいものが当たり、目を開いた。暗い空が見えた。それからあわてて身を起こした。自分はどこにいるのだ。

耕市は記憶を失っていたのだ。それが、徐々に蘇(よみがえ)ってくる。

そうだ。ここは一九八二年のはずだ。自分は萩塚と珠貴を救うために、五十七年前のこの時代へやって来たのだ。

再び大粒の雨が頰に当たった。遠くでクロノス・ジョウンターが起動したような音が響いている。遠雷(えんらい)だ。

夕立ちが来た。

耕市は、やはり未来と同じ公園にいた。

じわじわと蒸し暑い。真夏の時期なのだ。周囲に人影は、ない。どのくらいの時間この公園で意識を失っていたのかはわからないが、今までが酷暑の時間帯だったのだろう。だから、人気がなく、耕市が誰の目にも止まらなかったのだろう。

雨を避けるために、公園の隅に建てられた藤棚の横にある数寄屋風の東屋へよろよろ歩く。

腰が痛い。着地のときに打ったのだろうか。幸いなことに、軒下へたどり着くのを待っていたかのように雨は本降りになった。

どしゃ降りの水煙と近づいた雷鳴と閃光の下で、耕市はしゃがみ込み、両手の痺れが去るのを待った。

指の先に残った、針に刺されたような痛みが少しずつ和らいでくる。未来に跳んだときは、それほど痛みは感じなかったというのに。今回は引き戻される時間距離が長かったことが影響しているのだろうか。いずれにしろこの年齢だ。無事にたどり着けただけでもよしとすべきか、と自分に言い聞かせた。

通り雨だったらしい。

雨粒は小さくなり、陽差しが戻ってきた。どれほどの時間が自分に与えられているのかが、まったく見当がつかない。とにかく無駄にしている時間はないと、耕市は思う。

すぐに、腕に付けたパーソナル・ボグⅡのスイッチを入れた。

目盛りが三分の二ほどのところで止まった。クロノス・ジョウンター内で一度使用している。だから、反発力の三分の一はそこで消耗したと考えるべきなのだろう。

ボグⅡを使えば、計算上は、今夜いっぱいここに滞在できるはずである。また未来に跳ばされる時間距離も低減されるだろう。しかし、計算上、それは二一三四年というとてつもない未来である。

夕立ちは完全にあがった。

耕市は公園を出て歩き始める。とにかく今は正確な年と日時を知りたかった。どこへ行けば、それがわかるだろう。

国道を歩く。走る自動車は、耕市には懐かしいものばかりだ。二〇三九年の自動車と違って、排ガスをまき散らしながら走っている。そうだ。この頃の自動車はガソリンや軽油燃料を使っていたのだと思い出した。少し歩いただけで刺激臭が鼻をつく。だが、過去の自動車を見ても、見覚えがあるが、時代の特定はできなかった。

かすかに遠くから聞こえてくるメロディに耳をすませる。あみんの「待つわ」という曲であることは思い出せたが、その曲が流行したのは何年のことであったか。だが、懐かしいという感情だけは、湧き上がってきた。

メモを胸のポケットから取り出した。計算どおりに過去へ引き戻されたのであれば、一九八二年七月三十日の夕方であるはずだ。

その日が、耕市の日記では、萩塚と会い居酒屋で呑んだ最後の日だった。

居酒屋の名前は、……思い出せない。

だが、場所はわかる。

立野町商店街の中にあった。とりあえず、その場所を確認しておこう。そう思った。生家の野方医院に近づくわけにはいかないという制御が、本能的に働いたこともある。野方医院の近くでは、それだけ知人の数も増える。ということは、それに比例してタイム・パラドックスが発生する率も高くなる気がしたからだ。萩塚や珠貴を救うことが最大のパラドックスだということは承知なのだが、それ以外の場面では、無用な矛盾を起こすことは避けたい。

古い紙幣やコインを入れたポケットを確認した。

入っている。

耕市は、遺言書を作った帰りに、当面不足しないだけの現金を古美術屋で換えておいたのだ。

国道でタクシーを拾い、立野町商店街まで乗った。やけに親切な運転手だった。耕市が老人だったからかもしれない。家族は外出しているのを知っているのかと訊ねたのは、身体の具合から、病気なのではないかと心配したのだろう。タクシーをとめるとき、腰をかばっていたためそう受け取ったのかもしれない。その一つ一つに丁寧に答えてやると、運転手は安心したようだった。

商店街入り口でタクシーを降りる。料金は六百円と異様(いよう)に安く感じた。物価は二〇三九年の四分の一くらいのものだろうか。運転手はわざわざ車を降りてきて、耕市の手を引いてくれた。

アーケード下の商店街の町並みは、記憶のままだった。ゲームセンターや肉屋、八百屋、薬局と続く。この一帯は十数年後には再開発されて、ショッピングセンターと化すのだ。その先に間口の狭い、記憶のままの居酒屋があった。軒から赤提灯(あかちょうちん)が吊(つ)るされ、縄のれんが下がっていた。そして「準備中」の札がかかっている。

提灯の文字で店名を思い出せた。そうだ、「居酒屋酒楽(しゅらく)」だ。

夕暮れには、まだ間があった。この時代でどのくらい時の神(クロノス)が滞在を許してくれることになるのか、確かにはわからない。しかし、近くに今夜の宿は確保しておいたほうがいい、と判断した。

観光地でもないこの界隈に、旅館はあるだろうか。

角の魚屋で横町へ曲がる。魚屋の前には、おこぼれを待っているのか、近所の猫が数匹たむろしている。未来の街では、まったく見かけない光景だった。横町では、その狭い場所でキャッチボールをしている。耕市が若い頃は、子供たちにはテレビゲームが大人気だったという記憶があるが、この時代は、まだ発売前ということか。

路地を抜けたところに、道路の中央に島状になった三角形の小さな公園があった。その横の、奇妙な形の木造の建物に目を奪われた。

城……というより巨大な巻き貝を思わせる。いったいこれは何だろう。寺社仏閣の類なのか。表面に貼りつけた木板が、それぞれ微妙に角度を変えているので、離れると曲線に見える。三階建てだ。奇妙なだけでなく、建物そのものがユーモアを備えているというのは、耕市にとっては初めての体験だった。しかし木板の剝がれ具合から、建物自体かなり老朽化が進んでいることがわかる。

半楕円形の入り口の上に「朝日楼旅館」と書かれていた。階段のところで、半纏をまとった頭の薄い中年男が、金バケツから柄杓で水を撒いていた。営業しているようだ。

吉本の部下で、古い建物に興味があるから、という理由で過去に跳んだ男がいたなあ、と思い出す。布川とかいったな。たぶんこのような建物を見たかったはずだ。きっと、大喜びしたのではないか。

耕市はその番頭らしい男に声をかけた。

「すみません。予約は入れていませんが、今夜は泊まれますか？」

男は柄杓を持つ手を止め、耕市の頭からつま先までを不思議そうに眺めた。耕市は不安になる。何か、この時代にそぐわないものでもあるのだろうか。自分が気がつかないだけで。

「お一人ですか？」と男は訊ねた。

「ええ。私だけですが」

「ご一泊でしょうか？」

「ええ……ひょっとしたらもう一泊することになるかもしれませんが」

「ああ……お部屋は空いておりますが、この時間ですから、お食事の用意はできかねます。素泊まりということでよろしいですか？」

「それでけっこうです」

「では、どうぞ」

すすめられて玄関から入る。予想外に高い天井だった。その天井は、タイルを何枚も貼り合わせたモザイク絵画になっている。羽衣（はごろも）をまとった三人の天女がたわむれているという図だ。天女は上半身は裸で、赤い腰布をつけ、極めて肉感的な印象を与える。それが建物とアンバランスで妙な面白さがある。

「すごいでしょう。この旅館を造った廣妻隆一郎さんの趣味なんですよ。廣妻さんって、凄い建築家だったらしいんですが、相当変わった方だったそうですよ」

見とれている耕市に、番頭はそう説明した。

「たしかに凄い」

正面に木彫りの巨大な招き猫が座っている。よく見ると、置かれているのではない。招き猫の一部が床板になっている。そして、その招き猫は両手で招いている。それだけではない。口の両角が上がっているから、ニタリと笑っているように見える。キッチュという表現があったな、と耕市はふと思い出す。

番頭は帳場から顔を出した中年女性に声をかけた。「二階の風神の間でいいかな」

「雷神でも龍神でもいいよ。他に予約はないんだから」

ご案内しますと、番頭が階段を上り始めたので、あわててついていく。黒光りする階段の踏み板が、足を乗せるたびに猫が鳴くような音を立てる。重要文化財クラスだなと耕市は思う。階段を上がるたび、猫を虐待している気分になったが。

「風神の間」は、膨れ上がった袋を小脇に抱えた鬼の図が天井に描かれていた。これが風神というわけだ。きれいに掃除はされていたが、畳の日焼け具合が凄い。

「こちらのお部屋でございます」

腰を下ろした耕市に、番頭は宿帳を差し出して言う。「ご宿泊料は前払いになっておりますが、よろしいでしょうか？」

「おいくらですか？」

「はい。素泊まりで一泊三千八百円頂戴しております」

耕市は二泊分を払った。それから宿帳に名前を記そうとして、はたと迷う。

本名を書くわけにはいかない。この時代に自分がいた痕跡を残したくない。ペンを持つ手が迷った。番頭は正座して待っている。

野田耕平と書いた。とっさにはなかなか嘘は書けないものだ。名前のほうは息子から借りた。住所は、横嶋市以外のものを思いつかない。仕方なくＰ・フレック株式会社の所在地を記した。

宿帳を見た番頭が「おや、横嶋の方なんですね。なんでまた、うちにお泊まりになろうと？」と要らぬことを訊ねた。

「ああ……お恥ずかしいんだが……息子の嫁と、ちょっと揉めましてね。家に帰る気がどうしてもしないんで」

「なるほど。いろいろと気を遣ってつかっておられるんですね。どこのお家も何かしら問題を抱えかかえておられる。大変ですね」

そう素直に納得してくれた。

茶を出した番頭は、気が早いことに、布団を敷しいてくれた。お客が疲れているように見えたのか、何度も部屋に来なくてすむということか。「お食事どころは、商店街にお出になると、いくつもございますので」と言い添えて。

一人になった耕市は、縁側の椅子から表を見た。三角公園の向こうに立野町商店街のアーケードが見下ろせた。赤い陽が遠くに見えるが、まだ沈む気配はないようだ。

あの日、若い頃の耕市は萩塚との約束をぎりぎりまで忘れていた。出先の本屋で思い出したのだった。

まだ、時間があるか……。七時前に、居酒屋近くで待機たいきしよう。そう考えた。居酒屋に入る前に、若き日の耕市から雑誌を奪い去ることにする。しかし、どうやって……？　暴力的に奪うのは得策とくさくではない。

あの本は、商店街の入り口に近い書店で買ったばかりだった。小さな書店だから『科学四季』は二、三冊しか入荷しない。早目に出かけて、買い占めるのが一番いい。六時頃に出かけて買うことにしよう。

そう作戦を立てると、ほっとした。時を跳んだ疲労が、腰に負担をかけていた。

耕市は番頭が敷いてくれた布団に横になった。

三十分だけ、眠ることにしよう。

そう自分に言い聞かせ、枕を三つ叩いた。耕市のおまじないのようなものだ。


しまった！

目を覚ました瞬間に知った。陽が落ちている。部屋の中は真っ暗だ。耕市は飛び跳ねるように身を起こした。

あわてて時計を見た。午後七時半を回っていた。

これが老化ということなのだろうか。

寝過ごしてしまった。

何のために、苦労してこの時代まで跳んできたというのだ。

自分を罵りながら、階下へ降りる。こんな間抜けが、どこにいる。もう、自分は萩塚に『科学四季』を見せただろうか。

こんなことなら、横になる前に書店に行っておくべきだった。事態を甘く見すぎたのだ。

「出てきます」

帳場のほうにそう叫んで、耕市は走り始めた。もちろん、本人は走っているつもりだが、年相応のスピードでしかない。

店はすぐそこなのに。あれほど近い場所に宿をとったというのに。

足がもつれないように、早足で行くのが精いっぱいだ。

やっと商店街に出た。人通りは少ない。

すでにほとんどの店舗のシャッターは下りていた。商店としての役割を終えた時間なのだ。

居酒屋「酒楽」の赤提灯が灯っている。夕方には「準備中」だった札が「営業中」に変わっていた。

しまった。遅すぎる。

耕市は、ためらうことなく、中へ入った。まだ『科学四季』に萩塚が興味を示す前であってくれ！

そう願うしかない。

「いらっしゃいませ」と声がかかる。店内は割れんばかりの喧噪（けんそう）に満ちていた。広めの小上がりには二組の客が入っている。正面のカウンターを見る。七割ほどの席が埋まっていた。素早く耕市は目を走らせた。

いた！

若き日の耕市と萩塚が並んで座っていた。

そして……萩塚が手に取っているのは……『科学四季』だった。開いたページの写真に見入っている。

ああ、手遅れだ……。心臓が激しく打ち始めるのがわかる。胸が痛む。急性の狭心症だろうか。

だが、ここで倒れるわけにはいかない。

萩塚の左隣の席が空いていた。転がり込むように、そこに座った。

二人の声が聞こえる。二人は、隣に座った耕市に何の注意も向けていない。耳だけに神経を集中する。

幸いなことに胸の痛みが少しずつ和らいでくる。とりあえず生ビールと焼き鳥の盛り合わせを頼んでから思った。隣の萩塚や耕市と同じ注文なのだ。無意識に。

この時代、屋久島はまだ世界遺産に登録されてはいない。

「屋久島かあ、不思議な植生の島なんだなあ」

ページをめくりながら、萩塚は感想を漏らす。そうだ…と耕市は思い出した。この科白(せりふ)も萩塚は確かに発していた。

「話には聞いたことがあるんだ。とても、日本の森林とは思えないってな。すごい杉の木があるって聞いたぞ。縄文杉……この写真か。森の主って感じだよなあ」

「ぼくは、まったく聞いたことなかったよ。さすがに森林に興味を持っているだけあるなあ」

若き日の耕市が、そう言った。耕市は自分の高い声に違和感を持った。こんなカンにさわる声をしていたのだろうか。

照れ臭いような恥ずかしいような気がする。横目で、自分自身の様子をうかがった。若き日の耕市の隣の席も空いていた。

もしその席に座っていたら、並んだ耕市を見て、萩塚は同一人物とわかるかもしれないと、ふと思った。こちらの席に座ってよかった。

若き日の耕市は、そんなことは思いもよらない様子だ。

生ビールを呑みながら、老いた耕市は必死で思いを巡らせる。萩塚は、すでに屋久島の魅力に取り憑かれている。どうすればいい。他に方法はないのか。どうすれば萩塚を、そして珠貴を守ることができるのか。

なす術もなく時が過ぎていく。

若き日の自分が話し始めた。

短時間で呂律が回らなくなっていく。自分の目で見ていても恥ずかしいし、情けない。ひっぱたいてやりたいほどだった。それを萩塚は、いやな顔もせずに、いちいち突っ込みを入れて聞いてやっている。若き日の耕市は、同じ話を何度も繰り返す。自分にはそんな記憶がないことも情けなかった。

「だからぁ、ワームホール、直訳すれば虫喰い穴だな、そんなトンネルを人工的に作るんだよ。この入り口の片方を、ちょいと細工するんだ。萩塚あ、わかるかあ……」

間延びした声で若き日の耕市が言う。それを聞いて耕市は反吐が出そうだった。若き日の耕市は「時間軸圧縮理論」について語っているつもりなのだ。だが、その説明は欠陥だらけであることもわかった。耕市は口を挟みたい衝動を必死で抑えていた。

「もう、今日は、そのくらいでやめておいたほうがいいよ」

萩塚が焼酎に切り替えようとした耕市をたしなめた。自分は、こんなにベロンベロンになっていたのだろうか。

そういえば、二人で呑んだことは憶えているが、どのようにして帰ったかという記憶はない。

「いつもより酒が入りすぎている。帰ろう」

「ああ、帰ろう。帰ろう」

まだ午後九時を少し回ったくらいだったが、萩塚の忠告に、若き日の耕市は素直に従った。

「勘定しよう。勘定」

「ああ。野方、おまえ一人で帰れるか？」

「大丈夫。大丈夫」

「送ってやろうか」

「大丈夫だよ」と言いつつ足はふらついていた。情けないと、老人の目で耕市は溜息をついた。

そして、あわてて席を立ち、萩塚と若き日の耕市の後を追う。

アーケードの下に、二人はまだいた。足元のおぼつかない若い耕市の腕を萩塚が支えていた。

「おい、帰れるか？」

「大丈夫だって」強がっている。

「そうか……」と萩塚は腕を放す。若い耕市は「じゃあ、また」と片手を上げて、ふらふらと遠ざかっていく。それを萩塚が心配げに見送っていた。

突然、若い耕市が立ち止まり、振り返った。そして、叫んだ。

「感じた」

「何をだ」と萩塚が叫び返す。

「いや……何か今……ぼくの頭の中で、共鳴したみたいな……よくわからない」

老いた耕市もそうだった。同じ脳波ということなのだろうか。若い耕市の思念が、一瞬、洪水のように頭の中に入り込んだ気がした。そんなことありえるのだろうか。

耕市が見ると、若い耕市の視線が、萩塚を通り越して、自分をしっかりと捉えている。

「呑みすぎだよ。呑みすぎ」

萩塚がそう叫び返す。

「そうか……。じゃあな」

若い耕市は、そのまま遠ざかっていった。老いた耕市はそれを見ていた。他に、思いつかなかった。そうするしかなかった。

一人になった萩塚は、腕時計を見て、街角の公衆電話ボックスへ行き、誰かと話し始めた。頭を掻きながら、笑っている。

片倉珠貴と話しているのだろうか。

耕市はそう思った。これほど嬉しそうな表情を見せる相手は、そう思い当たらない。不思議と何の嫉妬心も湧いてこない。これが老境というものだろうか…とも思う。

会話の内容も聞きたかった。しかし、そこまではできなかった。

萩塚が電話を置いた。

少々顔が赤くなってはいるが、酔いは醒めたようだ。

## 6

耕市は意を決して、萩塚に近づく。もう、若き日の耕市もいないことだし。

近づく耕市の姿に、萩塚は不審げに眉をひそめた。

「すみません。お話があるのですが」

耕市はそう切り出した。萩塚は明らかに耕市を警戒する。あなたは何者だという表情で。

「ぼくは、これから人と会わなきゃならないので急ぐんですが」

「片倉珠貴さんとですか？」

耕市がそう言うと、萩塚の表情が変わった。

「電話を聞いていたんですか？」

やはりそうだったのかと、耕市は思う。

「いえ。聞いていません。でも、私は萩塚敏也さんに伝えなければいけないことがある」

萩塚はまじまじと耕市の顔を見た。

「お会いしたことありますか？　ひょっとして……野方くんの…お父さんですか？」

耕市は、萩塚が年の割に幼かったという印象は持っていなかった。だが今、耕市の目の前の萩塚はひどく幼い。

「いや……。今、見送ってくれたばかりではないですか。

でも、私は野方耕市本人ですよ」

「嘘だ」

信じられないのも仕方がないことだ。たった今まで同い年の耕市と呑んでいたのだから。

信じろと言うほうが無理だ。

「嘘じゃありません。一緒に雁俣山にも薬師山にも登ったじゃありませんか。私は山に登るのはからっきし苦手だったが、萩塚くんが一緒だから、やっと登れたんですよ。山には必ず竹輪を持ってきていましたよね」

「野方くんから聞いたんですか？」

耕市は、ゆっくりと首を横に振った。

「昔の私から、時間軸圧縮理論を聞いているはずです。さっきも聞きませんでしたか？」

「聞きました。しかし…しかし……」

「それが、理論だけではなく、未来では本当に時間を超える機械が作られることになるんです。だから、私はここへ来ることができたんです。

二〇三九年の十月から来たんです。萩塚さんに会うために」

ほんのりピンクがかっていた萩塚の頬から、みるみる色が退いていった。彼はごくりと生唾を呑み込んだ。

「これから片倉珠貴さんと会うのですよね。もう時間がないのですか？」

「ええ。三十分後に、如月町のバス停で会うことにしています。その近くに行きつけの喫茶店がありますから」

そこには、若い頃耕市も行ったことがある。二〇三九年には市の公園の一部となるのだが。

「ドンチューって喫茶店ですか？」

「そ、そうです」

バス停までは、歩いて十五分ほどの距離になる。そこへ行けば、珠貴の姿を見ることができるのか……と耕市は思った。

ひと目会えるだろうか。

「バス停で待ち合わせでは、遅れるわけにはいきませんね。老人の足で申し訳ないが、そこまでご一緒させていただければありがたい。その道中で、私の話を聞いていただければいい」

「わかりました」

萩塚はその提案を素直に受け入れた。耕市が未来からやって来たということを納得できたかどうかはわからない。だが、尋常ではない事情があるのだとは察したようだ。

耕市の歩調は、老人のそれだ。萩塚よりも断然遅い。だが、できるだけ早足で歩こうと努力すると、萩塚も歩調を合わせてくれた。

「お話というのは、何なのですか？」

さっきまで話していた友人に対する言葉づかいではない。萩塚は、人生をより多く体験したという耕市に敬意を払っていた。であれば、耕市はより話しやすい。

「居酒屋で本を見たでしょう」

「本……ですか？」

「若き日の私が持っていた……」

「ああ、科学雑誌のことですね。それがどうしたのですか？」

すぐに萩塚は認めた。

「特集の写真に興味が湧いたのではありませんか？」

「特集？　ああ、屋久島ですね。ええ、そのとおりです。不思議な雰囲気の島だと思いました。太古の森がそのまま残っているというイメージですよね」

「行ってみようと思ったでしょう」

「ええ。いつかは行ってみたいと思いました」

「私が、未来から今日という日に来たのは、そのためです」

「はあ？」

耕市は足を止めた。

萩塚も足を止めて振り返った。

人一人通らない道で、二人は向き合っていた。

「これから三カ月後、萩塚敏也さんは一人で屋久島の山に入ります。そして、沢登りをする途中、事故に遭い、死亡します」

「はあっ？」

「それが、あなたの歴史なのです。だが、悲劇はこれだけに終わらない。片倉珠貴さんも、あなたの後を追うように死んでしまう」

「珠貴が？　なぜ？」

「あなたが死んでしまった悲しみで、その一カ月後に衰弱死してしまう」

返事はなかった。

萩塚は言葉を失ったかのように立ち尽くしていた。珠貴の運命を告げられたことは、自分のことを教えられるより、はるかにショックだったようだ。

「私はなんとかお二人を救いたかった。そのような結果を招いてしまうとは、あなたが雑誌を眺めていたときは、思いもよらなかったし。それに、私に一言も告げずに屋久島へ行ってしまった。ずっとあなたを助けたいと思っていたし、片倉珠貴さんを不幸な目に遭わせたくなかった」

「だから、来たのですか？」

「そう。他に理由はない。時を超える機械があり、二人を助けたいという思いがあるとすれば、こうするしかないでしょう」

「…………」

「約束してくれませんか？　今年中は……少なくとも屋久島へは行かないと」

「ぼくは、どのような状況で事故に遭ったんですか？」

「沢伝いに登っていて、秋雨による増水で流された。遺体は海岸近くで見つかった……」

萩塚は、それを聞いて、何度か不自然に頭を振った。

「わかりました。でも今年でなければいいということですね」

「そう……またちがった運命になると思います」

しばらく無言で萩塚は歩いた。

「正直、一刻も早く屋久島へ行ってみたいとさっきまで考えていました」と言った。「ありがとうございます。助言に従います。しばらく屋久島のことは考えないことにします。いずれ行くかもしれませんが、そのときは、沢登りだけはやらないことにしましょう」

耕市は胸のつかえが下りたような気がした。ここまで来た甲斐(かい)があった……。

萩塚は自分の言葉を信じてくれたのだ。

二人はまた無言のまま歩いた。耕市は、目的を果たした今、これ以上、萩塚といる必要はないと思っていた。いや、この時代にいる必要もない。いつ、時の神(クロノス)に引き戻されても悔いはない。

なのに萩塚と歩き続けている。

「片倉さんに会っていきますか？」

萩塚が、そう、ぼそりと言った。

「え？」

耕市は返事に窮した。萩塚と話していて、初めてドキリとした。

「そうですね……。私が最後に片倉さんを見たのは、哀しみでやつれ果てた姿でしかない。

明るい片倉さんの姿は、貴重だな」

そう言ってから、耕市はしまったと思った。なぜ、珠貴に会っていきますかと訊ねてきたのか。耕市が珠貴に好意以上のものを感じているのを知っているということか。

「未来では、野方さんはどんな人生を過ごされたのですか？　あ、こんなことを聞くのは失礼でしょうか？　答えていただかなくてもかまいませんが」

萩塚はがらりと話題を変えた。未来のことを語っていいものだろうか。しかし、萩塚の運命についてはすでに告げているのだ。

「私は……若い頃の私から聞いていると思いますが、例の時間軸理論を推し進めるために、さる会社に入った。それからは時を超える研究に半生を捧げた……。うちは、ご承知のとおり、医者の家なんで、家族のすすめで女医と結婚しました。妻はもう亡くなったが、息子が今、家を継いでいる。私は静かな老後を送っています」

そうなんですか、と萩塚はうなずいた。

「じゃあ、何度も時間旅行をしたんですか？」

「いや。今回が人生最初の時間旅行です。お二人が亡くなってから……失礼、ずっと心の奥に引っ掛かっていた。なんとか、あのときお二人を救うことができなかったのかって」

立ち止まった萩塚は、「すみません」と耕市に頭を下げた。

「もう一つ訊ねていいですか？」

「答えられることなら、かまいませんよ」

「はい。あの……今日の野方は……さっき居酒屋で呑んでいた野方ですが……彼は、ぼくと片倉さんがつき合っているのを知っていたんでしょうか？」

知らなかった！　とすぐに耕市は口に出したかったが、一拍置いた。

「いや……。私は、君が屋久島で遭難したという知らせを聞くまで、君と片倉さんのことは、まったく知らなかった」

「そうですか……。ぼくは、野方には、とうとう今まで話せなかった。彼が片倉さんを好きだということ……知っているから」

知っている……耕市は耳を疑った。

「昔の私は、そんな話を君にしたのかね」

思わず年長者が若者に訊ねるような口調になってしまった。

「いいえ。でも、しょっちゅう顔を合わせ、いろんな話をしましたから。高校時代から、片倉さんの話題が出たときの態度を見ていれば、どんなに鈍いぼくでもわかりますよ。そのくらい親しい間柄だったんです。ぼくと……そう…野方は」

「そうですか……」

「いつか機会を見てちゃんと伝えなければ、と思っていました。伝えられず仕舞いになったんですけどね。とにかく、野方には、どんなふうに伝えれば彼が傷つかないのか、そればかり考えていた。

屋久島では、きっと無茶な沢登りを企てたんでしょうね。なんとなく自分でもわかる気がします。もし、万一、遭難してもいい。そうなれば、野方と片倉さんで幸福になればいい……そんな考え方をする自分も心の隅にいるんです」

「だが、現実の未来は、結局、片倉さんまで道連れにしてしまう結果になるんだ。そこまで考えて欲しい」

「そこまでは考えていなかった」と萩塚は溜息をついた。そのとき、耕市は涙もろくなった自分を感じていた。萩塚が、自分の珠貴に対する想いに気づいていて、そのことで悩んでいたなんて。

もうすぐ如月町のバス停に着く。少なくとも萩塚の屋久島行きを止めることができた。だが、それだけではまだ言い足りない。

「気に病むことはありません。昔の私なら、ちゃんと萩塚さんと片倉さんのカップルを受け入れるはずです。それは驚くでしょうが……しかし、一番喜ぶのではないでしょうか」

「本当ですか?」

「本当です」

萩塚の声が明るくなっていた。若き日の自分がそれを知ればショックだろう。だが、萩萩塚と珠貴を失った後悔を胸に秘めて歩む人生よりは、ずいぶんと軽いショックではないのか。

そう考える自分は、やはり老境に至っているということなのだろうか。

「お願いがあります」

そう、耕市は萩塚に言った。

「はい、何でしょうか」

「未来世界の野方耕市が、君を訪ねてきたこと。これは君だけの胸に秘めておいてくれま

せんか？　昔の私にも言って欲しくない……。よろしいか？　約束してくれませんか」

萩塚は大きくうなずいた。

「不思議なお話でした。約束しますよ。未来で……今の野方さんと、ぼくは会えるんでし

ょうか？　今、野方さんはおいくつですか？」

会えるかどうかは、耕市にもわからなかった。いろいろと異なる要素が加わってくる。

時の神（クロノス）のみ知るところなのだ。

「七十九歳です。しかし、会えるかどうか……。どの時代に帰ることになるのか、私にも

はっきりしないのでね」

萩塚は、「帰る……それはどういう……」と言いかけた。耕市は答えない。答えても仕方がないことだからだ。

それに、もう、萩塚が珠貴と約束した如月町のバス停が見える。

明かりの下に、白いシャツを着たジーンズ姿の女性が立っている。

片倉珠貴がすでに着いていた。一刻でも早く萩塚と会いたいのだろう。待ちかねている様子が伝わってきた。

「おお、もう片倉さんは来ておられるみたいだ」

「ええ。彼女、せっかちだから」

そう萩塚が照れて笑った。

二人は珠貴のいる場所へ近づいていった。耕市の記憶の中に生きている珠貴と何も変わらない。涼しげな眼差しの女神。

会えてよかった……。

それだけを耕市は思った。まるで自分の青春時代を取り戻したような錯覚を感じていた。

「よう。待った?」

そう萩塚が声をかけた。

「ううん。今、着いたところ」

珠貴は、笑顔に変わった。耕市は目を奪（うば）われ、立ち尽くす。そんな耕市を、萩塚の連れと思ったのか、珠貴は会釈（えしゃく）して軽く頭を下げた。ここまで来た甲斐があった……。

「こちらの方は？」

そう珠貴が萩塚に訊ねた。

「えっ」と萩塚は、言葉に詰まる。

あわてて、耕市は咳（せき）ばらいを繰り返しながら告げた。

「いや、ここまででけっこうです。こんな見ず知らずの老人をバス停まで連れてきていただき、ありがとうございました。無理をお願いしてしまった」

萩塚は、戸惑ったように、「いえ、どうも、こちらこそ」と答える。

「えっ。ビンちゃん、いいことしたんだぁ」

珠貴が嬉しそうな声を上げた。それから、

「おじいさん、大丈夫ですか？　何でしたら、バスに乗せてあげましょうか？」

と言う。

耕市は丁重にその申し出を断った。その優しさだけで充分だ。そして、萩塚が珠貴にビンちゃんと呼ばれていることを知り、微笑（ほほえ）ましく思った。この二人が末永く幸福であらんことを。

「さ、お二人。私のことはもういい。喫茶店へ行くんじゃなかったのかね。さあ、どうぞどうぞ。本当にここまでありがとう」

そう言って、ふと思いついた。耕市はそれを実行に移した。

耕市はよろよろと歩き、珠貴の方へ近づき、街灯の陰に身を沈めた。

それから、胸のポケットからシャープペンを素早く抜いた。わざとらしく聞こえないように、「おや」と地面から拾うふりをした。

それを珠貴に差し出した。

夜風が吹いた。珠貴の香りが耕市の鼻腔(びこう)に届いた。なんと芳(かぐわ)しい。

「今、お嬢さんのバッグからこぼれ落ちた。このシャープペン」

そう……シーザーのものはシーザーに。珠貴のものは、珠貴が持っているべきなのだと、耕市は考えた。

珠貴は一瞬「えっ」と不思議そうな顔をしたが、黙ってシャープペンを受け取った。

これでいい。

耕市は二人に別れを告げた。これ以上、長居をしても意味がない。

「もう少し、散歩して帰ることにしますよ」

「でも」

萩塚の呼びかけに答えず、耕市はくるりと背を向けた。

もう振り返らない。目的は果たした。あとは二人が幸福に暮らしてくれればいい。

まだ、二人は自分の後ろ姿を見ているのだろうか。立ち去っていて欲しい。

次の角を曲がった。

もう、歩くには疲れ過ぎていた。

耕市は塀に寄りかかった。疲れてはいたが満足だった。もう、何も思い残すことはない。

手首に付けたパーソナル・ボグⅡを見る。目盛りは半ばを指していた。

――もう必要ないか……。

まだしばらくは、この時代に滞在はできるだろう。しかし、もうこれ以上ここにとどまる意義は残っていなかった。

パーソナル・ボグⅡのスイッチを切る。切れば、すぐに時の神の力が耕市に及ぶはずだ。

それでいい。この機会を与えてくれた時の神に心からの感謝を捧げよう。

今回、また未来に弾き跳ばされて、実際は何年後にたどり着くことになるのか。それよりも、今の自分の疲労度で、時に押し戻される過酷さに耐えることができるのかどうか。

何もわからない。

わからないが、すべてを受け入れよう。これほど晴れ晴れとした気持ちになれたのだから、どのような試練も甘んじて受けようではないか。

パーソナル・ボグⅡのスイッチを切った耕市を時の神（クロノス）は目ざとく発見したようだ。急激に耕市の身体を時間流が包み込み、刺激を与える。強大な力で引きずり込もうとする。

耕市は抗（あらが）わなかった。

さあ、気のすむ時代まで、私を跳ね飛ばすがいい。

そう心の中で叫んだ瞬間、野方耕市は一九八二年の世界から消失した。

## 7

晩秋の陽が差す縁側で、野方耕市は狭い庭にある梅の木に訪れた、名も知らぬ小さな野鳥を眺めていた。その枝には、小鳥たちへのプレゼントとして、輪切りにしたミカンを刺してある。そのお礼として、小鳥は耕市に囀（さえず）りを返してくれる。

一九八二年から跳ばされた耕市がたどり着いたのは、二〇三九年だった。

つまり、振り出しに戻ったことになる。

これまで、クロノス・ジョウンターによる過去遡行では、その反動で出発時点よりもかなり未来へ跳ばされるという法則があったのだが、なぜか、耕市の場合、十数日後の未来に帰還した。

なぜそのような結果になったのかは、わからない。思い当たるとすれば、起動時にパーソナル・ボグⅡを併用し、いったん未来へ跳んで、その反動を利用した過去遡行だったという事情がある。そのような過去遡行の例はなかったから、新たな法則が生じたのかもしれない。しかし、何よりも過去に跳んだ者がそこに思いを残すことがなかったからではないかと耕市は考えている。

あれから耕市は、二〇三九年の世界で行き倒れの老人として通行人に発見され、救急病院へ運ばれた。二日間、意識を失っていたという。

意識を取り戻したとき、看護師に日時、それに年月を確認することができた。

元の時間帯へ帰ってきている……。

それは、耕市にとっては奇跡に思えてならなかった。

身元を告げると、すぐに息子の耕平が引き取りに現れた。耕平は父を責めることも問いただすこともなかった。

ただ、「心配したよ」とだけ漏らした。

「もう、どこにも行かないんだね?」と訊ねる。

「すまなかったな。気がすんだよ」

耕市が言うと、息子は「そう」とうなずいた。幸い、時を超えたショックによる後遺症は、見られなかった。

それからは、かつてと変わらず、野方医院の裏の住居で生活を続けている。もう、科幻博物館を訪ねたりもしない。自分の中で、クロノス・ジョウンターは一応のけじめをつけたと思うことができた。

その後の萩塚と珠貴がどのような人生を送ったのかはわからない。調べようという気になれなかった。穏(おだ)やかな人生を歩んでくれていればいいが、新たな問題が生じていたとしたら……。

いや、あえて知る必要はないのではないか。

そう、耕市は自分に言いきかせた。

縁側で、大きな欠伸(あくび)を一つ漏らしたときだった。

医院の受付からのチャイムが鳴った。

「はい、なんでしょうか？」

嫁の凛香からだった。

「お義父(とう)さんにお客さまです。お会いしたいそうで、こちらにお見えになっています」

「どなたですか？」

「萩塚珠貴さんとおっしゃる方です。わからなければ、片倉珠貴と伝えて欲しいと言っておられます。お通ししてかまいませんか？」

耕市は息を呑んだ。

反射的に胸のポケットに手を伸ばした。

シャープペン。あのとき珠貴に返してしまった。今は……ない。

「あ、あ、お通ししてください」

耕市は、ようやくそう返事した。動悸がみるみる激しく打ち始める。

あの珠貴さんが？　なぜ、今？

玄関が開く。

「おじゃまいたします」

女性の声がする。耕市はあわてて足がもつれるように玄関へ向かった。

洋服姿の女性が立っていた。短く切った頭は銀色だった。

間違いない。体形も変わっていない。

片倉珠貴だ。そう……自分は彼女を救うことができたのだ。

「片倉……珠貴さん」

珠貴は嬉しそうに笑った。背筋も、この年齢にしては、しっかりと伸びている。

「何十年ぶりでしょうか？　憶えておいででしょうか？」

「もちろんです。どうぞ、応接間の方へ」

珠貴と向かい合って、耕市はもう一度、じっくりと彼女の顔を見た。

変わっていない。先日見た彼女と。

確かに年に応じた変化は見られる。顔の皺（しわ）、肌の張り。だが、珠貴であることは一目（いちもく）瞭然（りょうぜん）なのだ。気品も、愛らしさも、笑顔も、衰えることなく保ち続けている。何と理想的な年齢の重ね方なのか。

「驚きました。あまりに突然のことで」

耕市は素直に感想を述べた。

「もうよろしいかと思ったのです。お訪ねしても」

珠貴はそう告げた。それがどんな意味か耕市は摑めないでいる。

「萩塚珠貴さん……ということは」どう話していいものか、耕市は迷った。

「ええ。野方さんとお会いするのは、萩塚と結婚して以来になります。披露宴においでいただいて」

もちろん、耕市にはその記憶はない。その記憶を持つ耕市は、どこにいるのだろう。彼女は、一九八二年にどのようなことが起きるはずだったのか、萩塚が誰と会ったのか、知らないはずだ。

「萩塚は元気ですか？」

言葉を選んだ。無難な話題を持ち出した。

「五年前に他界しました」

「そうですか……」

「十一月の今なら、野方さんにお会いして、お礼が言えると、参上したんです」

「お礼……ですか？」

「私と萩塚を救っていただいたお礼です」

「………」

珠貴は知っていた。若き萩塚に耕市が時を超えて会いに行ったことを。あれほど口止めをしておいたのに。

「七十九歳の野方さんが、萩塚を救いに来たってこと……だから、今でしょう」

「どうしてそれを。萩塚には口止めしておいたのに」

萩塚はついに話したのだろうか。だが、そんな話をしても普通は信用しないものだ。

「私……不思議なものを見たんです。でなければ、萩塚からこの話を聞き出しても本気にしなかったと思います」

「不思議なものって……?」

「六十年近い昔の話です。萩塚と結婚する前のことですが、ある夜、萩塚と会う約束をして待っていると、そこに萩塚は見知らぬお年寄りと一緒に現れました。

そのお年寄りは私に一本のシャープペンを手渡しました。私が落としたものだということでした。確かに以前、私が持っていたもののようだという気はしたのですが、そのときの私に心当たりはなかったのです。

割り切れぬまま、萩塚と喫茶店に入りました。そして、信じられないできごとが私の目の前で起こりました。

シャープペンがテーブルの上で消えたんです」

耕市は、それを聞いて初めて自分のミスに気がついた。あのときは、純粋な気持ちでシャープペンを返そうとしただけだ。しかし、そんな盲点がひそんでいたなんて。

その可能性は当然考えるべきだったのだ。シャープペンも未来に帰る可能性を。

「それで、私はそのお年寄りのことを萩塚に問いただしたのです。彼は話すことをしぶっていたのですが、やっと教えてくれました。野方さんが私たちを救うために、未来からやって来てくれたのだと」

「…………」

「ありがとうございます。あのとき、萩塚が言っていました。二〇三九年の十一月になったら野方さんにお礼を言って……。五年前に心臓の病で、あっという間に逝ってしまいました。それから何度も、お訪ねしたかったのですが、それは決してしてはならぬことと我慢しておりました。そして今日、晴れてうかがった次第です」

「そうですか。よく訪ねてきてくださった。萩塚は本当にいいやつだった」

それを聞いて、珠貴は心底嬉しそうな笑みを浮かべた。

「これを」

珠貴が細い紙包みを取り出し、耕市に差し出した。

その包みを開く。中から出てきたのは一本のシャープペン。一九八二年に耕市が珠貴に返したはずの。

「これは……」

「ええ、先日、公園で座っていたら、地面に落ちていました。今の住まいの近くの公園。昔、よく行っていた喫茶店があった場所なんです。身寄りのない店主が亡くなったあと、市が買い上げて公園になった所なんです。

これを見て、野方さんが帰ってきておられると確信したんです。やはり、このシャープペンは野方さんがお持ちになるべきでしょう」

「ありがとうございます」

嬉しかった。離れていた子が帰ってきたような気がする。ためらわず、耕市は手にとった。耕市は言った。

「萩塚の話でもしましょうか。語り尽くせるかどうかわかりませんが、お時間が許す限り」

「もちろんです。野方さんが、私の話し相手になっていただけるなら、毎日でもおうかがいします」

耕市は、何度もうなずき返しながら、シャープペンを愛(いと)おしげに胸のポケットに収めた。

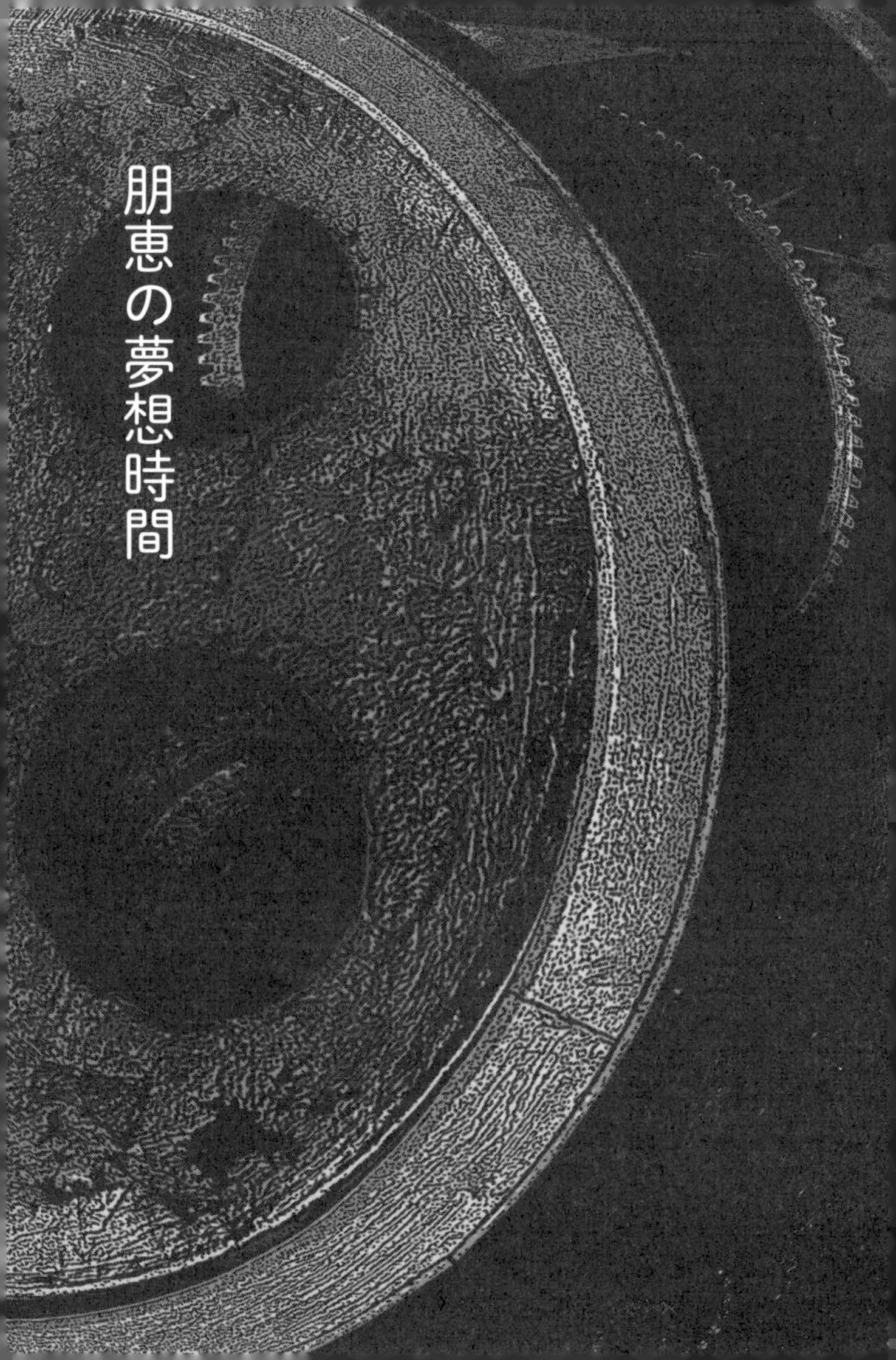
朋恵の夢想時間

## 1

時間とは、いったいどんなもの？
そんな漠然(ばくぜん)とした抽象的な質問を受けたら、どう答えたらいいのだろう。

不可逆性。
絶対的なもの。
過去から未来へ続くもの。
時計ではかるもの。

いろんな答えが、でてくるはずだ。

じゃあ、過去とは、どんなもの？

そういう問いに変えてみる。


けっして還ってこないもの。

郷愁。

昔。

思い出。

後悔。


といったものが返ってくることが多い。

朋恵は、その質問を受けたとき、時間とは「ちくちくしたもの」と感じていた。過去とは「どよーんと垂れこめた暗雲の空」であった。

質問を発したのは、研究所員の立田山登だ。立田山は悪戯っぽい目で、朋恵の回答を待っていた。

P・フレック株式会社の研究室だ。

P・フレックは住島重工の開発部門だけを受け持つ子会社だった。

朋恵は、P・フレックの社員でも、住島重工の社員でもない。人能商店有限会社の社員である。人能商店とは、人材派遣会社の屋号なのだが、コピーライターあがりの代表者が、趣味で名付けたようなものだ。代表者はお洒落と信じているらしいが、朋恵には悪趣味としか思えない。まるで、人身売買か臓器マーケットを連想してしまう。しかし、それが自分の勤務する会社であるから、いやがっていても始まらない。

P・フレック株式会社から、人能商店へ人材派遣の依頼があった。そこで、角田朋恵が派遣されたことになる。

職場は、開発二課の立田山チームだ。女性社員の一人が、産休をとっているという。加えて、男子社員が一人、長期出張で海外へ出かけていて、この二カ月ほど、物理的にどうしても仕事が進まないらしい。

朋恵が立田山から与えられた仕事は、住島重工への部品発注書の作成や、立田山が設計した図面から原価計算書を作ったり、納入された部品の在庫を管理するといったものだ。

加えて一般的な雑務がある。

自分の他に、同僚となる女性はいなかったから、その分、気楽に仕事に打ちこむことができた。人間関係の煩わしさは一切、排されていた。

立田山は、三十代半ばの、一見、研究者とは程遠いタイプの男だった。設計図を作る製図台のまわりの棚には、彼の手づくりという、アニメ美少女のフィギュアが、ずらりと並べられている。度の強い眼鏡をかけてはいるが、いつもニコニコと笑みを絶やさない。

「開発三課が、けっこー、進んでるんですよねぇー。だから、三課の申請の方が、通るの早いんですよー」

別に悩んでいる風でもなく、立田山は愚痴をこぼした。

朋恵は、開発二課立田山チームに入って数日も経過してから、〝C・C〟なる略称で呼ばれている開発品が、何やら、わけのわからない装置であることが、だんだんとわかってきた。

三課が四課と合同で開発しているのが、〝C・J〟と呼ばれている装置だ。すでに開発が終了しているが、完璧なものではなく、いくつかの改良を加えることが課題となっているようだ。

「〝C・J〟とか〝C・C〟とか、何に使うものなんですか？」

立田山は、昼休みは機嫌がいい。休日に手間暇費やして作った人形を机の上に置き、うっとりと眺め入っている。そのときも、今年の正月休みを潰して取り組んだという人形をニタニタ笑いを浮かべて見入っていた。長い髪の少女だった。粗編みのセーターにジーンズをはかせてある。左手にはナップザックを持っている。

「うん、目的というか、用途というか、二台とも一緒なんだね。でも、その結論へたどり着くまでの過程が異なっているの。ものの考え方がね」

仕事中はほとんど無駄口を叩くことがない立田山だが、かなり口が軽くなっている。

「朋恵さんは、派遣社員だけど、守秘義務があるのは知ってるよね」

「もちろんです。でも、あまり、そのようなケースには出会いません。私たちが派遣されて任されるのは、定型化された機械的な仕事が多いものですから。でも、その立場で知り得た極秘のことがらが依頼主企業の利害を損なうのであれば、当然、秘密は守ります。医師が病人の症状を語らなかったり、神父が告解で知り得た信者の罪を漏らさないのと同じですから」

朋恵は、サンドイッチを右手に持ったまま、答えた。

立田山は人形を棚に戻した。

「そうだね。朋恵さんは、私たちがやっている研究開発に、けっこう興味があるみたいだね。だから、一緒にやっている仕事のゴールを知っておいてもらうのが、いいかもしれない。たとえ、朋恵さんの立場で外部で話をしても、かえって頭がおかしいんじゃないかと疑われるのがオチだろうし」

「兵器の開発をやってるんですか?」

そう、朋恵は、言った。

立田山は、一瞬、目をキョトンとさせ、それから、激しく笑った。朋恵は、何でそんなに笑われなければならないのかと不思議な顔になる。部品などを発注する作業からで、開発されているとすれば、超音波兵器やプラズマ兵器とかではないだろうか……という想像を素直に口にしたにすぎない。

「案外、そちらの方だったら外部で話しても信用されるかもしれない」

そして、冒頭の立田山の質問になったのだ。

「時間って、どんなものだと思う?」

朋恵の頭の中で、その質問に対する回答が稲妻の閃きのように巡った。

朋恵にとっては、時間はなぜか「ちくちくしたもの」、過去は「どよーんと垂れこめた暗雲の空」。でも、そのまま口にするのは、はばかられた。代わりに「さぁー、よくわかりません」と答えた。

立田山は、いかにも予想どおりの答えを聞いたというように何度もうなずいた。

「時間を超える装置を開発しているんですよ」

次にきょとんとするのは朋恵の番だった。

「それは……タイム・マシンということですか」

「そう……広い意味でいえばそうだな。三課では物質過去射出機を開発している。〝C・J〟、クロノス・ジョウンターと呼んでる。我々の課では、一味違った理論で開発しているんだ」

住島重工の上層部に、過去に執着している人物がいるらしい。その人物が、P・フレックという会社を作り、一課から四課まですべての課に共通の課題を与えて、過去へ旅する機械を開発させているというのだ。

「その人物が、どんな目的を持っている、どんなお偉いさんかということは、私はどうでもいいの。与えられた課題をこなしていけばいいと思っているんだ。その合い間に好きなことがやれればいい。三課の方は、物理的な理論を基礎としているようだが、私は、そっちとは違う方向でアプローチしたんだ。C・Jの方は、人間を過去に射ち出してもすぐに引き戻されてしまうらしい。時間軸を圧縮して物質を過去へ送れば、時の帳尻が合わなくなるんだろうな。それに、過去へ物質を送りこむエネルギーのコストも厖大みたいだし」

「じゃあ、課長……立田山さんが開発しているのは、どんなタイム・マシンなんですか？」

「うん……。過去といっても、何世紀も前へ跳んでいくわけじゃない。限界は、〝C・C〟の搭乗者の生まれて以来の過去というわけ。

朋恵さんは、二十……三歳だよね」

「ええ、そうです」

「じゃあ、朋恵さんが〝C・C〟に乗ったら、二十三年前が、遡行できる最大の過去ということになるな」

「なぜ、そうなんですか？　搭乗する人の生まれた前に行けないって……不思議！」

「うん、私は〝C・J〟とはまったく異なるアプローチで考えてみたんだ。〝C・J〟は、現在の人を、物質としてそのまま過去に送りこもうとするから無理が生じる。時間流の反発も受ける。

だから、物質を過去へ送るんじゃなく、形のないもの、〝心〟を送ればいいんじゃないかと考えたんだ」

「心を？」

「そう。だから、肉体が過去へ跳ぶんじゃない。理論的には、搭乗者は、過去の自分の肉体に宿って、過去の状況を体験するんだ。だから、〝C・J〟と違って、もういいってところまで過去に滞在できるというわけさ」

「へえ。そうなんだ」

朋恵は、あまりピンと来たわけではない。

「朋恵さんは、戻ってみたい時代とかある？　自分が生まれていた時代で」

「私？　私がですか？」

立田山の表情は、けっこう悪戯っぽい笑いだった。反応をうかがっているふしがある。

「別に……思いつきません」

「あ…そう」

立田山は、少し拍子抜けしたようだった。

「チーフは、ないんですか？」

朋恵は逆に問い返してみた。

「私？　私は……ないんですよね。昔のことは、あまり……思い出したくないことばかりだから。それより、この子たちと遊んでいる方が楽しい。だから、〝C・C〟に自分で試しに乗ってみようなんて、絶対に思わない」

立田山のいう〝この子たち〟とは、彼の作ったフィギュアのことだ。

「じゃあ、〝C・C〟っていうタイム・マシンは、もう乗れるってことなんですか？」

「もうすぐかな」

立田山は、視線をさまよわせながら、そう言った。

「〝C・C〟って、何の略なんです？」

「〝クロノス・コンディショナー〟の略。クロノスってのは、時を司る神の名なんだけれどね」

首をこきこきと鳴らしながら、立田山はそう解説したが、朋恵は、何となく迫力に欠けるネーミングだなと考えていた。チーフは、時を超える装置を開発するという課題をこなすことしか頭になく、自分では、過去というものにはあまり興味を持っていないのかもしれないとも。

そのとき、昼休みの終わりを告げるブザーが鳴った。

## 2

そのときの立田山との会話が妙に頭に焼きついてしまった朋恵は、夜、ベッドの中で、ずっと心に引っかかっているできごとを反芻していることに気がついた。

他人には話したことがない。

また、話したところで、そんな些細なできごとなど、笑って忘れてしまえばいいじゃないかと言われそうな気がする。

でも、忘れてしまうことは、できはしない。

八年前のできごとだが、そのときからずっと精神的な裂傷(れっしょう)になっていることは間違いない。

うまい具合に、そのことを意識の表面から隠しておく術(すべ)は身につけた。しかし、だからと言って完全に忘れ去ることができたかというと、これは別の問題だ。

時おり、不規則な周期で、その記憶がぼこりと意識の表面に浮かび上がってくる。すると、朋恵は身が強(こわ)ばるような思いに襲われるのだった。

些細なことのはずだ。

些細なできごとだったはずだ。

呪文(じゅもん)のように何度もそう唱えることによって、浮かび上がってきた記憶を、再度、沈めることができる。

次の周期まで。

立田山が朋恵に質問を発したことが、きっかけになっていた。今、またしてもその記憶が蘇(よみがえ)っている。

あれは、朋恵が十五歳のときのこと。朋恵は中学三年生で、おさげ髪の、そばかすの消えない少女だった。

朋恵は、田舎(いなか)町の生家の近くの中学校に通っていた。人口は三千人ほど。県庁所在地の都市から七十キロも離れている。そんな土地がらだから、地縁や血縁といったものが住民たちに重視されもする。

朋恵は、そんな田舎町で、その町の同年代のほとんどが通っている中学校に、日々真面目に通っていた。成績はまずまずで、整理委員なども務めていたような気がする。

通ううちに、仲よしもできたし、一学年二クラスという少人数の学校だったために、同学年すべての生徒と顔見知りになった。クラスでは、あまり目立つ出しゃばりな行動はとらなかったが、引っ込み思案の内向的な生徒だったわけでもない。

口には出さないが、いい感じだなあ、と思う男子生徒に想いを寄せていた。

ようするに朋恵は、どこにでもいる平凡な生徒の一人だったはずだ。

そして、三年の冬休みに入ろうという終業式の日に、それは起こった。

一限目が始まる寸前の休み時間だった。ホームルームが終了し、担任教師が教室を出ていってすぐのこと。

学級委員長の里内洋平が、教壇に駆け上り、みんなに言った。

「ちょっと、みんな、聞いて欲しい。明日は、担任の大嶋先生の結婚式なんだってさ」

クラス中が、いっせいにどよめいた。里内は続けた。

「だから、俺たち、何か先生のために祝ってやりたいと思うんだ。今、あまり時間がないけど、終業式が終わって、掃除が終わるのが十一時。だから、十一時半にもう一回、教室に集まってもらって、どんなお祝いができるか考えたいんだ。いいかな」

クラス中から拍手が起こった。じゃあ、十一時半に、みんなで集まってから、もっと詳しく決めよう、ということになった。

朋恵たちの班は、終業式の後、校庭の清掃だった。それが一段落したとき、他の女子たちが話し始めた。

「ねぇ、ねぇ。里内くんが言っていた話し合いまで、あと三十分以上あるわよ」

「始まっても、すぐには終わらないわよ、きっと。だって何もアイデア出てないんだから、きっと一時間以上かかるわ」

「やだぁ。昼抜きになっちゃうじゃない。ワッペンポンのおかげでぇ。勝手に結婚するんだから、させときゃいいと思わない？」

ワッペンポンとは担任の大嶋先生の綽名だった。ワッペンのような顔形で、話すときに語尾で息を吸いこむため、ポワッと言ってるように聞こえることがある。それで、ワッペンポンとなっていたらしい。

「私、お母さんたちと午後、買いものに行くことになってんだ。さぼって帰っちゃおうかな――」

「私も疲れちゃったし、律子が帰るんだったら私も帰ろうかな。授業じゃないんだから、別にどうこう言われることないし。朋恵、どうするぅ」

そのとき、朋恵は集団心理の中にあった。別に深く考えることもなく答えた。

「私もママと市内に行く予定。みんなが帰るんだったら、私も帰るとするよ」

「決まりー」

そういうことになった。その日は、終業式ということで、特別に学用品も鞄も持ってきてはいない。

校庭での清掃を終えた女生徒たちは、竹ぼうきを道具入れにしまうと、固まって、校門を出た。中学校の裏に自宅がある朋恵は、一人、校門から左へ曲がり、他の女生徒たちは表通りへ出るために右へと曲がる。

「朋恵、じゃあねー。また、来年」

「じゃあ、みんな、いい年を！」

そこまでは、朋恵には何の意識もなかった。

愕然としたのは、その夜のことだった。

級友の悦子からの電話だった。

「ねえ、朋恵。何で放課後、教室に集まらなかったの？」

悦子は、心配そうにそう言った。

「だってぇ。みんな、帰っちゃおうって言ってたから、私も一緒に帰ったんだ」

朋恵は、そう答えた。

「みんな？　みんなって？　来なかったのは朋恵だけよ」

朋恵は、後頭部をハンマーで強打されたような気がした。

そんなはずはないわ。

声が震えていた。

「だって、タナッチも、律子も、ナツミも、みんな、帰るって言って、校門出るまで一緒だったんだよ」

悦子は、しばらく電話の向こうで間をとった。

そして、「みんな、来てたよ」はっきりと、そう言った。

「そんな」

「あのコたち、教室に来るのは、少し遅れたけれどね。そう、あのコたちも最初は帰ってしまうつもりだったらしい。

でも、帰る途中、律子が言いだしたんだって。やっぱり、帰っちゃうのって、まずくない……って。で、結果的に教室に戻ってきたの」

「…………」

朋恵は、何だか自分だけが罠にかけられたような気がしていた。

「里内くんが司会したんだけど、かなり怒っていたわ。何で角田だけさぼったんだ。何も言わずに帰ったんだって、凄い剣幕で言ってた。あたし、心配だから、教えとこうと思って」

何で、律子やタナッチは私のこと説明してくれなかったの？　そう言いたかったが言葉にならなかった。私……みんなが帰るって言ったから帰っただけなのに。

代わりに、「ありがとう」と言って電話を切った。その言葉も、涙声になってしまったのだが。

もう一つ。いい感じだとひそかに想いを寄せていた男子生徒というのが、その里内洋平だったのだ。

それから、冬休み中、朋恵はずっとウツ状態で、泣き暮らしたことしか記憶にない。

後悔、くやしさ。自分の人格が最低の卑劣なものになってしまったという自責の念。

冬休みが終わって新学期を迎えたときの恐怖。

学校へ出ようとする足が、すくんでしまったという記憶がある。

しかし、それからの三学期の記憶は、ほとんどない。私学の高校の入試や、その他の行事が重なり、あっという間に終了したこともあるのだが、今となっては、意識から無理に消し去ってしまったのではないかとも思える。

始業式の日は、誰もその話題に触れなかった。それは、確かだ。ホームルームの議題にも出なかったたし、里内が名指しで朋恵を責めるということもなかった。そのようなことがあれば、朋恵はすぐにすなおに謝罪するつもりでいた。そうであった方が、逆に気が楽になれたと思うのだが。

タナッチも律子もナツミも、そのような話題をいっさい出さなかった。

異常なほどナーバスになってしまった朋恵は、自分からその話題に触れることはなかったたし、憧れの里内とは、極力、目を合わさないように、近付かないようにしていたと思う。

短い三学期は、そのようにして終了し、朋恵は県庁所在地の都市にある私立の高校へと進んだ。

その高校では、通学に不便な生徒のために、寮が用意されていた。だから、以降、朋恵は自分が生まれ育った町やそこに住む人々との交流が途絶えてしまうことになる。

それでも、そのできごとは、短大を出て、社会に出た今も、過去を振りかえると、いまわしいできごととして、痛みに似た感情を伴って最優先で蘇るのだ。

そして思う。

あの町の同世代の誰かが、ふと思い出して朋恵の話題を出すとき、「ああ、あのコね。

ミーティングをすっぽかして帰っちまう、いい加減なコだったろ」という評価で一致しているに違いない。そう考えると、いても立ってもいられない気持ちになってしまう。

ベッドの中の朋恵は、決意していた。

この先、ずっと、その記憶を引きずって後悔しながら生きていかなくてはならないなんて。その記憶を消すことができないのなら、そんなできごとは、はなからなかったことにできないものか。

「タイム・マシンが、もしあったら……」

もしあるなら、私はためらわない。

そう。立田山に、もっとくわしく、〝C・C〟について尋(たず)ねてみよう。

## 3

翌日、立田山は全社合同会議ということで、出社するなり姿を消してしまった。だから、朋恵は、その日一日、部屋で一人で仕事をしなければならなかった。立田山と顔を合わせることができたのは、次の日になった。

あまり眠っていないような、憔悴(しょうすい)したような腫(は)れぼったい目で、彼は出勤してきた。

「この人手不足のときに、実績を示せと上から言ってきた」

朋恵に言うでもなく、独り言のように立田山はそう言った。

「それって、どういうことです？」

「クロノス・コンディショナーの実験をやれって言うんだ。二課から手を借りてもかまわんってさ。つまり、私に過去へ行ってみろと言ってることと同じだ」

立田山が言うには、三課のクロノス・ジョウンターが予定の成果をあげていないらしい。それで、P・フレック全体の業務計画が見直し段階に入ったという。とりわけ、一課の計画は、実験段階にもいっていないということで、予算喰いとして攻撃の的となっているらしい。

「いつ頃、装置は実験に入れるんですか？」

「実は、いつでも入れるんだ。試作機は、すでに完成しているから。問いつめられて、思わず、完成しているってこと漏らしちまった。私は何て大馬鹿だ」

あんな装置には乗りたくもない。それが、彼の本音だった。指定された装置は作るが、それに自分が乗らなきゃならないなんて、まっぴらだ。

朋恵は驚いていた。てっきり、これから製作に入ると思っていたものが、すでに完成していたというのだ。

「それは、誰でも乗れるんですか？　たとえ私でも」

思わずそう口にしていた。

「訓練とか、体質が適性かどうかということは、関係ないんですか」

立田山は、少し、信じられないといった眉のひそめ方をした。朋恵が本気で言っているとは思えなかったのだ。

「問題はない」

それ以上、何も言わず、朋恵を見つめている。

「試作機って、どこにあるんですか?」

「どこにって……。更衣室の使ってないロッカーの中だよ」

そういえば、更衣室には使用していないロッカーが四本ある。それにしても、三課が開発しているクロノス・ジョウンターは、蒸気機関車のような巨大な装置であり、大部屋で鎮座していると聞いたことがある。それからすると、あまりにイメージが違いすぎる。そんなに大きくはない。

「試作機を見たいんですが」

自分の立場で、そこまで言うことは許されないはずだと思いつつも、朋恵はそう口にしてしまった。

「あ、いいよ」

立田山も、かなりなげやりになっているようだ。同じ課で仕事をやっているんだ。課で進めている仕事が何なのか、ちゃんと承知しておいてもらわないとね。

立田山は立ち上がり、更衣室へ入る。更衣室は研究室に隣接（りんせつ）した小部屋だ。ロッカーから何かを取り出しているガタゴトという音が聞こえる。

大きめの金属箱。コード類。金属棒が何本か……。そういうものを抱（かか）えて立田山が戻ってきた。

「あ、部屋に突然、誰か入ってきたら困るから鍵（かぎ）はかけておいて」

立田山が指示する。その程度の神経は使っている。てきぱきと部品を合わせて、組み立てる。金属棒はフレームになり、そのフレームに、金属箱から取り出した部品がいくつも取り付けられ、それぞれがコードでつながれていく。

直方体のフレームの中央に、立田山の事務用の椅子（いす）を置いた。その上には、ヘルメットがある。もちろん、フレームに接続された部品から伸びたコード類がつながっているのだが。

立田山は、最後にフレーム底部から伸びたコードを室内の一〇〇ボルト電源につないだ。

朋恵が驚いたのは、いわゆるタイム・マシンというものが、家庭用電源で作動するのかということだった。

「これが……タイム・マシンなんですか？　あの、模型か何かですか？」

立田山はちょっと不愉快そうに、大きく横に首を振った。

「模型なんかじゃないよ。立派な試作機のつもりだけど」

朋恵は、椅子の上に置かれたヘルメットを手にしてみた。

ずしりと重い。

ヘルメットの中を覗くと、なるほど、精緻な機器類が溢れんばかりに詰めこまれていた。外観はオートバイに乗るときにでも使いそうなヘルメットだが、実は、とんでもない代物だということがわかる。

「で、タイム・マシンが、なぜ、家庭用電源につながっているんですか？ 過去へ行くとき、電源の問題などは生じないのですか？」

朋恵の質問に立田山は「これは、タイム・マシンじゃなくてクロノス・コンディショナー」と念を押すように答えた。

「あの、誤解してもらったら困るんだけれど、私の〝C・C〟は、過去や未来に行ったり来たりする、マンガに出てくるみたいないわゆるタイム・マシンとは違うんだよ。

一度、話したよね、搭乗者は〝心〟だけ送りこむって。だから〝C・C〟自身が過去へ跳ぶわけじゃない。〝C・C〟はここにいる。搭乗者も、〝受容器〟をかぶって椅子の上にいる。跳ぶのは〝心〟だけさ。

ぼくは、考えたんだ。

人間の心というのは、過去から未来へつながる一つの時空連続体ではないのかってね。だから、心だけの旅だったら、そのときの肉体という乗りものを借りて、その感覚を使わせてもらえば、一番、安全なんじゃないかってね」

「じゃ、その跳んだ時代の、自分の身体の中にしか入れないわけですね。とすれば、その時代の心は、どうなっているんですか。弾き飛ばしてるんですか」

立田山は肩をすくめた。

「まだ、誰も試してないから、わからないよ。自分で試してみる気は、とてもしないしね」

朋恵は、思わず口にしていた。

「私、この装置に乗ってみましょうか」

立田山は、すぐに反応せず、目を数度しばたたかせた。

「何言ってるの。本気なのかい。何でまた」

朋恵は、一度、大きく息を吸いこみ、どう答えるかを選択した。

「先日、行ってみたい過去ってあるかって立田山さんから言われましたよね。あのときは……思いつかなかったのですが……一つだけありました。一つ、どうしても確認しておきたいこと……があったんです。

私の中学三年生のとき。

そのときの自分に戻ってみたいんです」

朋恵は、自分がせっぱつまった様子に見られないことを祈って、ていねいに話した。だが、立田山は、不思議そうな表情を浮かべてはいたが、言下に駄目だと否定することはなかった。

「中学三年生の時代に戻りたいって？　私は勘弁してくれって時期だな。受験勉強で、何も楽しい思い出はない。

なぜ、その時期なのかなあ」

朋恵は答えなかった。それは、自分だけが負っていてわかる心の傷なのだから。話したくはない。

「些細なこと。とても個人的なことなんです。なぜかって言われても、うまく答えられません」

そうか……と言って立田山は腕組みをする。激しくぼりぼりと後頭部を掻いてから、結論を出した。

「わかった。本当に、君自身が行きたいってことなんですね。自発的に。

じゃあ、許可するよ。ただし、一筆、残しておいて欲しい。この装置に搭乗するのは、自主的に志願したことで、私にもP・フレックにも責任はないってこと」

「いいですよ」

少しムッとした声になっていたが、朋恵が出した結論に変わりはなかった。

## 4

その日の午後、二人きりの部屋で、朋恵はクロノス・コンディショナーを体験することになった。

立田山は、ニコニコと笑み崩れて、椅子に座った朋恵の手足にコードを貼りつけていった。そして頭には例のヘルメットがかぶせられる。初めての実験というので、立田山は嬉しくてたまらないらしい。新たなフィギュアを作りはじめるときは、こんな様子なのだろうか。

「角田さんの中学三年生といったら、八年前だね。季節の指定とかある？」

「日時の指定とかもできますか？」

「ああ、OKですよ」

「十二月二十四日でお願いします」

「あ、クリスマス・イブだね。イブの思い出か」立田山の声のトーンが上がる。

「あまり、クリスマスは関係ありません。その日が、私の中学校の二学期の終業日だったものですから」

立田山は、フゥーンと言った。「ああ、できますよ。十二月二十四日と入力しました。これでいい」

「あの、大事なことを聞いていなかったのですが」

「はいはい」

「私が中学三年生の私の中へ入っていくのはわかったんですが、現在へ帰ってくるには、どうすればいいんですか？　心だけ過去に跳んでしまったら、装置を操作する方法ってないんじゃありませんか？」

「そうですね」

立田山は、無神経にもそう答えた。

「でも心配しないで。心の力というのがあると思いますよ。もう、現在に帰りたい！　そう願えば帰ってこられるはずなんですけどね。

帰れなくても大丈夫。今度は、失敗のない人生が送れるはずですよ。一度、経験している過去なんだから」

何とも頼りないことを言う研究者だ。無責任というより、根っから隠しごとのできない、自分の気持ちに正直な人間なのかもしれないと朋恵は思った。

「用意できました。

角田さんも、いいですね。身体は現在にあるんだから、データで肉体の異常があった場合は、すぐにこちらで対応しますから、心配しないで」

立田山は、フレーム底部のスイッチに触れた。

「用意……。あ、目は閉じてた方がいい。少し、くらっとくるかもしれないから。椅子に座っててもね。

じゃ、いきます。用意！……ドン」

まるで写真でも撮るかのように立田山が言う。ドンと聞いたとき、予想どおり朋恵の全身を電流が走り回るような感覚が襲った。

痛みだった。しかし、朋恵は痛みとは捉えなかった。八年間、中学を卒業してから今まで、心の隅に抱えていた心の痛みを消すための、これは代償なのだと。

闇は数瞬だった。

痛みが、寒さからくるものだという気がした。十二月二十四日。そうだ、今は冬なのだと朋恵は思う。

目がかすんでいる。なぜか、ぼんやりとした風景が見える。

P・フレックの研究室ではない屋外の風景だった。

自分の家の前だった。

中学時代まで過ごした自分の家。最後に帰ったのは今年の正月だったっけ。中学生の頃から家の造りは変わっていない。

「さ、今日は終業式だから、午前中で終わっちゃうわ」

そう言う自分の声が聞こえる。朋恵が言ったのではない。中学三年の朋恵の思考なのだ。それが聞こえている。

鞄(かばん)も学用品も持っていない。ただ、防寒用の黒い通学スモックを着ているのがわかる。両手をポケットに入れて、どんどん歩いていく。そのとき、朋恵は実感した。自分が中学三年生の朋恵の中にいるのだということを。

今、自宅を出たところなのだ。学校へ行くために。

中学三年生の朋恵は早足だ。彼女の意志に任せていれば、自動的に、中学校へ向かっていくという感じがある。

ミヤウという猫の鳴き声が聞こえる。塀(へい)の上にベージュ色の猫の姿が見えた。ちっぽけな陽溜(ひだ)まりの中で身を縮めている。

何といったっけ、この猫。オスだったよね。どこでけんかするのか、いつも生傷が絶えなかった。

　朋恵が手を伸ばし、立ち止まった。猫の頭を撫(な)でる。猫は満足そうに目を細め、首を伸ばして喉(のど)を鳴らした。

「ウリ、ウリ。お利口にしてたぁ？」

　中三の朋恵が、そう言った。そうだ！　と朋恵は思い出した。この猫の名は、たしかウリといったんだ。ウリエルという天使の名からつけたと飼い主のおばさんが言ってたっけ。

　再び、歩き始めた。それから、朋恵は、もう一度ウリを見ておきたい衝動にかられた。振り返ろうとした。

　しかし、首が動かない。中学三年生の朋恵の意志が優先しているのだ。無理に、ゆっくりと振り向いた。

　ウリはまだ塀の上にいて、こちらを眺めていた。

　ただ、朋恵が驚いたことがあった。

　塀に乗って、身をすくませているウリの輪郭(りんかく)がぼやけて見えるのだ。

　さっきと同じだ。到着してすぐに感じたあれ。目がかすんだのかと思ったが。

　中三の朋恵を、動かすことをやめた。

　ふと視野の細部までが、鮮明に戻った。

いったい、どうしたというのだろう。過去へ遡（さかのぼ）るという行為の副作用のようなものなのか。

中学校の門を過ぎると、学友たちの姿が増える。

「ともりん。おはよ」

女の子が一人、手を振って駆け寄ってくる。中三の朋恵も、それに応（こた）える。

彼女が悦子だったはずだ。

「今日は、早あがりだね。朋恵、どうするの。午後は」

「うん。ママと市内まで買いものに出るんだ」

自然と朋恵の口が、そう喋（しゃべ）っている。

「そっかー。いいなあ」

二人は他愛のないお喋（しゃべ）りをしながら、教室へ入っていった。

前から三列目。朋恵は、自分の席に腰を下（お）ろす。中三の朋恵の視点を通して、教室の様子がわかる。

そうだ。

この教室で、中学時代を過ごしたのだ。あのときのまま。何も変わっていない。

そう考えて、ふと、おかしくなった。

何も変わっていないのが当たり前なのだ。朋恵自身が、過去に戻っているのだから。

右前で座っているのが葉山靖代だということを思い出した。

靖代の噂は、三年ほど前、帰省したとき、母親から聞かされた。彼女はその町にある、損害保険の代理店事務所に勤務していた。それが、何の前触れもなく自殺してしまったという。

「おとなしそうな娘さんだったのにね。何だか、失恋だったらしいよ。遺書にそうあったんだってさ。同じクラスだったんだろ」

朋恵は、ふうんと、そのときは関心のなさそうな返事をしたと思う。席は近くだったのだが、あまり言葉を交わした記憶はない。

ただ、死者が、元気で斜め前の席に座っているというのは、不思議な感覚だった。

彼女の自殺を止めるということは、今の自分にできるだろうか。そんなことを、朋恵は、ふと考えた。

今の靖代は、自殺の原因となるべき事柄は何もかかえていないだろう。そんな靖代に何を言ったところでピンと来ない。

「あなたは、二十歳を過ぎたら、保険代理店に勤めて、失恋して自殺するのよ。だから、二十過ぎたら用心して」

そう言えばいいのか。しかし、そう伝えたところで、頭が変だと思われるのがオチではないのか。

カシャンと音がした。

葉山靖代の横に、お守りのついた家の鍵が転がっている。

昔の朋恵だったら拾っていないはずだ。鍵は靖代と朋恵のちょうど中間に落ちている。

鍵を拾うのよ。

なぜか、朋恵はそう考えて手を伸ばした。自分で自分の手を伸ばすという行為が、こんなにもパワーが必要なものだとは思わなかった。腕から肩にかけて、大いなる荷重を感じながら、やっとのことで、それを拾った。

拾った鍵を靖代にさし出す。

「はい。落としたわよ」

靖代は、ありがと……と言った。そして朋恵は靖代の顔を見た。

愕然(がくぜん)とした。靖代の顔が、ぼんやりとしている。母から自殺の話を聞いたときも、葉山靖代の顔が浮かんでこなかった。そして今、現実に靖代に会っても、何やらグニャグニャしたような彼女であって、はっきりと見ることができないのだ。

何とか彼女を救うことはできないのかと、いろいろと思い悩んで考えついた言葉を、朋恵は呑み込んでしまうしかなかった。

視界は、すぐに元に戻った。

中三の朋恵の視界だ。

これは、いったい何を意味するのだろうか。

間隔をもって訪れる視界の歪み。そして疲労感。

けっして偶然などではないと確信した。

立田山が考えた過去旅行の方法には、根本的な欠陥が存在するのではないか。それは、いったい何なのだろう。

中三の朋恵の行動に身を任せながら、様々な方向に彼女は思いを巡らせた。

そして思いあたることが、一つだけ浮かんだ。

これまで、視界のかすみや異様な歪みを体験したときのことだ。

共通していたことがある。

中三の朋恵の身体の裡にひそみ、その反応を感じているときは、感覚は正常なままだ。

しかし、朋恵が、過去のあるできごとや物に興味を示し、独自の行動をとろうとすると、それが現れる。

それは、視界のかすみや、歪みなどとして。

猫のウリを、もう一度見ようとして振り返ったとき。

葉山靖代に鍵を渡してやろうとしたとき。

二つとも、中三時代の朋恵は、やらなかったことなのだ。

それを、未来からやってきた朋恵は、無理矢理やろうとした。

首だけ振り向こうにも、何かの力による抵抗があった。靖代に鍵を拾って手渡すときも、手を伸ばす行為が、大変な疲労感を伴うものだということを知った。

そのような行為は、本来やるべきものではないのではないか。

「運命」という言葉が浮かんだ。そう……「運命」のプログラムにないできごとをいやがる存在がいるのではないか。

そう、朋恵は結論づけた。

やるべきではない！　そう考えている存在がいる。その存在が、立田山が言っていた、時の神、クロノスではないのか。

いったん決着をみている過去は改変すべきではない。そうクロノスは考えている。一人の人物が、一分足止めを食っただけでも、彼が、本来出会えた人物と知り合えず、世の中の動きが大きく変わっていく。歴史的人物が誕生しないこともあるだろうし、いくつもの過去改変が積み重なってしまい、何十万人の生死にかかわる災害が発生することもないではない。

〝時〟は、そのようなできごとをいやがっているのだ。

だから、中三の朋恵がかつてとらなかった行動に移ったとき、クロノスは、可能な限りの抵抗を試みる。

あるいは、完全に無関心を装っている可能性もある。

既成の過去に関する事実は、もう一度お見せしてもかまいませんよ。でも、それ以外の過去に興味を持たれても知りませんよ。存在しなかった過去世界は、ハリボテみたいなものだから。それは、あなたの記憶で辻褄をつけてくださいな。

そうクロノスが言ってるようにも感じられる。だから、記憶のあやふやな葉山靖代の顔が、うまく読みとれなかったのかもしれないし、猫のウリも、あのときだけは朋恵の記憶にある、あやふやなウリでしかなかったのではないか。

どちらが正解かはわからない。他にも理由があるかもしれない。

気がつくと、ホームルームが始まっていた。

大嶋先生が教壇で話している。

二学期の反省や、冬休みの注意事項など。

朋恵は、前に立つ大嶋先生をじっと見た。たしかに大嶋先生だ。顔の骨格がワッペン形をしている。

もっと老けているような記憶があった。だが、実は、もっと若かったのだ。それはそうだろう。翌日に結婚式を挙げるにふさわしい年齢のはずだから。起立、礼で大嶋先生が出ていった後、一人の生徒が教壇に走り出た。それが誰か、朋恵には、すぐにわかった。もっと胸がどきどきするはずだと思っていたが、目の前に、そこにいると、不思議なほど冷静でいる自分に朋恵は驚いていた。

少年は学級委員長の里内洋平だった。

「ちょっと、みんな、聞いて欲しい」

少年は、そう言った。教室内が鎮まった。里内という少年のリーダーシップは、それだけでも充分に表れていると朋恵は思った。

明日の大嶋先生の結婚式のことが伝えられ、どよめきが起こった。無駄なく要領よく主旨を話していく里内を席で眺めながら、さすがね、と感じると同時に、里内が幼く見えることにも驚いていた。あの時代、かなり大人だなぁと感じていたのに。

しかし、それは、自分が大人の視点になりすぎているのだ。そう朋恵は気づいた。さっき、大嶋先生を見たときだって、そうだったはずだ。現在の朋恵は、大嶋先生の方が、より近い年齢なのだ。

だが、里内少年は、年齢の割には、クラスをうまくまとめている。

あの瞳に憧れていたんだなあと、ぼんやりと朋恵は思っている。里内くんは、〝現在〟ではどんな大人になり、どんな仕事をしているんだろう。あれから消息も聞いていないし。

「掃除が終わるのが十一時。だから、十一時半にもう一回、教室に集まってもらって、どんなお祝いができるか考えたいんだ。いいかな」

記憶どおりの展開だ。

クラスの誰からともなく同意の拍手が起こった。

朋恵は、心の中で呟いた。

「今度は、必ず十一時半に行くわ。こんなちっぽけなことで、私、数年間も悩み続けていたんだもの。ちっぽけじゃないわね。私の中の一つの決着よ」

終業式が終わり、校庭での清掃があらかたすんだとき、朋恵の不安は増大していた。うすうすと感じていた〝時〟の干渉を、あれから何度も実感していたからだ。

可愛がってくれていた家庭科の老教師に挨拶しようと立ち止まったときも、校庭にある巨大な楠に近づこうとしたときも干渉を感じた。

朋恵は、ただ単に郷愁を感じただけの行為だったのに、そのたびに、足がすくみ、視野が狭くなり、平衡感覚が奪われた。

そして朋恵は結論づけた。

〝そのとき〟まで力を蓄(たくわ)えておくべきだと。中三の朋恵の行動に身を任せていよう。それまでに、自分が過去にとらなかった行動をとって、クロノスの反発を食らってしまい、未来へ押し返されることになっては、元も子もなくなってしまう。

〝そのとき〟までは、中三の朋恵の視点を通して、過去を楽しんでおくだけでいいではないかと。

だが、十一時半には、過去の自分とは、まったく違った行動をとらなくてはならない。

クロノスの干渉を振り切る力が、自分には、あるだろうか。

その不安が……。

いつの間にか、クラスの女生徒たちが、朋恵のまわりに集まっていた。

あのときのとおりだ。

小肥りの棚田(たなだ)という少女が口火を切った。みんなでタナッチと呼んでいた。気のいい性格だったはずだ。

「ねえ、ねえ。里内くんが言っていた話し合いまで、あと三十分以上あるわよ」

安田(やすだ)律子が、それに相槌(あいづち)を打った。

「始まっても、すぐには終わらないわよ、きっと。だって何もアイデア出てないんだから、きっと一時間以上かかるわ」

そして、例の会話が、予想されたとおりに続く。さぼって帰っちゃおうかと言い始めたのは、安田律子だった。

朋恵は、無性に腹が立った。この子たちのいい加減な発言にのせられたおかげで、自分は、何年間も後悔の日々を過ごすことになるのだ。

――どうせ、帰るったって、途中で引き返してくることになるんでしょう。

そう言い放ってやりたい衝動にかられた。

しかし、それはやらなかった。

そんなことを言ったところで、問題の解決にはならないのだから。

今は、小さな過去を変えるよりは、本当に自分のために変えたい過去を変えることに集中するべきだ。

「朋恵、どうするぅ」

背の高いナツミが、クセでもある首をすくませる仕草（しぐさ）で問いかけてきた。

朋恵は、口ごもった。しかし、中三の朋恵は答えていた。

「みんなが帰るんだったら、私も帰るとするよ」

そう答えた。間違いない。

中三の朋恵の答えを耳にしながら、朋恵は、淋（さび）しい気持ちになった。

四人は校門を出た。

挨拶をかわして、三人と別れ、朋恵は自宅の方へと曲がった。

いよいよだわ。

自分は、このときのために過去へ帰ってきたのだ。自分の中学生時代に。

これから、教室へ戻らなくてはならない。

「朋恵、止まって。話し合いに行くのよ」

中三の朋恵に、そう呼びかける。彼女の良心として。

「止まって。学校へ戻るの」

止まらない。

自分の意志を発現させるのは今しかないと思った。

朋恵は、無理に身体の向きを変えた。

視界が、かすんだ。

予想どおりだ。

みるみる自分の視力が低下していくのがわかる。ただ、中三の朋恵の身体を動かすのは、予想ほどつらくはなかった。一歩を踏み出すにしても、全力を傾注(けいちゅう)しなければならないほどではない。

しかし、本来の自分が、無意識のうちに身体を動かすという行為よりは、ずいぶんに大変だ。

まるで全身に鎧を着けて歩いている、という感じがぴったりだった。

やれる。必ずやれる。そう自分に言いきかせる。

中三の朋恵の肉体という鎧。

校門に戻りつくまでに十数秒がかかったのだ。

狭くなった視界の校庭に、うっすらと靄のようなものまでかかり始めたのを感じていた。

校舎の方角は、だが、はっきりとわかる。

「どうしたの。ここまでクロノスは、邪魔するの？」そう叫びたくなる自分を抑え、ゆっくりと前進した。

校門から校舎までは、数分で行ける距離だ。

校庭の大楠が、桜の木が、生きもののようにぐねぐねと揺れて見える。校舎に近づくにつれて、歩く速度は、より遅くなっていく。全身の関節が、やはりだんだんと重くなっていく。一層のハンディキャップを全身に負わされている感じがする。

ぬかるんではいない。しかし、地面に足を一歩踏みおろして上げると、ぬかるみよりも粘着力が勝っているように思える。

眼前に校舎が迫ってきたとき、それは、粒子の粗い非現実性をおびた存在に変わりつつあった。まるでテレビゲームに出てくる仮想世界の建造物のように。立体感を失い、色彩も徐々にセピアがかったような……。

朋恵は、もう周囲の目など気にすることはなかった。現実とも非現実ともつかぬ、〝自分がやらなかった過去〟世界で悪戦苦闘していた。

階段を昇るのよ。

階段を昇ったすぐ右側が、私たちのクラス。

校舎の中は、モノクロームの世界だった。下足箱（げそくばこ）のあったはずのあたりは、ぐねぐねとしたものが渦巻いている。

階段は、軟体性の白いもの、有機物とも無機物ともつかぬものが斜面を形造っていた。

天井は、ぬばたまの闇だ。何もない。何も見えない。

耳鳴りがしていた。かん高い金属性の悲鳴のような音が続いている。

体の内部から、無数の針が皮膚を刺している。

その痛みの一つ一つが、もうやめろ、もういいじゃないかと訴えているようにも思える。

「でも、やめないわ。ここでやめるわけにはいかないの」

朋恵は、信念だけで動いていた。これらの一つ一つが、後悔を消去するための試練だと思えてならなかった。

階段を昇りきる！

斜面に足をめりこませながら、朋恵は自分にそう言い聞かせていた。信念というよりは、執着だった。自分の過去を変えるという。

痛みは際限がなかった。涙がぼろぼろと溢れ、流れた。動かぬ足の代わりに、両手を無理に伸ばし、一センチでも前進しようと試みた。

斜面を昇りきる頃には、あたりの光景は、まったく見憶えのないものばかりに変化していた。

これは現実世界とは言えない。〝過去〟が自衛のために変形し、溶融している。

過去が、私を拒んでいる。

ひょっとしたら、世の中の真実とは、この世界のことではないのだろうか。ふっと、そんな考えが朋恵の脳裏をよぎった。

ほとんど乳白色だけの世界で何もなかった。世界そのものが、ぐねぐね動いていた。

一つだけ、すがれる存在が見えた。

教室のドアだ。

あそこが、そうだ。あの教室で、クラスの話し合いがあるんだわ。間に合うはずよ。

痛みが、最大値になった。
中三の朋恵の肉体も、もうどこにあるかわからなかった。
腕を伸ばす。全身を震わせながら。
ドアに近づいたはずなのに、そのドアは消えていた。そんなはずはない。
目をこらすと、ドアは数十メートルの彼方へと移動していた。
朋恵を嘲笑（あざわら）うように。
「そんなことって」
歩けない。全身が動かない。
視界のすべてが奪われようとしている。
「だめよ。教室に入るの。そのためにここに来たの」
そこで朋恵の気力が、切れた。
自分が、遠く無限の空間に放り出されたような感覚が、覚えている最後だった。

## 5

周囲が、ざわざわとしていることだけが、わかった。

目を開くと、立田山の顔があった。

心配気に朋恵の顔を覗きこんでいる。

「わかる？　私の顔、わかる？」

朋恵は、自分が応接用の椅子に寝かされていることに気がついた。

ここは、〝現実〟なのだ。

声は出なかった。代わりに小さく一つうなずいた。

立田山だけではなく、P・フレックの社員らしい男女も数人集まっていた。朋恵が変調をきたしたらしいと、立田山が救援を頼んだのかもしれない。

「大丈夫です。少し気を失ってただけみたいですから」

朋恵の口調で、みんな、安心したらしく、それぞれの持ち場へと引きあげていく。

やや疲労感が残っているが、他には異常は感じない。

ただ、虚脱感だけがあった。

部屋に残ったのは、立田山と二人きりだ。

「ちゃんと、中学時代に戻れました」

そう報告した。

「そうか。それはよかった。くわしい話は落ち着いてから、また聞かせてもらうから」

立田山は、喜びを隠しきれない。やはり、朋恵が正気を取り戻してくれたことで、ほっとしているはずだ。実験の結果は二の次として。

朋恵は溜息をつきたかった。

溜息の理由は一つしかない。

心のしこりになっている過去のできごとを変えることは、ついにかなわなかったのだから。過去を変えようとするたびに不思議な現象に阻まれた。

過去を変えるということは、天の摂理に反することだったのだろうか。

中学の放課後の打ち合わせ会に出るという……たったそれだけのことが。やはり、これからも、後悔を抱えて生きていけということなのか。

リスクもいとわず、挑戦したというのに。

立田山が言った。

「偶然だね。実験の途中で、一人帰ってきたんだよ。長期出張してたって話してたよね。今、気つけ薬を買いに走ってる」

「え」

「うん。二課のメンバーさ。角田くんが気を失っているのを見て驚いて、すぐに走ってったよ。彼が復帰するのは数カ月ぶりだな。今日から二課も、少しはにぎやかになるかな」

そんな話も聞いた気はするが、それが今とは。

〝彼〟ってどんな人物なのだろう。

ドアが開き、若い男が入ってきた。

椅子に座っている朋恵を見て、男は、「あれっ。気がついたんだ。薬買ってきたのに」

その声に、聞き覚えがあった。

「何ともありませんか？　角田さん」

何で私の名を知ってるんだろ。朋恵は、若い男の顔を見た。

まさか。

「里内です。憶えててくれたかなあ。中学のとき同級生だったけど。ぼくは、顔を見てすぐに、わかったよ。久しぶり」

「里内……洋平くん」

信じられなかった。里内は、中学のときよりも頬が削げ、精悍になっていた。背も高くなり、髪形も変わっていたが、変わっていないものもあった。涼しげな瞳だ。すべてを受け容れてしまうような優しい瞳だ。

その瞳に、朋恵は記憶の中で脅え続けてきた。あんなに想ったこともあったのに。

「えっ、名前まで、憶えていてくれたんだ。嬉しいなあ」

立田山だけが目をぱちくりさせていた。「君たち、知り合いだったの？　へェー。偶然」

それから、二課の業務は、三人で進められていくことになる。


偶然に伴う再会だったが、朋恵が即座に、洋平に心を開けたわけではない。それは、朋恵が、クロノス・コンディショナーの実験を体験して十日後のことだ。

朋恵の属する人能商店とＰ・フレックとの派遣契約期間が終了する前日のことだ。朋恵の送別会の後、洋平と二人きりになったときだ。

「立田山さんから聞いたけど、朋恵ちゃんはＣ・Ｃで中学三年の頃に戻りたかったって？どうしてだったの？　なぜ、中三の頃？」

「なぜ、そんなこと知りたいの？」

「だって、中三といえば、同じ教室だったし、そのときにこだわるのは、どんな意味があるのか不思議でならなかった」

「洋平くん、ごめんね」

「ん？　何が？」

「大嶋先生の結婚式のときのこと」

そう素直に言葉がでてきたのが朋恵には不思議だった。すっと心が軽くなるのがわかる。

洋平が怒りだしてもかまわない。ところが洋平の答えは意外だった。

「何が……ごめんなんだ。わかんないよ」

洋平は眉をひそめた。心底、頭をひねっていた。朋恵は一瞬、口をポカンと開いていた。

「もっと、くわしく話してくれよ」

その瞬間、朋恵は、自分の心が解放されるのを感じていた。完全に洋平の記憶から、あのできごとは消えている。でも、どうしよう。ちゃんと説明しなければいけないのかしら。

「ん、何でもないの。あのときの洋平くんに自分はそんな人間じゃないって訂正しておきたかっただけなんだ。でも、もう嘘みたいにすっきりしたから。ちゃんと洋平くんにあやまることができたから」

朋恵はそう応えた。

そう些細なこと。

些細なことでも、とても自分にとっては大切なこと。それが今、解決できたんだ。

時を改変しなくても、時が赦しを与えてくれることもある。朋恵は、そう実感していた。

時間とは、いったいどんなもの？

そんな漠然とした質問を朋恵が受けたら、それからは、「ふわふわ、ぼんやりしてて、何となくビタースイート」と感じるようになったのだ。

## クロノス・ジョウンター年表

1958年 10月 ◆秋沢里志、クロノス・スパイラルによって1997年より跳躍。以後、山田健一と名乗り生活する。
1980年 8月4日 ◆鈴谷樹里、1999年より跳躍。青木比呂志のチャナ症候群を治療する。
◆11歳の鈴谷樹里、青木比呂志の死を告げられる。
8月5日 ◆鈴谷樹里、2035年7月へと跳躍。
◆青木比呂志、未来から運ばれた薬品の影響により2028年へ跳躍。
1982年 7月30日 ◆野方耕市、2058年から跳躍。
198X年 12月24日 ◆クロノス・コンディショナーによって中学2年の角田朋恵に、8年後の朋恵の意識が転送される。
1991年 12月23日 ◆布川輝良、1996年から跳躍。枢月圭と出会う。
12月24日 ◆布川輝良、2026年へと跳躍。
◆角田朋恵、クロノス・コンディショナーによって8年前に意識を転送する。
1995年 6月27日 ◆栗塚哲矢、1996年9月から跳躍。
11月26日 ◆クロノス・ジョウンターが最初の稼動実験に成功。
11月27日 ◆タンクローリー爆発事故により蕗来美子が死亡する。
◆吹原和彦、来美子を救うため、クロノス・ジョウンターにより、事故の数分前へ最初の跳躍。
以後4回の跳躍で、来美子を救う。
◆山田健一(秋沢里志)、秋沢里志に自らの真実を告げ、秋沢紘未の事故を防ぐ。
1996年 6月 ◆秋沢里志、梨田紘未と結婚する。
9月 ◆栗塚哲矢、1995年に跳躍。
10月15日 ◆紘未、交通事故により死亡する。

12月22日　◆布川輝良、クロノス・ジョウンター実験のため、1991年へ跳躍

1997年　7月　◆吹原和彦、1995年から跳躍。1995年へ2回目の跳躍。

夏　◆クロノス・ジョウンターの開発が中止される。

10月15日　◆秋沢里志、クロノス・スパイラルによって、1958年へ跳躍する。

1998年　12月　◆枢月圭、布川輝良に会うため、クロノス・ジョウンターで1993年7月へ跳躍。

1999年　夏　◆鈴谷樹里、青木比呂志のチャナ症候群を治療するため、クロノス・ジョウンターで1980年へ跳躍。

2002年　4月30日　◆吹原和彦、1995年から2回目の跳躍。1995年へ3回目の跳躍。

2026年　◆布川輝良、1991年から跳躍。

2028年　◆青木比呂志、薬品の影響で1980年から跳躍。

2033年　◆枢月圭、1993年から跳躍。

12月24日　◆布川輝良、枢月圭と再会する。

2035年　7月　◆鈴谷樹里、1980年より跳躍。青木比呂志と再会する。

2039年　秋　◆野方耕市、クロノス・ジョウンターとパーソナル・ボグⅡを使い、2058年へ跳躍。

2058年　◆野方耕市、2039年から跳躍。
吹原和彦と出会い、クロノス・ジョウンターが科幻博物館にあることを告げる。

◆吹原和彦、1995年から3回目の跳躍。1995年へ向け4回目の跳躍。

6090年　◆吹原和彦、1995年から4回目の跳躍？

# 解説

辻村深月

今、この本を手に、ふと、考えてみる。

自分の人生のあの日、あの時、もし、こうしていたら。何かがほんの少し違っていれば。

もし人生でひとつだけ、どこかの時間に戻ってやり直すことができるなら。

——本書を読み、そんな架空の可能性について思いを馳せる読者は多いだろう。

そして私は、こんなこともまた考えるのだ。

もし、梶尾真治さんが「クロノス・ジョウンター」を〝発明〟していなければ。この本を書いていなかったとしたら。

この小説がなかった世界では、果たして何が起こって、何が起こらなかっただろう。余計なことながら、そんなこともつい考えてしまう。

私の「クロノス・ジョウンター」の物語との最初の出会いは、忘れもしない二〇〇五年のことだった。

　以前から好きだった演劇集団「キャラメルボックス」が公演した舞台「クロノス」を観に行ったのだ。これは、本書の中の「吹原和彦（すいはらかずひこ）の軌跡」を原作とした作品だったが、その時まで、私は恥ずかしながら、梶尾さんの小説の方は拝読（はいどく）していなかった。

　公演が終わった後のことを、今もよく覚えている。

　泣いた。胸が熱くなった。ラスト、叫びそうになった。

　終わってからも、吹原和彦の思いが、セリフが次々蘇（よみがえ）ってきて、会場が明るくなってからもしばらくは衝撃で席を離れることができなかった。ただただ夢中で拍手を送った。

　会場で売られていた梶尾さんの原作のご本には、それを求める人たちの列ができていた。開演の前よりも、さらにずっとずっと長い列が。

　みんなが、今観たばかりのクロノス・ジョウンターの物語について話をしていた。私と同じ気持ちになった人たちがたくさんいるのだ。興奮とか、感動とか、その時の気持ちを言い表す言葉は、とても一言では足りない。ただただすごいものに出会ったという熱気が広い会場を満たしていた。この瞬間に立ち会えたことの喜びを、みんなが感じている。あの空間と時間は、梶尾さんがこの物語を書かなければ実現しなかったもののひとつだ。

　私もまた、会場で販売されていた『クロノス・ジョウンターの伝説』を、長い列に並んで買った。そこから貪るように、一晩で一気に読了した。

※　ここから先は本文のネタバレを含みます。未読の方は、本文を読了後、お読みいただけるようにお願いします。

「クロノス・ジョウンター」は、物質を過去の世界へと送るタイムマシン。「クロノス」とは、時を司る神の名前だ。ただし、その性能には大きな問題がある。

まず、過去に留まれる時間が数分間と限られている。パーソナル・ボグという滞在時間を延ばすことができる道具も発明されるが、それを使ってもせいぜい数十時間しか過去の世界にいることができない。

そして、過去に飛んだ人や物は、出発した時点よりも遥か遠い未来に跳ばされる。――たとえば、自分の大事な人を不幸な事故から救おうとした吹原和彦は、数時間前の過去に飛んだだけで、戻ってこられたのは一年八カ月先の世界だった。

また、自分を待つ家族や恋人がいないため、「クロノス・ジョウンター」の被験者に指名された布川輝良は、取り壊された憧れの建物をひとめ見るために五年前の時間に跳び、数十時間滞在した後、一気に三十年以上も先の未来に引き戻される。

「クロノス・ジョウンター」が提供するタイム・トラベルは「旅行」などと呼べたものではない壮絶な代償を要求する。同じ時間に同年代として生きていた人たちがすでに年老いていたり、亡くなっているような未来に引き戻されることすらあるのだ。

しかし、それでも主人公たちはそれぞれ、過去の世界を目指す。

吹原和彦は、大事な人を一度の旅では救えずに、何度も、何度も、時間に挑む。

栗塚哲矢は、分かり合えなかった母親との別れの時をやり直す。

自分を待つ人がいないからこそ過去に跳んだ布川輝良は、その過去の世界で本来なら出会うことがなかったはずの愛する人に出会ってしまう。

鈴谷樹里は、幼い頃に病気で喪った憧れの青年を、成人して医師となった今、助けるために十九年前の夏に跳ぶ。

『きみがいた時間　ぼくの行く時間』の秋沢里志は、「クロノス・スパイラル」というタイムマシンを使って、亡き妻を救いに向かう。それは、二度と戻ることのできない一方通行の過去への跳躍だ。

そして『クロノス・ジョウンター』の開発者である野方耕市もまた、会社を退職し、八十歳になった年、思いが残る過去に跳んで、亡くなった自分の親友とその恋人に〝未来〟を取り戻そうとあがく。

また、〈外伝〉と銘打たれた『朋恵の夢想時間』で、角田朋恵は、自分の心にずっと刺さっていた後悔の時にもう一度向き合うため、中三の冬の教室に戻る。

どの話にも共通するのは、主人公に「大事な人がいる」ということ。そして、多くの話が、ラブストーリーである点だ。

時間を扱うSFにはラブストーリーが多い。通常であれば絶対に越えられない「時間の壁」を間に挟むことで、結ばれない思いに主人公たちは苦悩する。だからこそ、タイムトラベル・ロマンスは燃え上がるのだろうけれど、本書については、私はこれを単純なラブストーリーと括っていいのだろうか、と迷う。

もちろん、本書が優れたラブストーリーであることに異存はない。しかし、梶尾さんと主人公たちが挑んだ時間との闘いは、恋の成就や愛の苦悩以上の、その先にあるものを私たちに見せてくれた。

〝通常ではあり得ない〟設定を用いるSFの世界は、私たちの日常で当たり前とされている前提を疑うところから始まる。時間を超える、という、少なくとも私たちが今生きる時点では不可能とされている設定を用い、「クロノス・ジョウンター」に乗り込んだ主人公たちの多くがしたことは、〝大事な誰かを自分のために取り戻すこと〟ではなく、〝その人に「日常」を取り戻すこと〟の方だ。

吹原和彦が救い出した来美子が生きる世界に、和彦はいない。その時の彼は、想像もつかない遠い未来に跳ばされていて、二人は同じ時間を過ごすことはもうできない。

秋沢里志は、三十九年前の過去に跳び、妻が亡くなる日が来るのを老人となって待ちわびる。やがて現れた過去の自分に向け、自分がどこから来たのかを明かし、妻を必ず救ってほしいと言い残して消えていく。妻が助かれば、彼が過去に来ることもなかったというタイムパラドックスによる矛盾が解消された結果、〝次の時間〟の彼と妻は、〝前の時間〟の里志の尊い意志の上に、今度はともに年を取っていく未来を生きる。

それは、事故などが何も起こっていない、ただの日常に世界が戻るということだ。秋沢里志の壮絶な時の旅がなかった世界。しかし、私たち読者は、彼らの平穏な日常の裏に、本当はどれだけの物語があったのかを知っている。彼がどんな思いを懸け、消えていったかを知っている。

この話を読んで、私の心は震えた。不幸な事件も事故も起こっていない日常が、どれだけ重く、尊いものか。平凡に過ぎ行く私たちの日常の裏側を、誰かの願いや思いがひそかに支えていてもおかしくないことを、〝当たり前を疑う〟ＳＦの設定を使って、梶尾さんが私たちに教えてくれた。そこでの日常は、もうただの日常ではなくなってしまう。

そして、鈴谷樹里も、野方耕市も、自分の愛する人たちを、明日以降も続く〝当たり前の未来〟の世界に還す。彼らは日々を取り戻す。

それを実現したこの話は、梶尾さんの描いた奇跡の物語だ。


さて。

本書の中に登場する多くのSFは実在の作品である。これは、本書を入り口にこれからSFに飛び込む読者たちに対する梶尾さん流のちょっとした読書案内のような趣もあって、SFに対する、著者の誠実な人柄を感じる。

中でも印象深いのが、「鈴谷樹里の軌跡」に登場するロバート・F・ヤングの「たんぽぽ娘」。引用された言葉の美しさに惹かれた読者も多いはずだ。

実は、この「たんぽぽ娘」は、『クロノス・ジョウンターの伝説』が書かれたばかりの頃はかなり入手が困難な作品だったようだ。日本ではアンソロジーや同人誌などに何回か翻訳されて収録されたものの絶版となり、永らく読みにくい状態になっていた。しかし、今は、新装版の短編集がその名も『たんぽぽ娘』のタイトルを冠して出版されている。私たちも、書店ですぐ手に入れることができる。

私は、これもまた、梶尾さんが『クロノス・ジョウンターの伝説』を書いたからこそ起こった一筋の軌跡ではないか？　とひそかに思っている。この小説がなければ届かなかったこと、実現されなかったことがきっときっとたくさんある。

　この小説が存在するのと同じ時間に生まれることができた幸せを、私は噛みしめる。


　そして、最後に。

　この文庫が刊行される今年、キャラメルボックスによる『クロノス』の再演が決定している。今回、この解説のご依頼をいただいた時、大変個人的なことで恐縮なのだが、「ああ、あの日、私が舞台の後で買った本に、時を超えて、今度は私自身の解説が入るようなものなのだなぁ」と不思議な巡り合わせを感じた。

　あの日の私と同じように「クロノス」の物語を初体験した人たちが、同じように会場でこの本と出会い、私の文章を併せて読んでくれるのかも、と思ったら、もう絶対に書かせていただきたい、と思ってしまった。

　梶尾さんのこの傑作を通じ、「時を超えた奇跡」は私にも起こった。身勝手な思い込みのようで恐縮だけど、そのことにも深く深く、感謝している。

二〇一五年一月

## 初出一覧

吹原和彦の軌跡
季刊「グリフォン」1994年新年号(1994年2月1日・朝日ソノラマ刊)掲載の「クロノス・ジョウンターの伝説」を改題。加筆修正。

栗塚哲矢の軌跡
雑誌「SF Japan」2007年winter(2007年12月31日・小社刊)掲載。加筆修正。

布川輝良の軌跡
新書判『クロノス・ジョウンターの伝説』(1994年12月24日・朝日ソノラマ刊)所収。加筆修正。

鈴谷樹里の軌跡
ソノラマ文庫ネクスト『クロノス・ジョウンターの伝説』(1999年6月20日・朝日ソノラマ刊)所収。加筆修正。

きみがいた時間　ぼくのいく時間
単行本『きみがいた時間　ぼくのいく時間』(2006年6月30日・朝日ソノラマ刊)所収。加筆修正。

野方耕市の軌跡
新書判『クロノス・ジョウンターの伝説∞インフィニティ』(2008年2月29日・朝日ソノラマ刊)所収。加筆修正。

朋恵の夢想時間
徳間デュアル文庫『少女の空間』(2001年2月28日・小社刊)所収。加筆修正。

本作品はフィクションであり実在の個人・団体などとは一切関係がありません。

徳間文庫

# クロノス・ジョウンターの伝説



2015年2月15日 初刷
2019年2月5日 3刷

著者 梶尾真治
発行者 平野健一
発行所 株式会社徳間書店
東京都品川区上大崎三―一―一
目黒セントラルスクエア 〒141―8202
電話 編集〇三(五四〇三)四三四九
販売〇四九(二九三)五五二一
振替 〇〇一四〇―〇―四四三九二
印刷 本郷印刷株式会社
製本 東京美術紙工協業組合

ISBN978-4-19-893937-3 (乱丁、落丁本はお取りかえいたします)